VORWORT

»Mrs. Wyatt? Wie fühlt man sich denn so als Frau eines Vergewaltigers?«

Nur wenige Stunden, nachdem ihr Ehemann unter dem Verdacht der Vergewaltigung verhaftet worden war, konfrontierte ein bedrohlicher anonymer Anruf Ronda Wyatt zum ersten Mal mit dieser Frage.

Auch heute, zehn Jahre später, sucht sie noch nach Antworten auf diese Frage. Inzwischen ist sie in einem tiefgreifenden Veränderungsprozeß zu einer stärkeren und selbstbewußteren Frau herangereift – geboren aus der Asche ihrer Ehe, hervorgegangen aus der Person, für die sie sich selbst einmal gehalten hat.

Die Gerüchteküche der Stadt hatte nicht lange gebraucht, um die Nachricht auszustreuen, daß der Vergewaltiger gefaßt worden sei. Ronda Wyatt jedoch sollte Jahre benötigen, um sich von dem Schock und dem Verrat zu erholen: Der Mann, mit dem sie seit sieben Jahren verheiratet war, der Vater ihrer beiden kleinen Kinder, zudem ein überzeugter Christ, hatte insgeheim ein schändliches Leben geführt. Es ist nur natürlich, daß einige Jahre verstrichen, bevor Ronda mit ihrer Enttäuschung und dem Gefühl, versagt zu haben, fertig wurde; sie bezwang ihre Wut über die Lügen ihres Mannes und überstand die Scheidung besser als viele andere Frauen.

Niemand konnte sich Eddie Wyatt als Vergewaltiger vorstellen – schon der bloße Gedanke daran schien absurd. Bei seinen Freunden galt dieser Mann als ein Ausbund an Tugend. Seine kriminelle Vergangenheit hatte er hinter sich gelassen, als er sich Jesus zuwandte, und er machte einen tüchtigen, sympathischen Eindruck. Ronda war er ein starker und liebevoller Mann, gläubig und fest entschlossen, ein besseres Leben zu führen. Allerdings hatte Eddie sich am Ende nicht nur innerlich mehr und mehr von ihr zurückgezogen. Auch sexuell schien er fast gar kein Interesse mehr an ihr zu haben.

Selbst in den Tagen nach Eddies Verhaftung, als immer neue Beweise seiner Schuld auftauchten, hielt Ronda ihm noch die Treue. Sie war fest davon überzeugt, daß es sich bei alledem um einen grausamen Irrtum handeln mußte, daß er unmöglich von fremden Frauen etwas erzwungen haben konnte, was sie ihm freiwillig gegeben hätte. Erst als sie das vernichtende Geständnis aus seinem eigenen Munde hörte, begriff Ronda, daß es ihre altvertraute Welt nicht mehr gab und daß es sie eigentlich überhaupt nie gegeben hatte. Nichts würde mehr so sein wie früher: ihr Zuhause nicht, ihre Kinder nicht und schon gar nicht die Bilderbuchehe, die sie sich von Kindesbeinen an erträumt hatte.

Von ihr allein hing es nun ab, wie ihre Welt in Zukunft aussehen würde. Aber die Fragen, die in der folgenden Zeit auf sie einstürmten, warfen sie immer wieder zurück und drängten sie auf Abwege; Verzweiflung und Selbstmitleid führten sie oft in Versuchung. Sie mußte lernen, die Verbrechen ihres Mannes auf irgendeine Art und Weise zu verstehen. Wenn Eddie Sex brauchte, so fragte sie sich, warum hatte er dann nicht mit ihr geschlafen? Und wenn nicht Sex der Grund für seine Verbrechen war, sondern ein maßloser Zorn – woher kam dann dieser Zorn? Sie mußte begreifen lernen, wie es möglich war, daß ihr Mann sich ausgerechnet dieses Ventil für seine unterdrückte Wut gesucht hatte.

Und sie mußte über sich selbst nachdenken. War sie es überhaupt wert, geliebt zu werden? War sie eigentlich eine attraktive Frau – innerlich und äußerlich? Würde sie jemals wieder lieben können? Und wenn es ihr gelingen sollte, würde sie diese Liebe je wieder so frei erleben können, wie sie es sich ersehnte? Ronda war um ihrer Kinder willen fest entschlossen, die Kraft der Liebe neu zu entdecken, und kämpfte mutig gegen alle diese Zweifel an. So werden wir Zeuge der Verwandlung einer einfachen Frau, deren Glaube an die Liebe für immer hätte zerstört sein können, wenn sie nicht das Gottvertrauen, die innere Kraft und die entscheidende Unterstützung von außen gefunden hätte.

Im folgenden sind einige Namen geändert und einige Schauplätze des Geschehens unkenntlich gemacht worden. Das betrifft unter anderem die Namen aller Opfer der Vergewaltigungen und ihrer Angehörigen sowie die der beiden Männer, die vor Eddie verhaftet, aber nicht der Vergewaltigung angeklagt wurden.

6. März 1975

Ich danke Dir für meinen Mann – die Freude meines Lebens, die Erfüllung meiner Träume, das Herz unserer Familie. Ich bin sehr stolz auf ihn, und das aus gutem Grund. Er ist so sanft und freundlich, mein Gott. Wir sind erst seit drei Wochen und drei Tagen ›die Wyatts‹, aber wir sind nicht mehr zwei, wir sind eines.

17. Januar 1982

Dies ist mit Abstand der schwerste Tag meines Lebens.

Es tut so weh, daß ich mich frage, ob mein Leben jemals wieder lebenswert sein wird. Ich habe meinem Eddie heute Lebewohl gesagt, und tief in meinem Herzen weiß ich, daß ich ihn heute zum allerletzten Mal gesehen habe. Warum nur, mein Gott? Warum mußtest Du mein Heim zerstören und mir den Mann nehmen, den Vater meiner Kinder? Warum konntest Du es nicht anders fügen? Ich brauche ihn doch so sehr, o Gott, verstehst Du das nicht?? Ich brauche ihn!! Und ich werde ihn nie mehr wieder haben.

Es tut so weh. Mein Gott, wie weh das tut.

– aus Rondas Tagebuch

PROLOG

Bei dem Gedanken daran, was als nächstes passieren würde, schnürte sich ihr die Kehle zusammen, und sie mußte würgen. Schon jetzt konnte sie spüren, wie die Klinge aus geschliffenem Stahl, das Messer, mit dem der Killer ihren Hund zum Verstummen gebracht hatte, scharf in ihren eigenen Hals schneiden und ihre Kehle durchtrennen würde. Das Band, mit dem ihr die Hände auf dem Rücken gefesselt waren, grub sich tief in ihre Handgelenke ein. Hilflos war die Siebzehnjährige den sich unablässig aufdrängenden Gedanken an diese furchtbare Klinge ausgeliefert und konnte beinahe schon spüren, wie sie tief in ihren Hals einschnitt.

Der Wagen wurde scharf nach rechts herumgerissen und kam abrupt zum Stehen. Eingeschlossen in dem dunklen Kofferraum rollte sie auf die Seite und stieß gegen ein scharfkantiges Metallteil. Es war das Ding, das wie eine Werkzeugkiste geklappert hatte, als er sie in den Kofferraum geworfen und den Deckel über ihr zugeschlagen hatte. Solche Details wollte sie sich unbedingt einprägen – für den Fall, daß sie die nächsten fünf Minuten lebend überstand. Die Sicht war ihr durch einen ihrer eigenen Strümpfe genommen, der fest um ihren Kopf gewickelt war, aber mit all ihren anderen Sinnen hatte sie jeden Geruch, jedes Geräusch der letzten sechs Stunden aufgenommen. Trotz ihrer Angst verzeichnete sie jede Wahrnehmung mit der Gewissenhaftigkeit eines Archivars. Der letzte schrille Schrei ihres treuen Hundes. Der rauhe, hartfaserige Teppich, der sich unter ihrem nackten Rücken kratzig angefühlt hatte. Der ölige Geruch des engen Kofferraums, in den sie – zu ihrer letzten Fahrt – ein weiteres Mal eingeschlossen wurde.

Während ihres langwierigen Martyriums war die erste Welle von Panik durch das Erwachen der Überlebensinstinkte abgelöst worden. Sie hatte versucht, ihren Peiniger dahin zu bringen, sie als eine reale Person statt als Objekt anzusehen. Und vor allem ihn nicht zu ärgern, zu tun, was immer er sagte, und zu sagen, was immer er erwartete. Vielleicht würde er sie dann nicht umbringen.

Der Motor erstarb, und sie hörte den Mann aus dem Wagen steigen, hörte seine Schuhe auf lockeren Kies treten. Sie verfolgte das Geräusch, das sich dem Heck des Wagens näherte. Der Kofferraumdeckel öffnete sich, und ein wenig Licht drang durch ihre Augenbinde. Es rief ihr den kritischen Augenblick im Haus in Erinnerung, als ihr Angreifer plötzlich innegehalten hatte und wissen wollte, ob sie ihn gesehen habe. Er argwöhnte, daß sie durch die beiden dreieckigen Öffnungen gespäht haben konnte, die das Band auf beiden Seiten ihrer Nase ließ, weil er es – gleich zu Beginn – so straff um ihren blonden Kopf gewickelt hatte. Sie hatte bestritten, ihn sehen zu können, dennoch hatte er ihr die Socken vor die Augen gebunden. In Wirklichkeit hatte sie den wutverzerrten Ausdruck auf dem Gesicht des Mannes die meiste Zeit ihres sechsstündigen Martyriums über mehr als deutlich gesehen. Er hatte das einen Zoll breite Band so hastig um ihren Kopf gewickelt, daß genau vor ihren Augen ein schmaler Schlitz entstanden war.

»Vorwärts«, sagte er und zog sie an den Armen aus dem Kofferraum heraus. In der kühlen Luft des späten Nachmittags bekam sie auf den Schultern unter ihrem T-Shirt eine Gänsehaut. Das Frösteln griff auf ihre entblößten Beine über, als würde die Kälte durch ihre nackten Füße auf dem Asphalt geerdet. Dann hörte sie entfernte Stimmen und Geräusche wie von spielenden Kindern.

»Mist. Hinten rein mit dir, du Nutte!« befahl er ihr, zog eine Fondtür des Wagens auf und beförderte sie hinein. Sie landete auf dem Sitz, wo ihre durchnäßten Schlüpfer sofort Flecken machten, während er den Wagen startete und wieder losfuhr. Diesmal dauerte die Fahrt nur eine Minute, dann hielt er wieder.

»Okay, Nutte, hier sind wir«, knurrte er. Er zog sie heraus und führte sie ungefähr sieben Meter weit in einen naßkalten Raum. Der Geruch weckte in ihr sofort die Vorstellung von einer öffentlichen Toilette. Das ist dann wohl das Ende, vergegenwärtigte sie sich in angespannter Reaktion auf das Geräusch seines Messers, das aus dem Gürtel gezogen wurde. Er stellte sich hinter sie und griff nach ihren Handgelenken. Die Klinge glitt zwischen ihren Arm und das Klebeband, das schnell durchschnitten war.

»Du wartest zehn Minuten, bevor du hier weggehst«, sagte er ihr. »Das kannst du anziehen.« Etwas Weiches plumpste in ihrer Nähe auf den Betonboden.

Danach hörte sie, wie der Mann sich umdrehte und nach draußen zum Wagen ging, dessen Motor er laufengelassen hatte. Eine Autotür wurde zugeschlagen, ein Gang eingelegt, und Reifen knirschten auf dem Kies, als der Wagen davonfuhr. Sie wartete, bis das Motorengeräusch mit der allgemeinen Lautkulisse verschmolzen war, und griff dann nach dem Klebeband um ihren Kopf. Sie zog daran, bis es sich so weit gelöst hatte, daß sie die Socken vor ihren Augen wegziehen konnte. Selbst das Halbdunkel der öffentlichen Toilette blendete zunächst noch ihre überempfindlichen Augen, aber bald erkannte sie ein Paar schmutzig-grüner langer Hosen, das der Mann dicht neben ihr zurückgelassen hatte. Sie zog sie rasch an, um ihre besudelten Beine zu bedecken. Jetzt – endlich wieder in Freiheit – merkte sie, daß ihr alles weh tat, Gesicht, Arme, Hüften und Beine. Aber am schlimmsten war der brennende Schmerz, den sie in ihren intimsten Bereichen empfand.

Vorsichtig spähte das Mädchen aus dem Eingang des Toilettenraums. Jetzt wußte sie genau, wo sie war. Da waren die Sportplätze, der Spielplatz und die große Freifläche des Dick Kleberg Parks im Süden der Stadt. Weiter entfernt sah sie einige Leute; sie hatte Angst, ihr Peiniger könnte vielleicht unter ihnen sein. Deshalb rannte sie in Richtung Norden, auf den Escondido Drive zu. Ihre nackten Fußsohlen brannten, als sie auf den rauhen Asphalt klatschten, aber sie richtete ihren Blick auf das nächstgelegene Haus und zwang sich vorwärts. Das Haus war ein leicht gebautes Ziegelsteingebäude, das von einem niedrigen Maschendrahtzaun umgeben war. Sie lief über die Straße, die Auffahrt hinauf und an dem großen Erkerfenster vorbei. Im Garten sah sie einen älteren Herrn, den sie ansprach.

»Helfen Sie mir bitte!« bat Allison Shaw ihn. »Ich bin vergewaltigt worden! Bitte helfen Sie mir!«

Obwohl sein Weg quer durch die Stadt führte, brauchte Eddie Wyatt nicht lange, um zu seinem kleinen, weißen Holzhaus auf der Mesquite Avenue zurückzufahren. Kingsville in Texas ist eine Stadt von überschaubarer Größe. Zu Hause begann er aufzuräumen, denn Ronda, seine Frau, würde bald von der Arbeit zurückkehren und auch ihre beiden kleinen Kinder mitbringen. Die Papiertücher, mit denen er alle verdächtigen Spuren von seinem Körper abgewischt hatte, waren bereits beseitigt – er hatte sie durchs Klo gespült. Sein Jagdmesser wickelte er in einige Papierhandtücher und steckte es in eine der Vorratsboxen in der Waschküche. Das Klebeband verstaute er wieder in einem Schubfach seiner Frisierkommode. Dann rieb er mit einem nassen Handtuch über eine Stelle des Teppichs, an der er einen feuchten Fleck entdeckt zu haben glaubte, und warf das Handtuch in einen Wäschekorb. Nachdem er sich wieder aufgerichtet hatte, musterte er langsam den kleinen, ganz mit Holz verkleideten Wohnraum und hielt inne, als er bei den Geschenken für seine Kinder unter dem kleinen Weihnachtsbaum etwas entdeckte. Schnell schritt er durch den Raum, bückte sich, sammelte zwei Joints vom Boden auf und brachte sie ins Schlafzimmer, wo er seinen kleinen, geheimen Marihuana-Vorrat aufbewahrte.

Zufrieden damit, daß das Haus wieder in ordnungsgemäßem Zustand war, zog sich Eddie einen der Holzstühle der Eßgarnitur in den Flur und stieg darauf, um an den Stauraum auf dem Dachboden zu gelangen. Er holte die Kassette und die Polaroid-Aufnahmen wieder hervor, die er dort vor weniger als einer Stunde hingelegt hatte. Dann zog er den Stuhl wieder zurück an den Küchentisch, setzte sich entspannt hin, schob die Kassette in seinen tragbaren Recorder und drückte auf Wiedergabe. Während er sich eines der Bilder vornahm und genau anschaute, erklang Hintergrundrauschen aus dem Lautsprecher.

Das blonde junge Mädchen auf dem Foto lag auf dem Boden seines Wohnzimmers, völlig nackt bis auf die blauen Socken und das grüne Klebeband, das um ihren Kopf gewickelt war. Sie hatte die Beine gespreizt und die Knie leicht angewinkelt. Aus dem Kassettenrecorder waren jetzt gedämpfte Stimmen zu vernehmen. Eine davon war wütend, die andere verängstigt. Das war nicht so, wie er es in Erinnerung hatte. Nicht im geringsten.

Plötzlich drückte Eddie die Stop-Taste und saß dann für einige Sekunden regungslos da. In dem kleinen Haus herrschte Totenstille. Eddies Augen wanderten über die anderen Polaroid-Aufnahmen, Bilder seiner Schändung des jungen Mädchens. Langsam überkam ihn ein Stimmungswechsel, wie eine Welle, die über ihm zusammenschlug, ein vertrautes Gefühl, das Eddie als den Beginn einer neuen Depressionsphase kannte. Wieder einmal machte er die Erfahrung, daß die Tat, von der er sich eine Befreiung von seinem Ärger und seiner Frustration versprochen hatte, in Wirklichkeit dazu geführt hatte, daß er sich schmutzig, beschämt und verwirrt fühlte.

Mit plötzlicher Entschlossenheit sammelte er die Fotos ein, spulte die Kassette zurück, nahm sie aus dem Recorder heraus und zog dann noch einmal den Stuhl in den Flur unter die Öffnung des Dachbodens. Er schob das Brett in der Luke beiseite und legte die Bilder und die Kassette zu den verschiedenen Dingen, die er auf seinen Einbrüchen um Kingsville herum erbeutet hatte. Er mußte alles verstecken, bevor seine Frau und seine Kinder heimkamen. Und er mußte sich normal benehmen – als ob nichts geschehen wäre.

Eddie fürchtete die Begegnung mit Ronda, aus Angst, daß sie die Schuld auf seinem Gesicht würde lesen können. Sonst war es immer späte Nacht gewesen, und er hatte ins Haus schlüpfen können, ohne Ronda aufzuwecken. Würde sie jetzt, da sich seine Schichtzeit auf dem Marineflugplatz geändert hatte, im Licht des Tages irgend etwas Verdächtiges an ihm entdecken, fragte Eddie sich?

Ronda trat durch die Tür vom Wagenunterstand her hinein und begrüßte Eddie mit einem Lächeln. Bei ihr waren die Kinder Paul und Diana, die den Nachmittag bei einer Tagesmutter verbracht hatten. Sie fragte Eddie, wie sein Tag gewesen war. Er erzählte ihr, daß er zuerst unterwegs gewesen sei, um Weihnachtsgeschenke zu kaufen, und dann ein Nickerchen gemacht habe, damit er ausgeruht zur Arbeit käme. Er merkte, daß

Ronda nichts Ungewöhnliches an ihm fand, und war sehr erleichtert.

Die dreijährige Diana und der fünf Jahre alte Paul fieberten schon aufgeregt dem Weihnachtsfest entgegen. Es waren nur noch vier Tage bis zur Bescherung. Sie plapperten auf Eddie ein, aber er schien überhaupt nicht zu hören, was sie sagten. Paul wollte zum Park hinübergehen und durch die bunten Röhren auf dem Spielplatz kriechen, und Ronda fragte Eddie, ob er nicht mitkommen wolle.

Der Park lag von den Wyatts aus zwei Häuser östlich, gleich auf der anderen Seite der Zweiten Straße. Eddie und Ronda bummelten den Kindern hinterher, die schnurstracks der weitläufigen Grünanlage zustrebten. Weit im Westen, jenseits der südtexanischen Wüste, ging die Sonne unter, und die Luft wurde kühler. Ronda wollte mit Eddie Hand in Hand gehen, wie sie es als Jungverliebte getan hatten. Aber er hielt seine Hand steif an seiner Seite. Während sie sich unterhielten, gingen ihm beunruhigende Gedanken durch den Kopf.

Damit ist jetzt Schluß, schwor er sich. Es hatte ihm nie die Befriedigung verschafft, die er erwartet hatte; im Gegenteil, es hatte alles nur noch schlimmer gemacht. Aber es war nicht das erste Mal, daß Eddie sich vornahm, damit aufzuhören. Während er seiner hübschen Frau zusah, die mit den beiden Kindern spielte, zog eine innere Stimme ihn zurück in seine aus den Fugen geratene Welt. Ja, du wirst es wieder tun, sagte die Stimme. Du wirst wieder und wieder alles aufs Spiel setzen, bis du es schließlich wirklich verlieren wirst. Und Eddie wußte, daß die Stimme recht behalten würde. Sie behielt immer recht.

Ronda Wyatt war auf bloße Vermutungen darüber angewiesen, was ihren Mann plagte. Jedesmal wenn sie versuchte, ihm aus seiner Depression herauszuhelfen, bekam sie als Antwort, sie würde ihn ja doch nicht verstehen können. Immer wieder drängte sie ihn, sich einer Beratung zu unterziehen, damit sie beide begriffen, was mit ihrer Ehe los war. Seine Weigerung machte Ronda große Sorgen; es war ihr sehnlichster Wunsch, festgehalten, zärtlich berührt zu werden und die Liebe ihres Mannes zu spüren. Durch seine Ablehnung jeder Form von gemeinsamer Intimität erstarrte sie immer mehr.

Vor sieben Jahren hatte sie ihm ihre unsterbliche Liebe geschworen, aber diese Liebe wurde durch die Mauer, die Eddie um sich herum errichtet hatte, bedroht. Mit ihm zu schlafen, wie sie es als Jungvermählte mit ganzer Leidenschaft getan hatten, war inzwischen unmöglich geworden. Im letzten Jahr hatten sie nur zweimal den Versuch gemacht, miteinander zu schlafen. Sein sexuelles Verlangen schien völlig erloschen zu sein.

Ronda vermutete, daß das Problem bei ihr lag. Vielleicht war sie nicht hübsch, nicht lebhaft oder interessant genug, um dieses Feuer des Begehrens in ihrem Mann neu zu entfachen. Ihr eigenes Unvermögen, seine Stimmung zu heben, stimmte auch sie unzufrieden. Sie hatte gehofft, daß sich die Dinge zum Besseren wenden würden, sobald sie in die kleine Küstenstadt Kingsville zogen. Die Navy hatte Eddie in Norfolk zugesagt, daß er nicht wieder zur See fahren müsse, wenn er seine Dienstverpflichtung für weitere zwei Jahre verlängerte. Also hatten sie sich auf den Weg nach Texas gemacht, in Eddies Heimatstaat, mit dem Gefühl, daß sie nun den Tiefpunkt überwunden hatten und nach vorn blicken konnten.

Aber in ihrem Zusammenleben hatte sich gar nichts geändert. Eddie schottete sich ihr gegenüber weiterhin ab. Sie kannte keines seiner Geheimnisse. Und es zerriß sie, daß sie nicht das Rechte zu sagen und zu tun wußte, um ihm zu helfen. Als gläubige Christin betete Ronda zu Gott, ihr bald zu offenbaren, wo Eddies Probleme lagen und wie sie ihm helfen könne – ganz gleich, wie schmerzhaft die Erkenntnisse für sie auch wären.

Kapitel 1

LAUTER AUSSENSEITER UND EINZELGÄNGER

Manchmal erzählte Eddie von seiner Vergangenheit – vor allem von seinen Erlebnissen im Jugendgefängnis. Er sagte, es gebe da Dinge, über die er niemals mit jemandem gesprochen habe. Einmal erzählte er mir, daß er gesehen habe, wie ein anderer Junge totgeschlagen wurde. Er mußte lernen, seine Gefühle vor anderen zu verbergen und niemandem zu trauen.

– aus Rondas Tagebuch

Der größte Teil seiner frühen Kindheit lag für Eddie Wyatt hinter einem feinen Nebel, aber gerade an diesen einen Morgen konnte er sich noch klar erinnern. Er war fünf Jahre alt gewesen; der Geruch von Frühstückseiern, die auf dem Herd brutzelten, verbreitete sich bis ins Schlafzimmer, schlich sich in seine Träume und weckte ihn mit einem bohrenden Hunger. So wurde er am liebsten wach! Aber wenn er jetzt nicht schnell genug war, dann würden seine beiden älteren Brüder vor ihm am Frühstückstisch sitzen. Wie liebte er doch die gebratenen, immer knusprigen Eier, wie sie seine Mama immer für ihn zubereitete! Schnell schlüpfte er aus dem Bett und trottete in die Küche, wo er seinen Vater schon am Tisch vor einem Teller mit Eiern vorfand. Seine Mutter stand gleich daneben am Herd. Sie hatten sich wieder angeschrien, aber sofort damit aufgehört, als ihr Jüngster mit seinen verquollenen Augen hereingekommen war. Eddie setzte sich in Erwartung des väterlichen Rituals an den Tisch. Sein Vater ließ immer etwas auf seinem Teller zurück, das Eddie dann aufessen konnte.

Aber bevor noch viel mehr gesagt worden war, rückte Eddies

Vater seinen Stuhl vom Tisch ab, stand auf und ging zur Tür hinaus – verließ das Haus, ohne von den beiden Eiern auf seinem Teller gegessen zu haben. Eddie schaute seine Mama an und fragte sie dann, ob er das Frühstück seines Vaters essen dürfe. »Ja«, sagte seine Mutter, »das kannst du ruhig machen.« Während Eddie den Teller zu sich herüberzog und zugriff, dachte er: »Ich wünschte, Daddy wäre nicht weggegangen. Ich wollte ihm doch etwas erzählen.«

Aus seiner Kindheit behielt Eddie nur einige vage, unzusammenhängende Erinnerungen, die in ihrer Trivialität ebenso nichtssagend waren wie die Geschichten mit den gebratenen Eiern. Warum er gerade sie im Gedächtnis behalten hatte, wußte er nicht. Es war nur eine von vielen Szenen, in denen sein Vater auftrat und verschwand wie eine Figur des absurden Theaters. Eine andere Szene bestand aus nichts anderem als der undeutlichen Erinnerung, wie sein Vater die Straße herunterfuhr und mit lauter Stimme Doris Days damals so populären Hit ›Que Sera, Sera‹ sang. Es gab nur eine Handvoll solcher Szenen, auf die sich Eddie noch besinnen konnte. Die meisten spielten in einem kleinen Haus am westlichen Ende der Avenue Q in der Nähe des Offaat Bayou in Galveston, Texas, wo er mit seinen Eltern, zwei Brüdern und drei Schwestern gelebt hatte. Seine Eltern versuchten, sich in seiner Gegenwart nicht zu streiten, aber sie hatten wenig Erfolg damit. Das war auch der Grund, warum Eddie immer das Gefühl hatte, anders zu sein als seine Freunde.

Eddies Vater, George Walter Wyatt, war aus dem Zweiten Weltkrieg völlig verändert zurückgekehrt. Er litt an den Folgen einer Bombenneurose – heute würde man sagen: eines posttraumatischen Streßsyndroms. Aber damals erwartete man noch, daß ein Held keinen Streß kennt. Wer mit der Brutalität des Krieges nicht zurechtkam, mußte seine Gefühle unterdrücken oder das Risiko eingehen, seine Selbstachtung zu verlieren. George Wyatt suchte die Antwort auf die Zerstörung seiner Gefühlswelt im Alkohol. Dennoch tat Eva Angelina Wyatt ihr Möglichstes, die Ehe zu retten.

Eddie war das vierte Kind der Wyatts, und als er am 22. September 1951 zur Welt kam, lebte die Familie noch in Birmingham, Alabama. Drei Jahre später zog George Wyatt mit ihnen nach Detroit. Es dauerte aber nur ein Jahr, bevor sie nach Galveston in das Haus hinter der 57. Straße umzogen, das zwischen dem kühlen Bayou und dem braunen Sandstrand des Golfs von Mexiko lag. Eddie war der dritte Sohn. Das älteste Kind sowie die beiden jüngsten waren Mädchen. George Wyatt bestritt den Familienunterhalt als Maler, aber Geld war bei den Wyatts immer knapp. Nur allzu schnell hatte er seinen Lohn wieder vertrunken und verspielt. Seit der Prohibition beherrschten Alkohol, Glücksspiele und andere Laster die Stadt Galveston. Im feuchten und heißen Innenstadtbereich an der Postoffice Street drängten sich die Bordelle. Massenhaft strömten die Menschen in die Casinos, wie etwa in den Hollywood Dinner Club. Die Spielautomaten, Würfeltische und Rouletteräder waren Tag und Nacht umlagert. Erst ein scharfes Durchgreifen des Staates im Jahre 1957 änderte die Verhältnisse.

Noch als Erwachsener konnte sich Eddie daran erinnern, daß es zu Hause oft Spannungen gegeben hatte, weil sein Vater trank und spielte. Verschiedentlich erzählte er Freunden, daß sein Vater oft einfach das Haus verließ und fortblieb, bis er dann irgendwann zu einem weiteren Versöhnungsversuch wieder zurückkehrte. Dann gingen die Streitereien zu Eddies Kummer und Verwirrung von neuem los. Eines Tages, als Eddie fünf war, ging George Wyatt zur Tür hinaus und kehrte nie wieder zurück. Die Familie fand später heraus, daß er in Houston lebte, weniger als eine Autostunde von Galveston entfernt. Aber Eddie sah seinen Vater nie wieder. Er fragte sich oft, was für ein Mensch sein Vater war und warum er niemals zurückkehrte, nicht einmal, um seine Kinder zu sehen.

Eva Wyatt, die nun ohne Mann dastand und sechs Kinder unter zwölf Jahren zu versorgen hatte, fand einen Job in einem kleinen Lebensmittelgeschäft, wo sie sieben Tage in der Woche viele Stunden arbeitete, um ihre Familie über Wasser zu halten. Obwohl sein Großvater, der Vater seiner Mutter, bei ihnen wohnte, konnte er Eddie den Vater nicht ersetzen. Von seiner Mutter wußte Eddie, daß er ein Mann voller Probleme war.

Als Eddie sieben Jahre alt war, nahm er sich in Weingardts Warenhaus ein Spielzeug und lief damit zum Ausgang. Eine

Warenhausdetektivin hielt ihn fest, schaffte ihn zurück in ein Büro und rief die Polizei. Der Polizeibeamte jedoch warf nur einen kurzen Blick auf Eddie und sagte der Frau, sie solle ihn heimbringen und seine Eltern benachrichtigen.

Die Frau setzte Eddie in ihr Auto und ließ sich von ihm den Weg zur Avenue Q zeigen. Aber als sie bei ihm zu Hause anlangten, trafen sie niemanden an. Die Detektivin fragte Eddie nach seinen Eltern, bekam aber nichts Vernünftiges aus ihm heraus. Also trug sie ihm auf, seiner Mutter zu erklären, was vorgefallen war, und fuhr zurück zum Warenhaus. Eddie gestand seiner Mutter auch wirklich alles, als sie abends heimkam, obwohl nichts davon herausgekommen wäre, wenn er geschwiegen hätte. Noch Jahre später erinnerte Eddie sich daran, daß seine Mutter ihn weder beschimpft noch geschlagen, sondern sich einfach zu ihm gesetzt und mit ihm geredet hatte. Sie erklärte ihm, wie lieb sie ihn hatte und wie leid es ihr tat, nicht so viel Zeit mit ihm verbringen zu können, wie sie es eigentlich wollte. Sie wußte auch, daß er sie gern öfter bei sich haben wollte; aber seine Aufgabe war es, sich auch dann ordentlich zu benehmen, wenn sie nicht bei ihm sein könne. In dieser Nacht konnte Eddie friedlich schlafen; die Aufmerksamkeit seiner Mutter hatte ihn außergewöhnlich beruhigt.

Eddie wurde in die Travis Elementary School eingeschult, aber schon bald stellte sich heraus, daß ihn keines der Fächer so sehr interessieren konnte wie der sanfte Wellenschlag des Golfs am rauhen Strand unterhalb des Deichs. Irgendwann, wahrscheinlich in der vierten Klasse, fing er an, zusammen mit einigen anderen Kindern aus schwierigen Verhältnissen die Schule zu schwänzen. Sie vertrieben sich die Zeit mit Angeln, hingen an der Bowlingbahn Sea Horse herum oder schwammen vom Pier am Café Sea Breeze aus paarweise um die Wette ans andere Ufer des Offatt Bayou. Wenn das Wetter nicht mitspielte, war schnell ein leerstehendes Haus in der Nähe der Schule gefunden, das sie aufbrechen konnten.

Es war keine Bande, in der alle miteinander durch dick und dünn gingen. Es waren lauter Außenseiter und Eigenbrötler, die nicht in der Lage waren, Verantwortung zu übernehmen und sich um andere zu kümmern, noch nicht einmal untereinander.

Später erzählte Eddie Freunden, wie er die sogenannten ›guten‹ Kinder beobachtet hatte, die zur Schule gingen, Sport trieben oder irgend etwas mit ihren Eltern unternahmen, und wie er sich verzweifelt gewünscht hatte, eines von diesen Kindern zu sein. Zu spät kam ihm die Einsicht, daß er einmal mit Junior, Joey oder Gerald hätte reden sollen. Er hätte ihnen erklären können, wie böse er darüber war, daß sein Vater die Familie verlassen hatte, und er hätte ihnen auch von seiner Rastlosigkeit und Unzufriedenheit erzählen können. Aber er konnte sich auch ihre Reaktion vorstellen. Sie hätten es ihm als ein Zeichen der Schwäche ausgelegt, hätten ihn ausgelacht und ihm gesagt, er müsse sich eben damit abfinden.

Gelegentlich eröffneten sich Eddie auch beunruhigende Einblicke in das Leben seiner Freunde. Während des sechsten Schuljahrs ging er einmal mit zu Joey nach Hause. Joey schien etwas nervös zu sein, und während Eddie ihm durch die Eingangstür folgte, fiel ihm auf, wie merkwürdig das war. Joey besaß nämlich Nerven wie Stahlseile. Eddie war einmal dabeigewesen, wie er in einer Hintergasse eine Katze aufgespießt und umgebracht hatte – nur so, zum Spaß. Eddie setzte sich also ins Wohnzimmer, aber kaum hatte er es sich bequem gemacht, da stürmte Joeys Großmutter aus dem Hinterhaus herein und griff nach einem Streichriemen.

»Willst du sie jetzt, oder willst du sie später?« kreischte sie zu Joey gewandt los, der zurückschreckte, als er sie auf sich zukommen sah. Sie wartete die Antwort nicht ab, sondern fing an, den Jungen vor Eddies weit aufgerissenen Augen zu verprügeln. Eddie hatte in seinem ganzen Leben noch keine Prügel bekommen. Er machte einen Blitzstart in Richtung Tür, während Joey seine Großmutter anflehte aufzuhören. Eddie rannte den ganzen Weg zur Avenue Q zurück, als sei die Großmutter auch hinter ihm her.

Die Aktivitäten Eddies und seiner Kameraden blieben Oscar Ekelund, dem in Galveston für Jugendkriminalität zuständigen Polizeibeamten, nicht verborgen. Er wußte, daß der Junge nicht zur Schule ging. Officer Ekelund nahm sich Eddie oft vor, um ihm zu Themen wie Ladendiebstahl, Schuleschwänzen oder Einbrüche ins Gewissen zu reden. Die Jugendabteilung der Polizei legte eine Akte über Eddie und seine Freunde an. Eddie unterzeichnete Unmengen von Papieren, in denen er verschiedene Missetaten zugab, wie zum Beispiel das Schuleschwänzen. Er unterschrieb aber auch Geständnisse von Straftaten, die er gar nicht begangen hatte, nur um aus Ekelunds Büro herauszukommen.

Als Eddie elf Jahre alt war, hatte Ekelund genug Berichte beisammen, um ihn vor einen Jugendrichter zu bringen.

Eddie sah es im Herbst 1962 zum ersten Mal – durch die verschmierten Scheiben eines Gefangenentransporters, der ihn und eine Reihe anderer Jungen aus Ost-Texas ins Hinterland brachte. Sie waren auf der zweispurigen Asphaltstraße von Waco aus gut fünfundvierzig Minuten nach Westen gefahren, bis sie über einen struppigen Hügel kamen, eine Anzahl Häuser namens South Mountain passierten und dann in ein kleines Flußtal gelangten. Dort lag eine kleine Siedlung an der Landstraße, die Gatesville hieß. Die Bewohner dieser staubigen Ortschaft im Coryell County waren es gewöhnt, solche Wagen durch ihr Städtchen fahren zu sehen. Der Lebensunterhalt einiger hundert Leute – ehemaliges Militärpersonal aus dem nahegelegenen Fort Hood, Farmer und Rancharbeiter, die ein zusätzliches Einkommen brauchten – hing von dieser menschlichen Fracht ab, den Kindern, die nördlich der Stadt untergebracht wurden. Von ›Wächtern‹ sprachen die staatlichen Stellen nicht gern. Sie zogen den beschönigenden Ausdruck ›Jugendaufseher‹ vor.

Im Zentrum des Städtchens bog der Bus nach rechts ab auf eine Straße, die ein baumloses Tal in Richtung Jonesboro hinaufführte. An dem sich dahinschlängelnden Flüßchen Leon, das eigentlich mehr wie ein Abwassergraben aussah, konnte Eddie bald eine Reihe von Gebäuden erkennen, ungefähr zwei Meilen nördlich des Städchens. Offiziell hieß der Komplex ›Staatsschule für Jungen, Gatesville‹. Diese ›Schule‹ durfte Eddie für die nächsten sechs Monate sein Zuhause nennen, nachdem ein Jugendrichter in Galveston die Berichte über sein Fernbleiben von der Schule studiert hatte, über die Diebstähle an der Travis Elementary School und darüber, daß der Junge oft ohne jede Aufsicht zu Hause war. Eddie entsprach genau dem klassischen Muster der eintausendsiebenhundert Jugendlichen, die pro Jahr durchschnittlich nach Gatesville geschickt wurden.

Von den späten fünfziger bis zu den frühen siebziger Jahren gab es vermutlich in ganz Texas kein Kind, das nicht schon einmal von Gatesville gehört hatte. Die Drohung, nach Gatesville geschickt zu werden, gehörte zu den rohesten und gefühllosesten Dingen, die man einem Kind antun konnte. Von El Paso bis Port Arthur, von Amarillo bis Brownsville – überall bekamen die Schulkinder von einem Beamten der Jugendpolizei, von einem Fürsorgeberater oder von einem zuverlässigen Lehrer die Standardlektion über die Schrecknisse zu hören, die auf diejenigen unter ihnen warteten, die es auf der Schule nicht aushielten oder sonstwie in Schwierigkeiten gerieten. Oft suchte sich der Beamte der Jugendpolizei den größten Jungen der Klasse oder den Schulhofschläger heraus und stellte ihn vor die Klasse. Dann erzählte er den Schülern, daß dieser Junge in Gatesville nichts als Hundefutter wäre – und er hatte recht damit.

In den frühen siebziger Jahren wurde – entgegen den Wünschen der staatlichen Jugendpolizei – auf das Plädoyer einer Gruppe von Pflichtverteidigern hin der Jugendrat des Staates Texas angewiesen, sowohl Gatesville als auch das benachbarte Mountain View, die dazugehörige Sicherheitseinheit, zu schließen. In der Folge wurde die Einrichtung dann in ein Frauengefängnis umgewandelt. Vorangegangen war ein Prozeß vor dem Bundesgericht, der sich gegen das gesamte System der Jugendstrafanstalten des Staates Texas richtete. Er war in Gang gebracht worden wegen eines Mädchens, das als unverbesserlich eingesperrt worden war, weil es sich geweigert hatte, den Lohn seiner Teilzeitarbeit seinem Vater auszuhändigen. Gatesville war damals von den Gutachtern, landesweit anerkannten Experten für Jugendrecht, inspiziert worden. Sie waren von dem, was sie dort sahen, tief schockiert. Die Bedingungen in den Einrichtungen, in denen Jungen ab elf Jahren ihre Strafen verbüßten, waren schlechter als die in dem legendären Angola-Gefängnis in Louisiana, das damals als die primitivste Strafanstalt des Landes für den Erwachsenenstrafvollzug bekannt war.

Die nicht eingezäunte Staatsschule war ein Komplex aus sieben verschiedenen Einheiten, von denen jede über eigene Wohnheime, Berufsbildungswerkstätten und Unterrichtsräume verfügte. Bis zu eintausendfünfhundertundsechzig Jungen konnten dort gleichzeitig untergebracht werden. Typischerweise war ungefähr ein Drittel von ihnen anglo-amerikanisch, mehr als ein Drittel schwarz und der Rest mexikoamerikanisch. Unter den Kindern gab es rassische Feindseligkeiten in überraschendem Ausmaß. In Mountain View allerdings, oben auf dem Hügel, wurde mit offizieller Genehmigung Rassentrennung praktiziert, mit den Schwarzen in einem Wohnheim und den Anglos und Latinos im anderen. Häufig taten sich die Latinos und Anglos zusammen, um sich gegen die Schwarzen verteidigen zu können.

Auch die erwachende Sexualität wurde von den Schlägern und Banden als Waffe eingesetzt, um ihre Opfer zu terrorisieren, und nicht selten hörte man, daß irgendein unglücklicher Junge in der Nacht zuvor vergewaltigt worden war. Viele der Kinder wußten sich nur dadurch vor solchen Nachstellungen zu schützen, indem sie sich einer Bande anschlossen. Es gab in Gatesville ein vom übrigen Komplex getrenntes Wohnheim für Jugendliche mit homosexuellen Neigungen, aber diese Praxis wurde später von einem Bundesgericht für ungesetzlich erklärt. In den übrigen Wohnheimen war es für die Mitglieder der Schutzbünde völlig undenkbar, untereinander sexuell zu verkehren. Homosexuelle Kontakte innerhalb der Gruppe waren tabu. Aber merkwürdigerweise wurde es nicht als Schande empfunden, sich an einem Jungen außerhalb der Clique sexuell zu vergehen. Vielmehr war das ein Akt der Gewalt, der Machtausübung oder der Vergeltung einer rivalisierenden Bande oder einem Individuum gegenüber, und es wurde als heldenhaft und männlich angesehen. Einige Jungen prahlten sogar damit, jemanden von einer anderen Clique ›genommen‹ zu haben. Im Kodex der Institution bedeutete es die äußerste Schande und Erniedrigung, derjenige zu sein, der anal vergewaltigt worden war. Die Schmach lag darin, zum Opfer gemacht worden zu sein.

Statt Mitleid erntete das Opfer nur noch mehr Haß und Verachtung. Sobald bekannt wurde, daß jemand mißbraucht worden war, mußte dieser Junge damit rechnen, daß die anderen versuchten, ihn noch weiter zu erniedrigen, weil er nicht in der Lage gewesen war, sein eigenes Hinterteil zu verteidigen. Es würde ihm nicht besser ergehen als einem verwundeten Reh auf einer Bergwiese, das versuchte, sich einer Meute hungriger Pumas zu erwehren. In vielen furchtbaren Einzelheiten war die Brutalität und Entmenschlichung in Gatesville und Mountain View nichts anderes als ein Abbild des Strafvollzugs bei den Erwachsenen.

Viele Jungen flohen von Gatesville, aber in dieser weiten, offenen, leicht gewellten, nur gelegentlich von Buschwerk durchzogenen Landschaft gab es kein Entkommen, schon gar nicht, wenn erst einmal die ›Jugendaufseher‹ zu Pferde mit einigen der einundvierzig Bluthunde aus den Zwingern die Verfolgung aufnahmen. Die Bevölkerung des kleinen Städtchens bestand auf diesen Maßnahmen – als Bedingung für die Duldung eines Jugendgefängnisses in ihrer Nähe. Die meisten Kinder in der Einrichtung kamen aus den sieben größten städtischen Zentren von Texas, und die einheimischen Weißen waren auf die Kinder der Minderheiten und der innerstädtischen Slumbevölkerung nicht gut zu sprechen.

In Mountain View waren die schweren Fälle untergebracht. Es bot Platz für bis zu vierhundertundachtzig Jungen. Innerhalb seiner doppelten Stacheldrahtzäune befanden sich neun Wohnheime, eine Schule und verschiedene Ausbildungseinrichtungen. Unruhestifter konnten in einem Sicherheitstrakt, in einer Art Jugendversion von Einzelhaft, gehalten werden. Mountain View wurde getrennt und unabhängig von Gatesville geführt, und sein Anblick wurde oft benutzt, um die Jungen in Gatesville auf Kurs zu halten. Wer sich schlecht führte, wurde den Hügel hinaufgeschickt, wo die Bedingungen noch härter waren.

Wenn Eddie Wyatt irgend etwas über Gatesville oder Mountain View erzählte, brauchte er nicht zu übertreiben. Im Gegenteil: Von seinen schlimmsten Erlebnissen in Gatesville verriet er niemandem etwas. Wohl erzählte er seinen Freunden später, daß er vor allem deswegen sexuellen Angriffen entgangen sei, weil er schlau genug war, sich einer Clique anzuschließen, die ihn vor solchen Dingen beschützte.

In gewisser Weise erfuhr Eddie im Jugendgefängnis, offiziell ›Besserungsschule‹ genannt, wie wichtig es war, sich zu ›bessern‹. Er merkte, daß er sehr wohl in der Lage war, im Unterricht zu lernen und mit dem Stoff zurechtzukommen. Aber sein Groll, fortgeschickt worden zu sein, und die furchtbare innere Verwirrung, warum ihm dies widerfahren war, machten alles zunichte, was ihm dort hätte zugute kommen können. Seine emotionalen Wunden heilten nur oberflächlich; während er heranwuchs, stocherte er immer wieder in ihnen herum und ließ sie nie endgültig zur Ruhe kommen.

Der Grund für die ersten Schläge, die Eddie von einer Wache bekam, war der Besuch eines Gottesdienstes. Kurz nach seiner Ankunft in Gatesville fand Eddie heraus, daß eine der Möglichkeiten, der sonntäglichen Langeweile in seiner Einheit zu entgehen, darin bestand, zur Einheit ›Hilltop‹ hinaufzugehen und dort den allwöchentlichen überkonfessionellen Gottesdienst zu besuchen. Eddies Familie war von Hause aus katholisch, aber selbst im Alter von elf Jahren konnte sich Eddie nicht daran erinnern, jemals in einer Kirche gewesen zu sein. Als eines Sonntagmorgens ein Wachmann durch die Einheit kam und fragte, wer an diesem Tag zur Kirche gehen wollte, entschied sich Eddie also, mitzugehen – nur um herauszukommen und einmal etwas anderes zu machen –, und zusammen mit mehreren anderen hob er seine Hand. Der stämmige Wächter sammelte die Kinder für die kurze Busfahrt ein.

»Ich sage es euch jetzt schon, daß jeder, der zur Kirche geht, anschließend eine Tracht Prügel bekommt«, knurrte der Wächter die bestürzten Kinder an.

Eddie wußte nicht recht, was er damit anfangen sollte. Vielleicht war es ja nur ein Scherz. Die Wächter waren immer grantig, und es war unmöglich zu wissen, wann sie ihre oft lächerlich klingenden Warnungen ernst meinten und wann nicht. Eddie hielt die Drohung nur für eine weitere Spielart der unbarmherzigen Einschüchterungen, die die Wächter anwendeten, um die Jungen unter Kontrolle zu halten.

Drüben in Hilltop verfolgte Eddie dann ganz entspannt den

Gottesdienst; ein von irgendwoher mit dem Bus hereingeschaffter Jugendchor sang eine Reihe von Gospelliedern. Der Geistliche, der den Neuankömmlingen bei ihrer Ankunft in Gatesville Bibeln übergeben hatte, las einen Vers aus dem Matthäusevangelium, der sich aus irgendeinem Grund bei Eddie für viele Jahre festsetzte und ihm ein Gefühl ungewöhnlicher Zufriedenheit gab. »Jesus sagt, kommt her zu mir«, dröhnte der Prediger, »alle, die ihr mühselig und beladen seid; ich will euch erquicken. Nehmt auf euch mein Joch und lernt von mir; denn ich bin sanftmütig und von Herzen demütig; so werdet ihr Ruhe finden für eure Seelen. Denn mein Joch ist sanft, und meine Last ist leicht. Jungen, es gibt keine Last, die so schwer ist, daß Jesus euch nicht helfen kann, sie zu tragen.«

Nach dem Gottesdienst, als der Bus Eddie und die anderen Jungen zu ihrer Einheit zurückfuhr und die Jungen in einer Reihe herausmarschierten, nahm der wütende Wächter sie mit einem krummen Kleiderbügel in Empfang. Unnachsichtig schlug er damit jedes Kind, das aus dem Bus stieg. Eddie behielt den Namen dieses Wächters für den Rest seines Lebens im Gedächtnis.

In der Jugendstrafanstalt gab es spezielle Ausdrücke für die verschiedenen Foltertechniken, welcher die Wächter sich zu bedienen pflegten. Die am häufigsten praktizierte wurde einfach ›Quälen‹ genannt. Dazu mußte man sich mit den Händen in den Taschen an eine Wand stellen. Dem dadurch hilflosen Kind wurde nun wiederholt auf die Brust und in den Magen geschlagen. Die Härte dieser Bestrafung stand selten in Einklang mit der Schwere des vorangegangenen Verstoßes. Ein Insasse konnte vier Minuten lang oder sogar vierzig ›gequält‹ werden, und das für Verstöße wie Reden während der Aufstellung, Heben des Kopfes beim Haareschneiden oder einer kurzen Arbeitsunterbrechung.

Andere Formen der Bestrafung hießen ›Schälen‹ und die ›Tuchfühlung‹. Wenn jemand ›geschält‹ wurde, mußte er sich vornüberbeugen, und ein Wächter schlug ihm fest mit der Faust oder offenen Hand auf den Rücken. Auf ›Tuchfühlung‹ mußte man seine Fußknöchel umfassen, und ein Wächter schlug einem mit einem Besen auf den Hintern, entweder mit dem Stiel oder mit dem Strohende. Als ›Schuh‹ wurde es bezeichnet, wenn ein Wächter mit seinem stiefelbewehrten Fuß ausholte und einem der Jungen vors Schienbein trat.

Zu den Verstößen, für die diese Strafen vollzogen wurden, gehörte es, seine Unterhosen zu tief zu tragen, barfuß herumzulaufen oder ein Baseballspiel zu verlieren. Für fast keinen Bereich des Lebens im Jugendgefängnis gab es schriftliche Regeln, und die Anstaltsleitung war in ihren Entscheidungen unberechenbar. Die Besuche der Eltern einmal im Monat konnten von den Vollzugsbeamten aus einer bloßen Laune heraus gestrichen werden. Die meisten Kinder bekamen sowieso keinen Besuch. Jeder Beamte konnte nach eigenem Ermessen und aufgrund seiner eigenen Prinzipien jede beliebige Entscheidung fällen. Diejenigen unter dem Personal, die versuchten, gegen die ihrer Meinung nach brutalen Behandlung der Kinder Stellung zu beziehen, wurden geächtet, oder man legte ihnen nahe, sich anderswo Arbeit zu suchen.

Abgesehen davon, daß er häufig Schläge bekam, gehörte Eddie laut eigener Einschätzung zu denjenigen, die ganz gut zurechtkamen. Einmal sah er mit eigenen Augen, wie ein Junge in Gatesville umgebracht wurde – und er wußte von weiteren Todesfällen.

Der Jugendrat des Staates Texas sorgte dafür, daß ein Teil des Personals kinderpsychologisch geschult wurde. Aber die Überlastung dieser zusätzlich qualifizierten Leute war so groß, daß selbst die schlimmsten Fälle unter den Jungen, die offensichtlichen Psychopathen und emotional Gestörten, nur nominell regelmäßig behandelt werden konnten. Gatesville hatte für mehr als tausend Kinder einen einzigen Psychiater, und der tat nur vier Tage in der Woche Dienst. Nur fünf oder sechs Jungen wurden regelmäßig einmal pro Woche therapiert. Bei den anderen dauerte eine Behandlung nur ein paar Minuten, und sie diente nur dazu, ihre Reaktion auf die Psychopharmaka zu überprüfen, die ihnen gegeben wurden. In nur einem von zwanzig psychiatrischen Fällen beriet sich der Arzt mit dem Fürsorger des Insassen. Den aggressiveren Kindern wurde einfach Thorazin verordnet, um sie ruhigzustellen.

Nach sechs Monaten in Gatesville wurde Eddie Wyatt nach

Galveston zurückgeschickt, wo er sich die Reste einer normalen Kindheit zusammensuchen sollte. Die Aussichten dafür waren dürftig. Und inzwischen hatten sich die Verhältnisse in seinem Stadtviertel verändert: Während seiner Abwesenheit hatten seine Freunde die Drogen entdeckt.

Eddie ließ seine Blicke über das Gedränge der Teenies in der Bowlingbahn Sea Horse schweifen, musterte die Mädchen, von denen er die meisten kannte. Plötzlich fiel ihm ein hübsches Gesicht auf. Eddie fragte sich, wie er diese Schönheit früher hatte übersehen können. Patty Battaglia war mit ihren dreizehn Jahren eine Göttin. Ihr glänzendes schwarzes Haar umrahmte lang und weich ein klassisches italienisches Gesicht. Ihr strahlendes Lächeln ließ ihre Augen aufblitzen, wenn sie ihn sah. Patty wohnte von Eddie aus jenseits der Bahnlinie auf Avenue P1/2. (Die Stadtverwaltung war nicht nur so einfallslos, die ostwestlich verlaufenden Straßen nach dem Alphabet zu benennen und die Querstraßen zu numerieren, sondern sie fügte den Namen der parallel dazwischen verlaufenden Straßen auch noch ein ›1/2‹ an, da sich die Bebauung der Insel im Laufe der Zeit über die Kapazität des Alphabets hinaus ausgeweitet hatte.)

Eddie hatte Patty Battaglia nicht beachtet, bis ihn an diesem Nachmittag Pattys Schwester in einem städtischen Bus eingeladen hatte, sich abends mit den beiden Mädchen zu treffen. Er fühlte sich augenblicklich zu Patty hingezogen. Nach diesem ersten gemeinsamen Abend im Sea Horse ging sie ihm dann nicht mehr aus dem Sinn. Zu seiner Überraschung handelte es sich nicht nur um körperliche Anziehung. Er hatte es einfach genossen, mit ihr zusammen zu sein. Sie schien seine Gefühle nicht nur zu verstehen, sondern auch mit ihm zu fühlen. Sie hatten dieselbe Wellenlänge, und Eddie kehrte in heller Aufregung über seine Gefühle für Patty nach Hause zurück.

Eddie war damals vierzehn und besuchte die Lovenberg Junior High School. Seine schulische Moral, wenn davon überhaupt die Rede sein konnte, war seit der Zeit seiner Haft in Gatesville noch tiefer gesunken. Die Lovenberg-Schule war in der 39. Straße, gleich am Strand, und Eddie fing an, den Unterricht zu versäumen, weil er lieber schwimmen ging. Er hatte kein einziges Lieblingsfach, nichts konnte sein Interesse am Unterricht wachhalten. Aber als sich seine Beziehung zu Patty entwickelte und er sah, wie leicht es war, ihr gegenüber offen zu sein, wurde auch sein Ehrgeiz zum ersten Mal geweckt.

Diese kurze Liebelei mit dem Verantwortungsbewußtsein mündete jedoch bald in noch verlockendere Versuchungen.

Kurz nachdem er 1963 von Gatesville in seine alte Umgebung zurückgekehrt war, vertraute sich ihm ein Junge von gegenüber an, der eine Handvoll Pillen dabei hatte. »Alle nehmen sie«, sagte der Junge. Es waren Halluzinogene. Eddie schluckte eine, ohne auch nur ein zweites Mal nachzudenken. Die Impressionen, die sich daraufhin einstellten, gefielen ihm nicht, aber er entschloß sich, es noch mal zu versuchen. Er glaubte, das sei notwendig, um von den anderen anerkannt zu werden. Bald darauf fing er an, Marihuana zu rauchen und Amphetamine zu schlucken, obwohl er niemals so recht Gefallen an den Halluzinogenen finden konnte.

Es gab einen Bereich des Erwachsenwerdens, in dem Eddie sich sicher fühlte: die sexuelle Arena. Eddie hatte zum ersten Mal Sex gehabt, als er dreizehn war. Ein Freund von ihm hatte zwei Schwestern, die jüngere war zwölf Jahre alt und legte dem Klatsch zufolge alle Jungen flach. Gleich bei seiner ersten Begegnung mit dieser Zwölfjährigen zogen sie sich nach einem Weilchen zurück und schliefen miteinander. Eddie blieb von der ganzen Episode ziemlich unbeeindruckt; so pflegten es auch seine Freunde zu halten. Sex war für sie etwas Automatisches und rein Physiologisches. Und tatsächlich war seine Einführung in die Welt der körperlichen Liebe auch ausgesprochen unerfreulich gewesen. Das Mädchen hatte üblen Mundgeruch. Deshalb versuchte er krampfhaft zu vermeiden, ihren Atem zu riechen, während er auf ihr lag und die Bewegungen absolvierte. Letzten Endes glaubte Eddie, daß nichts Besonderes dabei war, mit einem Mädchen Sex zu machen. Es war wieder nur etwas, das man tat, um dazuzugehören.

Die Dinge änderten sich, als Eddie sich in Patty Battaglia verliebte. Er begehrte sie nicht nur, sondern er sehnte sich auch nach ihrer Gesellschaft, um mit ihr reden zu können und gemeinsam etwas zu unternehmen. Bald wurde es für Eddie zu einer Herausforderung, ob er Patty wohl dazu bringen könne, mit ihm zu schlafen. Ein ums andere Mal bedrängte er seine schöne Freundin, ihm zu erlauben, mit ihr zu schlafen, und war doch stets erfolglos. Patty war nicht so leicht herumzukriegen. Sie war katholisch erzogen und blieb ihrer Erziehung auch dann noch treu, als ihre Eltern sich scheiden ließen und sie mit ihrer älteren Schwester allein zu Hause zurückblieb. Sie bestand darauf, erst dann mit Eddie zu schlafen, wenn sie verheiratet waren. Und sie war sehr willensstark. Eddie mußte feststellen, daß er immer das tat, was sie wollte, und daß sie grundsätzlich dorthin gingen, wo sie hinwollte. In seinen Tagträumen dachte er an die Zeit, wenn er mit Patty verheiratet sein würde und sie ihm endlich erlaubte, mit ihr zu schlafen. Das war sein innigster Wunsch, und sein dauerndes Unvermögen, mit Patty das zu tun, was er und die Nachbarjungen mit so vielen anderen Mädchen getan hatten, war äußerst frustrierend. Bei seinen Freunden konnte er zwar ein ziemlich dreistes Maß von Macht demonstrieren, aber Patty führte ihn doch manches Mal an der Nase herum.

Eines Tages, als Patty ein paar Cents in ihrer Tasche hatte, zog sie Eddie am Arm.

»Gehen wir runter zum Laden und kaufen uns was Süßes«, erklärte sie ihm. Eddie hatte auch etwas Geld dabei, also kam er mit. Patty hatte weniger als zehn Cents, aber sie suchte sich die Süßigkeiten mit solcher Sorgfalt aus, als ob sie sich ein nagelneues Auto kaufte. Der Verkäufer hinter der Theke wurde ungeduldig. Aber ein Mädchen wie Patty Battaglia ließ sich nicht überstürzt zu etwas drängen, wie ihr frustrierter Freund neben ihr nur allzugut wußte. Schließlich entschied sie sich für einige Bonbons.

»Möchten Sie sie sofort essen, oder darf ich sie Ihnen in eine Tüte packen?« fragte der Verkäufer sie schnippisch. Aber Patty ließ sich nicht wie eine asoziale Schlampe abkanzeln.

»Packen Sie sie mir in eine Tüte!« verlangte sie wie eine Dame aus einem der feineren Viertel. Das war typisch Patty Battaglia. Noch lange lachten sie und Eddie über die Dreistigkeit des Verkäufers. »Packen Sie sie mir in eine Tüte!« wurde zu ihrem privaten Schlagwort, mit dem sie alle bedachten, die sich für etwas Besseres als sie selbst und ihre Freunde aus dem Westend hielten.

Eddie und Patty brachten viel Zeit miteinander zu, sparten ihre paar Penny Taschengeld, um sich dafür zusammen im Laden an der Ecke Süßigkeiten zu kaufen, und träumten von ihrer gemeinsamen Zukunft. Viele seiner Gefühle vertraute Eddie nur Patty an, und sie war der einzige Mensch, von dem er sich verstanden fühlte. Dieser Aspekt von Eddies Weg zum Erwachsenendasein unterschied sich von allen anderen Facetten seines Daseins. In der Schule, in seinen übrigen sozialen Beziehungen und in der Familie fehlte ihm völlig jede Richtung, jedes Ziel. Ja, er wollte sich noch nicht einmal ein Ziel setzen. Es machte viel mehr Spaß, Partys zu feiern und Drogen zu nehmen, und das gelang auch viel einfacher als der Versuch, in der Schule mitzukommen. Während des Unterrichts an der Lovenberg-Schule starrte er aus dem Fenster auf das hellblaue Wasser des Golfs. Da draußen wollte er sein.

Schließlich gelang es Eddie, einen Teilzeitjob am Strand, im Hotel Galvez zu ergattern, dort, wo die 21. Straße zum Strand führt. Aber Officer Ekelund war schon wieder auf seiner Spur. Um ihn sich vom Leib zu halten, begann Eddie, von zu Hause auszureißen, bei Patty zu Hause zu schlafen oder, falls das nicht möglich war, in ein leerstehendes Haus einzubrechen und dort auf dem Boden zu übernachten. Er machte es dem Officer dieses Mal so schwierig wie möglich, ihn zu erwischen. Er wollte nicht nach Gatesville zurück, obwohl alles, was er tat, ihn ein Stückchen näher dorthin brachte.

Im August 1966 brach Eddie in der Nähe der Kreuzung der 61. Straße/Broadway in einen Waschautomatensalon ein, wo – wie er wußte – auch ein Limonadenautomat stand. Er brach den Münzbehälter auf und machte sich mit dem Geld davon, um sich etwas zu essen zu kaufen, denn er war einige Zeit von zu Hause fort gewesen und hungrig. Aber auf seinem Weg über den Damm der 61. Straße, quer durch den Offatt Bayou, fiel er zwei Polizisten in einem Streifenwagen auf, die sogleich seine Verfolgung aufnahmen. Aber Eddie war nicht bereit, kampflos aufzugeben. Er sprang in den Bayou und wollte hindurchschwimmen. Daraufhin beschlagnahmten die Polizisten in der Nähe ein Boot, holten ihn ein, fischten ihn aus der Brühe heraus und schickten ihn schnurstracks zurück in die Jugendstrafanstalt.

Seine zweite Haftzeit in Gatesville war psychisch schwerer zu ertragen als die erste. Eddie war inzwischen fünfzehn Jahre alt und liebte Patty. Der Jugendrichter hatte ihn zu einer zeitlich nicht genau begrenzten Strafe verurteilt, so daß er keine Vorstellung hatte, wie lange er bleiben würde. Er war wütend und aufgebracht darüber, daß man ihn von dem einzigen Menschen, der ihm etwas bedeutete, getrennt hatte.

Kurz nach seiner Rückkehr nach Gatesville besuchte Patty ihn dort zusammen mit seiner Mutter. Um ein Haar wäre Patty nicht vorgelassen worden, denn die Besuche waren auf Familienmitglieder beschränkt. Aber nach der langen Fahrt von mehr als zweihundertsiebzig Meilen hatte die Wache angesichts von Pattys Tränen ein weiches Herz.

Der Besuch hinterließ Eddie innerlich zerrissen. Als der nächste Brief von Patty kam, wurde der Schmerz der Trennung für ihn unerträglich. Er schrieb ihr ein letztes Mal und verbot ihr ärgerlich, ihm weitere Briefe zu schicken. Einige Monate lang wartete er darauf, wieder etwas von ihr zu hören – in der Hoffnung, sie würde seine harschen Worte ignorieren. Er hatte nicht vorgehabt, sie von sich zu stoßen; es war die für ihn typische heftige Reaktion gewesen. Aber es kamen keine Briefe mehr.

Unfähig, mit der schweren Enttäuschung fertig zu werden, die seine Entscheidung ihm gebracht hatte, plante er zusammen mit einem Freund, aus Gatesville zu fliehen. Im Dezember 1966 machten sich die beiden Jungen über das freie Feld hinweg, das den Komplex umgab, auf und davon. Sie erreichten ein Farmhaus, brachen dort ein und stahlen Geld, Lebensmittel und Kleidung. Dann versteckten sie sich für die Nacht in einer nahegelegenen Scheune. Einige Stunden später wurden sie durch ein unheimliches Geräusch geweckt, das Klingeln der Metallglöckchen an den Halsbändern der Bluthunde. Offenbar war es nicht das erste Mal, daß diese Farm von Ausreißern auf ihrer Flucht aus dem Gebäudekomplex aufgesucht worden war.

Die Hunde führten die Verfolger genau vor den Heuhaufen, in dem sich Eddie und sein Freund versteckt hielten. Eddie wurde in die Hochsicherheitseinheit von Mountain View geschickt und aus diziplinarischen Gründen zum Steineklopfen in einer Kalimine eingeteilt.

Auch in Mountain View prügelten die Wächter, und Eddie brachte fast drei Jahre in steter Angst zu. Das Schlagen mit der flachen Hand war sehr beliebt, und einmal, als ein Wächter Eddie beschuldigte, ein Bild aus einer Zeitung herausgerissen zu haben, fing er an, Eddie pausenlos auf beide Seiten seines Gesichts zu schlagen. Als Eddie am nächsten Morgen aufwachte, waren von seinen Wangen nur noch grobe Verkrustungen übrig.

Wenn von den Wächtern einmal gerade nichts zu befürchten war, gab es immer noch ausreichende Gründe, die Wolfsrudel der Gleichaltrigen zu fürchten, und wehe dem Jungen, der in Mountain View ein Außenseiter war. Eddie schloß sich schnell einer Bande von Anglos an, die sich mit den Latinos zusammentaten, wenn es gegen die Schwarzen ging. Die Cliquen hielten fest zusammen und verschafften dem einzelnen sowohl die Gesellschaft Gleichrangiger als auch gegenseitigen Schutz; sie waren wie kleine, anarchische Stadtstaaten von Teenagern, die versuchten, den gleichen Winkel der Welt zu besiedeln.

Der sexuelle Druck war für Eddie und seine Freunde während dieses Aufenthalts im Jugendgefängnis viel schwerer zu ertragen als beim ersten Mal. Damals war er erst elf Jahre alt gewesen. Jetzt war er fünfzehn und hatte die Pubertät hinter sich, und er war draußen sexuell aktiv gewesen. In der Clique war Eddie vor sexuellen Angriffen anderer Jungen sicher.

Als ein weißer Junge, der nicht zu seiner Gruppe gehörte, ein Vierzehnjähriger namens Tommy Harper, von einer Bande schwarzer Teens aufs Korn genommen wurde, brach bei Eddie und seinen Freunden eine Art Stammeszorn aus. Die Schwarzen nahmen Tommy seine Lebensmittel und andere Habseligkeiten weg und verhöhnten ihn, wo sie nur konnten. Das Schlimmste aber war, daß Tommy Harper ins schwarze Wohnheim ging und den Schwarzen Sex verschaffte.

Das machte Eddie und seine Freunde vor allem deshalb so

wütend, weil Tommy allen Kontakt mit den Anglo-Cliquen vermied. Tommy schien nichts mit ihnen zu tun haben zu wollen, und sie beobachteten ihn mit immer größerer Wut. Sie wußten, was er da drinnen trieb. Er brachte Schande über alle weißen Jungen in Mountain View. Er ließ seine Hosen herunter, beugte sich für diese geilen schwarzen Kerle vornüber und ließ sich von ihnen benutzen, um ihre sexuellen Bedürfnisse zu befriedigen. Er ging auf die Knie herunter und besorgte es ihnen mit dem Mund. Er nahm ihre Penisse in seine Hände und masturbierte sie. Eddie und sein Freundeskreis schäumten angesichts eines solch massiven Affronts gegen ihre Ehre. Mehrfach nahmen sie Tommy an Kragen und prügelten ihn in der Art und Weise durch, die sie den Wächtern abgeschaut hatten. Und sie warnten Tommy davor, weiter in das schwarze Wohnheim zu gehen.

Aber Tommy ging weiter dorthin.

Der Zorn, den die Weißen angesichts dessen empfanden, war unermeßlich. Etwas mußte getan werden, um Tommy Harper zu bestrafen.

Nachdem die schwarzen Teens Tommy einige Monate lang als sexuelles Spielzeug benutzt hatten, hatten sie genug von ihm. Tommy wurde beiseite geworfen wie eine besudelte Puppe, und das schien den Haß der anderen auf ihn noch zu verstärken.

Einige Wochen nachdem die Schwarzen seiner überdrüssig geworden waren, kehrte Tommy eines Nachmittags nach einer Unterrichtsstunde über das Gelände von der Ausbildungseinheit zu seinem Wohnheim zurück. Einer von Eddies Freunden verfolgte Tommy und fing ihn ab. Dann stach er mit einem selbstgebastelten Messer mehrmals schnell in Tommys Kehle. Als Tommy mit einem klaffenden Schlitz im Hals, aus dem das Blut strömte, zu Boden ging, stach ihm der andere noch einige Male in den Rücken. Tommy blieb auf dem Weg liegen und verblutete. Eddie erfuhr kurze Zeit später davon. Alle Mitglieder der Clique fühlten sich durch diese Tat eines einzelnen wie gereinigt – befreit von dem Haß, der sich gegen Tommy Harper gerichtet hatte. Es wurde später kaum darüber geredet. In den folgenden Jahren dachte Eddie oft an Tommy, aber aus

Gründen, die er für sich behielt, wollte er nie über den Jungen sprechen.

Die schweren Jahre in Mountain View wurden für kurze Zeit unterbrochen, als die Jugendbehörden Eddie im Januar 1969, einige Monate nach seinem siebzehnten Geburtstag, als Kandidat für ein relativ neues Resozialisierungsprogramm auswählten. So kam es, daß Eddie sich eines Tages in der Innenstadt von Houston wiederfand, in einem CVJM, der dieses Programm durchführte. Er bekam einen Job als Gehilfe eines Zimmermanns, der in der näheren Umgebung Häuser baute.

Aber Eddie gefiel die reglementierte Lebensweise nicht, und er ergriff schon bald die erstbeste Möglichkeit zur Flucht. Einer der anderen für das Resozialisierungsprogramm ausgewählten Jugendlichen überredete Eddie, alles Geld, das er irgendwie organisieren konnte, zusammenzukratzen und mit ihm und einem Freund nach Kalifornien abzuhauen. An der Westküste wollten die drei sich dann von morgens bis abends betrinken und unter Drogen setzen. Dieses Angebot kam Eddie viel attraktiver vor als die Arbeit eines Zimmermannsgehilfen, so daß er bereitwillig seine letzten paar Dollars für Benzin beisteuerte. Dann fuhren sie zur Stadt zurück zum CVJM, wo Eddie schnell nach oben lief, um seine Habseligkeiten zusammenzupacken.

Als er wieder nach unten auf die Straße kam, waren die Jungen verschwunden, zusammen mit Eddies ganzem Geld. Da stand er nun auf dem Bürgersteig und hielt seinen gesamten Besitz in einem einzigen Bündel in der Hand. Seine Kameraden hatten ihn betrogen, und er hatte das Gefühl, am Ende zu sein. Ziellos ging er los, bis er schließlich vor einer Kirche am Rande der Innenstadt stand. Er rüttelte an der großen Holztür, nur um sie verschlossen zu finden. Daraufhin ließ sich Eddie auf dem Vorplatz nieder und fing an zu weinen.

»Mann, das ist der letzte Strohhalm«, schrie er. »Selbst Gott will mich nicht.« Später rief er seinen Bruder an und bat ihn, herzukommen und ihn abzuholen, und bald darauf ging es über den Highway in Richtung Galveston nach Hause – das erste Mal in mehr als zwei Jahren.

Zwei Wochen später, nach einer reichlich alkoholisierten Valentinstag-Party in der Nacht zuvor, lieh Eddie sich den Wagen seines Bruders aus und machte sich auf den Weg zu einer wilden Samstagsnacht im Westend. Eddie hatte kaum Fahrpraxis, da er in der Jugendstrafanstalt gesessen hatte, während seine Altersgenossen ihre Führerscheine machten. So schlingerte er also die enge Avenue S herunter und machte gleichzeitig zum ersten Mal Bekanntschaft mit einer Knüppelschaltung. Als er auf die 44. Straße zufuhr, zwang ihn ein entgegenkommendes Fahrzeug, nach rechts auszuweichen, und er pflügte sich in das Heck eines geparkten Wagens hinein. Dessen Besitzer kam herausgerannt, während Eddie versuchte, den Wagen seines Bruders wieder in Gang zu setzen – vergeblich, denn der Kühler war in den Ventilator hineingedrückt worden, und der Wagen sprang nicht mehr an.

Bald darauf erschien auch die Polizei, legte Eddie Handschellen an und verfrachtete ihn auf den Rücksitz des Streifenwagens. Er hatte keinen Ausweis dabei und gab dem Officer einen falschen Namen an, aber er sah schon, wie die Polizisten grinsten. Sie wußten wahrscheinlich bereits, wer er war, vermutete Eddie. Während der Officer die Aussage des Besitzers des anderen Wagens aufnahm, schob Eddie seine Beine durch seine Arme, so daß seine Handgelenke jetzt vor ihm gefesselt waren, riß am Türgriff und rannte durch einen nahegelegenen Garten davon. Der Officer zog seine Pistole und befahl ihm, stehenzubleiben, aber Eddie legte statt dessen einen Spurt ein.

Sofort hörte er es hinter sich mehrfach laut knallen, als der Polizist seine Waffe abfeuerte. Eddie vernahm das pfeifende Geräusch einer Kugel, die an seinem rechten Ohr vorbeistrich, aber er rannte immer weiter. Er sprang über einen Pfahlzaun und gelangte in eine Gasse hinter den Häusern der Avenue S, und einer der Zaunpfähle rammte sich zwischen eine Handschelle und sein Handgelenk und riß ihm eine große Wunde, die sofort stark blutete. Er lief weiter in westlicher Richtung, auf die 45. Straße zu. Aber der Officer war hinter ihm und kam immer näher.

Vor sich sah Eddie den Querverkehr auf der 45., einer der Hauptschlagadern im Westend, die von dem Bahngelände am Schiffahrtskanal bis zum Strand des Golfes führte. Wenn er haltmachte und auf eine Lücke wartete, würde der Cop ihn kriegen. Er entschied sich dafür, es zu wagen, auch wenn er dabei draufgehen sollte. Er würde über die 45. Straße rennen, schnell, ohne sein Tempo zu vermindern. Wenn er es schaffte, konnte er davonlaufen; wenn ein Wagen ihn erwischte, konnte er draufgehen. Ohne zu zögern, rannte Eddie aus der Gasse heraus auf die Straße und lief geradewegs vor die Seitenverkleidung eines vorbeifahrenden Wagens. Er schlug voll auf den Asphalt und konnte nur noch zusammenzucken, als ein Polizeiwagen einige Fuß vor seinem Gesicht schleudernd zum Stehen kam. Die Wunde an seinem Handgelenk blutete jetzt so stark, daß es in einer Zeitung fälschlicherweise hieß, er sei von einer Polizeikugel getroffen worden.

Eddie wurde verschiedener Straßenverkehrsdelikte und seiner Flucht aus der Jugendstrafanstalt beschuldigt, da er aus dem Resozialisierungsprogramm davongelaufen war. Die beiden Wochen im Kreisgefängnis von Galveston waren die schlimmste Zeit, die er jemals hinter Gittern verbracht hatte, und er dachte sogar an Selbstmord. Es schien so, als ob ihm alles, was er anpackte, mißlang, als ob alle gegen ihn seien. Es kam ihm so vor, als ob er eigens dazu erwählt sei, Schwierigkeiten zu machen, nachdem er erst einmal als schwieriger Fall eingestuft war, und als ob alles, was er tat, diese Prophezeiung erfülle. Er fühlte sich außerstande, diesen Kreislauf zu durchbrechen. Das, was er am meisten gefürchtet hatte, nämlich alles zu vermasseln und zurück ins Jugendgefängnis zu müssen, war schließlich eingetreten. In seiner Frustration hämmerte er so lange gegen das Panzerglasfenster seiner Zellentür, bis seine rechte Faust schwarz und blau angeschwollen war.

Er wurde kurzfristig zurück nach Mountain View gebracht; seine Chance auf einen sauberen Start hatte er verspielt. Er war nur für wenige Wochen fortgewesen, ein erstklassiger Kandidat für das Resozialisierungsprogramm, der seine Chance vertan hatte. Einigen seiner Freunde war noch nicht einmal aufgefallen, daß er fortgewesen war.

Eddie blieb noch für fast ein weiteres Jahr in Mountain View. Er begann, sich im Unterricht Mühe zu geben und merkte, daß es ganz gut klappte, wenn er alle Aufmerksamkeit darauf richtete. Er nahm auch etwas Computerunterricht, und sein Berater sagte ihm, er solle sich nach seiner Entlassung an den Ausschuß für Resozialisierungsmaßnahmen des Staates Texas wenden, der ihm eine weitere Ausbildung bezahlen würde. Tatsächlich führte Eddie sich in seinem letzten Jahr in Mountain View so gut, daß sein Berater ihm kurz nach seinem achtzehnten Geburtstag erklärte, man werde ihn entlassen. Das letzte Jahr der High-School konnte er dann zusammen mit seinen ehemaligen Klassenkameraden von der Travis-und der Lovenberg-Schule absolvieren, die jetzt sieben Monate vor ihrem Abschluß an der Ball High-School in Galveston standen.

Computer blieben für Eddie nur kurze Zeit interessant, dann erwiesen sich wieder die Verlockungen der Drogen als verführerischer. Nachdem Eddie zusammen mit seiner Klasse im Juni 1970 den Abschluß auf der Ball High-School gemacht hatte, ging er zurück nach Houston und konnte durch den Ausschuß für Resozialisierungsmaßnahmen des Staates Texas eine Ausbildung an der Akademie für Computertechnik aufnehmen. Computertechnik galt als Beruf der Zukunft, und Eddie wußte, daß er das Heilmittel gegen seine Ziellosigkeit letzten Endes gefunden haben würde, wenn er mit der Ausbildung klarkäme. Wie sehr er es jedoch versuchte, er hielt einfach nicht durch. Nachdem er eine neue Freundin gefunden hatte, fing er an, Unterrichtsstunden zu versäumen. Julie war ungefähr ein Jahr jünger als Eddie und stand voll auf Drogen. Bald schied er aus der Akademie aus und verbrachte mit Julie zusammen einen Sommer voller ungezügeltem Sex und Drogenmißbrauch. Es endete damit, daß Eddie sich eine Spritze mit Heroin in seinen Arm injizierte, gleich unterhalb der Tätowierung einer Rose und des Namens Julie, die er sich unter seiner rechten Schulter hatte anbringen lassen.

Eddie kannte sich in der Drogenszene gut aus, und er hatte die Junkies immer für den Bodensatz der Gesellschaft gehalten.

Er hatte sich geschworen, daß er mit den Drogen aufhören werde, bevor er selbst jemals ans Heroin kam. Aber Eddie konnte nie nein sagen, wenn seine Gefährten ihn bedrängten. Zu sehr brauchte er die soziale Anerkennung, wie dürftig und oberflächlich sie auch ausfallen mochte. Wiederholt setzte Eddie sich Grenzen, die er nicht zu überschreiten gelobte, nur um sie nach Bedarf zu verschieben, weiter und weiter, auf die letzte Grenze zu.

Um seinen Drogenkonsum zu finanzieren, fing Eddie wieder an, in Häuser einzubrechen. Als erstes Ziel hatte er sich ein Haus im Westend ausgewählt, in der Nähe der Durchfahrt zum Golf und des Greens Bayou. Eddies Kindheitsfreund Joey nahm ebenfalls Drogen, und Eddie konnte ihn leicht überreden, bei dem Einbruch in dieses Haus mitzumachen.

Am Nachmittag des 8. Septembers, einem Dienstag, schlüpften Eddie und Joey von der Vorderseite her in das Haus hinein. Als sie begannen, das Haus auf mögliche Beute zu durchsuchen, stellten sie fest, daß es – entgegen Eddies Vermutung – außer einem Fernsehapparat nicht viel zu holen gab. Als sie Vorbereitungen trafen, sich wieder davonzumachen, warf Joey einen Blick aus dem Fenster zur Straße und sah, daß sich dort ein Wagen näherte. Zwei Herren im Anzug stiegen aus. Joey sah sofort, daß es Kriminalbeamte in Zivil waren und vermutete, daß ein Nachbar sie gesehen und die Polizei alarmiert hatte.

»Es sind die Cops!« rief Joey seinem Kumpel entsetzt zu. Voller Panik rannten beide in die Küche. Eddie zerrte verzweifelt an der Hintertür, aber sie war verschlossen und ließ sich nicht öffnen. In seiner Verzweiflung griff Joey nach einem Küchenstuhl und warf ihn durchs Küchenfenster. Beide Jungen sprangen durch das Fenster und waren gerade dabei, über den Zaun zu klettern, als die Kriminalbeamten um das Haus gelaufen kamen.

»Runter vom Zaun, ihr kleinen Bastarde!« rief einer der Polizisten. Eddie und Joey schafften es auf die andere Seite und stürzten über ein Feld davon; an der 57. Straße trennten sie sich. Joey entschied sich dafür, ganz unauffällig zu tun und einfach die Straße entlangzugehen, in der Hoffnung, unter den anderen Fußgängern nicht weiter aufzufallen. Aber die Polizei hatte ihn schnell verhaftet. Er verweigerte seine Mitarbeit und behauptete, allein in dem Haus gewesen zu sein. Die Polizei wußte, daß er log, denn sie hatte ja zwei Jungen auf dem Zaun gesehen. Sie forderte Verstärkung an und begann, die Gegend zwischen der 57. und 59. Straße peinlich genau abzusuchen. Dort gab es westlich des Tatorts einen Friedhof, auf den sich Eddie geflüchtet hatte. Ein Teil des Friedhofs war sumpfiges Gelände, und in dessen trübem Wasser war Eddie untergetaucht. Er ging ganz unter Wasser und hielt den Atem an, so lange er konnte, kam dann kurz hoch, um Luft zu schnappen und tauchte dann wieder unter. Mehrmals sah er beim Atemholen Polizisten in der Nähe. Ungefähr eine Stunde ging das so; und dann, gerade als die Polizei dabei war, das Feld zu räumen, kam Eddie wieder zum Atmen hoch und starrte direkt in das grinsende Gesicht von Sergeant Ray Rubio.

»Hallo. Willst du da nicht rauskommen?« sagte Rubio. Er zog den triefenden jungen Mann aus dem Tümpel und steckte ihn zu Joey in eine Zelle in der Stadt.

Weniger als drei Monate später, am Montag nach dem Erntedankfest 1970, wurde Eddie dem Stellvertretenden Bezirksrichter Hugh Gibson vorgeführt und bekannte sich des Einbruchs in zwei Fällen für schuldig. Gibson gab ihm zweimal fünf Jahre und verfügte, ihn nach Huntsville zu schaffen, der Aufnahmeeinheit für das Strafvollzugssystem für die Erwachsenen – Eddie war inzwischen neunzehn.

Eddie fand die Zeit, die er im Gefängnis für Volljährige zubrachte, sowohl physisch als auch psychisch leichter zu ertragen als seine Jahre in der Jugendstrafanstalt. Er wurde einer Einheit für Ersttäter mit Jugendvorstrafen zugeteilt. Es gab, von wenigen Einzelfällen abgesehen, keine systematischen Prügel, kein ›Quälen‹, ›Schälen‹ oder Treten durch die Wächter. Und wenn er Drogen wollte: hier waren sie außerordentlich leicht zu bekommen. Hinter den Gefängnismauern wurden ihm mehr Drogen aufgedrängt, als es in den Straßen von Galveston jemals der Fall gewesen war.

Eddie wurde einer Straßenbaukolonne zugewiesen und bediente einen der Schaufelbagger, mit denen die Abwassergräben neben den texanischen Landstraßen gesäubert werden. Er ließ sich im Gefängnis nichts zuschulden kommen, und nachdem er noch nicht einmal zweieinhalb Jahre seiner Strafe abgesessen hatte, erschien sein Name auf einer Liste derer, die wegen guter Mitarbeit vorzeitig entlassen werden. Er begann bei einer Gesellschaft in Richmond, südwestlich von Houston, eine Ausbildung als Schweißer, und zum ersten Mal in seinem Leben machte er eine Arbeit, die ihm gefiel.

Eddie hatte eine bescheidene Unterkunft in Richmond, wo er während seiner Ausbildung übernachten konnte. Er hielt seine ersten Verabredungen mit seinem Bewährungshelfer in der Nähe von Houston ein, aber Galveston war nur eine Stunde entfernt, so daß er am Wochenende in seine Heimatstadt fahren konnte. Dort geriet er wieder in schlechte Gesellschaft. Es dauerte nicht lange, da wünschte sich Eddie, aus seinem Jobtraining herauszukommen. Er brachte die Wochenenden mit seinen Freunden bei Partys am Strand zu, trank exzessiv und nahm Drogen, nur um am Montagmorgen zur Arbeit nach Richmond zurückkehren zu müssen. Aus seiner Ruhelosigkeit wurde schnell Unzufriedenheit, bis er es schließlich nicht mehr ertragen konnte, zurück zur Arbeit zu müssen. Bald entschied er sich dafür, seinen Job aufzugeben, seine Bewährungsaufsicht nach Galveston zu verlegen und nach Hause zurückzukehren.

Aber Eddie hielt sich nie damit auf, in Galveston nach einem Job zu suchen, und traf seinen Bewährungshelfer nur ein einziges Mal. Statt dessen schloß er sich einer Gruppe von jungen Männern an, die bewaffnete Überfälle durchführte. Einer von ihnen schien nicht ganz bei Verstand zu sein. Sehr zur Freude seiner Kumpane ging er gern auf Raubzug – allein um des Nervenkitzels willen. Eddie und die anderen brauchten nur irgendein Warenhaus oder irgendein anderes Objekt vorzuschlagen, das einen lohnenden Raubzug versprach, und ihr Freund ging dann allein hinein und machte den Raub. Dann kam er zum Wagen zurückgelaufen und gab ihnen alles, was er erbeutet hatte.

Sie suchten eine Reihe von Objekten in der Nähe von Galveston und an der Straße nach Houston heim. An einem Juniabend raubten Eddie und seine Freunde in einem südlichen Vorort von Houston einen 7-Eleven-Store aus. Ihr seltsamer Freund erklärte ihnen, daß er keine Lust mehr habe, allein hineinzugehen und das ganze Risiko auf sich zu nehmen. Eddie und die anderen entschieden, daß es nur fair sei, diesmal gemeinsam zu gehen, und so taten sie es dann auch. Auf dem Weg zurück nach draußen – Eddie trug die mit Geld gefüllte Tasche – liefen sie einem Polizeibeamten außer Dienst in die Arme, der dort vorgefahren war, um etwas zu kaufen. Sie flohen und lieferten dem Officer eine wilde Verfolgungsjagd, in deren Verlauf sie mit ihren Pistolen aus dem Wagenfenster heraus auf den Verfolger schossen, bis dieser die Jagd aufgab.

Einige Tage später, am 24. Juni, war Eddie wieder in Galveston und fuhr mit seinem gelben 1965er Buick Skylark den Broadway hinunter. Auf der Höhe des großen Friedhofs bemerkte er zwei Polizeiwagen, die auf ihn zuhielten. An der Einmündung der 37. Straße nahmen ihn die Polizeiwagen in die Mitte und brachten ihn zum Stehen, indem sich einer der beiden seinem Wagen kreischend in die Seite rammte. Mehrere Beamte sprangen heraus und richteten Schrotflinten auf ihn. Ein anderer schaltete den Lautsprecher ein.

»Lassen Sie Ihre Hände auf dem Steuerrad!« rief der Cop.

Eddie ließ seine Hände auf dem Steuerrad liegen und erstarrte. Die Beamten kamen zum Wagen herüber, schauten hinein und fanden eine Pistole auf dem Sitz. Einer der Cops zerrte Eddie am Arm aus dem Wagen heraus. Er wurde rasch durchsucht, mit Handschellen gefesselt und in das Stadtgefängnis von Galveston gebracht. Eddie erfuhr bald, daß der Fahrer ihres Fluchtwagens beim 7-Eleven-Raub verhaftet worden war, nachdem man das Nummernschild zurückverfolgt hatte, und daß er der Polizei alles gestanden und die Namen seiner Komplizen verraten hatte.

Die Polizei legte Eddie soviel zur Last, wie sie nur konnte, angefangen von Raub bis hin zum Tragen einer versteckten Waffe und rücksichtslosem Fahren. Aber die bei weitem ernsteste Anklage war die, ein Gewohnheitsverbrecher zu sein. Zusammen mit Eddies früherem Strafregister ermöglichte das Gesetz dem Ankläger damit den Versuch, Eddie für den Rest seines Lebens hinter Gitter zu bringen. In der Sprache der Cops hieß das ›der große Reinfall‹. Eddie hatte eine Heidenangst davor.

Nach einem kurzen Gerichtstermin am Montag nahm Eddie Reißaus – durch eine unverschlossene Glastür im Durchgang vom Gerichtssaal zu den Zellen. Er brachte es nicht fertig, zurück ins Gefängnis zu gehen, nicht für sein ganzes Leben. Die Polizei spürte ihn in seinem Versteck in einer nahegelegenen Gasse bald auf und fügte den vorhandenen Anklagepunkten noch den versuchter Flucht hinzu. Zurück in seiner Zelle überwältigte Eddie die Einsicht, daß ihm der Versuch mißlungen war, außerhalb des Gefängnisses zurechtzukommen. Vielleicht würde er nie mehr ein freier Mann sein, dachte er. Selbst seine Mutter, die immer zu ihm gehalten hatte, gleichgültig, was er angerichtet hatte, zeigte sich bei einem Besuch im Gefängnis ratlos und sagte ihm, es gebe nichts mehr, was sie für ihn tun könne.

Eddie war so niedergeschlagen, daß er das Buch ›Vom Gefängnis zum Gotteslob‹, das der Kaplan ihm bei seinem Rundgang durch den Zellenblock gegeben hatte, unter seine Koje warf, ohne auch nur hineingesehen zu haben. Erst einige Tage später erinnerte er sich daran, daß es dort lag, nahm es heraus und las es durch. Das Buch handelte von der Existenz eines Zieles in jedem Leben, selbst in seinem. Eddie hatte niemals glauben können, daß sein Leben irgendeinen Sinn habe, außer zu trinken, Drogen zu nehmen und die Verbrechen zu begehen, die nötig waren, um diese Dinge zu finanzieren. Jetzt las er, daß sich die bedrückenden Wolken um sein Gemüt verziehen würden, wenn er nur anfinge, Gott für den Zweck seines Lebens zu danken. Das, glaubte Eddie, war das Merkwürdigste, was er jemals gehört hatte. Er warf das Buch wieder zurück unter die Matratze. Aber etwa eine Woche später erinnerte er sich aufs neue des Buches und sprach ein kurzes Gebet. Das einzige, wofür er meinte, Gott danken zu können, war die Tatsache, daß er trotz all der destruktiven Dinge, die er getan hatte, noch am Leben war.

Als er in die staatliche Aufnahmeeinheit in Huntsville verlegt wurde, gab ihm sein Zellengenosse einige christliche Schriften, die ihm seine Frau geschickt hatte. Eine davon schilderte einen Mann, dessen Leben wie das von Eddie gewesen war, der dann starb und dem ewigen Gericht gegenüberstand. Er wurde der Verdammnis überantwortet, wo ein großes ›Heulen und Zähneknirschen‹ war. Diese Vorstellung setzte sich bei Eddie für die ganze Zeit seines Aufenthalts in Huntsville fest. Er konnte ihr noch nicht einmal im Schlaf entkommen, da seine Träume angefüllt waren mit dem Lärm furchtbaren Heulens und Zähneknirschens. Mehrfach erwachte er morgens schweißgebadet von diesen Angstträumen. Er begann, sich an manches zu erinnern, zum Beispiel daran, wie merkwürdig getröstet er sich bei den Gottesdiensten in der Jugendstrafanstalt gefühlt hatte, und an seine Verzweiflung, nachdem er versucht hatte, in die Kirche in Houston zu gelangen, nur um deren Türen verschlossen zu finden.

Eddie fing an, eine Reihe der christlichen Bücher zu lesen, die im Gefängnis erhältlich waren, und manches Mal brach er in Tränen aus, wenn er die Verbindungen zu den Mißerfolgen in seinem eigenen Leben sah. Nachdem sein Zellengenosse ihn eines Tages laut schluchzend vorgefunden hatte, verlegte die Gefängnisleitung Eddie in einen anderen Block, um ihn besser unter Kontrolle zu haben. Eddie glaubte, daß sein neuer Zellengenosse dem Teufel selbst ähnlich sehe, ein großer Mann mit eindringlichen blaßblauen Augen. Eddie litt unter seiner Schuld und hatte Angst vor der ewigen Verdammnis.

Dann hörte Eddie eines Tages, während er allein in seiner Zelle saß, eine Stimme in seinem Kopf, die ihn anwies, das Buch auf seinem Regal zu lesen. Eddie hatte seit seiner Kindheit Stimmen in seinem Kopf gehört, aber diese Stimmen hatten ihm immer nur aufgetragen, etwas Verkehrtes zu tun. Dieses Mal griff Eddie nach dem Buch ›Der Weg zu Gott‹ und fand ein Mehrstufenprogramm mit dem Ziel, Jesus in sein Leben einzuladen. Er fing an, es zu befolgen, und zwischen den Stufen zwei und drei spürte er, wie ihn ein merkwürdiges Gefühl überkam. Es war ein unwillkürliches Gefühl, wie ein Schaudern, und Eddie hätte schwören können, daß es von einer Art Präsenz begleitet war, die von außen in seine Zelle eindrang. Zuvor hatte er die Gegenwart des Bösen gespürt, aber dies war etwas anderes. Eine seltsame Wärme stieg in ihm empor und ließ ihn sich so leicht fühlen, daß er glaubte zu schweben. Es schien so, als ob jede Sorge, jeder trübe Gedanke und alle Einsamkeit verflogen seien, und er empfand einen freudigen Frieden. Eddie brach in unkontrolliertes Weinen aus. Es war das erste Mal in seinem Leben, daß er so etwas wie inneren Frieden gespürt hatte. Er war sich sicher, daß Jesus jetzt doch noch in sein Leben eingetreten war, und er spürte, daß sein Leben von diesem Tag an anders sein würde.

Es dauerte nicht lange, bis dieses Gefühl weltliche Früchte trug und Eddies Leben in sehr greifbarer Weise änderte. Einer seiner Komplizen bei dem Warenhausraub kam durch seinen Zellenblock, schuldig befunden und zu einer Bewährungsstrafe verurteilt. Er erblickte Eddie und kam mit einem fragenden Blick auf ihn zu.

»Wo bist du gewesen, Mann?« fragte sein Freund.

»Was meinst du? Ich bin hier gewesen«, erwiderte Eddie.

»Ich meine, vor Gericht. Sie haben die Zeugen verhört, und sie sind den ganzen Raub durchgegangen. Dein Name ist dabei kein einziges Mal gefallen. Die Frau, die wir ausgeraubt haben, hat uns alle bis auf dich erkannt. Wie bist du da rausgekommen?«

Eddie war verblüfft. Aber er konnte tatsächlich in Erfahrung bringen, daß in seiner Akte keine Anklage wegen des Raubes in Houston auftauchte. Irgendwann war im Verlaufe des Widerrufs seiner vorzeitigen Entlassung und durch seine Trennung von den anderen seine Beteiligung an dem Verbrechen durch die Maschen des überlasteten Systems der Strafjustiz gefallen. Es war so, als hätte er bei diesem Überfall niemals die geringste Rolle gespielt. Plötzlich schien nichts mehr seiner Freilassung im Weg zu stehen. Es gab keinen ›großen Reinfall‹. Wenn sich die Gefängnistore das nächste Mal öffneten, konnte er als freier Mann hinausgehen in die saubere, frische Luft, erfüllt von der Liebe zu Jesus. Endlich hatte er die Kraft und den Willen gefunden, ein neues Leben zu beginnen.

Eddie saß weniger als sechs Monate ab, bevor er aus dem Staatsgefängnis entlassen wurde. Damit war seiner Strafe wegen des Einbruchs von 1970 voll Genüge getan. Während er westwärts fuhr, genau die entgegengesetzte Richtung von Galveston, auf der Suche nach einer christlichen Gemeinschaft, die ihm helfen würde, seine neugeborene Liebe zu Gott weiterzuentwickeln, schwor Eddie sich, niemals dorthin zurückzukehren. Die neuen Freunde, die er bald gewann, einschließlich seiner zukünftigen Frau Ronda, halfen ihm, an dem Glauben festzuhalten, daß er sich vollkommen geändert habe.

Kapitel 2

TRÜGERISCHE RUHE

Ich war immer sehr gespannt, ob ich nicht doch einmal jemanden fände, mit dem ich alles teilen könnte, mit dem ich lachen, singen und weinen könnte. Dann war er da. Eddie. Und wir teilen alles, wir lachen und singen und weinen. Er ist so sanft und freundlich, mein Gott.

– aus Rondas Tagebuch

»Vicksburg?« rief Eddie Wyatt überrascht. Er blickte durch das Seitenfenster auf den vorüberfliegenden Wegweiser. »Wir fahren in die falsche Richtung! Wir sind schon fast in Mississippi.« Ronda Hunter neben ihm auf dem Beifahrersitz hatte den Wegweiser ebenfalls gesehen und war jetzt etwas verwirrt, denn sie glaubte, daß sie bereits seit zwei Stunden nach Westen fuhren. Es war ein grauer, verregneter Tag gewesen.

»O Eddie, du hast recht. Niemand wird uns glauben, daß wir so lange falsch gefahren sind«, sagte sie, während ihr Begleiter nach einer Stelle Ausschau hielt, wo er wenden konnte. Sie waren so damit beschäftigt gewesen, sich etwas näher kennenzulernen, daß sie all die winzigen Städtchen von Louisiana völlig achtlos passiert hatten. Erst der Wegweiser ›Vicksburg 12 Meilen‹ hinter Tallulah holte sie in die Wirklichkeit zurück. Vicksburg lag auf der anderen Seite des Mississippi.

Eddie lenkte den Kombi auf den breiten Standstreifen, fuhr in einem Halbkreis durch den feuchten Schmutz und hielt an. Dann warf er einen kurzen Blick durch den trüben Schleier des regnerischen Spätnachmittags, wartete, bis einige Wagen in beiden Richtungen vorbeigefahren waren, und gab dann langsam Gas, diesmal nun wirklich in Richtung Texas.

»Verdammte Scheibenwischer«, sagte Eddie, während er ein weiteres Mal vergeblich an dem Armaturenbrett drehte. »Oh, Ronda, das tut mir leid.« Eddie war nervös geworden, und Ronda spürte, daß es ihn beunruhigte, vielleicht keinen guten Eindruck zu machen. Von allen männlichen Beratern, die sie bisher während ihrer zwei Jahre freiwilligen Dienstes am Teen Challenge Center in Dallas kennengelernt hatte, war Eddie der schüchternste, ein ruhiger und ernsthafter junge Mann. Ihre Kollegen schätzten Eddie, der vor nicht allzu langer Zeit zu ihnen gestoßen war, genauso ein und glaubten, daß seine ruhige Art auf Höflichkeit, Reife und Ehrlichkeit schließen lasse. Sie hatten Ronda in ihrer Meinung bestärkt, er wäre der beste Begleiter für ihren Zweitagestrip nach Monroe, Louisiana, zur Hochzeit von Angela Turnbow und Bob Thompson, zweier ihrer Freunde vom Teen Challenge.

Ronda nahm es gelassen hin, daß sie nun auf ihrem ohnehin langen Heimweg nach Dallas zusätzlich zwei Stunden verloren hatten, und lehnte sich in ihren Sitz zurück. Eddie schien erleichtert zu sein, daß sie so ruhig blieb. Aber Ronda Hunter brachte nichts so schnell aus der Ruhe. Sie war am Teen Challenge Center als praktische, verantwortungsbewußte Mitarbeiterin bekannt. Wenn sie in einen Raum kam, den eine Horde Vorschulkinder regelrecht verwüstet hatte, lächelte sie nur, krempelte die Ärmel hoch und ging zum Besenschrank. Daneben hatte sie immer noch Zeit, jeden kleinen Jungen und jedes kleine Mädchen einmal zu drücken und zu loben, während sie sich mit Besen und Wischlappen ihren Weg durch das Chaos bahnte.

Die einundzwanzigjährige Ronda war in der dünnen Luft von Denver, in der Nähe der Rocky Mountains, aufgewachsen und hatte auch in Dallas ihre gesunde Gesichtsfarbe nicht eingebüßt. Sie war schlank und trug ihr hellbraunes Haar lang und meistens leicht gelockt, so daß es ihre Brille umspielte und sanft auf ihre Schultern fiel. Fast immer trug sie ein Kleid oder Rock und Bluse, eine Angewohnheit, die auf ihre konservative, religiöse Erziehung zurückging. Hinter ihrem ruhigen Auftreten verbarg sich der intensive Impuls, anderen helfen zu wollen. Sie war einsatzfreudig und wünschte sich von ganzem Herzen, später einmal die Frau eines Geistlichen zu werden.

Ronda wußte, daß Eddie Wyatt nicht das Produkt eines Priesterseminars war, daß er vielmehr auf einer texanischen ›Besserungsschule‹ gewesen war, da, wo so viele ziellose Kinder in den frühen sechziger Jahren landeten. Als erwachsener Mann von zweiundzwanzig Jahren schien Eddie jetzt am Teen Challenge Center sein Ziel gefunden zu haben. Das landesweit bekannte Wiedereingliederungs- und Missionsprogramm für junge Menschen hatte das Leben des drahtigen jungen Mannes mit seiner Vorstrafe wegen Einbruchdiebstahls und seinen Drogenproblemen von Grund auf geändert. Die *Assemblies of God* betrieben über das ganze Land verstreut achtundneunzig dieser Zentren, die meisten davon in städtischen Problemzonen. Eine Studie zum Teen Challenge Center in Brooklyn, dem ältesten von allen, hatte ergeben, daß fünfundachtzig Prozent von denen, die dort das volle, bis zu einem Jahr lange Programm durchgestanden hatten, niemals wieder den Drogen, dem Alkohol, der Kriminalität und der Depression verfielen – also all den Symptomen einer verminderten Selbstachtung, die vorher ihr Leben charakterisiert hatten.

Im Teen Challenge Center von Dallas glaubten alle, daß auch Eddie Wyatt es schaffen würde. Eddie war ein Modellklient der Teen Challenge und hatte das Programm ohne das geringste Anzeichen eines Rückfalls durchlaufen. Er erzählte den jungen Leuten von seinen Erfahrungen im Gefängnis und von seinem Weg zu Jesus, und er verstand es, seine Zuhörer wirklich aufzurütteln. Fest entschlossen, alle Schwierigkeiten zu überwinden, die ihm als Kind und Jugendlichem auf den Straßen Galvestons begegnet waren, bereitete er sich darauf vor, eine Schweißschule zu besuchen und wieder einen Beruf aufzunehmen. Der gutaussehende, kraushaarige junge Mann schien sein Leben endlich in den Griff zu bekommen, und seine unbekümmerte Art zeigte ein zufriedenes Glück über sein neues Los.

Ronda fand Eddie, der ungefähr einsfünfundsiebzig groß und mit sechsundsechzig Kilogramm recht schlank war, ganz attraktiv. Aus seinen tränenreichen Berichten bei verschiedenen Gottesdiensten wußte sie, daß er aus einer zerrütteten Familie kam. Er trug die Beweise seiner ungeratenen Jugend auf dem Körper – eine Narbe unter dem Kinn und Tätowierungen einer

Schlange und einer Rose mit dem Namen einer Frau auf dem Arm. Aber jetzt lebte Eddie anders. Er hatte in dem Bewährungsprogramm seine Selbstachtung wiedergefunden und schien sich ernsthaft um andere Menschen zu kümmern.

Ronda Hunter hatte sich der Rettung von städtischen Kindern und Jugendlichen verschrieben, die Gefahr liefen, ihr Leben an Drogen, Kriminalität oder eine dumpfe Ausweglosigkeit zu verlieren. Sie suchte immer zuerst nach demjenigen Zug in der Persönlichkeit eines Jugendlichen, der Bestätigung brauchte, und begann von diesem Angriffspunkt aus die Selbstachtung des jungen Menschen wieder aufzubauen. Eddie benötigte eine solche Aufbauarbeit für sein weiteres Leben ebenfalls, und er fing an, sich zu fragen, wie es wohl wäre, wenn Ronda seine Frau würde.

Weit im Westen konnte Ronda am dunklen texanischen Horizont den Widerschein grellen Stadtlichtes am dunstigen Himmel erkennen. Sie waren immer noch mehr als anderthalb Stunden von Dallas entfernt. Der Glanz vor ihnen kam wahrscheinlich aus Tyler, einer kleineren Stadt in Osttexas, in deren Nähe Reverend David Wilkerson seine Aktivitäten in den frühen 1970er Jahren verlegt hatte. Bereits 1961 hatte Reverend Wilkerson, ein Prediger aus dem ländlichen Pennsylvania, sein erstes Teen Challenge Center in einem alten Haus auf der Clinton Avenue im Bedford-Stuyvesant-Viertel von Brooklyn, New York, gegründet, um junge Menschen, die in Schwierigkeiten steckten, wieder auf den richtigen Weg zu bringen.

»Ich wollte dir noch sagen, daß ich die Arbeit, die du im Zentrum machst, sehr bewundere, Ronda«, sagte Eddie, während sie ihre überlange Fahrt fortsetzten. »Bei dir sieht immer alles so leicht aus, aber ich kann dir aus meiner eigenen Erfahrung sagen, daß es nicht allen so leicht fällt.«

Das Lob schmeichelte Ronda, und sie versuchte, ihre Verlegenheit zu überspielen. »Ich glaube, wenn man etwas sehr gern tut, dann werden dadurch auch die schwierigen Dinge einfacher«, antwortete sie.

»Ich verstehe auch, was es für dich bedeuten muß, Angela zu verlieren«, fuhr Eddie fort, »denn im Programm für die Jungen wird uns Bob auch sehr fehlen. Er ist ein guter, harter Arbeiter, und ich halte sehr viel von ihm.«

»Nun Eddie, du weißt, daß du Bob auch eine Menge bedeutest«, erwiderte Ronda.

Im Lärm der Maschine des alten Kombis glaubte Eddie, Ronda sagen zu hören ». . . daß du mir viel bedeutest.« Das schien ihn aufzurütteln. Er drehte sich zu ihr herum und wartete einen Moment, bis sie ihn ebenfalls ansah.

»Ja, du bedeutest mir auch sehr viel, Ronda«, sagte er. Ronda sah etwas verwirrt aus, als Eddie fortfuhr: »Eigentlich glaube ich, daß ich dich sogar liebe.«

Ronda war verblüfft. Sie bewunderte Eddie. Wie die anderen im Teen Challenge Center war sie stolz darauf, wie er sich in den sechs Monaten seit seiner Ankunft dort entwickelt hatte, wie ehrlich sein Engagement zu sein schien und wie sehr er von der Liebe Gottes erfüllt war. Eddie Wyatt hatte sogar in jener emotionalen Gebetssprache geredet, von denen manche glauben, daß sie sich nur bei Menschen einstellt, die wirklich vom heiligen Geist beseelt sind. Aber auf das, was Eddie ihr gerade sagte, war sie doch nicht ganz vorbereitet.

»Nun Eddie, ich glaube zwar nicht, daß ich dich liebe, aber was nicht ist, kann ja noch werden«, sagte sie mit einer landläufigen Redensart. Aber die Zurückhaltung auf beiden Seiten war damit durchbrochen. Sie fuhren weiter nach Dallas und vertieften sich dabei in ein offenherziges Gespräch, so wie es sich Eddie schon lange gewünscht hatte.

Eddie und Rondo Wyatt behielten das Datum gut im Gedächtnis: den 30. August 1974. Sie lachten oft darüber, mit welcher Serie von Mißverständnissen ihre Beziehung an diesem regnerischen Tag auf der Schnellstraße während ihrer Rückfahrt von Louisiana begonnen hatte. Was wäre ihr Leben heute ohne jene Entdeckungsfreude und ohne die kleinen Eröffnungen, die das Eis gebrochen und sie vielleicht als Mann und Frau zusammengebracht hatten? Sie glaubten fest daran, daß die Fäden ihrer Liebesgeschichte im Himmel gesponnen worden waren.

Leidenschaftliche Gefühle wallten häufig auf, unter den engagierten jungen Männern und Frauen, die in der etwas versteckt gelegenen Kapelle des Teen Challenge Centers im rauhen Osten von Dallas arbeiteten, zwei Blocks von den Santa-Fe-Gleisen entfernt. Ihre Arbeit mit den verlorenen Seelen der Straffälligen, mit den armen Kindern aus den nahegelegenen Wohnsiedlungen, ihr Kampf, das Leben dieser Leute und ihr eigenes Leben zu ändern, begünstigte enge, gefühlsmäßige Bindungen. Sie beteten inbrünstig miteinander und weinten einer am Arm des anderen. Es waren junge Leute aus allen Landesteilen, keine Jugendlichen mehr, aber auch noch keine Erwachsenen. Sie lernten sich dort sehr genau kennen und teilten miteinander ihren tiefen Schmerz und ihren noch leidenschaftlicheren Wunsch nach einem Leben, das sie von ihrer oft unglücklichen Kindheit fortführen sollte. Auf diese Weise hatten während der letzten drei Jahre am Teen Challenge Center von Dallas sieben Paare zu einer Hochzeit zueinandergefunden.

Im Frühjahr 1974 hatte der Leiter des Zentrums in Dallas, Jim Jessup, einen Telefonanruf von seinem Kollegen drüben in Fort Worth erhalten, wo das Programm auf junge Frauen ausgerichtet war. Er erzählte Jessup, daß ein junger Mann namens Eddie Wyatt es mit einem alten Schrotthaufen von Auto noch gerade bis vor den Eingang seines Zentrums geschafft habe und jetzt dastehe und mehr über Jesus wisse wolle. Jessup nahm sich die Schlüssel für den Transporter des Zentrums und machte eben den kurzen Trip hinüber nach Fort Worth, um Eddie abzuholen.

Aufgrund seiner Stellung am Teen Challenge Center Dallas teilte sich Jessup eines der Häuser des Projektes in der Garland Avenue an der Ecke Saint Mary Street, vier Blocks von der Kapelle entfernt, mit den Jungen des Programms. Jessup und seine Frau wohnten in einem Bungalow an der Ecke, die Jungen in einem Wohnheim dahinter. Ein Teil des Bungalows wurde gemeinschaftlich genutzt; dort trafen sich auch die Klienten des Zentrums zu ihren Gruppensitzungen. Ronda und einige andere Helferinnen wohnten ungefähr eine halbe Meile weiter auf der Gaston Avenue; sie beherbergten in ihrem Haus gelegentlich gefährdete Mädchen.

Eddie hatte niemals zuvor aktive Christen kennengelernt, und er entdeckte, daß die Menschen am Teen Challenge Center im Gegensatz zu denen, mit denen zusammen er in Galveston groß geworden war, sich wirklich für andere einsetzten. Ungefähr ein halbes Dutzend junger Männer nahm im Frühjahr 1974 gleichzeitig mit ihm an dem Programm teil. Aber keiner der anderen war dabei so erfolgreich wie Eddie Wyatt. Lyle Noah, der Leiter des Zentrums von Ost-Dallas, war lange genug dabei, um einen Blender zu erkennen. Eddie überzeugte ihn. Es gab andere, die alles nur vortäuschten, denen das Programm als Bedingung ihrer Strafaussetzung auferlegt worden war und die zwar alles taten, was von ihnen verlangt wurde, aber eben nur das Nötigste. Und wieder andere drohten immer wieder von den Problemen, die sie in das Teen Challenge Center hineingebracht hatten, eingeholt und verschlungen zu werden.

Eddie dagegen schien versessen darauf, soviel wie nur möglich über sich selbst und über Jesus zu erfahren. Noah erlebte, wie andere Jungen Wutausbrüche bekamen oder in Weinkrämpfen zusammenbrachen, wenn irgendwelche ungelösten inneren Konflikte an die Oberfläche drängten. Bei Eddie passierte das nie. Kein Makel befleckte seine stetige Verwandlung von einem Straffälligen zu einem verantwortungsbewußten Erwachsenen.

Kurz nach seiner Ankunft am Teen Challenge Center drangen zum ersten Mal fremdartige Laute aus Eddies Mund, während er mit anderen gemeinsam tief ins Gebet versunken war. Laienohren klangen sie zwar mehr wie ein Lallen, den Gläubigen einiger Kirchen der Pfingstbewegung aber sind sie die Sprache Gottes, eine Gabe derer, die im heiligen Geist ›wiedergeboren‹ sind. Für den überraschten und verwirrten Eddie verkörperten sie einen Initialisierungsritus, der ihn in ein neues Leben führte. Ronda und die anderen Helfer waren begeistert, daß er diese Erfahrung machen durfte.

Nach dem Gottesdienst fand der Helfer Steve Griffith Eddie allein mit einem Ausdruck der Bestürzung auf dem Gesicht in einem kleinen Raum vorn im Gotteshaus an der Beacon Street. Steve, der über viel mehr Erfahrung in der Zungenpredigt verfügte als Eddie, spürte, welche inneren Konflikte seinen Freund angesichts dieses neuen, fremdartigen Gefühls erschütterten.

»Versucht der Teufel zu stehlen, was du von Gott bekommen

hast, Eddie?« fragte Steve. Eddie hielt eine Sekunde inne und schaute Steve an. Dann lockerte sich sein angespanntes Gesicht schnell auf.

»Danke, Steve, ich glaube, das ist genau das, was er zu tun versucht«, erklärte Eddie. »Es war wirklich da, und der Satan versucht, es mir zu nehmen!« Sofort begann Eddie wieder zu beten, und auf der Stelle verwandelten sich seine Worte wieder in Zungenrede. Diese unverständlichen Äußerungen bestätigten Eddie und allen anderen am Zentrum, daß Steves Versicherung genau ins Schwarze getroffen hatte.

Eddie, der immer ein Einzelgänger und Außenseiter gewesen war, hatte nun Menschen gefunden, die zu ihm gehörten. Im Sturm des Beifalls der Menge war es einfach, mit den verbliebenen Selbstzweifeln fertig zu werden. Er konnte alle bohrenden Fragen nach seiner Vergangenheit beiseite schieben und sie ungelöst lassen, denn sie waren für diese Leute nicht wichtig. Nachdem er erst einmal eine Weile dazugehört hatte, fand Eddie heraus, daß die alten Gefühle der Frustration, der Wut und der Schuld, wenn sie sich einmal zeigten, schnell mit einem Gebet ›Herr Gott, hilf mir‹ zurück in ihr Verlies gedrängt werden konnten.

Ronda Jean Hunter war ein Kind aus dem Herzen des ländlichen Amerika und hatte dessen Werte – harte Arbeit, Aufrichtigkeit und ein unzerstörbares Vertrauen in die menschliche Natur – mit der Muttermilch aufgenommen. Sie begann ihren Lebensweg in den Ebenen des östlichen Colorado in der Landstadt Fort Morgan, die vom schnellen Band des South Platte River umflossen wird, in Sichtweite des Longs Peak. Der Gipfel, der aus hundert Meilen Entfernung herübergleiste wie eine Fata Morgana, markierte den nördlichen Ausläufer der Front Range der Rocky Mountains. Östlich davon, im Abendschatten der Berge, erstreckten sich weite Ebenen. Farmland. Rondas Heimatstadt mit ihren siebentausendfünfhundert Einwohnern war umgeben von reich bewässerten Feldern mit Getreide, Rüben, Mais und Sojabohnen. Vom Colorado der Touristenbroschüren war hier nichts zu sehen. Die Ebenen Colorados bilden den westlichen Rand der großen Staubschüssel, des höchstgelegenen und trockensten Teils der großen amerikanischen Wüste, die die Pioniere vor anderthalb Jahrhunderten schnell hinter sich gelassen hatten, um die fruchtbaren Täler Kaliforniens und Oregons zu erreichen.

Spät in einer heißen Sommernacht im Juli 1953 kam Ronda im Fort Morgan Community Hospital als Tochter von Paul und Erna Hunter zur Welt, die beide draußen auf den östlichen Ebenen Colorados großgeworden waren. Nachdem Paul und Erna geheiratet hatten, waren sie nur noch zwei Jahre in der Landwirtschaft geblieben. Ein Jahr lang hatte das Paar bei einem Farmer gelebt und im nächsten Jahr ein Stück Land bei einem anderen gepachtet. Diese frühen Jahre waren mager, und manches Mal brachte Paul als Mahlzeit einen jungen Hasen heim, der sich bei der Feldarbeit unter seinem Landwirtschaftsgerät verfangen hatte.

Sie wohnten in einem Wohnwagen, so daß sie jederzeit ihrer Arbeit folgen konnten. Ihr Sohn Ron kam 1952 in Brush zur Welt, einem Städtchen von dreitausenddreihundert Einwohnern, zehn Meilen stromabwärts von Fort Morgan gelegen. Ein Jahr später war Paul mit der Familie nach Fort Morgan gezogen, wo er bei der Kreisverwaltung als Lastwagenfahrer arbeitete. Dann wurde Ronda geboren, und einige Zeit später nahm ihr Dad einen Job bei den Öl- und Gasquellen an, die die Landschaft des Denver-Julesburg-Basins übersäten. Aber dort wurde er nach und nach auf Kurzarbeit gesetzt. In den Stellenanzeigen stieß er nach gründlicher Suche auf einen Schiffshandel in Denver, der einen Mechaniker für Schiffsmotoren suchte; also nahm Paul Hunter seine junge Familie mit in die Stadt, wo 1957 sein drittes Kind, ein Sohn namens Randy, zur Welt kam. Mit seiner Arbeit als Schiffsmechaniker unterhielt Paul Hunter in den nächsten Jahrzehnten die Familie. Bei ihrem Umzug aus den baumlosen Ebenen ins unübersichtliche Denver brachten sie ihre religiösen Wertvorstellungen von einem einfachen, sauberen Lebenswandel mit, die für sie im Mittelpunkt des Familienlebens standen. Während Rondas Kindheit war es durchaus nicht ungewöhnlich, daß ihre Eltern irgendwelche Leute bei sich aufnahmen, die in Bedrängnis waren. Ronda war stolz auf ihre

Eltern und versuchte, sich nach ihnen zu orientieren. Der bloße Gedanke, daß die ihr nahestehenden Menschen irgendeinen Schmerz erleiden oder gar straucheln könnten, war ihr unerträglich.

Die Familie gehörte zu einer der *Assemblies of God*, einer relativ jungen Kirche, die weltweit die größte Gemeinschaft der Pfingstbewegung ist. Sie entstand aus der fundamentalistischen Erneuerung des frühen 20. Jahrhunderts, die sich vom amerikanischen Herzland aus nach Kalifornien verbreitete und dann ihren Weg durch die christliche Welt nahm. Die Erneuerung hatte mit spontanen freien Gottesdiensten begonnen, während derer die Teilnehmer in ihrer glühenden Leidenschaft angefangen hatten, in unbekannten Sprachen zu sprechen. Bibelwissenschaftler waren zu der Überzeugung gelangt, daß dieses Sprechen in Zungen, die Glossolalia, ein Beweis für die Taufe im heiligen Geist sei, die zum ersten Mal den Jüngern Jesu am Pfingsttag zuteil geworden war. Diejenigen, die diese Taufe erfahren, gelten als ›wiedergeborene Christen‹, obwohl nicht alle in Zungen sprechen. Ihnen ist ein sehr persönlicher Glaube zu eigen, der nicht auf den institutionalisierten Kirchen aufbaut, sondern auf einer individuellen Beziehung zu Jesus.

Als sie nach Denver kamen, quartierten sich die Hunters in einer Gegend mit einfachen Zweifamilienhäusern am South Platte River jenseits des Santa Fe Drive in der Nähe von Pauls Arbeitsstelle ein. Als die Familie finanziell abgesichert war, zogen sie in ein Haus auf der Center Street im Westteil von Denver, das nur einen Block von ihrer Kirche, der *Central Assembly of God*, entfernt war. In dieser Kirche wurde Ronda an einem Dienstag im Sommer 1961 im Alter von acht Jahren durch eine Tür verletzt, die ihr gegen ihre rechte Gesichtshälfte schlug. In den Tagen darauf bemerkte Erna, daß ihr kleines Mädchen Schwierigkeiten beim Kauen hatte. Ihre Füße begannen sich nach innen zu verdrehen, und sie zog den linken Fuß nach. Erna machte sich große Sorgen, denn schon einige Monate zuvor war Ronda plötzlich nicht mehr in der Lage gewesen, ihr linkes Auge vollständig zu schließen. Sechs Tage nach dem Unfall in der Kirche brachten ihre Eltern sie zur Kinderklinik in Denver, wo sich nach einer Reihe von Tests schließlich herausstellte, daß sie ein Hirnstammgliom hatte. Der nicht operable Tumor, der schon vor dem Unfall dagewesen, aber erst in seiner Folge entdeckt worden war, verursachte eine Teillähmung ihrer linken Seite. Nach drei Tagen schickten die Ärzte sie aus der Klinik wieder heim und teilten Paul und Erna mit, daß Ronda wahrscheinlich innerhalb eines Jahres sterben werde.

Eine Unzahl von Gebeten für Ronda nahm von der *Central Assembly* und den anderen Gemeinden der Umgebung ihren Ausgang. Paul nahm Ronda beim Gebetsaufruf mit nach vorn, vor die Gemeinde, damit alle für sie beteten. Und tatsächlich erholte sich Ronda im Laufe des nächsten Jahres, statt dem Tode näherzurücken. Die Stellung ihrer Augen, die beide in Folge des Unfalls nach innen schielten, normalisierte sich wieder. Medizinische Tests im folgenden Juli ergaben kein Anzeichen mehr für einen Tumor. Seit ihrem neunten Geburtstag wußte Ronda, daß sie eine besondere und persönliche Beziehung zu Gott hatte. Er hatte sie aus irgendeinem besonderen Grund am Leben erhalten, glaubte sie.

Die Familien- und Gemeindemitglieder hielten Ronda ebenfalls für besonders begnadet. Und während sie weiter heranwuchs, wurde es immer wichtiger für sie, dem Bild, das sich ihre Glaubensbrüder und -schwestern von ihr machten, auch zu entsprechen. Sie war so sehr auf Anerkennung bedacht, daß sie dazu neigte, alle Probleme zu verleugnen, die das Bild hätten stören können. Sie war, was immer andere von ihr zu sein erwarteten. Ihr Ziel war es zu gefallen, und das gelang ihr meisterhaft.

Ronda war schon gern in den Kindergarten gegangen, und auch die Schule machte ihr vom ersten Tag an Freude. Während ihrer gesamten Schulzeit fühlte sie sich mehr zu den gesellschaftskundlichen als zu den naturwissenschaftlichen Fächern hingezogen. Sie wurde eine richtige Leseratte; am liebsten las und liest sie noch heute Romane, die von triumphalen Erfolgen einfacher Durchschnittsmenschen handelten oder davon, wie die Pioniere alle ihnen entgegenstehenden Hindernisse überwanden. Mit der von ihren Eltern übernommenen Hilfsbereitschaft trat sie oft für Klassenkameraden ein, die von den anderen Kindern gemieden wurden. Einmal befreundete sie sich mit einem sehr dicken kleinen Mädchen und ein anderes Mal mit einem sehr schlichten Mädchen aus einfachen Verhältnissen, das selten badete und starken Körpergeruch hatte; ohne Ronda hätten diese beiden in der Klasse keinen Anschluß gefunden.

Später zogen die Hunters dann nach Lakewood, einen westlichen Vorort von Denver, und schlossen sich der dortigen *Assembly of God* an. Die religiösen Überzeugungen der Familie führten zu einer gewissen Isolierung Rondas von ihren Klassenkameraden. Rondas Eltern gestatteten nicht, daß sie in der Elementary School die modernen Tänze lernte. Dieses Verbot bedeutete, daß es für Ronda keinen Schülerball geben würde. Dafür glänzte sie um so mehr im Fach Hausarbeit. Sie wurde in dem Glauben erzogen, daß der Platz einer Frau in erster Linie im Haus sei, und auf ihre künftige Aufgabe bereitete sie sich vor, so gut sie konnte.

Ronda war ein musikalisches Naturtalent. Schon nach wenigen Unterrichtsstunden wurde sie eine perfekte Klavierspielerin. Außerdem hatte sie eine sanfte, schöne Singstimme, die sie oft bei der Hausarbeit und beim Kochen erschallen ließ. Familie und Freunde mochten es bald gar nicht mehr missen, Ronda mit ihrer weichen Stimme die altvertrauten Kirchenlieder singen zu hören.

Mit sechzehn begann Ronda, mit Jungen auszugehen. Gewöhnlich aßen sie dann zusammen, gingen spazieren oder lasen etwas, denn das Kino war Ronda ebenfalls verboten. An der Alameda High School machte sie in einem Bibelclub mit, der sich mittwochs vor dem Unterricht zum Gebet traf. Insgesamt war Ronda mit ihrem Leben ganz zufrieden, solange sie nur bei denjenigen, die ihr wichtig waren, Anerkennung fand. Wie behütet ihre Jugend war, hatte sich im Sommer vor ihrem letzten Schuljahr gezeigt, als sie zusammen mit einer Gruppe junger Missionare für die *Assemblies of God* nach Montego Bay in Jamaika geflogen war. Draußen vor einer ländlichen Kirche sah Ronda einen Hahn, der mit einer Henne das machte, was Hähne natürlicherweise mit Hennen machen. Sie fragte eines der jamaikanischen Kinder, was der Hahn dort treibe. Der solchermaßen in Verlegenheit gebrachte Junge scharrte mit seinem Fuß im Schmutz, während Ronda weiter in ihn drang. Als der Junge schließlich in Gelächter ausbrach, begriff Ronda endlich, was dort auf dem Bauernhof vor sich ging. Diese Naivität in sexuellen Angelegenheiten bewahrte sie sich auch als Erwachsene.

Als Ronda im Juni 1971 ihren Abschluß an der Alameda High School gemacht hatte, hatten ihre Eltern genug Geld zusammengespart, um sie auf das Southwestern Assemblies of God College zu schicken. Die Hochschule in Waxahachie, Texas, lag ungefähr eine halbe Autostunde von Dallas entfernt. Als Hauptfach wollte sie christliche Erziehung studieren. Dieses Studium sollte ihr helfen, später einmal einem Pastor als dessen Frau und Assistentin zur Seite zu stehen. Da das Teen-Challenge-Programm ebenfalls von den *Assemblies of God* durchgeführt wurde, ergingen vom Zentrum in Dallas aus regelmäßige Aufrufe, an den Wochenenden dorthin zu kommen und den Hippies am Rande der Innenstadt ein Zeichen des Glaubens zu geben. Das Teen Challenge Center Dallas schickte jeden Freitag und Samstag zwei Lieferwagen zum College, um die Helfer abzuholen, und ein Teil von Rondas Freunden fuhr regelmäßig mit.

Ronda widerstrebte es zunächst, mitzugehen, weil man es in Dallas mit einem sehr skeptischen Publikum zu tun hatte. Aber der sanfte Druck durch ihre engagierten Freunde half ihr, die Angst zu überwinden. Auf dem Campus herrschte die Meinung vor, es sei die Pflicht eines jeden wirklich guten Christen, sich an der Missionsarbeit in Dallas zu beteiligen. Das gab für Ronda den Ausschlag, und sie fuhr schließlich jedes Wochenende mit – wenn es alle von ihr erwarteten, dann war sie natürlich die erste, die in den Wagen des Teen Challenge Centers stieg. Unter dem Druck ihrer Kameraden und immer auf der Suche nach Anerkennung kam sich Ronda manchmal wie ein geisterhafter Beobachter ihres eigenen Lebens vor, das ohne ihre Beteiligung vor ihr abzulaufen schien wie ein Film.

Ronda brachte ihr erstes Jahr an der Southwestern zu Ende. Sie genoß das Studium am College, erkannte aber schnell, daß sie es sich nicht würde leisten können, im Herbst 1972 dorthin zurückzukehren. Daheim war das Geld knapp, und da sie im

Frühjahr soviel Zeit bei der Teen Challenge verbracht hatte, konnte sie selbst kein Geld verdienen.

Ronda war Lyle Noah als eine sehr fähige Kraft aufgefallen, und er fragte sie, ob sie nicht den Sommer über am Teen Challenge Center Dallas bleiben wolle. Sie sollte bei dem geplanten ›Kinderkreuzzug‹ mitmachen, mit in die Wohnsiedlungen gehen und dort Bibelstunden für die Kinder geben. Ronda blieb gern, weil sie das Gefühl hatte, daß man sie brauchte. Sie bekam für ihre Tätigkeit zusätzlich zu Kost und Logis nur einen minimalen Betrag als Entgelt ausgezahlt, ungefähr zwanzig Dollar pro Monat. Ab Herbst setzte Noah sie als Beraterin für die Mädchen ihrer Altersstufe im Heim des Centers ein. Diese Mädchen brauchten Hilfe, weil sie allein mit ihren Problemen nicht fertig wurden.

Es kam vor, daß Ronda bei ihrer Arbeit – ohne etwas davon zu ahnen – in gefährliche Situationen geriet, aber selbst wenn sie sich dessen im nachhinein bewußt wurde, blieb ihr Glaube unerschüttert, daß der Mensch von Natur aus grundsätzlich gut sei. Einmal zum Beispiel beriet sie eine depressive Jugendliche in deren Wohnung. Erst nach mehreren Sitzungen gestand das Mädchen, daß sie bei Rondas erstem Besuch auf einer geladenen Pistole gesessen hatte. Sie hatte ursprünglich geplant, Ronda zu erschießen. Es war bezeichnend für Ronda, daß sie nicht die Spur von Angst hatte – die Gefahr war ja inzwischen vorüber.

Als Eddie im Februar 1974 aus dem Gefängnis kam, wußte er, daß das Schlimmste, was er tun konnte, eine Rückkehr in seine alten Schlupfwinkel in Galveston war. Also borgte er sich den Wagen seines Bruders und machte sich auf den Weg in den Westen von Texas, nach Abilene. Er schloß sich dort für kurze Zeit einer Kirche der Pfingstbewegung an, konnte aber keinen Job finden, weil alles schon von Studenten und Absolventen des Abilene Christian College vergeben war. Ohne besonderen Grund entschloß er sich dann, nach Fort Worth zu fahren. Aber kaum war er auf der Interstate 20 gefahren, da brach vorne im Motorraum des Wagens ein Feuer aus. Er fuhr auf den

Randstreifen, stieg aus und öffnete die Haube. Das Feuer verlöschte rasch, aber er hatte keine Vorstellung, was mit dem Wagen nicht stimmte.

In diesem Moment hörte er eine innere Stimme. Es war nichts Ungewöhnliches für Eddie, Stimmen zu hören; sie waren nicht wirklich geisterhaft, sondern eher improvisierte Gedanken, die plötzlich in seinem Kopf auftauchten und ihm bedeuteten, dieses oder jenes zu tun. Normalerweise rieten ihm diese Stimmen zu schlechten Taten; diesmal jedoch war es etwas anderes, und es war auch eine andere Stimme, die sprach. Sie sagte: »Vertraue mir. Steige in den Wagen und lasse ihn an.« Eddie hatte zwar nicht das Geringste unternommen, um den Motor wieder flott zu machen, aber er dachte sich, warum nicht. Es schien auch nicht verrückter zu sein als der Versuch, an der Maschine herumzupfuschen. Er drehte den Zündschlüssel herum, und der Motor sprang an. Überrascht ordnete Eddie sich wieder in den laufenden Verkehr ein, davon überzeugt, daß Jesus ihn irgendwie führte. Er hatte Fort Worth fast erreicht, da fielen ihm einige der unglaublichen Berichte über die wunderbare Rettung Gestrandeter aus ›The Cross and the Switchblade‹ ein, Reverend Wilkersons erleuchtetem Klassiker. Das Buch wurde überall an den Teen Challenge Centers in Amerika gelesen und erschien übrigens auch in Deutschland, unter dem Titel ›Kreuz und Messerhelden‹; Eddie war im Gefängnis darauf aufmerksam geworden. Er nahm die nächste Ausfahrt und hielt an einer Telefonzelle, wo er schnell das Telefonverzeichnis durchblätterte. Es stellte sich heraus, daß er nur zwei Blocks vom Teen Challenge Center in Fort Worth entfernt war. Er fuhr zu dem Gebäude hinüber, parkte direkt davor und stellte den Motor ab. Als jemand aus dem Zentrum herauskam, um sich das Auto einmal anzusehen, stellte er fest, daß die Wasserpumpe versagt hatte und ein Blatt des Ventilators abgebrochen war und den Kühler durchschlagen hatte. Der Motor hätte eigentlich gar nicht mehr laufen können, erklärte er Eddie.

Statt einer Antwort warf Eddie ihm die Schlüssel zu und sagte: »Behalt ihn.« Dann stieg er in Jim Jessups Lieferwagen.

Als Jessup an diesem Tag im März 1974 mit Eddie vor dem Teen Challenge Center im östlichen Dallas vorfuhr, war der junge Mann bereits die Verpflichtungen eingegangen, die nötig waren, um seinem Leben eine Wende zu geben. Bald fing Eddie an, in Kirchen und auf Beratungssitzungen davon Zeugnis abzulegen, wie er zu Jesus gefunden hatte. Mit seinen Geschichten aus Galveston gab er Ronda und den anderen einen flüchtigen Einblick in das Leben eines einsamen jungen Menschen. Diese Geschichten blieben zwar an der Oberfläche, aber sie waren das einzige, was Ronda, Lyle Noah und Jim Jessup von Eddie Wyatt wußten. Aber im Grunde genommen zählte die Vergangenheit für sie auch gar nicht. Was immer Eddie enthüllen wollte, wie weit er damit auch immer gehen wollte, für sie war es weit genug. Der Eddie Wyatt, der ihr Freund war, war ein ganz anderer Mensch als der junge Kriminelle, der die Straßen von Galveston unsicher gemacht hatte.

Es gelang Eddie immer wieder, sein Publikum in den Kirchen und bei den Sitzungen der Teen Challenge mit seinen haarsträubenden Geständnissen gefangenzunehmen. Er erzählte ihnen Einzelheiten seiner Erlebnisse in Gatesville, von den vielen Schlägen, die er dort bekommen hatte, und von einem anderen Jungen, der dort umgebracht worden war. Er erzählte auch, wie er in die Drogenabhängigkeit geraten war. Mit seiner ruhigen und gleichmäßigen Stimme schilderte er den Moment, als er die Polizeikugel an seinem Ohr vorbeipfeifen hörte. Dann erzählte er ihnen von seinen Depressionen in der schmutzigen Gefängniszelle in Galveston und von der totalen Gewalt, die sie über ihn hatten, bis er dort sein erstes Gebet sprach.

Seine sonntäglichen Bekenntnisse machten Eddie schnell zum Star des Teen-Challenge-Programms, und im Informationsblatt für Dallas wurde er besonders herausgestellt. Ronda bewunderte die Charakterstärke des jungen Mannes. Sie sah, wie er sich seiner Vergangenheit stellte, seine Schuld bekannte und mit Liebe über seine neue Beziehung zu Gott sprach. Ein warmes Lächeln überflog ihr Gesicht, wenn sie ihn reden hörte. Diejenigen Mitglieder des Teen Challenge Centers, die noch enger mit ihm zusammenarbeiteten, empfanden sogar noch größeren Stolz auf Eddie Wyatt.

Jim Jessup blieb noch für einige Monate. Im Spätsommer verließ er sie und ging zu einer U-Boot-Mannschaft in der Navy. Jessup fand, daß Eddie sehr gewissenhaft war und sehr bemüht, alles zu tun, um das Programm für sich erfolgreich zu gestalten. Wenn Jessup während einer Bibelstunde einen wichtigen Punkt erwähnte, konnte er beobachten, wie Eddie darüber nachdachte, ihn dann verstand und für den nächsten bereit war. Jessup hatte den Eindruck, daß Eddie Wyatt selbständig und nicht von den Meinungen anderer abhängig war. Er hielt sehr viel von diesem jungen Mann.

Jessups Nachfolger waren Jerry und Charlotte Holley, ein junges Paar aus Osttexas, das nach Dallas gekommen war, um sein Leben dort den jungen Menschen zu widmen. Die Holleys erlebten Eddie als ruhig und kooperativ, ein ungewöhnliches und hochwillkommenes Verhalten in einem Programm für gefährdete Jugendliche. Eddie erschien jeden Morgen zum Gebet, zum Bibelstudium und zum Chor, ohne sich jemals zu beschweren. Er schien zu lernen, weil er lernen wollte. Anders als Eddie benötigten die meisten Teilnehmer des Programms zu den merkwürdigsten Studen der Nacht Zuwendung, weil sie reden wollten oder sich ausweinen mußten.

Wenn er etwas zu sagen hatte, machte Eddie nicht mehr Worte als unbedingt nötig. Deshalb hörten seine Freunde normalerweise auch zu, wenn er den Mund öffnete. Und seine Erzählungen konnten sehr fesselnd sein. Einmal, bei einem Besuch in einer der vielen Kirchen der Pfingstgemeinde in Dallas, war ein Beitrag von fünf Minuten für Eddie vorgesehen. Aber mit seiner Geschichte schlug er die versammelte Gemeinde für eine volle Dreiviertelstunde in seinen Bann.

Seit Ronda ihn ein wenig kennengelernt hatte, sagte Eddie ihr manchmal in ihrem Büro in der Nähe der Kapelle guten Tag und war dann gleich wieder verschwunden. Als Eddie selbst dem Stab als ein Berater für die Gleichaltrigen angehörte, kamen die beiden öfter zusammen, und zwar für gewöhnlich beim gemeinsamen Abendbrot. Eddie fühlte sich von Anfang an zu Ronda hingezogen. Sie verkörperte all die Eigenschaften, die er in seinem eigenen Leben vermißte. Wenn er ihr bei ihrer Arbeit mit den Kindern, den Mädchen im Teenageralter und sogar den anderen Ratgebern zusah, fühlte er sich von ihr inspiriert und motiviert. Im Sommer fing Eddie an, seine Gefühle in Gedichten zum Ausdruck zu bringen und verfaßte auch ein Gedicht für Ronda, noch vor ihrer ersten Verabredung. In einer Strophe war von der Wirkung die Rede, die Ronda auf sein eigenes, neugeborenes Herz hatte:

Für einen, der auf seinem Weg gestrauchelt ist,
macht es sicherlich aus Dunkelheit Licht.
Aber mir hat das Lächeln, das Du so oft zeigst,
eine Wärme ins Herz gepflanzt,
die von dort nicht mehr weicht.

Als Eddie und Ronda von ihrem Ausflug nach Louisiana zum Teen Challenge Center in Dallas zurückkehrten und den anderen erzählten, daß sie nun miteinander gingen, waren ihre Freunde überrascht. Ihre Verabredungen bestanden meist darin, Hand in Hand spazierenzugehen und über ihre Hoffnungen und Träume zu sprechen. Schon nach wenigen Wochen hörten die Kollegen, wie Eddie und Ronda zum ersten Mal über Heirat sprachen.

Wie alle anderen am Teen Challenge Center glaubte auch Ronda, daß ein so tiefgreifender Wandel wie der, der Eddie aus seiner Ziellosigkeit, Wut und Frustration gerissen hatte, nicht nur vorübergehender Natur sein konnte. Ronda war davon überzeugt, daß sie die perfekte Frau für Eddie wäre. Sie würde ihm das stabile Zuhause geben, das er als Kind vermißt hatte. Sie würde seine Anstrengungen belohnen, indem sie ihm die beste Frau, seinen Kindern die beste Mutter wäre, die sie sein konnte, und ihn für den Rest seines Lebens mit Liebe umsorgen.

Jerry und Charlotte Holley waren allerdings irgendwie skeptisch. Der Stellvertretende Leiter und seine Frau glaubten, daß Eddies Persönlichkeit ruhig noch etwas reifer werden könne. Tief im Inneren wollten sie Ronda einfach nicht verlieren. Diejenigen, die das Programm durchlaufen hatten, waren normalerweise hinreichend mit der Neuausrichtung ihres Lebens beschäftigt, ohne noch zusätzlich die lebenslange Verpflichtung einer Ehe einzugehen. Aber sie spürten, daß Eddie ein guter Mann und Ronda eine außerordentlich praktisch veranlagte Frau war. In der Tat machte die beabsichtigte Hochzeit von Eddie Wyatt und Ronda Hunter der Belegschaft weniger Kopfzerbrechen als die sieben anderen Hochzeiten, die am Teen Challenge Center in den letzten Jahren gefeiert worden waren.

Irgendwann im September, weniger als einen Monat nach ihrer ersten Verabredung, einigten sich Eddie und Ronda auf den romantischen Tag, der für ihre Hochzeit möglich war, auf den Valentinstag, bis zu dem es keine fünf Monate mehr waren. Eddie schmiedete Pläne, das Teen Challenge Center zu verlassen und sich einen Job zu suchen. Die Arbeit als Schweißer während der kurzen Zeit seiner praktischen Bewährung in Richmond hatte ihm ganz gut gefallen, und so entschied er sich für die Teilnahme an einem Qualifikationskurs für Schweißer an der Schule für Industrielles Gewerbe in Dallas. Er zog aus dem Zentrum aus und nahm sich ein Zimmer in einer gegenüber dem winzigen Munger Park ruhig gelegenen, reizenden Pension in der Junius Street, nur einige Blocks von Rondas Apartment auf der Gaston Avenue entfernt.

Paul und Erna Hunter kamen zu einem kurzen Urlaub in der zweiten Novemberwoche nach Dallas, um ihren zukünftigen Schwiegersohn kennenzulernen. Sie reisten in einem blaßblauen 1964er Volkswagen an, den sie ihrer Tochter schenken wollten. Eddie machte zwar einen ganz guten Eindruck, als Rondas Eltern ihn kennenlernten, aber sie waren dennoch besorgt über die Hochzeit ihrer Tochter mit einem Mann, der das Programm der Teen Challenge durchlaufen hatte, Erfolgsstory hin oder her. Paul gab gern damit an, daß Erna einen sechsten Sinn für Menschen hatte und sie schneller einschätzen konnte, als ein Hase über einen Farmweg flitzt. Und Erna hatte kein gutes Gefühl bei Eddie. Paul selbst hielt Eddie für einen nervösen Typ, der ihm nicht gerade in die Augen blicken konnte, wenn sie miteinander sprachen.

Aber das Glück ihrer Tochter ließ ihre elterlichen Gefühle und Bedenken verblassen. Paul und Erna wollten die offensichtliche Freude, die diese Beziehung für Ronda bedeutete, nicht zerstören, indem sie ihre Zweifel anmeldeten. Ihre Tochter hatte eine gute Erziehung bekommen und stand nun auf eigenen Beinen. Sie hatten nicht vor, sie noch einmal zurückzurufen, um ihr zusätzliche Lektionen zu erteilen.

Eddie trat am 6. November in Dallas bei Litton Systems eine Stelle als Schweißer an, für drei Dollar in der Stunde, genau drei Tage, bevor Rondas Eltern zu ihrem Besuch eintrafen. In zwei Monaten würden es drei Dollar fünfundzwanzig sein. Es war eine harte, aber ehrliche Arbeit, die ihm Spaß machte. Als verheirateter Mann mußte er mehr Geld verdienen, als das Teen Challenge Center zahlen konnte. Von dem Tag im Sommer an, als Eddie dort zum Berater gemacht worden war, bis Ende Oktober, als er das Zentrum verließ, hatte er dort insgesamt dreihundertfünfzig Dollar verdient. Bei Litton würde er bis zum Ende des Jahres das Dreifache bekommen.

Ronda vertraute auf Gott, und sie war sich sicher, daß ihrer und Eddies Glaube stärker war als alle Widrigkeiten, die sich auf ihrem gemeinsamen Weg zeigen konnten. Sie dachte immer an eine Bibelstelle aus dem Brief des Paulus an die Römer, die sie an eine einfache Wahrheit erinnerte. Wenn Gott für uns ist, wer mag dann gegen uns sein?

Kapitel 3

GLÜCK OHNE DAUER

Es ist kurz nach Mitternacht, und Eddie hat noch Dienst. Ich vermisse ihn so, wenn er fort ist, und kurz bevor er wieder zurückkommt, bin ich in meinem Innersten ganz aufgeregt bei dem Gedanken, ihn wiederzusehen. Heute kam er mit einem Lächeln von seiner Arbeit zurück, und mein Herz schlug so heftig, daß ich es nehmen und tief in mich hineinstopfen mußte. Ich habe es dort in einem Winkel versteckt, um es irgendwann wieder herauszuholen und mich daran zu erinnern. Dort sind schon so viele andere glückliche Erinnerungen.

— aus Rondas Tagebuch

Kurz vor dem Erntedankfest entschlossen sich Eddie und Ronda, in ihren taubenblauen Käfer zu steigen und die achthundert Meilen nach Denver zu fahren, um den Feiertag mit Rondas Familie zu verbringen. Sie kamen spät von Dallas weg, und als es dunkel wurde, waren sie immer noch nicht über Osttexas hinausgekommen. Eddie wollte ohne Pause durchfahren, aber sowohl er als auch Ronda hatten einen sehr langen Tag am Zentrum gehabt.

Es war schon spät in der Nacht, als Eddie auf dem Seitenstreifen des Highways anhielt, um Rast zu machen. Während sie sich unterhielten, rückte Eddie näher an Ronda heran, um sie zu küssen. Seine Küsse wurden immer leidenschaftlicher, und Eddies Hände fingen an, Rondas Körper an Stellen zu erforschen, wo sie niemals zuvor ein Mann berührt hatte. Sie war wie betäubt, als sie begriff, daß Eddie vorhatte, mit ihr zu schlafen, hier in dem Volkswagen, der am Straßenrand der U.S. 287 geparkt war.

»Eddie, wir sollten das lieber lassen. Ich habe Angst, schwanger zu werden«, bat Ronda. »Ich möchte bei meiner Hochzeit nicht schwanger sein. Tu es bitte nicht.«

»Ich weiß, was ich tue, Liebling«, versuchte Eddie, Ronda zu beschwichtigen. »Ich habe das früher schon gemacht.«

Nachdem sie alle seine Geständnisse gehört hatte, hatte Ronda sich eigentlich schon denken können, daß Eddie wohl schon mit einer Frau geschlafen hatte. Aber jetzt bestätigte er ausdrücklich, daß sie nicht die erste Frau war, mit der er intim würde. Einen Augenblick lang verletzte diese Erkenntnis sie, aber im Moment erschien ihr die Gegenwart viel bedrohlicher als die Vergangenheit. Sie hatte sich immer etwas darauf zugute gehalten, alles unter Kontrolle zu haben, und zum ersten Mal, soweit sie sich erinnerte, mißlang ihr das jetzt. Es ging auf einmal alles zu schnell für sie.

Irgendwie brachte Eddie sie in eine Position, die es ihm ermöglichte, sie beide weit genug auszuziehen und schließlich in sie einzudringen. Es tat weh, aber nicht so sehr, wie Ronda befürchtet hatte. Während sie sich zurücklegte und Eddie seinen Willen ließ, blieb ihr starrer Blick an drei riesigen Baumstämmen draußen vor dem Wagenfenster hängen, die schwärzer als der Nachthimmel waren, gegen den sich ihre Silhouette abhob. Dieses strenge Bild brannte sich in ihre Erinnerung ein.

Nachdem Eddie fertig war, brachte er seine Hosen in Ordnung und ließ den Käfer wieder an. Ronda saß auf dem Beifahrersitz und versuchte zu verarbeiten, was gerade passiert war. Sie fühlte sich schmutzig und erniedrigt. Sie mußte irgend etwas getan haben, um ihn aufzureizen, nahm sie an. Wie hatte sie das nur zulassen können? Nun war ihre Hochzeit mit Eddie zwingender als jemals zuvor. Er hatte ihr keine Wahl mehr gelassen. Kein anderer Mann würde sie jetzt noch wollen.

Als Ronda und Eddie mit Rondas Brüdern und deren Frauen beim Erntedankfest-Essen ihrer Eltern saßen, ließ sie sich nicht anmerken, daß irgend etwas nicht stimmte, daß sie nicht mehr die war, die sie alle beim letzten Mal in ihr gesehen hatten.

Kurz nach ihrer Rückkehr nach Dallas kam es in der Pension an der Junius Street zu einer Wiederholung der Szene im Auto. Aus irgendeinem Grund bat Eddie seine Zukünftige, mit ihm hinauf auf sein Zimmer zu kommen. Dort fing er sofort an, sie zu küssen, und genau wie zuvor im Wagen waren Rondas Proteste für ihn anscheinend nur unbedeutende Hindernisse, die er überwinden mußte, und keine Äußerungen, die ihn wirklich aufhalten konnten. Wieder empfand Ronda Schrecken und Ekel. Er betrachtete Sex offensichtlich als einen notwendigen Bestandteil seiner Werbung. Ronda war zu verwirrt und ängstlich, um ihre Gefühle über diese sexuellen Zwischenspiele zu verraten; statt dessen machte sie weitere Konfrontationen unmöglich, indem sie einige Tage später ankündigte, daß sie sich entschlossen hatte, für ihre Hochzeitsvorbereitungen zu ihren Eltern zurückzukehren.

Am 18. Dezember sagte sie Eddie Lebewohl. Zu Hause in Colorado kämpfte sie dann mit der Erinnerung an das, was auf der Straße in Texas und in der Pension in der Junius Street geschehen war. Sie begann sich zu fragen, ob sie genug über diesen Mann wußte, dem sie sich bald ganz anvertrauen würde. In ihren Telefongesprächen und Briefen ging es niemals um ihre gemeinsame Zukunft, sondern immer nur um das tägliche Einerlei. Warum sprach Eddie niemals über wichtigere Dinge?

Nachdem sie oft darüber nachgedacht hatte, kam Ronda gleichwohl zu dem Schluß, daß die Gründe, die für eine Heirat mit Eddie sprachen, schwerer wogen als ihre Befürchtungen. Vor allem liebte sie ihn wirklich. Obwohl sie sich erst seit so kurzer Zeit kannten und trotz der Beobachtungen ihrer Freunde, die ihr rieten, noch etwas abzuwarten, empfand Ronda eine tiefe Zuneigung zu diesem Mann, der in seinem bisherigen Leben so viel Schmerz und Leid durchgemacht hatte. Seine Umkehr erschien ihr wie ein Wunder. Sie wollte ihn mit der Liebe einer zuverlässigen und treusorgenden Frau belohnen.

Darüber hinaus hätte sie nicht die Schmach ertragen, die Hochzeit abzusagen. Die Anzüge und Kleider waren alle bestellt, die Einladungen beim Drucker, die Reservierungen getätigt. Nachdem Dutzende von Freunden und Verwandten von dem bevorstehenden Ereignis unterrichtet worden waren, glaubte Ronda nicht, daß sie die peinlichen Fragen überleben würde, die man ihr unweigerlich stellen würde, wenn sie plötzlich die Hochzeit absagte. Schwächen hatte sie sich nie eingestanden, und es war undenkbar für sie, einen solchen Fehler zuzugeben.

Und schließlich war auch Rondas Traum, als Jungfrau in die Ehe zu gehen, durch diese zehn Minuten auf dem Beifahrersitz des Volkswagens für immer zerstört. Jetzt gehörte sie zu ihm. Es gab kein Zurück mehr für sie. Eddie war ein sehr guter Mann, versicherte sie sich immer wieder, und sie würde eine gute Ehe mit ihm führen können.

Kurz nach Weihnachten bekam Ronda von Eddie ein Einschreibepäckchen mit ihrem Verlobungsring. Der Diamant bestärkte sie in dem Glauben, daß Eddie ehrliche Absichten hatte und sie nicht einfach nur benutzte. Am Neujahrsabend besuchte sie einen Gottesdienst, und während der ganzen Andacht ließ sie das Licht auf dem Ring spielen und beobachtete seine Brechung und Spiegelung in den Prismen des Diamanten. Das blieb nicht unbemerkt, und nach dem Gottesdienst stellten sich viele ihrer Bekannten ein, um den Ring zu bewundern und ihr zu gratulieren.

Ursprünglich wollten auch Eddies beide Brüder zur Hochzeit nach Colorado kommen. Aber als der Februar näherrückte, stellte sich heraus, daß Eddies Mutter das einzige Mitglied seiner Familie war, das an der Feier teilnehmen konnte. Von den Freunden des Paares vom Teen Challenge Center hatte ebenfalls niemand das Geld oder die Zeit für die lange Reise. So würden sich also bei der Hochzeit mehr als zweihundert Gäste auf Rondas Seite der Kirche versammeln, während auf der Seite des Bräutigams nur Eva Wyatt sitzen würde. Die Gästeliste ließ deutlich erkennen, daß Eddie Wyatt ein Mann war, der sich geändert und die Verbindungen zu seiner Vergangenheit gekappt hatte.

Während dieser Zeit ihrer Trennung vor der Hochzeit schrieb Eddie ständig an Ronda und beteuerte ihr seine Liebe. Alle zwei bis drei Tage trudelte ein langer Brief von ihm ein. Diese Briefe halfen Ronda über ihre letzten Zweifel hinweg. Eddie hielt sie über seine Suche nach ihrer ersten Wohnung und über die Neuigkeiten bei Teen Challenge auf dem laufenden. Vor allem aber beteuerte er ihr seine Liebe, wie zum Beispiel in seinem Brief vom 17. Januar 1975:

Ich liebe Dich heute besonders. Es ist so wundervoll zu wissen, daß Du mein bist. Du hast solche Helligkeit in mein Leben gebracht, und deswegen will ich Dich so glücklich machen, wie ich eben kann. Ich will meine ganze Kraft dafür einsetzen, Dich zu lieben und für Dich zu sorgen. Ich weiß, daß wir glücklich sein werden. Es gibt so vieles, das uns hilft, aber am meisten hilft uns Gott. Ich weiß, daß er uns zusammengebracht hat, und daß er uns niemals verlassen wird. Gott war so gut zu mir, aber ich konnte ihm niemals genug für Dich danken.

Es fiel Eddie schwer, seine Gefühle zum Ausdruck zu bringen. In seiner Kindheit und Jugend hatte er sie immer tief in seinem Inneren verborgen gehalten. Kein Wunder, waren es doch zumeist negative Gefühle gewesen. Aber von jetzt an, so versicherte er Ronda, würde er ihr immer seine Gefühle mitteilen. In einem seiner letzten Briefe vor der Hochzeit in Denver schrieb er ihr, daß sie niemals Angst zu haben brauche, mit ihm über ihre gemeinsamen Probleme zu reden.

Das gehört dazu, wenn man sich liebt und lernt, sich gegenseitig zu verstehen, so wie wir. Es hat mir immer so sehr geholfen, über die Dinge zu reden, die mich bedrückten. Ich möchte sie nicht mein Leben lang für mich behalten müssen, und ich möchte auch nicht, daß es Dir so geht. Das ist auch etwas, wofür wir jeder den anderen brauchen: um unsere Gefühle zu teilen, um das Vertrauen zu haben, dem anderen alles sagen zu können.

Ronda, je näher der Zeitpunkt heranrückt, da wir uns wiedertreffen, desto mehr muß ich feststellen, daß ich nicht mehr in der Lage bin, irgend etwas zu tun. Punkt. Ich bin zu nichts anderem mehr in der Lage, als an Dich zu denken. Ich versuche, mich irgendwie zu beschäftigen und mir keine Gedanken über die Zeit zu machen oder darüber, wie bald wir schon verheiratet sein werden. Es sind nicht mehr Wochen oder Monate, es sind nur noch Tage. Ich kann es kaum abwarten, meine Braut endlich wiederzusehen.

Trotz ihrer anfänglichen Bedenken akzeptierten Rondas Eltern Eddie als Schwiegersohn. In der *Green Acres Church of the Nazarene* im Südwesten von Denver wurden sie und ihre Gäste am Valentinstag 1975 Zeugen seiner Hochzeit mit Ronda. Eddie trug schwarze Hosen und ein förmliches, weißes Jackett mit schwarzem Revers. Er schaute zu seiner Mutter hinüber, die ihr langes, dunkelblaues Kleid von Galveston mitgebracht hatte. An der linken Schulter trug sie eine pinkfarbene Ansteckblume. Sie hatte Ronda erst am Mittwochabend, zwei Tage vor der Hochzeit, kennengelernt.

Ronda war ganz sonderbar zumute, als ihr Vater sie durch das Kirchenschiff zum Altar führte. Sie trug ein spitzengesäumtes Kleid mit einem gekräuselten Rock und einem hochgeschlossenen Oberteil aus Chantilly-Spitze mit langen Bischofsärmeln; Kopf und Gesicht wurden von einer langen, spitzenbesetzten Mantilla bedeckt. Klavierspiel begleitete ihren Weg durch das Mittelschiff; danach sang ein Solist ›Your Tender Love‹. Ronda und Eddie hatten den Gottesdienst selbst zusammengestellt und dabei Lieder ausgesucht, die jene Liebe priesen, die sie zu teilen hofften, eine Liebe, die mehr geben als nehmen will. Nachdem sie ihre Versprechungen und Ringe ausgetauscht hatten, sang Ronda für Eddie ›The Twelfth of Never‹. Der Gottesdienst endete mit ›True Love Comes from God‹, vorgetragen von dem Solisten. Die ganze Zeremonie hätte nicht schöner sein können.

Eddies Arbeit und seine Finanzen erlaubten ihnen nur die allerbescheidenste Hochzeitsreise. Er konnte es sich nicht leisten, mehrere Wochen in der Schule zu fehlen, denn seine Schweißerprüfung stand unmittelbar bevor; und ohne die würde er bei der Firma Litton nicht vorankommen. Also fuhren sie im Wagen von Rondas Onkel nur sechs Meilen weit zu einem Motel an der Kreuzung des Sixth Avenue Freeway mit der Kipling Street. Während Eddie sie an der Rezeption anmeldete, kaufte Ronda eine Ansichtskarte des Motels, die sie als Andenken in ihr Hochzeitsalbum einkleben wollte. Sie war als Kind und junges Mädchen oft in dieser Gegend gewesen. Von ihrer Hochzeitsnacht träumte sie schon, seit sie ein kleines Mädchen war, aber nachdem sie ins Bett gekrochen waren und sich geliebt hatten, war sie doch etwas enttäuscht. Da sie in

Texas bereits zweimal miteinander geschlafen hatten, war es jetzt nicht mehr das Besondere, das sie sich erhofft hatte. Das Ganze endete dann damit, daß sie lang ausgestreckt neben Eddie im Bett lag und mit ihm eine Wiederholung der Fernsehshow ›Liebe auf amerikanisch‹ anschaute.

Als sie langsam schläfrig wurden, klingelte das Telefon. Ronda nahm den Hörer ab und war mit ihrem Bruder Randy verbunden, der sich köstlich darüber amüsierte, daß er sie aufgespürt hatte. Er fragte, was sie und Eddie gerade machten.

»Wir sehen uns ›Liebe auf amerikanisch‹ an«, erklärte Ronda ihrem jüngeren Bruder. Sie hatte immer ein besonderes Verhältnis zu Randy gehabt, aber jetzt hätte sie ihm am liebsten den Hals umgedreht. Und tatsächlich brach er in Gelächter aus.

»Ihr solltet es euch eigentlich nicht anschauen«, prustete Randy heraus, »sondern es *tun*!«

Am Samstagmorgen kehrten Eddie und Ronda zum Haus ihrer Eltern zurück, luden so viele von ihren Geschenken wie möglich in den VW und machten sich auf den Rückweg nach Dallas. Eddie hatte in einer kleinen Wohnsiedlung auf dem Bachman Boulevard ein Apartment für sie gemietet, in der Nähe eines schönen, schattigen Parks, hinter dem auf der anderen Seite des Bachman Lake der Flughafen Love Fields lag.

Die sechs Monate direkt nach ihrer Hochzeit waren wohl für beide die glücklichsten in ihrem ganzen Leben. Eddie und Ronda gingen ganz in ihrer Liebe auf. Er hatte einen Job mit guten Aufstiegschancen und schien all die Minderwertigkeitsgefühle, die er seit seiner Kindheit mit sich herumschleppte, loszuwerden. Ronda glaubte, daß seine innere Stimme, die ihm immer eingeredet hatte, er sei ein Versager und ein Außenseiter, endgültig zum Verstummen gebracht worden sei.

Oft überquerten die beiden Hand in Hand den belebten Bachman Boulevard, um die warmen Sommerabende im Park zu verbringen. Manchmal machten sie auch eine Ausfahrt und stellten ihren Wagen in der Nähe des Flughafens ab, um die Flugzeuge über sich hinwegdonnern zu lassen. Eddie ging regelmäßig zum Teen Challenge Center, um ihre gemeinsamen alten Freunde zu treffen und mit neuen Klienten des Zentrums zu plaudern, die vielleicht von seinen Ratschlägen profitieren konnten. Was diese ruhige Zeit für beide noch erfreulicher machte, war der Umstand, daß sie ihre Erfahrungen teilten, daß jeder an den täglichen Erlebnissen des anderen interessiert war. Sie unterhielten sich über ihre Arbeit, Eddie erzählte von der Fabrik, Ronda über die Probleme am Zentrum. Sie sprachen natürlich auch darüber, ob sie Kinder wollten. Sie wünschten sich beide sofort ein Kind, und Ronda war enttäuscht, daß sie nicht gleich in den ersten Monaten schwanger wurde.

Obwohl sie eigentlich gar nicht darauf vorbereitet war, kam Ronda auch mit der sexuellen Seite des Ehelebens gut zurecht. Für sie war Sex etwas, das man in der Ehe ohne weiteres genießen durfte. Ronda sah es nicht als eine Pflicht an, sondern als das Allerwichtigste, mit dem sie ihre Liebe zu Eddie zum Ausdruck bringen konnte. Sie freute sich darauf, mit ihm zu schlafen, freute sich auf die Zärtlichkeiten vorher und darauf, nachher mit ihm Arm in Arm zu liegen. Sie genoß die Sicherheit, die sie empfand, weil sie Eddie vertraute und zu ihm als dem stärkeren Teil ihrer Beziehung aufsah.

Sie hatte sich gut auf ihre Rolle als Ehefrau, Hausfrau und Mutter vorbereitet und war überglücklich, daß ihr Traum wahr wurde. Ronda hatte immer gern Tagebuch geführt, um ihre Gefühle niederzuschreiben, vor allem die negativen, die sie dann einige Tage später mit größerem Abstand betrachten konnte. Ihrem Wesen gemäß war sie immer noch sehr streng mit sich, wenn sie Probleme hatte oder Fehler machte. Es beschäftigte sie sehr, was sie alles falsch und was Eddie alles richtig machte.

Nach drei Wochen Ehe schrieb sie:

Meine Fehler und Schwächen ärgern mich oft. Aber weißt Du was? Er gibt mir Ruhe, und ich kann ich selbst sein. Das tut gut. Zuerst fiel es mir schwer, mich ihm hinzugeben. Als er das begriff, machte er es anders und liebte mich zuerst mit Worten. Da war es gar nicht mehr schwer. Wenn er fort ist, wie heute abend, wartet mein Herz ungeduldig, daß er heimkommt. Ich sehne mich danach, daß er bei mir ist.

Es wird immer und ewig so bleiben, und wir stehen gerade

erst am Anfang – das ist mein neues Zeitgefühl. Ich liebe ihn heute noch mehr als gestern.

Ende März kündigte Eddie bei Litton, um eine besser bezahlte Stellung bei U.S. Industries Wyatt Division anzunehmen. Zwar verdiente er anfangs nur fünf Cent mehr pro Stunde, aber im Mai wurde sein Lohn auf drei Dollar fünfzig die Stunde angehoben. Der Betrieb war etwas weiter von ihrer Wohnung entfernt, aber Ronda konnte ihn dort leichter nach der Arbeit abholen, weil es auf dem Rückweg vom Teen Challenge Center lag. Normalerweise waren sie um vier Uhr nachmittags daheim und hatten den Rest des Tages für sich. Ronda war so sehr auf ihren Ehemann fixiert, daß sie begann, ihn auf ein Podest zu stellen und sich selbst klein zu machen. In ihren geheimen Aufzeichnungen wertete sie ihre eigenen Leistungen oftmals ab, um ihren Ehemann besonders herauszustellen. 1. April 1975:

Oh, ich bin müde, müde heute abend. Eddie hat gestern seinen neuen Job angetreten, ist ebenfalls müde und glücklich. Eddie ist so freundlich und auch so sanft, mein Gott. Samstag war ich so müde, daß ich eingeschlafen bin. Als ich wieder wach wurde, hatte er den Abwasch vom Mittagessen (und das war eine ganze Menge) erledigt und ist dann mit mir zum Abendessen ausgegangen. Ich liebe ihn. Im Spaß ist er oft mein ›kleiner Junge‹, aber es gibt keinen Zweifel, daß er in Wirklichkeit mein Mann ist.

O Gott, er hat mich so glücklich gemacht. Ich danke Dir, ich danke Dir, ich danke Dir für ihn. Hilf mir, ihn glücklich zu machen, genauso glücklich und noch glücklicher, als er mich gemacht hat. Seit wir verheiratet sind, habe ich mehr gelächelt als je zuvor. Es ist so wundervoll jetzt, und es ist schwer, sich vorzustellen, wie wundervoll es vielleicht in Zukunft noch werden kann.

Ronda vertraute Eddie bedingungslos. An all den Abenden, die er vor seiner Prüfung in der Schule verbrachte, und in all den Nächten, in denen er arbeitete, wartete Ronda in ihrer Wohnung voller Vertrauen, daß er sich niemals herumtreiben und sie niemals belügen würde. Solche Dinge kamen Ronda überhaupt nicht in den Sinn, so unvorstellbar waren sie für sie. Ihre Beziehung erschien ihr so innig. Sie verließ sich ganz auf Eddies Urteil und ordnete sich ihm unter, wie man es ihr beigebracht hatte, daß es sich für eine gute Ehefrau gehöre. Am 22. Mai vertraute sie ihrem Tagebuch an:

Ich bin dankbar, daß Eddie mir nicht die letzte Entscheidung in unseren Angelegenheiten überläßt. Versteh mich nicht falsch. Ich muß schon meine Meinung sagen, und manchmal kommen wir dann überein, es so zu machen. Aber manchmal muß er die Entscheidung treffen, und sie fällt nicht immer so aus, wie ich es gern hätte, aber ich bin jedesmal froh, daß er sich nicht durch mich beeinflussen läßt. Es gibt mir ein Gefühl der Sicherheit zu wissen, daß er tut, was er für richtig hält. Was für ein Mann! Mein Mann – und ich liebe ihn so!

Im Spätsommer bereitete das junge Paar seinen Umzug nach Grand Prairie vor, in die Wohnsiedlung zwischen Fort Dallas und Fort Worth, wo auch zwei andere Paare vom Teen Challenge Center wohnten. Sie zogen in die El-Presidente-Apartments auf einem Hang nördlich der Tarrant Road gegenüber der Grand Prairie High-School. Von den Balkonen der Wohnungen aus hatte man einen eindrucksvollen Blick nach Norden über das Tal des Trinity River hinweg nach Irving. Die Wyatts gaben den alten Volkswagen, den sie von Rondas Eltern geschenkt bekommen hatten, für einen relativ neuen, ebenfalls taubenblauen 1974er Volkswagen-Käfer in Zahlung. Sie kauften ihn im August von Steve Griffith, ihrem guten Freund vom Teen Challenge Center, der inzwischen Autohändler geworden war.

Die *First Assembly of God*, ihre neue Kirche, lag nicht weit entfernt am High-School Drive. Es war nicht schwer, sich in der jungen Gemeinde einzuleben. Der Pastor war Reverend Don Gray, der an der South Western University in Waxahachie einer von Rondas Lehrern gewesen war. Die Wyatts waren herzlich eingeladen, sich an allen Aktivitäten der Gemeinde zu beteiligen. Sie fingen auch an, von ihrem mageren Einkommen einen Obolus zu entrichten, und spendeten in nur drei Monaten fünfhundertzwanzig Dollar.

Eddie hatte Ende Juni wieder seine Stelle gewechselt und war nach weniger als drei Monaten von der Wyatt Division zur Glitsch Incorporated übergewechselt, die ihren Sitz am Singleton Boulevard hatte, einige Meilen von seiner alten Arbeitsstelle entfernt. Von ihrer Wohnung aus zu Glitsch war es nur eine kurze Fahrt die Interstate 30 hinunter. Eddie hielt immer nach besseren Jobs mit höheren Löhnen Ausschau. Und das machte sich tatsächlich bezahlt. Bei Glitsch bekam er sofort einen Dollar und fünf Cents mehr pro Stunde, als er bei Wyatt Division verdient hatte. Sechs Wochen später bekam er die erste Lohnerhöhung, und nach weiteren drei Wochen folgte die nächste auf 5 Dollar 20 die Stunde.

In den ersten zehn Monaten seit seinem Abschied aus dem schützenden Teen Challenge Center hatte Eddie Wyatt seinen Lohn um dreiundsiebzig Prozent gesteigert, und er hatte die Schweißerprüfung bestanden, die ihm den Weg zu einer größeren Spezialisierung und höheren Löhnen öffnete. Ronda war stolz auf ihn und froh, daß er in der Lage war, so viel Geld zu verdienen, vor allem, nachdem sie im Mai schwanger geworden war. Ronda war überglücklich. Das war genau das, was sie Eddie geben wollte, ein Kind aus seinem eigenen Fleisch und Blut, um ihre Liebe für immer zu besiegeln.

Als Ronda ihm diese Neuigkeit mitteilte, strahlte Eddie vor Freude bei dem Gedanken, Vater zu werden. Den Tag – es war der 30. September –, als sie zum ersten Mal spürte, wie sich das Baby bewegte, markierte Ronda in ihrem Kalender. Beim Gottesdienst in der *First Assembly* stieß Ronda ihren Gatten des öfteren an und machte ihn auf ihren immer dicker werdenden Bauch aufmerksam, wo Eddie tatsächlich jedes Mal, wenn der Chor einen Gesang anstimmte, die Tritte und Stöße des Babys fühlen konnte. Es war, als würde das Baby im Bauch schon mitsingen.

Ende September wechselte Eddie abermals seine Stelle – zum vierten Mal in diesem Jahr. Der Wechsel brachte ihm nur zwei

Cents mehr ein, aber die neue Schweißerstelle bei Peerless Manufacturing Company versprach darüber hinaus eine Menge Überstunden, die Eddies Verdienstmöglichkeiten steigerten. In manchen Wochen in diesem Herbst arbeitete Eddie fünfundfünzig Stunden und kam auf einen Bruttoverdienst von dreihundertfünfzig Dollar; das war damals eine ansehnliche Summe für einen jungen Ex-Sträfling, der noch vor einem Jahr völlig ohne Zukunftsaussichten dagestanden hatte. Der größte Vorteil der Stelle bei Peerless war, daß sie mit einem Versicherungspaket verbunden war, welches die Kosten für die Entbindung des erwarteten Babys abdeckte.

Kurz nach Weihnachten jedoch wurde Eddie bei Peerless wegen Arbeitsmangel freigesetzt. Er hatte Glück, daß er kurzfristig wieder bei Glitsch anfangen konnte. Aber mit diesem Wechsel ging auch die Versicherung für die Geburt verloren, die jetzt nur noch etwa einen Monat auf sich warten lassen würde.

Rondas Wehen setzten an einem Sonntagabend mehr als zwei Wochen vor dem errechneten Datum ein. Zweimal fuhr Eddie sie zum Presbyterian Hospital hinüber; was jedesmal eine vierzigminütige Fahrt quer durch die Stadt bedeutete. Beim ersten Mal sagte der Arzt, es handele sich um Vorwehen. Beim zweiten Mal wurde Ronda in den Kreißsaal gebracht. Eddie, der draußen blieb, hörte über eine Wechselsprechanlage, wie sein Sohn auf die Welt kam und sogleich den Arzt taufte, indem er ihn anpinkelte. Das am 23. Februar 1976 geborene Baby erhielt nach Rondas Vater den Vornamen Paul; sein voller Name war Paul Eugene Wyatt.

Zehn Tage nach der Geburt ihres Sohnes erhielt Ronda zu Hause einen Anruf: Im Werk von Glitsch habe es einen Unfall gegeben, sie solle rasch zum Krankenhaus kommen. Der Werkmeister, der wußte, daß sie gerade ein Baby bekommen hatte, sprach von einem ›kleinen Unfall‹, so daß sie sich nicht sonderlich aufregte. Ronda zog schnell das Baby an und machte sich auf den Weg in die Stadt. Im Krankenhaus führte man sie auf die Unfallstation.

Als Ronda ihren Mann erblickte, stieg eine Welle von Entsetzen in ihr hoch, die sie nur mit größter Mühe unterdrücken konnte. Es sah so aus, als läge er im Sterben. Sein Gesicht war auf eine unglaubliche Größe angeschwollen und schillerte in einer furchtbaren Mischung aus tiefem Violett, Schwarz und Rot. Er trug noch seine Arbeitskleidung, die blutdurchtränkt war. Eddie, so erzählte man ihr, wollte gerade einen Stahlkeil zwischen zwei Ringabschnitte eines großen Behälters treiben, den er zum Punktschweißen vorbereitete, als der Keil plötzlich unter dem immensen Druck herausgepreßt wurde. In einem Sekundenbruchteil schoß der beilförmige Keil in Eddies linke Gesichtshälfte und verfehlte nur knapp sein Auge.

Die Angst, die Ronda überkam, als sie ihren Mann sah, war schlimmer als alles, was sie bisher erlebt hatte. Eddies Schmerzen bereiteten ihr furchtbare innere Qualen. Und sie hatte das Gefühl, daß sie ihn für immer verlieren würde. Im Geiste sah sie sich schon als Witwe mit einem kleinen Sohn. Diese Schreckensvision nagte selbst dann noch an ihr, als die Ärzte und später auch Eddie ihr versichert hatten, daß er die Verletzungen überstehen würde. So nahe daran, alles zu verlieren, was sie sich aufgebaut hatte, erkannte Ronda, wie leicht ihr Leben zur Tragödie werden konnte. Dieser Arbeitsunfall rief ihr in Erinnerung, wie zerbrechlich alles menschliche Glück war. Jederzeit konnte ihr etwas Unerwartetes und Furchtbares die geliebte kleine Familie entreißen, so leicht, wie dieser Stahlkeil Eddie beinahe von ihr fortgerissen hätte.

Eddie blieb zehn Tage im Krankenhaus. Seine Augen waren anfangs äußerst lichtempfindlich, und er mußte im Dunkeln sitzen, bis diese Empfindlichkeit nachließ. Als er entlassen wurde, war die Schwellung deutlich zurückgegangen, aber sein ganzer Kopf war immer noch aufgeschwollen und unförmig. Glücklicherweise hatte seine Sehfähigkeit nur geringfügige bleibende Schäden davongetragen, aber für den Rest seines Lebens würde er einen farblosen Fleck auf der linken Seite seines Gesichts haben.

In den nächsten Wochen waren die Bekannten von der *First Assembly* eine große Hilfe für Ronda. Ein Paar aus der Gemeinde bot sich an, für Paul zu sorgen, so daß Ronda tagsüber freie Hand hatte und sich des Nachts etwas ausruhen konnte. Jeden Morgen fuhr Ronda in aller Frühe von Grand Prairie zum St. Paul Hospital und blieb dort bis spät abends. Als Eddie aus dem Krankenhaus entlassen wurde, konnte er noch nicht sofort zur Arbeit gehen und mußte zu Hause bleiben. Lohnausgleich wurde damals noch nicht gezahlt, und er hatte keine Ersparnisse, auf die er sich stützen konnte. Die Wyatts beantragten Essensmarken, aber das reichte nicht aus. Eddies Arbeitskollegen bei Glitsch, die von der Misere der jungen Familie wußten, veranstalteten eine Sammlung und übergaben dem Paar hundert Dollar für Lebensmittel. Dann erschienen einige Leute von der *First Assembly* in ihrer Wohnung, voll beladen mit Nahrungsmitteln, die ausreichten, um Rondas Schränke und Truhen bis zum Rand zu füllen. Zusätzlich spendete die Kirche ihnen hundert Dollar.

Abgesehen von den finanziellen Sorgen schien Eddie während der zwei Monate, die er sich zu Hause erholte, sehr zufrieden zu sein. Er kam seinem neugeborenen Sohn Paul sehr nahe und stand sogar nachts auf, um ihm sein Fläschchen zuzubereiten und ihn zu füttern. Er wechselte Paul die Windeln und badete ihn. Er wiegte ihn in seinem Arm, bis der Kleine einschlief. Eddie tat all das, was sein eigener Vater nie für ihn getan hatte. Er machte Ronda klar, daß er sich Paul sehr innig verbunden fühle und daß ihm dadurch sein eigener Vater dadurch rückblickend noch fremder erscheine. Eddie sprach nur selten von seinem Vater; George Wyatt lebte zwar noch, aber Eddie hatte ihn nicht mehr gesehen, seit er seine Familie für immer verlassen hatte. Welch starke Kraft mußte es gewesen sein, die seinen Vater von einem so tiefen Glücksgefühl hatte wegziehen können, wie er es empfand, wenn er Paul im Arm hielt.

Die Sammlung der Arbeitskollegen und die Spenden der Gemeinde halfen ihnen zwar aus dem Gröbsten heraus, aber dennoch sahen sich die Wyatts einer anhaltenden finanziellen Notlage ausgesetzt. Da er mit seiner Entlassung bei Peerless die Versicherung für die Entbindung eingebüßt hatte, stand Eddie nun mit einer Rechnung des Presbyterian Hospitals und des dort praktizierenden Geburtshelfers über neunhundertsechzig Dollar da, die zu bezahlen er nicht die geringste Hoffnung hatte. Obwohl er noch im Mai bei Glitsch wieder zur Arbeit ging, war er durch den Unfall in ein Schuldenloch geraten, aus dem er aus eigener Kraft nicht mehr herauskam. Er war fassungslos, als man ihm erklärte, daß eine Lohnausgleichszahlung bei ihm nicht in Frage komme. Daraufhin schlug ein Freund ihm vor, doch seinen Arbeitgeber zu verklagen. Er gelangte zu dem Schluß, daß ein Prozeß die einzige Möglichkeit war, seine Familie über Wasser zu halten.

Er wurde in seinem Entschluß bestärkt, als er einen Rechtsanwalt aufsuchte, der sich Eddies Geschichte anhörte und ihm versicherte, daß er etwas Geld von der Gesellschaft bekommen könne. Nachdem sie der Firma mitgeteilt hatten, daß sie eine Schadensersatzklage einreichen wollten, mußte Eddie bei seiner nächsten Schicht erstaunt feststellen, daß einer seiner Vorarbeiter sein Vorgehen kritisierte. Er sagte Eddie, daß er besser nicht zum Rechtsanwalt gegangen wäre.

»Ihr habt euch alle nicht besonders besorgt gezeigt, als ich im Krankenhaus lag und mir darüber Gedanken gemacht habe, wo wir demnächst die Milch für unser Baby herkriegen sollten«, erwiderte Eddie. Er war sich sicher, daß das Recht auf seiner Seite war.

Niemand bei Glitsch erwähnte den Streitfall Eddie gegenüber noch einmal, aber es wurde bald deutlich, daß er dort nicht mehr erwünscht war. Im Laufe des Sommers wurde Eddie immer unruhiger, und es schmerzte Ronda, ihn so unglücklich zu sehen. Freunde vom Teen Challenge Center, die sie besuchten, hatten alle den Eindruck, daß Eddie seit dem Unfall etwas gereizter zu sein schien, ganz im Gegensatz zu früher. Einer der regelmäßigen Kirchenbesucher der *First Assembly*, Fermon Tidwell, war Berufssoldat bei der Marine und hatte als Werbeoffizier gearbeitet. Er riet Eddie, doch einmal zu überlegen, ob er nicht in den Militärdienst treten wolle, wenn sich die Dinge bei Glitsch nicht klärten. Eddie bewunderte Tidwells Haltung und prägte sich diesen Rat gut ein.

Ronda war dafür, alles zusammenzupacken und nach Colorado zu ziehen. Sie hatte mit ihrer Mutter gesprochen, und beide glaubten, daß Eddie einen neuen Anfang machen sollte. Rondas Bruder Ron arbeitete in der Coors-Brauerei im nahegelegenen Golden, und sie hofften, daß Eddie dort als Schweißer unterkommen würde. Obwohl es ihm widerstrebte, das heimatlich Texas zu verlassen, versprach Eddie, über den Vorschlag nachzudenken. Einige Wochen später ließ er für eine Abfindung von ungefähr fünftausend Dollar die Klage gegen Glitsch fallen. Der Betrag reichte, um die Krankenhausrechnungen und einige andere Schulden zu bezahlen und darüber hinaus einen neuen Staubsauger anzuschaffen.

Ronda war sehr erpicht darauf, nach Colorado zu ziehen – nicht nur, weil sie dort ihrer Familie nahe sein würde, sondern auch, weil sie glaubte, daß eine neue Umgebung genau das war, was ihr Mann brauchte, um nach den Schwierigkeiten bei Glitsch einen richtigen Neuanfang machen zu können. Kurz nachdem die finanzielle Einigung mit Glitsch sie von all ihren Schulden in Grand Prairie befreit hatte, erklärte Eddie ihr, daß er viel über den Umzug nachgedacht habe und zu dem Entschluß gekommen sei, es zu wagen. Ende August 1976 sagten Eddie und Ronda Texas und den unruhigen Zeiten, die Eddies Unfall mit sich gebracht hatte, Lebewohl. Am 1. September flogen sie nach Denver und verbrachten die ersten Wochen bei Rondas Eltern, während Eddie sich nach einem Job umsah. Die Aussicht, bei der Brauerei Coors Arbeit zu finden, hatte sich mittlerweile zerschlagen.

Etwa zur Zeit ihres Umzuges legte sich Ronda in ihrem Tagebuch Rechenschaft über ihren Mann ab. Sie trug eine Liste von dreiunddreißig ›guten Eigenschaften meines Ehemannes‹ zusammen. Darunter waren:

Lieb und sanft zu Paul.
Er ist verantwortungsbewußt.
Er hat eine Festigkeit, die mir Sicherheit gibt. Er hat einen inneren Antrieb, der ihn ständig dazu drängt, sich höhere Ziele zu setzen.
Er liebt mich, und er zeigt es mir.
Er ist zu Hause sehr hilfsbereit, sogar bei den ›fraulichen‹ Arbeiten. Es bedeutet eine ganze Menge, wenn er etwas tut (etwa ein Essen zubereiten, beim Abwasch helfen und so weiter), ohne es wirklich zu müssen.
Er ist mein allerbester Freund.

Er gerät nicht leicht in Zorn, und wenn es einmal passiert, dann greift er weder mit Worten noch mit Taten andere an.
Er kann wunderbar mit Kindern umgehen.
Er hat Ziele, für die er sich einsetzt – das treibt ihn weiter vorwärts, bewahrt ihn davor, stillzustehen.
Gutherzig. Einfühlsam.
Er ist sehr vertrauenswürdig. Es kommt mir nie in den Sinn, mir darüber Sorgen zu machen, was er gerade tut, oder ob er vielleicht irgendwo hingeht, wo er nicht hingehen sollte.

Ronda Wyatt konnte Eddie ansehen, daß er unglücklich war. Die junge Familie blieb mehr als einen Monat bei Paul und Erna Hunter, während Eddie nach einem Schweißerjob suchte. Es gefiel Eddie nicht, auf die Barmherzigkeit der Angehörigen seiner Frau angewiesen zu sein. Ronda spürte, daß sein Stolz verletzt war, und hielt es für nötig, ihm zu helfen, wann immer sie konnte. Als er dann einen Job als Schweißer bei der Arvada Steel Fabrication Company ergatterte, nahm sie Eddie mit nach Arvada, einer Vorstadt von Denver, um dort eine eigene Wohnung zu suchen, obwohl sein Lohn jetzt nur noch die Hälfte von dem betragen würde, was er bei Glitsch bekommen hatte.

Mitte Oktober zogen Eddie und Ronda in die Brookside Apartments ein. Eddie hatte Spaß am Schweißen und wurde immer besser in seinem Fach. Ronda bewunderte die handwerklichen Fähigkeiten ihres Mannes und sagte ihm auch, wie stolz sie sei, die Frau eines so begabten Mannes zu sein. Aber je länger Eddie als Schweißer tätig war, desto mehr drängte sich ihm die Frage auf, ob er wirklich den Rest seines Lebens auf diese Weise verbringen wolle. Einige der Arbeitskollegen im Werk machten ihm Angst mit ihren Geschichten über Gesundheitsschäden und schleichende Krankheiten, die man sich durch das ständige Einatmen von Rauch, Staub und Chemikalien zuziehen konnte. Manche von ihnen sahen aus, als kämen sie gerade aus dem Krieg. Ein alter Mann hatte in seinem Leben so viele Metallsplitter abgekriegt, daß man denken konnte, er sei von Kopf bis Fuß mit einem Rasiermesser zerfetzt worden. Er erzählte Eddie, daß beim Bau eines Gebäudes des Blauen Kreuzes in Denver ein herabstürzender Balken ihm die Schulter aufgeschlagen und fast den Arm vom Leib gerissen habe.

Nachdem er bei der Arbeit bereits einmal dem Tod nur knapp entronnen war, begann Eddie sich zu fragen, ob er sich nicht besser nach einer anderen Karriere umsehen sollte. Zufällig ergab es sich, daß er auf seinem Weg zur Arbeit an einem Anwerbungsbüro der Navy vorbeikam, dessen Aushang ihm auffiel. Eddies Gespräche mit Fermon Tidwell in Grand Prairie und seine hohe Meinung von Jim Jessup, der auf einem Unterseeboot der Navy Dienst tat, wirkten in Eddie noch nach. Eines Morgens hielt Eddie mehr aus einer Laune heraus als mit festen Vorsätzen vor dem Büro. Er wollte wissen, ob er trotz seiner Jugendvorstrafe zur Marine gehen könne. Der Werbeoffizier beantwortete alle seine Fragen schnell und sachkundig. Die Sache mit seiner Vorstrafe müsse die Navy sich genauer ansehen und prüfen, ob man eine Ausnahme von der allgemeinen Regel machen könnte, keine Vorbestraften aufzunehmen. Eddie jedenfalls fand die Vorstellung, bei der Marine sein Geld zu verdienen, sehr reizvoll.

Als er abends von der Arbeit in die Brookside Apartments zurückkehrte, erzählte er Ronda sofort von seinem Besuch im Büro der Navy. Ronda wußte, daß Eddie das Meer liebte. Ihr Mann war ein sehr guter Schwimmer, und bei ihrem Besuch in Galveston hatte er ihr die Stelle auf dem Damm der 61. Straße gezeigt, von wo aus er unzählige Male in das kühle Wasser des Offatt Bayou gesprungen war, nur einige Blocks vom Haus seiner Mutter auf der Avenue Q entfernt. Ronda wußte um Eddies Heimweh, war aber doch mißtrauisch. Irgendwie gefiel ihr der Gedanke nicht, daß ihr Mann in den Militärdienst eintreten wollte. Dabei spielte es nicht nur eine Rolle, daß er physischen Gefahren ausgesetzt sein würde und fast acht Jahre älter war als der durchschnittliche Rekrut. Ronda wußte, daß sie und das Baby für längere Zeiträume allein wären, wenn ihr Gatte zur Marine ging. Dennoch wollte sie Rücksicht auf ihren Mann nehmen. Sie würde hinter ihm stehen, wie immer er sich entschied.

Ronda wußte, daß Eddie den Teufelskreis des Versagens durchbrechen mußte, in dem die Familie seit dem Unfall bei

Glitsch steckte. Es erschien zwar etwas rastlos, daß ihr Mann von Job zu Job sprang, aber sie verstand ihn. Sie glaubte, daß sich dahinter ein lobenswerter Zug verbarg – Ehrgeiz –, denn jeder Wechsel hatte höheren Lohn und größere Verantwortung mit sich gebracht. Aber seit dem Unfall sah Ronda nur noch Rastlosigkeit und keinen Ehrgeiz mehr bei Eddie. Aus diesem Grunde war sie so sehr darauf bedacht gewesen, nach Colorado zu ziehen, um dort einen neuen Anfang zu machen. Aber die Marine? Dennoch, so sehr ihr auch vor dem Gedanken graute, daß ihr Mann zum Militär ging, wußte sie doch, daß es besser für die ganze Familie wäre, wenn es nur Eddies Rastlosigkeit dämpfte und seinen Ehrgeiz wieder entfachte.

Auch aus einem anderen Grund lag Ronda sehr daran, daß Eddie in seinem Beruf wieder mehr Erfüllung fände. Sie sorgte sich nämlich mehr und mehr über das Nachlassen seiner sexuellen Leidenschaft. Eddies Küsse waren nicht mehr so intensiv wie zu der Zeit, als sie frisch verheiratet waren, und sie liebten sich auch nicht mehr so oft und so zärtlich, wie sie es zuvor getan hatten. Wenn sie sich abends liebten, nachdem der kleine Paul zu Bett gebracht worden war, hatte Ronda oft das Gefühl, daß Eddie in seinen Gedanken ganz woanders weilte. Eines Abends, als Eddie über ihr war, schlang sie ihre Arme um ihn und massierte seinen Rücken leicht mit ihren Fingerspitzen, während er sich auf und ab bewegte. Dennoch hatte sie das Gefühl, daß irgend etwas fehlte. Ihre körperlichen Empfindungen steigerten sich nicht, drängten nicht über sich hinaus. Eddie blieb für eine Ewigkeit, so schien es, bei seinem rhythmischen Auf und Ab. Nach ungefähr zwanzig Minuten, als aus dem, was eigentlich ein Sinnesrausch hätte sein sollen, Langeweile geworden war, wandte sich Eddie von seiner Frau ab und ließ sich auf den Rücken fallen. Ronda liebkoste ihn, nahm dann seinen Penis fest in die Hand und rieb ihn, bis er schließlich einen Orgasmus hatte. Danach revanchierte sich Eddie und streichelte Ronda ebenfalls, bis sie den Höhepunkt erreichte.

Ist das normal, wenn man verheiratet ist? fragte sie sich. War es das, was einen erwartete? Es war ein weitverbreiteter Scherz, daß nichts den Geschlechtstrieb so sehr dämpfte wie die Ehe. Mußte die Leidenschaft auf diese Weise sterben? Ihre war nicht tot, aber so, wie die Dinge lagen, schien sie dazu verurteilt zu sein, unerfüllt zu bleiben.

Danach wollte Ronda noch eine Weile Arm in Arm mit Eddie daliegen, um seine Nähe zu genießen. Als Eddie sich zurückzog, legte Ronda ihren Kopf auf seine nackte Brust. Sie wollte ihm damit ihre Hingabe zeigen und zugleich seinen starken und beruhigenden schützenden Griff um sie herum spüren, so wie früher, wenn sie sich in ihrem kleinen Apartment in Dallas zusammengekuschelt hatten. Aber jetzt war Eddie diese Nähe unangenehm. Er fragte seine Frau höflich, ob es ihr etwas ausmachen würde, ihren Kopf von seiner Brust zu nehmen. Das Kratzen ihres Haares störe ihn.

Sie richtete sich auf und gab Eddie einen Gutenachtkuß. Dann rollte sie hinüber auf ihre Seite des Bettes und schloß die Augen. Wahrscheinlich waren alle Ehen irgendwie so wie ihre, aber sie konnte das Gefühl der Zurückweisung und Erniedrigung, das über sie kam, nicht unterdrücken, ein Gefühl, daß sie nicht geliebt, sondern benutzt wurde.

Mit dem Einbruch des Winters wurde die Arbeit bei Arvada Steel knapp. Ausgerechnet vor Weihnachten wurde Eddie freigestellt, nachdem er nicht einmal drei Monate dort gearbeitet hatte. Plötzlich stand ihnen wieder eine finanzielle Notlage ins Haus. Sie mußten ihren Volkswagen neu finanzieren, um die monatlichen Verpflichtungen erfüllen zu können. Eddie fand einen Job in einem anderen metallverarbeitenden Betrieb, aber auch der war nur eine Übergangslösung. Wieder einmal mußten sie sich eine neue Bleibe suchen.

Im Februar zogen sie nach Denver in die Nähe des Washington Parks, in eine kleine Wohnung über einem Gewächshaus, das Rondas Vetter gehörte, an der Ecke Louisiana Avenue und York Street. Als Gegenleistung für freies Wohnen machte sich Eddie hier und da nützlich, aber es kam zu Mißverständnissen darüber, welche Arbeiten Eddie zu tun hatte, und das schaffte auch bei ihnen zu Hause eine angespannte Atmosphäre. Dennoch war Ronda optimistisch, daß sich alles irgendwie noch zum Guten wenden würde.

Die Familienangehörigen halfen aus, damit Ronda, Eddie und das Baby genug zu essen hatten, und mit den Spenden der Gemeinde konnten sie einige Rechnungen begleichen. Hin und wieder mußte Ronda sich anhören, daß ihr Mann es wohl zu nichts bringe, aber sie hielt weiter fest zu Eddie. In ihrem Tagebuch war ihre Liebe immer noch offensichtlich, aber sie fühlte sich allmählich veranlaßt, sie zu rechtfertigen:

Mein Onkel findet es merkwürdig, daß meine Ehe für mich ein Glück ist. So eine Gemeinheit! Natürlich ist sie für mich ein Glück, ein großes Glück sogar. Es hat zwar Schwierigkeiten gegeben, aber das Gute überwiegt doch bei weitem das Schlechte. Eddie ist ein phantastischer Ehemann!

Ronda wohnte gern über dem Gewächshaus. Washington Park war einer der schönsten Stadtteile von Denver. Am frühen Nachmittag steckte sie Paul in den Kinderwagen und ging mit ihm die sechs baumgesäumten Häuserblocks der Louisiana Avenue hinunter zum Park. Dort schob sie ihn um den Grasmere Lake herum und sog dabei begierig die Wärme der späten Wintersonne auf.

Manchmal aber wurde man auch in beängstigender Art und Weise daran erinnert, daß trotz der idyllischen Lage Gefahren in diesem Gebiet lauerten. Eines Tages las Ronda in der Zeitung, daß eine Frau in der Nachbarschaft vergewaltigt worden war. Obwohl sie nie Angst vor einer Vergewaltigung gespürt hatte, beunruhigte sie die Nachricht eines gewalttätigen sexuellen Angriffs in ihrer unmittelbaren Nähe. Eddies Reaktion auf ihre Angst kam ihr gefühllos vor. Er zeigte weder Sorge noch Mitleid. Er riet ihr einfach, sie solle doch aufhören, die Nachrichten über Kriminalfälle zu lesen, wenn sie das so aufrege.

Ronda wollte gern in Denver bleiben, falls Eddie dort einen richtigen Job fände. Eddie dagegen zog es zur Navy. Er überredete Fermon Tidwell, ihm eine Empfehlung zu schreiben, der die Marineoffiziere offensichtlich großes Gewicht beimaßen. Daraufhin ergab sich dann unerwarteterweise sogar eine erfreuliche Perspektive für Ronda und Eddie. Teen Challenge hatte eine freie Stelle für ein christliches Paar ausgeschrieben, daß ein

Heim oben in den Bergen leiten sollte, in der Nähe von Conifer, nur dreißig Minuten südwestlich von Denver. Das konnte die große Chance für die Wyatts sein. Außerdem fand Eddie noch einen Job bei einem Schweißbetrieb. Die Stelle bei Teen Challenge bedeutete, daß man große Verantwortung übernehmen mußte.

Eddie hatte bereits einige Male in der Vergangenheit zu besonders kritischen Zeiten oder bei Schwierigkeiten oder einfach, wenn er die Führung durch Gott brauchte, für ein oder zwei Tage gefastet und gebetet. Das tat er jetzt wieder, denn er wollte erkennen, worin seine Bestimmung lag. Ronda war bereit, Eddie zu folgen, wofür er sich auch immer entschied, aber sie hoffte, daß es Teen Challenge sein würde. Sie waren niemals glücklicher gewesen als während ihrer Zeit dort. Am 16. März schrie sie in ihr Tagebuch:

Seit Montag arbeitet Eddie wieder. Wir sind dankbar für die Antworten auf unsere Gebete. Am Sonntag abend ist eine unserer Entscheidungen gefallen. Wir haben beschlossen, daß er nicht zur Marine geht. Am Montag hat Eddie nach Gebet und Fasten Royce Nimmons angerufen, den Leiter von Teen Challenge für das Gebiet Rocky Mountains. Die Türen öffnen sich so schnell. Dienstag trafen wir uns mit Bruder Nimmons, sprachen miteinander und vereinbarten, uns um die Stelle eines Leiters des Bergheims zu bewerben. Noch ein anderes Paar stellt sich für diesen Job vor. Wir spüren, daß Gott uns in diese Richtung führt.

Aber nach einer Woche war entschieden, daß die Stelle bei Teen Challenge dem anderen Paar zufallen würde. Dieser Rückschlag war für Eddie offenbar entscheidend. Er faßte sofort den Entschluß, alles daranzusetzen, zur Marine zu kommen. Er und Ronda packten ihre Sachen zusammen und gaben das wenige Mobiliar, das sie besaßen, zur Aufbewahrung in ein Lager. Er wollte mit Ronda und Paul nach Texas zurückkehren und zunächst im Haus seiner Mutter in Galveston bleiben, bis die Aufnahme in die Navy erfolgte. Während dieser Zeit konnte er in der Baufirma seines Bruders arbeiten, um etwas Geld zu verdienen.

Sie verbrachten nur drei Monate in Galveston, bevor die Navy wegen Eddies Vorstrafe eine Ausnahmegenehmigung aussprach und den Weg für seine Dienstverpflichtung freigab. Ronda kehrte mit ihrem Baby nach Colorado zurück, um dort bei ihren Eltern zu bleiben, während Eddie zu seiner Grundausbildung nach Orlando in Florida flog. Ronda war sicher, daß es nun aufwärts gehen würde, selbst wenn das bedeutete, daß sie für eine Weile von ihrem Mann getrennt sein würde. Ihr Tagebucheintrag vom 27. Juli lautet:

Ich vermisse Eddie so sehr, aber ich bin stolz auf ihn. Die Entscheidungen, die er getroffen hat, sind ihm nicht leicht gefallen, aber er hat sie mit dem Gefühl getroffen, daß es so für uns besser ist. Es ist wirklich merkwürdig, wieviel sicherer ich mich jetzt fühle, nachdem ich noch einige seiner wunderbaren Eigenschaften kennengelernt habe. Ich liebe ihn; meine Liebe zu ihm ist tiefer als jedes andere Gefühl, das ich bisher kennengelernt habe.

Bei ihrer Mutter hielt Ronda täglich aus dem Fenster zur Straße heraus Ausschau nach dem Postboten, immer in der Hoffnung, Nachricht von ihrem Mann zu erhalten, der unten in den Niederungen von Florida bei der Grundausbildung der Marine war. Nachdem Eddie beschlossen hatte, eine Laufbahn bei der Marine einzuschlagen, schien er von der Zukunft ebenso begeistert zu sein, wie er es war, als sie sich zum ersten Mal getroffen hatten. Es war ein Jungbrunnen für ihn, nach Galveston in das Haus seiner Kindheit zurückzukehren und endlich aus der Gewächshauswohnung herauszukommen, wo er von Fremden abhängig gewesen war. Und Ronda war froh, das zu sehen. Ihr Leben verlief wieder in geordneten Bahnen.

Nach dem Ende der Grundausbildung im Juli hatte Eddie eine Woche Urlaub, bevor er sich am Marineflughafen in Millington, Tennessee, zu seinen ersten Kursen in Luftfahrt-Konstruktionsmechanik melden mußte. Er sollte lernen, wie man die Rümpfe von Düsenflugzeugen repariert. Ronda freute sich, ihn für den kurzen Urlaub wieder in Colorado zu haben und war durch den Anblick ihres Mannes in seiner sauberen, neuen Uniform beeindruckt.

Der neue Anfang gab auch ihrem Eheleben Auftrieb. Es war das erste Mal, daß Ronda Grenzen setzte. Eddie wollte mit verschiedenen Formen von Sex experimentieren und mit Ronda Analverkehr versuchen. Ronda weigerte sich, weil sie es widerlich fand, und sie schliefen dann ganz normal miteinander. Kurz darauf mußte Eddie sich wieder zum Dienst zurückmelden.

In Monatsfrist entdeckte Ronda, daß sie wieder schwanger war. Was für ein Glück, daß sie den kurzen Urlaub mit Eddie hatte verbringen können! Sie sehnte sich danach, zu ihm nach Millington zu gehen, so daß sie während ihrer Schwangerschaft zusammensein konnten, selbst wenn seine Aufgaben dort nur vorübergehend waren. Sie fühlte einen starken Drang, bei ihm zu sein, um ihr Glück mit ihm zu teilen, und so bereitete sie alles vor, um mit dem Baby umzuziehen. Alles, was sie besaßen, paßte in einen kleinen, einachsigen Anhänger, den Paul Hunter für seine Tochter gebaut hatte, und der hinten an den taubenblauen VW-Käfer gehängt wurde.

Rondas Eltern brachten die beiden am ersten Oktober hinunter nach Millington, wo Ronda mit Eddie in eine Militärunterkunft einzog. Aber innerhalb eines Monats bekam Eddie Order, sich zunächst für vier weitere Wochen Unterricht nach San Diego und dann auf die andere Seite des Kontinents zu seinem eigentlichen Einsatzort nach Norfolk, Virginia, zu begeben. Wegen ihrer begrenzten Mittel konnte Ronda ihn nicht nach Kalifornien begleiten, so daß sie wieder einmal in das Haus ihrer Eltern nach Denver zurückkehrte, während Eddie sich allein mit ihrem Volkswagen nach San Diego auf den Weg machte. Trotz des Durcheinanders, der Umzüge über weite Strecken und der vielen Wochen, die sie getrennt verbrachten, hatte Ronda das Gefühl, daß sich alles zum Besseren wendete. Eddies wachsendes Selbstvertrauen hatte sie beruhigt. All der Trennungsschmerz und ihre Sehnsucht nach Eddie hatten sich bezahlt gemacht, weil er jetzt endlich wirklich glücklich zu sein schien.

Einen Monat lang blieb Eddie in San Diego, wo er eine Fortgeschrittenen-Ausbildung in Korrosionskontrolle erhielt. Ronda zählte die Tage, bis sie ihn wiedersehen würde. Am Tage, bevor Eddie in Denver zurückerwartet wurde, klingelte spät abends das Telefon im Haus der Hunters, und Erna rief ihre Tochter, nachdem sie den Anruf entgegengenommen hatte.

»Hallo, Schätzchen«, sagte Eddie, als Ronda am Apparat war.

»Eddie? Wo bist du?« fragte sie. Seine Stimme war immer leise und schwer verständlich, und Ronda fragte sich einen Sekundenbruchteil lang, ob er wohl in Schwierigkeiten steckte. Sie hoffte, er rief nicht an, um ihr mitzuteilen, daß seine Rückkehr sich verzögerte.

»Ich bin in New Mexico in einem Motel am Highway«, antwortete er.

»Ist irgend etwas nicht in Ordnung? Bist du okay?« Ronda klang besorgt. Jetzt mußte Eddie verschmitzt lachen.

»Nein, mir geht es gut«, antwortete er mit einem leichten Singen in der Stimme. »Ich bin mit der Ausbildung durch und habe schon die halbe Heimfahrt zu meinem Schatz für eine Woche Urlaub hinter mir. Ich bin müde geworden und habe mich entschlossen, hier zu übernachten.«

»Warum hast du angerufen?« fragte Ronda. »Bist du okay?«

»Ich wollte bloß deine Stimme hören, Ronda«, sagte Eddie mit einem sehnsüchtigen Unterton. »Ich habe dich so vermißt.«

Ronda stieß einen Seufzer der Erleichterung aus und spürte, wie eine Welle der Zuneigung für ihren Mann sie überschwemmte. Wie süß von ihm war es anzurufen, nur um ihr das zu sagen. Sie konnte kaum erwarten, ihn am nächsten Nachmittag wiederzusehen.

Aber als der straßenmüde Volkswagen am nächsten Tag die kurvige Auffahrt zum Haus der Hunters heraufkam und Eddie ausstieg, mußte Ronda eine Sekunde innehalten. Ihr Mann hatte ein breites Lachen auf dem Gesicht, aber sein Körper war ausgemergelt und unterernährt. Er hatte bestimmt fünfzehn Pfund abgenommen, was er sich bei seinem ohnehin zarten Körperbau kaum leisten konnte. Sie hatte ihn wohlgenährt und mit gesundem Aussehen zum Dienst am Vaterland entlassen; als Gegenleistung hatte ihn die Navy anscheinend bei der Grundausbildung fast verhungern lassen.

»Rein mit dir«, sagte Ronda, während sie Eddie draußen vorm Haus fest umarmt hielt, »und laß uns zusehen, daß wir dir irgendwas zu essen geben. Hast du denn bei der Marine überhaupt nichts zwischen die Zähne bekommen?«

Kapitel 4

HEIMLICHER VERRAT

Unsere gemeinsamen Stunden sind inzwischen knapp bemessen, aber ach, wie liebe ich diese Gelegenheiten, wenn er mich in meinen Armen hält und mich seine ›kleine Frau‹ nennt und mir sagt ›Ich liebe dich‹. So ungefähr ist es sicherlich, wie Gott sich eine Ehe vorstellt, wenn wir zusammen sind und unsere Liebe teilen. Lieber Gott, hilf mir bitte, die Frau zu sein, die Eddie braucht.

– aus Rondas Tagebuch

Eine Woche später packten die Wyatts ihren selbstgebauten Anhänger mit ihren Habseligkeiten randvoll, hängten ihn hinten an ihren VW-Käfer und verabschiedeten sich winkend von Paul und Erna Hunter. Ronda nahm den kleinen Paul fest in ihre Arme, denn sie hatten die Rücksitze so vollgestopft, daß dort kein Kindersitz mehr hineinpaßte. Eddie ließ den Wagen an, und auf ging es zu der langen Fahrt nach Osten, Richtung Norfolk. Die Fahrt erinnerte Ronda an ihre glücklichsten Zeiten mit Eddie. Unterwegs bogen sie einmal falsch ab, verfuhren sich und landeten schließlich in Muskogee, Oklahoma. Ronda und Eddie mußten lachen, weil es genau die Umstände waren, unter denen sie sich kennengelernt hatten.

Eddie ging sehr führsorglich mit Paul um, der den größten Teil der Fahrt auf Rondas Schoß verbrachte. Der Junge, der noch keine zwei Jahre alt war, fing gerade an zu sprechen und schien von der vorbeifliegenden Landschaft fasziniert zu sein. Eddie freute sich, daß er ihn einmal verwöhnen konnte, und Ronda sah es sehr gern, daß er so viel Zeit mit ihrem Sohn verbrachte. Er hatte Paul geholfen, laufen zu lernen. Er wechselte ihm die Windeln, fütterte ihn und nahm ihn fast immer mit, wenn er irgendwelche Besorgungen zu machen hatte. Eddie erklärte Ronda, daß er gar nicht anders könne, als ein guter Vater zu sein. Er war stolz darauf, einen Sohn zu haben, und er wollte ihm ein Vater sein, wie er sich selbst einen gewünscht hatte. Im letzten Satz schwang eine Spur Traurigkeit mit.

Die junge Familie erreichte Norfolk spät am Vorabend jenes Tages, da Eddie sich auf dem gewaltigen Marinestandort zu melden hatte. Es war die Stelle, wo der James River in die Chesapeake Bay mündete. Eddie mietete für seine Familie eine billige Wohnung in einem heruntergekommenen Gebäudekomplex namens Robin Hood, der im Osten von Norfolk an der Schnellstraße lag. Die Obergeschoßwohnung, die Eddie mietete, war etwas verwahrlost, aber Ronda war froh, nach zehn Monaten in anderer Leute Häuser endlich wieder einen Platz zu haben, den sie ihr Zuhause nennen konnte.

Man erreichte die Wohnung der Wyatts in den Robin-Hood-Apartments über eine dunkle Innentreppe. Es gab weder Teppichböden noch eine Zentralheizung. Die Böden der Räume waren gefliest, und die einzige Heizung stand im Flur. Das Gebäude lag in der Einflugschneise des Norfolk International Airport, so daß Eddie und Ronda regelmäßig hohen Lärmpegeln ausgesetzt waren, wenn die Düsenflugzeuge zum Starten oder Landen über sie hinwegdonnerten. In den Nächten, wenn die gewaltigen Düsenflieger das baufällige Haus bis in seine Grundfesten erschütterten, zitterte Rondas Bett. Die Romantik, die sie in der Umgebung von Love Field genossen hatten, fehlte ihr völlig.

Die Wyatts brauchten mehrere Wochen, um die richtige Gemeinde zu finden. Sie besuchten probeweise mehrere der benachbarten Kirchen *Assemblies of God*, um zu sehen, welche für sie die beste wäre. Als sie schließlich an einem Gottesdienst der *Ocean View Assembly* teilnahmen, oben in der Nähe der Bucht, spürten sie, daß sie ihren Platz gefunden hatten. Ronda war davon beeindruckt, daß die Kirche so überfüllt war, und daher wollte sie auch den fünf Meilen langen Weg von ihrer Wohnung dorthin gern in Kauf nehmen. Der Prediger war mitreißend, der Gesang der Gemeinde erfüllt mit frohem Lob. Die

Menschen, die während des Gottesdienstes in Rondas und Eddies Nähe saßen, machten einen freundlichen und herzlichen Eindruck. Der Pastor bemerkte bald, daß das junge Paar neu in der Gemeinde war, und begrüßte sie persönlich. Etwa neunzig Prozent seiner Getreuen gehörten zu Familien von Militärangehörigen, und er war es gewöhnt, jeden Sonntag neue junge Gesichter zu sehen. Eddie und Ronda Wyatt waren in eine Stadt gezogen, die von *einem* Arbeitgeber beherrscht wurde, nämlich vom Militär. Neben der Marine, auf die der Löwenanteil entfiel, waren auch die Luftwaffe und das Heer vertreten.

Nach nicht allzulanger Zeit hatten sich die Wyatts mit Don und Sue Rosenbaum, ihren Nachbarn aus dem Erdgeschoß, angefreundet. Vom Tag ihres Einzuges an hatte Ronda vermutet, daß es sich ebenfalls um Kirchgänger handelte. Ihre Tochter, eine Achtjährige mit guten Manieren, weichem, blondem Haar und einer Brille verbrachte viel Zeit an ihrer elektrischen Orgel, auf der sie Weihnachtslieder für die bevorstehenden Feiertage spielte. Ronda bekam Heimweh, wenn sie dabei zuhörte.

Die Rosenbaums waren von Haus aus Baptisten. Don hatte sich als Teppichleger selbständig gemacht und war mit seinen dreiundvierzig Jahren nicht mehr ganz jung. Sein hellbraunes, welliges Haar zeigte bereits die ersten Spuren von Grau. Sue war siebenundzwanzig Jahre alt, brünett, groß, freundlich und unbekümmert. Ungefähr eine Woche lang halfen Don und Sue den Wyatts dabei, ihr verwohntes Domizil herauszuputzen. Die Rosenbaums hatten in ihrer eigenen Wohnung Inventur gemacht und einige alte Bilder, Vorhänge und anderen Hausrat für Ronda aussortiert.

Eddie war noch nicht viel länger als einen Monat in Norfolk, als es zum ersten Mal hinaus auf See ging. Es war nur eine kurze Fahrt, ungefähr eine Woche lang, gab Ronda jedoch schon einen Vorgeschmack davon, wie es sein würde, wenn Eddie sich mal zu einer sechsmonatigen Fahrt ins Mittelmeer einschiffen würde. Der Anwerber aus dem Büro hatte ihm damals gesagt, daß die Wahrscheinlichkeit, längere Zeitspannen auf See verbringen zu müssen, nicht besonders groß sei, und das hatte Eddie gefallen, weil er eigentlich keine Lust hatte, monatelang von zu Hause fortzubleiben. Aber nun sah es ganz so aus, als ob er dem Flugzeugträger U. S. S. *John F. Kennedy* zugeteilt würde. Eddie gehörte zur Korrosionskontrolle und sollte auf der *Kennedy* zu einer Inspektions- und Reparatureinheit für Düsenflugzeuge Dienst tun. Er würde aber nicht jedesmal mit hinausmüssen, wenn der Flugzeugträger zu kurzen Fahrten von etwa einer Woche in See stach, um den Piloten Gelegenheit für ihre Qualifizierung zu geben.

Ronda lernte eine Reihe von Eddies neuen Freunden aus der Navy kennen und schloß mit einigen von ihnen ebenfalls Freundschaft. Ein junges Paar aus Georgia, Dave und Peggy Houser, hatte wie Eddie und Ronda einen kleinen Sohn. Darüber hinaus waren Dave und Peggy ebenfalls praktizierende Christen, so daß die beiden Paare viel gemeinsam hatten, auch wenn die Housers ungefähr acht Jahre jünger waren als die Wyatts. Mit ihren Babys, Paul und Matthew, verbrachten die beiden Familien häufig ihre Zeit miteinander mit Zoobesuchen oder Picknicks im Park. Joe Dave Houser und Eddie gehörten der gleichen Einheit an, so daß ihre Verpflichtungen häufig die gleichen waren. Normalerweise hatten sie gemeinsam entweder Land- oder Seedienst und verbrachten viel Zeit zusammen bei Gesprächen über das Leben, über Jesus und über die Navy.

Wenn Eddie zu den kurzen Trainingsfahrten auf See war, schauten Don und Sue Rosenbaum bei der schwangeren Ronda vorbei, um sich zu vergewissern, daß es ihr und dem Baby gut ging. Als es im Januar kalt wurde, kam Don herauf und baute Ronda behelfsmäßig Sturmfenster aus Holzrahmen und Plastikplatten vor die Fenster. Er oder Sue boten sich auch großzügig als Babysitter für Paul an, wann immer Ronda einkaufen oder zur Kirche gehen mußte. Während dieser ersten Monate in Norfolk lernten die Rosenbaums Ronda besser kennen als Eddie, der oft auf See war. Sue wurde Rondas beste Freundin. Häufig nahmen sie ihre Kinder zu einem Spaziergang zum Entenfüttern in die Norfolk Azalea Gardens mit. Ronda gewann Sue dafür, Dienstag morgens mit ihr zu den Treffen des Frauenbetkreises in der *Ocean View Assembly* zu gehen, und obwohl Sue eine andere Kirche besuchte, fügte sie sich dort sofort ein.

Sue bewunderte vor allem Rondas Umgang mit Kindern.

Ronda nahm sich immer Zeit, um mit Paul oder anderen Kindern zu reden und ihnen geduldig und in der Ausdrucksweise von kleinen Kindern alles zu erklären, was sie gerade tat. Sue wollte ihre eigene Mutterrolle nach Rondas Vorbild ausrichten. Es beeindruckte sie auch sehr, daß Ronda noch die Zeit fand, ihren künstlerischen, handwerklichen und musikalischen Neigungen zu folgen. Sue hatte niemals jemanden erlebt, der so sehr aus sich herausging und sich so um andere kümmerte wie ihre neue Freundin.

Sue und Don hielten Eddie für einen freundlichen, aber eher zurückhaltenden jungen Mann. Ronda hatte ihnen von Eddies Kopfverletzung erzählt, und sie glaubten, daß ihn vielleicht diese Verletzung in seiner Neigung zur Ungeselligkeit bestärkt und introvertierter gemacht haben könnte. Dennoch unterhielt sich Don ganz gern mit Eddie über Religion und tauschte mit ihm seine Erfahrungen, aus, während sie zusammen an einem Automotor arbeiteten, fischten oder einfach in ihren Wohnungen saßen. Es gab eine ganze Reihe guter Fischgründe in der Gegend, wo die beiden manchmal den ganzen Tag über blieben. Einige Male versuchte Eddie, Don zu überreden, zur *Ocean View Assembly* statt zur *Great Bridge Church of God* zu gehen, der Don und Sue angehörten.

Eddie vertraute Don an, daß er drogenabhängig gewesen war, bevor er Ronda kennenlernte, und daß seine Hochzeit mit ihr und seine Rettung durch Jesus sein Leben verändert hatten. Nach Dons Einschätzung war Eddie Wyatt ein grundsolider und sehr liebenswerter junger Mann, der offenbar wußte, worauf es ankam. Er schien sein Leben fest im Griff zu haben.

Eddie empfand es als glückliche Fügung, daß er Mitte April, als Rondas Wehen begannen, gerade an Land war – denn der Weg von Norfolk zum Marinehospital Portsmouth, wo das Baby entbunden werden sollte, war etwas schwierig. Man mußte durch einen Tunnel unter dem Elizabeth River herfahren, der die beiden Städte voneinander trennte. Ronda hatte eine zwanghafte Angst, daß der Tunnel durch einen Stau verstopft sein könne. Die Rosenbaums nahmen Paul, so daß Eddie und Ronda sich um ihn keine Sorgen zu machen brauchten. Die Wehen waren heftig und zogen sich über zwölf Stunden hin, aber diesmal konnte Eddie im Kreißsaal bei Ronda sein, als das Baby, ein Mädchen, am 15. April 1978 geboren wurde. Sie gaben ihrer Tochter den Namen Diana Lynn Wyatt.

Schon zuvor hatte Eddie den VW-Käfer, den sie in Dallas gekauft hatten, für einen gebrauchten 1974er Plymouth Valiant in einem dunkleren Blau und mit weißem Verdeck in Zahlung gegeben. Im Valiant war mehr Platz für die wachsende Familie.

Keine zwei Monate nach Dianas Geburt erhielt Eddie Order, sich auf der *Kennedy* für eine sechsmonatige Fahrt im Mittelmeer einzuschiffen. Ronda wollte diese lange Zeit über nicht allein bleiben. Daher entschloß sie sich, mit den Kindern wieder nach Lakewood zu ihren Eltern zu fahren.

Sie behielten ihre Mietwohnung im Robin-Hood-Komplex, und nachdem Eddie fort war, übergab Ronda ihre Autoschlüssel Don und Sue Rosenbaum. Sie ermunterte die beiden, das Auto während ihrer Abwesenheit ruhig öfter zu benutzen. Dann fuhr Don Ronda mit ihren beiden Kindern zum Flughafen von Norfolk. Die Familie bestieg ein Flugzeug, und bald rollten sie über die Startbahn, hoben ab und flogen in einer langgestreckten Kurve über ihr baufälliges Mietshaus in Richtung Denver. Eddie und Ronda hatten sich oft darüber unterhalten, wie schwer es ihnen beiden fiel, voneinander getrennt zu sein, und doch schien alles immer wieder auf eine Trennung hinauszulaufen.

Allerdings beeinträchtigte das nicht ihre Liebe, wie Eddies erste Briefe nach Hause zeigten.

Ronda merkte schnell, daß es trotz Eddies regelmäßigem Verdienst für die Familie sehr kostspielig war, so weit voneinander getrennt zu leben und zusätzlich noch die leerstehende Wohnung in Norfolk zu unterhalten. Schließlich benötigte Eddie an Bord der *Kennedy* auch Geld für sich selbst. Einmal im Monat saß Ronda am Küchentisch ihrer Mutter in Lakewood und schrieb die Schecks für die Ratenzahlungen des Valiant, für die Miete ihrer leerstehenden Wohnung in Virginia und für einige andere Rechnungen aus. Normalerweise enthielten die Briefe von Eddie wenig oder gar kein Geld. Es kam in kleinen Beträgen, stets zusammen mit einer Entschuldigung. Eddie hatte wegen der finanziellen Notlage ein schlechtes Gewissen, und am 8. Juli, kurz nachdem die *Kennedy* nach Spanien ausgelaufen war, schrieb er an Ronda:

Ich habe nur sechs Dollar und ein paar Cents, so daß ich nicht weiß, ob ich (in Rota) an Land gehen soll oder nicht. Es ist natürlich meine Schuld, denn ich habe mein Geld nicht zusammengehalten. Ich gebe es immer hier an Bord aus. Für Süßkram und 'ne Cola aus dem Automaten. Ich habe noch ein paar andere Sachen gebraucht, Briefmarken und so. Jedenfalls halte ich das Geld nächstes Mal besser beisammen.

Wie gewöhnlich wandte Ronda sich an ihre Eltern, wenn sie Hilfe brauchte. Sobald das Geld auf ihrem Konto knapp wurde, sprang Paul Hunter in die Bresche, damit ihre Schecks auch gedeckt waren.

Ronda freute sich auf Eddies Briefe, die, abgesehen von seinen Entschuldigungen dafür, daß er kein Geld schickte, oft von einer Ausdrucksstärke waren, die er im persönlichen Gespräch nicht hatte. In seinen Briefen schrieb Eddie davon, um wieviel näher er sich Jesus fühlte. Aber er gestand auch ein, daß das Leben auf See und die Trennung von ihr ihm das Gefühl gäbe, daß es ein Fehler gewesen sei, zur Marine zu gehen. Auf die Härte des Lebens an Bord, auf die Feindseligkeiten und die Paranoia, die in diesen engen Quartieren gedeihen, war er nicht vorbereitet. Bald schrieb er Ronda, daß er es auf der *Kennedy* noch weniger aushalte als damals im Gefängnis.

Eddie bekannte sich zu seiner Angst vor möglichen Feinden auf dem Schiff. Immerhin waren auf See einige Männer verschwunden, vermutlich über Bord gegangen, und es hielt sich das Gerücht, daß ein paar schwere Jungs an Bord die Vermißten nachts über die Reling geworfen hatten. Eddie hatte die Furcht befallen, er könne das nächste Opfer sein, wenn er versehentlich mit dem falschen Mann aneinandergeriet. Schon kurz nach dem Auslaufen hatte Ronda einen anderen Brief erhalten, den er geschrieben hatte, als sie im zentralen Mittelmeer kreuzten, und der sie um Eddies Sicherheit bangen ließ:

Wir sind fast drei Wochen auf See. Der Druck und die Spannung sind so übel, daß ich es aus Angst, in eine Schlägerei verwickelt zu werden, schon nicht mehr wage, jemanden direkt anzugucken. Jeder schreit und brüllt den anderen an. Ich gehe allen aus dem Weg. Wenn jemand die Beherrschung verliert, verziehe ich mich einfach. Ich habe noch nie Leute gesehen, deren Nerven so gespannt sind. So schlimm war es nicht mal im Gefängnis.

Eddie war immer ein ruhiger und eher scheuer Mensch gewesen, und Ronda konnte nachempfinden, wie unwohl ihm zumute sein mußte, auf dem Flugzeugträger mit Hunderten von Leuten zusammengepfercht zu sein, von denen viele – soviel stand fest – Eddies Lebensweise nicht teilten. Nachdem Eddie schon fast drei Monate fort war, erhielt Ronda einen Brief mit Stempel vom 17. September. Sie hatte kaum die ersten Worte gelesen, als sich ihr schon die Kehle zuschnürte. Der Brief lautete:

Hallo, Schätzchen, wie geht es Dir und den Kindern? Ich hoffe, gut. Ich bin okay, aber nicht ganz okay. Bin ein wenig vergrätzt über etwas, was gestern geschehen ist. Wir haben in der Werkstatt wieder bis spät gearbeitet, wie gewöhnlich. Als ich in das Mannschaftsquartier kam, war unser Gang voller Jungs, so daß ich schon wieder kehrtmachen wollte, aber dann sagte ich mir, daß es ja wohl ebensosehr mein Gang war wie ihrer. Also drängte ich mich zu meinem Spind durch. Houser war bei mir, und wir unterhielten uns. Ich wollte mich gerade zum Duschen fertigmachen, als zwei Schiffsprofose auf ihrem Streifengang vorbeikamen. Sie sahen das ganze Gedränge, kamen herein und fingen an, jedem irgendwelche Fragen zu stellen.

Einer kam zu Houser und mir herüber und fing an, hinter unseren Spinden herumzusuchen und sogar uns selbst zu durchsuchen. Houser fragte ihn, was das solle, und da zog der Profos eine kleine Pfeife heraus und fragte, ob sie uns gehöre. Ich sagte ihm, daß ich nicht Pfeife rauche, und da sagte er, das sei keine normale Pfeife, sondern eine, mit der man Drogen rauche. Ich sagte ihm, daß ich keine Drogen nähme. Ich bin ein Christ, genau wie Houser. Wie auch immer, sie kassierten jedenfalls von jedem in unserem Gang die Sicherheitskarten ein und sagten, sie würden es wohl dem Kapitän erklären müssen. Ich weiß nicht, was diese ganze Sache bedeuten sollte, aber ich finde es nicht gut, daß irgend jemand herbeikommt und so etwas über mich sagt. Der Profos erklärte, er habe die Pfeife in unserem Gang gefunden und versuche halt, herauszukriegen, wem sie gehöre. Ich sagte, okay, aber laß mich damit in Ruhe, denn ich weiß nichts von einer Pfeife. Ich finde die ganze Situation sehr komisch, als ob man Houser und mir etwas anhängen wolle. Hoffentlich ist das jetzt ausgestanden. Ich mag es einfach nicht, wenn man mich so beschuldigt.

In diesem Brief erwähnte Eddie, daß er und Dave Houser gemeinsam in der Bibel lesen wollten, und er schloß mit der Mitteilung, sie würden sich jetzt auf den Weg zur Kapelle machen, um einen christlichen Film zu sehen.

Auch in den folgenden Briefen hielt Eddie seine Frau über die Lage an Bord auf dem laufenden. Man hatte ihn aufgrund der in seinem Spind gefundenen Haschischfunde wegen Drogenmißbrauchs angeklagt und vor den Kapitän gebracht. Er wurde in seinem Rang und in seiner Besoldungsstufe herabgesetzt und zu einer Geldstrafe von einigen hundert Dollar verurteilt. Eddie schwor, gegen diese falschen Beschuldigungen Berufung einzulegen, und Ronda ermutigte ihn in diesem Vorhaben. Eddie schien durch seine unangenehme Lage fast die Fassung zu verlieren. Er beteuerte, daß ein Mann wie er, der sich durch solch eine einsame und unglückliche Jugendzeit gequält habe, niemals wieder anfangen würde, Drogen zu nehmen. Die Drogen hatten ihn an den Rand des vollständigen Ruins gebracht. Ronda war in großen Nöten, weil sie Eddie nicht unmittelbar beistehen konnte. Sie hatten beide gemeinsam am Teen Challenge Center gearbeitet, um junge Menschen vor der Selbstzerstörung durch Drogen zu bewahren, und die Ungerechtigkeit, daß Eddie nur aufgrund der Tatsache, daß eine Pfeife in der Nähe seiner Koje gefunden worden war, angeklagt wurde, ließ Ronda mit einem Gefühl der Hilflosigkeit erschaudern.

Eine Wende der mißlichen Situation bahnte sich an, als Eddie einen vorgesetzten Offizier fand, der sich für seinen Charakter verbürgte; er schrieb Ronda, es bestehe die Chance, daß die Geldstrafe erlassen werde und man ihn wieder in seinen alten Rang einsetze und auch wieder in gleicher Höhe wie zuvor besolde. Das war die Antwort auf Rondas Gebete. Eddie hatte vor Weihnachten kein Geld mehr nach Hause schicken können, und die Rechnungen häuften sich. Glücklicherweise nahm es sein dienstvorgesetzter Offizier in die Hand, die Sache für ihn zu regeln, und sein Sold wurde daraufhin wieder auf die alte Höhe festgesetzt; die Geldstrafe allerdings blieb – wenn auch reduziert. Der ganze Vorfall desillusionierte Eddie gründlich über das Leben in der Navy. Im November schrieb er an Ronda:

Ich bin nur einmal bei meiner Arbeit wirklich glücklich gewesen, und das war als Berater am Teen Challenge Center. Ich bin unruhig, unzufrieden, unglücklich. Es sieht so aus, als ob alles, was ich versuche, immer zum gleichen Ende führt. Wenn ich tue, was Gott von mir verlangt, warum kann ich dann nicht glücklich sein? Ich will die Marine nicht verlassen, ich will es wirklich nicht. Ich hasse es, immer wieder den Job zu wechseln, aber genau das habe ich bisher getan. Das ist einer der Gründe, warum ich zur Marine gegangen bin. Ich wollte bis zu meiner Pensionierung bei der Marine bleiben, und ich denke, wir waren beide überzeugt, daß es Gottes Wille war, daß ich hierherging. Aber im Moment kommt mir alles unerträglich vor, um so mehr, als ich mich für so lange verpflichtet habe.

Obwohl Eddie wieder seinen regulären Sold erhielt, schickte er immer noch kein Geld nach Hause. Er begründete das damit, daß er an einige seiner Kameraden Geld zurückzahlen müsse, das er sich während seines Mißgeschicks geliehen hatte. Und wegen ihrer finanziellen Situation glaube er auch, so schrieb er weiter, daß zwei Kinder das äußerste seien, was er sich erlauben könnte. Folglich wollte er eine Vasektomie vornehmen lassen. Ronda verstand Eddies Gefühle in dieser Angelegenheit, teilte sie jedoch nicht. Sie hatte es vorgezogen, zunächst bei der Pille zu bleiben, statt eine unwiderrufliche Entscheidung zu treffen. Aber wenn Eddie diese dauerhafte Sicherheit brauchte, dann war es seine Entscheidung, und sie würde sich damit abfinden.

Nach acht Monaten auf See lief die *Kennedy* im Februar 1979 langsam in die Chesapeake Bay ein und machte auf der Marinebasis Norfolk fest. Ronda war tags zuvor in die Robin-Hood-Apartments zurückgekehrt, um in ihrer Wohnung alles herzurichten. Es war immer sehr aufregend, wenn in Norfolk ein Flugzeugträger von einer längeren Fahrt zurückerwartet wurde. Andere Navy-Frauen hatten Ronda erzählt, daß die Männer nach sechs Monaten auf See noch nicht einmal abwarten konnten, mit ihren Frauen nach Hause zu kommen, sondern sie einfach in das nächste erreichbare Motel zogen, um dort ihr Wiedersehen zu feiern. Wie würde Eddie wohl zumute sein, fragte sich Ronda, wenn er sie und die Kinder nach ihrer bisher längsten Trennung wiedersah? Sie wollte ihn überraschen und hatte ihm deshalb nicht geschrieben, daß sie einen Tag vor ihm nach Norfolk zurückkehren würde, um ihn gleich bei seiner Ankunft zu begrüßen.

Als sie Eddie seinen Seesack aus dem Auto holen sah, in dem er vors Haus gefahren worden war, strich sie ihren Rock glatt, bürstete sich ihr langes, braunes Haar noch einmal und ging zur Tür. Paul und Diana warteten im Wohnzimmer, während ihre Mutter auf den Treppenabsatz ihrer Obergeschoßwohnung hinaustrat.

Eddie, der sich vorgenommen hatte, die Wohnung zur Rückkehr seiner Frau noch am Vormittag sauberzumachen und aufzuräumen, war auf halbem Wege durch das dunkle Treppenhaus, als er hörte, wie die Wohnungstür über ihm geöffnet wurde und der Treppenabsatz mit Licht überflutet. Abrupt wurde er aus seinen Gedanken gerissen; Ronda erwartete ihn oben mit einem breiten, strahlenden Lächeln.

»Willkommen daheim, Eddie!« sagte Ronda mit erwartungsvoller Stimme.

»Oh, hallo Liebling«, antwortete ein völlig verstörter Eddie. Er zögerte eine Sekunde und drängte sich dann verlegen an ihren weit geöffneten Armen vorbei in die Wohnung. Mit einigen oberflächlichen Bemerkungen über seine Fahrt warf er die Tasche in eine Ecke des Raumes, drückte kurz die Kinder an sich und ging dann ins Bad. Dort begann er, sich die Zähne zu putzen. Ronda war durch Eddies Gleichgültigkeit ihr gegenüber wie vor den Kopf gestoßen. Sie hatte diesen Moment freudig herbeigesehnt und auf eine heftige Umarmung gehofft. Statt dessen durchflutete sie jetzt ein starker Schmerz der Zurückweisung. Eddies Rückkehr fehlte jede Spur von freudig erregter Atmosphäre; es war gerade so, als hätte er bloß eben den Müll herausgebracht.

Eddie zog eine Fahne schalen Geruchs hinter sich her, die Ronda mit einem Wedeln ihrer Hand von ihrer Nase fernzuhalten suchte. Es war wie ein starker Körpergeruch. Sie vermutete, daß sich Eddie deswegen so schnell an ihr vorbeigeschlängelt hatte und hineingelaufen war, um sich die Zähne zu putzen. Das war wohl der Geruch, den man annahm, wenn man irgendwo im Unterdeck eines Flugzeugträgers in beengten Quartieren mit Hunderten anderer Männer zusammenlebte. Eddie hatte eine Dusche bitter nötig. Sie fragte sich nur, warum er sich wohl nicht hatte frischmachen können, bevor das Schiff ins Dock ging?

Als sie dann später ins Bett krochen und sich liebten, verlor sich Rondas Gefühl, zurückgewiesen zu werden. Aber die lang erwartete Wiedervereinigung hatte nichts gemein mit den romantischen Szenen, die sie sich vorab ausgemalt hatte. Rondas Selbstwertgefühl beruhte ganz darauf, Eddie Wyatts Frau und die Mutter seiner Kinder zu sein. Das Gefühl, es könne da Risse in der Fassade geben, machte ihr Angst. Der äußere Anschein war für Ronda sehr wichtig, und Eddie spielte keineswegs die Rolle des überglücklichen, liebeshungrigen Ehemannes, die Ronda aus den Schilderungen der anderen Navy-Frauen kannte.

Im Laufe des Frühjahrs und Sommers nach seiner ersten Mittelmeerfahrt zog sich Eddie immer mehr zurück. Gelegentlich hatte er Depressionen, aber er wich Rondas Fragen nach den

Gründen aus und versicherte, daß es nichts Ernstes sei; es mache ihm nur zu schaffen, daß er so oft und so lange auf See sein müsse. Allmählich begannen sich diese Stimmungen wieder auf ihr Eheleben auszuwirken. Bis zu diesem Sommer hatte Ronda geglaubt, eine glückliche Ehe zu führen. Sie war nicht prüde, wenn es um Sex ging, und genoß es, ihren Mann im Schlafzimmer glücklich zu machen. Wenn die Liebe mit Eddie keine Feuerwerke mehr auslöste, dann glaubte Ronda, sei es an ihr, etwas dagegen zu tun.

Sie schliefen immer seltener miteinander, und Eddie witzelte, daß ein Paar, das jedesmal einen Pfennig in einen Krug steckte, wenn es während seines ersten Ehejahres zusammen schlief, den Rest seines Lebens davon bestreiten könne. Ronda begriff, daß Eddies zunehmende Unzufriedenheit mit dem Leben bei der Marine sich auf die Ehe auswirkte. Aber damit wollte sie sich nicht abfinden. Warum mußte sie Eddie jetzt grundsätzlich durch Masturbation zum Orgasmus bringen, statt daß sie, wie in den ersten Nächten ihrer Ehe, richtig miteinander schliefen. Sie konnte nicht verstehen, was ihren Mann von ihr fernhielt, und begann, ihr Aussehen, ihre Figur, ihren Charakter und jeden anderen Aspekt ihres Daseins, den Eddie vielleicht unattraktiv fände, in Frage zu stellen. Es mußte irgend etwas geben, das sie verbessern konnte, davon war sie überzeugt. Sie war schließlich immer diejenige, die die Dinge in Ordnung brachte, und mit dieser Sache würde es nicht anders sein.

Die sexuellen Probleme waren nicht die einzigen, mit denen Ronda nach Eddies Heimkehr konfrontiert wurde. Obwohl er jetzt an Land Dienst tat und auswärts kein Geld ausgab, war ihre finanzielle Situation immer noch sehr angespannt. Ronda schien nie genug Geld übrig zu behalten, nachdem die Miete, die Ratenzahlungen für den Wagen, die Telefongebühren und die Rechnungen für die Lebensmittel bezahlt waren. Die großherzigen Rosenbaums halfen, wo sie nur konnten, obwohl Don als Teppichleger während der Flaute im lokalen Baugeschäft eine schwere Zeit hatte. Sie waren Leute, die glaubten, daß Geben seliger sei denn Nehmen, und Ronda nahm ihre Hilfe dankbar an.

Ronda verstand es meisterhaft, ihr Budget so zu strecken,

daß für alles Notwendige gesorgt war und die Kinder niemals hungern mußten. Aber sie waren jetzt trotz des regelmäßigen Einkommens wieder so weit, daß sie die gelegentlichen Spenden ihrer Familie und ihrer Freunde annehmen mußten, wie damals in Grand Prairie und in Denver, als Eddie arbeitslos gewesen war. Ronda wußte, daß sie vom Anfangsgehalt bei der Marine nicht in Saus und Braus leben konnten. Bei Eddies guten Aufstiegschancen sollten bessere Tage vor ihnen liegen. Aber sie verstand einfach nicht, wo das ganze Geld blieb.

Ronda sah Eddie immer gern in Uniform, besonders, wenn es die marineblaue mit der pfiffigen weißen Kappe war. Aber die hellbraune Uniform der Royal Rangers hatte eine ganz besondere Bedeutung für sie, denn sie war ein Symbol für die Verbundenheit ihres Mannes mit der Kirche und für den Einsatz, mit dem er sich in der Kinderarbeit engagierte. Die Royal Rangers machten das Programm der *Assemblies of God* für die kleineren Jungen – etwas ähnliches wie die Pfadfinder, aber mit mehr Bibellektüre. Das weibliche Gegenstück dazu waren die Missionettes, zu denen Ronda als Kind gehört hatte.

Mittwoch abends, vor dem Gottesdienst zur Wochenmitte, machten sich Eddie und Ronda zusammen mit Paul und Diana zur *Ocean View Assembly* auf den Weg. Ronda ging mit Diana in den Gottesdienst, und Eddie nahm Paul in einen Gemeinschaftsraum zu einem Treffen der Royal Rangers mit, das gleichzeitig mit dem Gottesdienst stattfand und dazu beitrug, daß die Predigt des Pastors nicht allzuoft von Kinderlärm unterbrochen wurde. Die kleinen Jungen bei den Royal Rangers von *Ocean View* ließen sich bei ihren handwerklichen Versuchen und ihren Spielen im Freien gern von Eddie anleiten, während ihre Eltern am Gottesdienst teilnahmen.

Je näher Pastor Alvin Hall die Wyatts kennenlernte, desto mehr glaubte er in ihnen ein vorbildlich lebendes christliches Ehepaar zu erkennen. Er hatte erfahren, daß Ronda Klavier spielte und sang, und bat sie daher, ihm bei der musikalischen Gestaltung der Gottesdienste behilflich zu sein. Und Eddie schaute während seiner freien Zeit oft herein, um zu sehen, ob er irgend etwas für den Pastor tun könne. Gemeinsam setzte sich das Ehepaar für das Kinderprogramm der Kirche ein. Alles, worum Pastor Hall die beiden bat, wurde von ihnen sogleich gutgelaunt erledigt. Eddie erzählte dem Pastor auch aus seiner bewegten Vergangenheit, angefangen von der Jugendstrafanstalt bis hin zum Teen Challenge Center. Hall war durch die Erzählungen sehr bewegt, und die Erkenntnis, daß dieser Mann das Böse in seiner Seele niedergerungen hatte, vergrößerte seine Bewunderung für ihn noch mehr.

In der Kirche erfuhr Ronda auch, daß in einem Zweifamilienhaus am Military Highway in der Nähe der Azalea Garden Road eine Haushälfte frei wurde. Dort hätten sie ein wenig mehr Platz als in ihrer bisherigen Wohnung, und zu dem Haus gehörte ein Hof, auf dem Paul und Diana wunderbar spielen könnten. Kurz entschlossen mieteten die Wyatts diese Haushälfte.

Der kleine Bau lag hinter den Geschäftshäusern des Military Highway, ungefähr eine Meile von den Robin-Hood-Apartments entfernt. Es war allerdings nicht in jeder Hinsicht eine Verbesserung. Die Böden hatten eine deutlich sichtbare Neigung nach Nordosten, und Ronda mußte Holzkeile unter die Beine ihres Küchentischs schieben, damit ihnen die Suppe nicht aus den Tellern lief. Im Badezimmer gab es zwischen Boden und Wand eine Spalte, und als Ronda sich einmal beim Saubermachen tief herunterbückte, konnte sie dadurch das Tageslicht erkennen. Vom eingezäunten Vorgarten aus hatte man einen Blick auf die ausgewaschene Betonstein-Rückfront des Farm Fresh Supermarktes, ein mexikanisches Restaurant namens El Toro und einen Waschsalon, in dem Ronda ihre Wäsche trocknete, wenn es zu kalt war, um sie draußen aufzuhängen.

Sie wohnten noch nicht lange dort, als Eddie sich entschloß, die Vasektomie durchführen zu lassen. Ronda fragte sich, ob das überhaupt nötig war, denn mehr und mehr praktizierten sie die sicherste Form der Geburtenkontrolle: die Enthaltsamkeit. Eddie war soeben – auf einem anderen Flugzeugträger – zu einer weiteren Fahrt ins Mittelmeer eingeteilt worden. Am Sonntag nach dem Erntedankfest sollte es auf See gehen. Er wollte die Operation vorher machen lassen. Am 1. November fuhr er zum Marinehospital nach Portsmouth, wo Diana zur Welt gekommen war, und ein Marinearzt nahm den relativ einfachen Eingriff ambulant vor.

Der Flugzeugträger U.S.S. *Forrestal* sollte das ganze Winterhalbjahr über im Mittelmeer kreuzen. Die Wyatts verbrachten das Erntedankfest gemeinsam, und am folgenden Sonntag flog Eddie dann nach Jacksonville, Florida, da der Flugzeugträger im benachbarten Mayport vor Anker lag. Auf Einladung ihrer Eltern flog Ronda mit ihren Kindern wieder nach Colorado. Diana war jetzt schon etwas größer, und so hatte Ronda ein wenig mehr Zeit für sich als im Vorjahr. Sie nutzte die Gelegenheit, in der Nachbarschaft einen Bibelkreis für Frauen aufzubauen.

Auf See erhielt Eddie über das Rote Kreuz die Nachricht, daß sein Vater gestorben war. Es war für ihn kein großer Verlust, denn George Walter Wyatt hätte genausogut tot sein können, seit Eddie fünf Jahre alt war. Er hatte Ronda einmal erzählt, daß sie einige Jahre, nachdem sein Vater fortgegangen war, herausbekommen hatten, daß er nur eine Stunde entfernt mit einer anderen Frau zusammenlebte. Eddie hatte seinen Vater längst abgeschrieben. Dreiundzwanzig Jahre lang war der Mann nicht ein einziges Mal zurückgekommen, um seinen Sohn zu sehen, hatte nicht ein einziges Mal an einem Geburtstag angerufen oder eine Weihnachtskarte geschickt. Jetzt weinte Eddie keine Träne mehr um ihn.

Eddie schrieb von dieser Mittelmeerfahrt seltener nach Hause als von der ersten. Es kam vor, daß Ronda einen ganzen Monat lang keinen Brief erhielt. Aber wenn er schrieb, dann klangen seine Briefe optimistisch und voller Gottvertrauen. Gelegentlich schickte er ein Päckchen mit religiösen Mitbringseln, die er irgendwo gekauft hatte, so zum Beispiel eine Jesusfigur. Geld schickte er nur unregelmäßig. Wieder einmal mußte Ronda die Hilfe ihrer Eltern in Anspruch nehmen, um die Raten für den Wagen und die Miete für die leerstehende Doppelhaushälfte in Norfolk zu bezahlen.

Eines Tages vertraute Ronda einer Freundin aus ihrem Bibelkurs an, daß sie Eddies zärtliche Berührungen und die sexuelle Nähe vermißte, die sie miteinander geteilt hatten, bevor er zur Marine ging. Die Freundin schlug Ronda vor, Eddie einen sehr persönlichen Brief zu schreiben und ihm darin ihre Sehnsüchte zu offenbaren. Eines Abends also setzte Ronda sich hin und schrieb den intimsten Brief, den sie je geschrieben hatte. Frank und frei erklärte sie, wie sehr sie den gemeinsamen Sex mit ihm genossen habe und wie wundervoll es für sie gewesen sei, von ihm berührt und geliebt zu werden. In der Erwartung, daß Eddie den Brief leidenschaftlich beantworten würde, ging sie zum Postkasten.

Aber in seinem nächsten Brief ging Eddie mit keinem Wort auf Rondas Sehnsüchte ein. Ronda war wie am Boden zerstört. Irgend etwas mußte ihr fehlen, wenn sie es nicht schaffte, ihren Mann nach mehrmonatigem Aufenthalt auf See für Sex zu interessieren. Daß das Problem bei Eddie liegen könnte, kam ihr niemals in den Sinn. Sie hatte sich so sehr daran gewöhnt, ihn zu bewundern, daß für sie von vornherein feststand: es liegt an mir.

Im April 1980 kehrte die *Forrestal* nach Mayport zurück. Es war geplant, daß Eddie mit seiner Einheit per Flugzeug von Florida nach Norfolk zurückgebracht würde. Ronda wollte ihn am Militärflughafen in Empfang nehmen und kam mit den Kindern zusammen einen Tag früher zurück, so daß sie ihren Wagen, den sie wieder bei den Rosenbaums gelassen hatte, zurückholen und ihre Wohnung am Military Highway, die seit dem Erntedankfest leerstand, durchlüften und fertigmachen konnte. Eddies Flugzeug wurde etwa um Mitternacht erwartet; Ronda zog also Paul und Diana Pyjamas an und wählte für sich selbst eines ihrer schönsten Kleider aus.

Auf dem Flughafen wurde für die Einheit ein Willkommensempfang gegeben: Ronda konnte es kaum erwarten, Eddie wieder in die Arme zu nehmen. Sie strahlte vor Stolz, als sie ihn schließlich in seiner Ausgeh-Uniform entdeckte. Eddie lächelte und wirkte glücklich, zum ersten Mal seit sechs Monaten Ronda wiederzusehen. Er lief zu seiner Frau hinüber und begrüßte sie mit einer schnellen Umarmung und einem flüchtigen Kuß auf die Wange. Diese Begrüßung kam Ronda sehr mechanisch vor und stürzte sie in Verwirrung. Ihre Bestürzung wurde noch größer, als sie sah, wie um sie herum die anderen Frauen mit leidenschaftlichen Küssen und gewagten Umarmungen begrüßt wurden.

Angesichts ihrer notorischen Geldknappheit und der Tatsache, daß sie keine Kinder mehr bekommen konnten, fand Ronda es an der Zeit, ins Berufsleben zurückzukehren. Sie war nicht mehr berufstätig gewesen, seit sie vor viereinhalb Jahren aus dem Teen Challenge Center ausgeschieden war. Im Mai begann Ronda einen achtmonatigen Abendkurs am Professional Medical Institute in Norfolk zu besuchen, um sich dort zur medizinischen Assistentin ausbilden zu lassen.

Ronda entging es nicht, daß Eddie seit seiner Rückkehr von der zweiten Mittelmeerfahrt sehr niedergeschlagen war. Inzwischen hatten sie beide begriffen, daß sein Eintritt in die Marine ein Fehler gewesen war. Eddie war dadurch zu oft von seiner Familie getrennt; es fehlte ihm die Möglichkeit, enger mit Frau und Kindern zusammenzuwachsen. Ronda vermutete, daß der Tod seines Vaters Eddie zu schaffen machte. Jedesmal, wenn Ronda ihn zu erreichen und aus seinen Schwierigkeiten herauszuziehen versuchte, zog er sich zurück. Das war seine Standardreaktion geworden: alle Gefühle zu verbergen und niemanden an sich heranzulassen.

Vor ihrer Hochzeit war Eddie in seinen Briefen an Ronda so offen gewesen und hatte immer wieder betont, wie wichtig es ihm sei, daß sie beide stets über alles sprachen. Ronda hatte immer geglaubt, diejenige zu sein, der das schwerfiel. Aber wenn sie jetzt versuchte, Eddie dazu zu bringen, mit ihr über seine Probleme zu reden, dann ließ er sich nicht davon abbringen, daß es da nichts gäbe, mit dem er nicht allein fertig würde. »Du würdest es nicht verstehen«, erwiderte er ihr oft, und langsam wurde eine stehende Redewendung daraus. »Ich verstehe es selbst nicht, aber ich werde damit fertig.«

Ronda bat einen Freund von Eddie aus der *Ocean View Assembly*, ihren Mann einmal für ein Gespräch von Mann zu Mann beiseite zu nehmen. Der Freund war einverstanden, und an einem Sonntag nach dem Gottesdienst verbrachte er einen

Teil des Nachmittags mit Eddie zusammen. Eddie erzählte seinem Freund, er schlage sich mit unbewältigten Gefühlen herum, die vom Tode seines Vaters herrührten, und sei in der Marine unglücklich. Er sagte, daß es ihm schwerfalle, weiter zur Kirche zu gehen, weil ihn die ganze Situation so bedrücke. Aber das werde wohl vorübergehen, wenn er mit seinen Gefühlen erst einmal fertiggeworden sei. Der Freund riet Ronda, Eddie einfach etwas Zeit zu lassen; alle Männer durchliefen eine Phase, in der sie sich von ihrer Kirche abwenden. Eddie sei lediglich sehr niedergeschlagen. Sie mache sich zu viele Gedanken darüber, sagte er ihr. Eddie sei ein nachdenklicher ernsthafter Mensch, meinte der Freund, und früher oder später würde er wohl darüber hinwegkommen.

Pastor Alvin Hall bemerkte ebenfalls, daß mit Eddie seit der Ausfahrt auf der *Forrestal* ein Wandel vorgegangen war. Aus einer seiner Quellen bei der Marine hatte der Reverend erfahren, daß ein Drittel der Besatzung der *Forrestal* rauschgiftsüchtig von dieser Fahrt zurückgekehrt war. Er wußte nicht, ob dies Eddies Problem war, aber er war beunruhigt, als Eddie anfing, nur noch selten zu den Gottesdiensten zu kommen. Er hatte Eddie als guten und hilfsbereiten Christen kennengelernt, der bei den Royal Rangers die Aufsicht über die Kinder mit viel Liebe wahrnahm. Eddie im Falle einer Krise beizustehen, war für Hall ein besonderes Anliegen. Er fühlte sich Eddie zu Dank verpflichtet, denn als Hall bei der *Ocean View Assembly* angefangen und eine schwere Zeit der Anpassung an die neue Gemeinde durchgemacht hatte, war Eddie Wyatt immer der erste gewesen, der nach dem Gottesdienst mit einem ermutigenden Wort oder einer herzlichen Umarmung zu ihm gekommen war.

Hall arrangierte einige längere Gespräche mit Eddie, gelangte aber schließlich im Grunde zu der gleichen Einschätzung wie der Freund, der früher mit Eddie gesprochen hatte. Hall glaubte letztlich, daß Eddie – ausgelöst durch den Tod seines Vaters – eine schwierige Phase durchmache, die er jedoch sicherlich bewältigen werde. Hall hatte Eddie inzwischen einen Schlüssel der Kirche ausgehändigt und ihm gesagt, er solle sich eingeladen fühlen, dort zu beten, wann immer es ihn danach verlange.

Da alle Versuche gescheitert waren, über Dritte zu Eddies Problemen vorzudringen, ergriff Ronda wieder selbst die Initiative und stieß schließlich auf ein christliches Sexualbuch, in dem häufige Eheprobleme, wie zum Beispiel Impotenz, Geburtenkontrolle und Frigidität behandelt wurden. Es diente dem Zweck, bei beiden Ehepartnern die gemeinsame Freude am Sex zu fördern und beschrieb recht freimütig, auch mit Abbildungen, die Probleme und ihre Lösungsmöglichkeiten. Ronda fing an, sich nach den Anweisungen des Buches zu richten und führte regelmäßig eine Reihe von Übungen durch, die ihre vaginalen Muskeln festigen sollten, so daß sie Eddies Penis besser umschließen konnte, wenn sie miteinander schliefen – falls sie miteinander schliefen.

Ronda behielt dieses Training bei, in der Hoffnung, Eddie dadurch eine bessere Partnerin zu werden, wenn es ihr endlich gelänge, Eddies Mauer von Desinteresse zu durchbrechen. Sie las, daß Depressionen eine verbreitete Ursache für die sexuelle ›Unfähigkeit‹ des Mannes sei, daß es sich dabei aber meist nur um etwas Vorübergehendes handele. Ronda konnte sich denken, daß Eddie eine ungeheure Frustration in sich aufstaute, und sie hielt es für möglich, ihm zu helfen, wenn sie ihn nur dazu bringen könnte, über seinen Vater zu reden. Dann könnten sie endlich wieder an alte Zeiten anknüpfen.

Aber es war schwierig, Eddies Isolation zu durchdringen, weil er sich immer weiter von ihr zurückzog und darauf bestand, allein mit seinen Stimmungseinbrüchen fertigwerden zu können. Wenn sich die Möglichkeit zu einem Gespräch ergab, vermied er das Thema Sex meist mit der Bemerkung, sie würde ihn ohnehin nicht verstehen. Dann verließ er das Haus zu einer kurzen Ausfahrt oder einem Spaziergang, um wieder einen klaren Kopf zu bekommen. Am Abend des 2. Juli 1980, nach Rondas Rückkehr vom Mittwochsgottesdienst, schien Eddie besonders unruhig zu sein. Als Ronda sich zum Schlafengehen fertigmachte, blieb er angezogen und nahm die Wagenschlüssel wieder an sich. Er sagte, er müsse noch einmal hinaus und etwas frische Luft schnappen.

Jenseits der Azalea Garden Road, in Azalea Acres, einem friedlichen Wohnviertel, lebte Steve Thomas. Er hatte seine Nachtschicht als Polizeibeamter von Norfolk in dieser Mittwochnacht abgekürzt, weil er den ganzen Donnerstag über vor Gericht als Zeuge aussagen mußte. Kurz vor Mitternacht war er wieder daheim, in seinem Haus auf der Burrell Avenue. Gerade als er sich ausziehen wollte, um schlafenzugehen, hörte er in der Stille der Nacht ein Geräusch, das sich wie ein Rütteln am Gartenzaun anhörte. Das weckte augenblicklich seinen Polizeiinstinkt: Steve Thomas nahm seine Pistole und ging hinaus in den Garten.

Schon mehrmals hatte er Anzeichen dafür bemerkt, daß sich irgend jemand in seinem Garten zu schaffen machte. Im vergangenen Jahr hatten viele Hausbesitzer aus Azalea Acres der Polizei von Norfolk Herumtreiber gemeldet, und es waren einige Einbrüche vorgekommen, für die man die Teenager aus der Nachbarschaft verantwortlich machte. Außerdem wurde immer wieder von einem Spanner berichtet. Zwei Stewardessen, die draußen auf dem nahegelegenen Flughafen arbeiteten und in einem der Häuser von Azalea Acres zur Untermiete wohnten, hatten sich verschiedentlich darüber beklagt, beobachtet worden zu sein. Bisher war aber noch niemand gefaßt worden, und sie hatten sich angewöhnt, bei Nacht ihre Vorhänge so dicht vorzuziehen, daß niemand mehr durch die winzigen Schlitze hereinschauen konnte.

Officer Thomas teilte sich den L-förmigen Bungalow in der Mitte des Blocks mit seiner Mutter, seinem Stiefvater und einem sechzehnjährigen Bruder, der seit einem schweren Motorradunfall in einem Krankenhausbett in seinem Zimmer lag. Die Freundin des Bruders, ebenfalls sechzehn Jahre alt, wohnte im Moment bei ihnen, um ihren verletzten Freund nachts zu versorgen, wenn seine Mutter schlief. Thomas machte sich vor allem dann Sorgen, wenn er Nachtdienst hatte und nicht zu Hause sein konnte. Da er die Gartenarbeit selbst machte, war ihm bereits mehrfach aufgefallen, daß einige Holzblöcke von dem Holzhaufen am Zaun zum Haus herübergebracht und dort unter einem der Fenster zu einem kleinen Podest ausgeschichtet worden waren. Einmal hatte er auch einen Gartenstuhl unter einem der Fenster gefunden. Ein anderes Mal waren ihm Fußabdrücke auf der Zentraleinheit der Klimaanlage aufgefallen, genau unter dem Küchenfenster.

Wegen all dieser Vorfälle noch wachsamer als sonst, schlich Officer Thomas mit gezogener Pistole hinaus, um dem Geräusch nachzugehen, in der Hoffnung, den Eindringling zu überraschen, wenn es denn einer war. Er ging die Vordertür hinaus und schlich am Haus entlang nach hinten in den Garten. Als er vorsichtig um die Ecke lugte, sah er einen mittelgroßen, dunkel gekleideten Mann oben auf der Klimaanlage stehen. Der Mann starrte durch das Küchenfenster hinein, wo er dem jungen Mädchen bei der Arbeit an der Küchenbar zusah.

»Keine Bewegung!« rief Thomas dem Mann zu, der sich plötzlich aufrichtete. Er packte den Mann und durchsuchte ihn, wobei er ein Jagdmesser fand, das der Fremde in seinem Hosenbund trug. Thomas brachte den Mann ins Haus und drückte ihn auf einen Stuhl. Dann schickte er die Freundin seines Bruders ins Schlafzimmer, um seine Handschellen zu holen und beauftragte sie, die Polizei anzurufen. Der Officer hatte bei seiner Arbeit Hunderte von Gesichtern von Kriminellen gesehen, aber kein so kaltes und ausdrucksloses wie das, mit dem ihn sein Gefangener jetzt ansah.

Es dauerte nur Sekunden, bis Thomas' betagte Mutter hereingestürmt kam, die von dem Mädchen aufgeweckt worden war. Sie machte dem Eindringling jetzt stellvertretend für alle Bewohner von Azalea Acres bittere Vorwürfe.

»Warum tun Sie uns das an!« verlangte sie zu wissen. »Wie können Sie es wagen! Bleiben Sie doch von meinem Haus weg!« Steve Thomas drehte sich herum, um seine Mutter aus dem Zimmer zu drängen, aber währenddessen sprang der Gefangene von seinem Stuhl auf, stieß die alte Frau gegen ihren Sohn und schoß durch die Eingangstür hinaus. Der Officer lief hinter ihm her und sah noch, wie er in den Garten eines Nachbarn flüchtete, der eine große deutsche Dogge hielt.

»Faß ihn, Junge! Faß ihn!« schrie Steve. Der große Hund begann laut zu bellen, und der flüchtige Eindringling ließ sich zu Boden fallen, wo Thomas ihn sofort am Kragen packte. Er brachte den Gefangenen in die Stadt auf die Polizeiwache, wo er unter dem Verdacht des Hausfriedensbruches vernommen wurde. Nach seinem Namen gefragt, legte der Mann einen Ausweis vor, aus dem hervorging, daß es sich um Edward Eugene Wyatt handelte.

Ronda wurde durch das Klingeln ihres Telefons geweckt. Während sie aufstand, um an den Apparat zu gehen, wurde ihr bewußt, das es schon nach Mitternacht war.

»Hallo, Liebling. Ich habe ein Problem«, begann Eddie. »Ich bin auf der Polizeiwache. Irgendein Bursche behauptet, ich wäre auf sein Grundstück eingedrungen.« Ronda mußte schlucken. Sie hatte nicht die geringste Erfahrung mit der Polizei, abgesehen von einem Protokoll für zu schnelles Fahren, das sie in Dallas bekommen hatte. Und damals war Eddie so ruhig und nachsichtig gewesen.

»Was ist passiert, Eddie?« fragte sie ihn.

»Ich habe den Wagen geparkt und bin etwas spazierengegangen, und dabei habe ich die Orientierung verloren und konnte den Wagen nicht wiederfinden, Liebling. Und ich dachte, daß er einen Block weiter steht, und nahm gerade eine Abkürzung durch den Garten von diesem Burschen, da kommt er heraus und läuft mir mit einer Pistole hinterher. Die bauschen das hier ganz schön auf.«

»Was soll ich jetzt machen?« fragte Ronda ihn.

»Ich brauche hundert Dollar Kaution, um hier herauszukommen«, antwortete Eddie.

Ronda wußte, daß es keine Möglichkeit für sie gab, hundert Dollar zusammenzukratzen, jedenfalls nicht aus eigener Kraft. Panik stieg in ihr auf.

»Ich werde es mit einem Bürgen klarmachen, Liebling«, fuhr Eddie fort. »Mach dir keine Sorgen. Es kommt alles wieder ins Lot.« Eddie überredete einen widerstrebenden Bürgen, einen vordatierten Scheck über hundert Dollar zu akzeptieren und versprach, bei Fälligkeit dafür geradezustehen. Der Bürge streckte die Kaution vor und nahm Eddie dann in seinem Wagen von der Polizeiwache zu ihrer Haushälfte am Military Highway mit.

Als er erst einmal wieder zu Hause war, schmückte Eddie seine Version des Vorfalls weiter aus und erzählte Ronda, er sei so in Gedanken versunken gewesen bei dem Versuch, seinen Depressionen davonzulaufen, daß er nicht mehr gewußt habe, wo er war. Das klang so einfach, daß Ronda nicht verstand, was daran so schwer zu glauben sein sollte. Ihr waren seine Depressionen wohlvertraut, und jetzt regte sie sich darüber auf, daß dieses große Mißverständnis möglicherweise weitere Probleme nach sich ziehen könne, so wie damals, als er an Bord der *Kennedy* des Drogenmißbrauchs angeklagt worden war.

Die Vorverhandlung fand am 22. Juli, einem Dienstag morgen, vor dem Strafrichter statt. Pastor Alvin Hall, der Eddie in den Wochen seit dessen Festnahme beraten hatte, sagte als Leumundszeuge für ihn aus. Auch einer von Eddies Vorgesetzten bei der Marine kam, um Eddies hervorragende Arbeit und sein kameradschaftliches Verhalten auf der Militärbasis zu bestätigen. Ihre Aussagen über Eddies Leumund, seine Arbeit mit den Kindern in der Gemeinde und über seine junge Familie waren so wirkungsvoll, daß selbst Thomas' Mutter sich ihrer Sache nicht mehr sicher war. Vielleicht hatte er wirklich nur eine Abkürzung durch ihren Garten genommen, nachdem er die Orientierung verloren hatte? Eddies Strafverfahren wurde für den 15. August angesetzt. Schon zuvor hatte sich der Staatsanwalt den Fall angesehen und Officer Thomas mitgeteilt, daß er geneigt sei, die Angelegenheit wegen Wyatts Engagement bei der Kirche, der Leumundszeugnisse über ihn und anderer Umstände fallen zu lassen. Thomas war sprachlos. Er hatte eine Seite von Eddie Wyatt gesehen, die allen anderen, die ihn kannten, bisher verborgen geblieben war. Er wußte, wer in jener Nacht auf der Klimaanlage seiner Mutter gestanden hatte. Thomas hielt Wyatt für einen potentiellen Sittlichkeitsverbrecher. Aber niemand gab etwas um seine Warnung.

Eddies Verhandlung fand an einem Freitag vormittag statt. Er und Ronda zogen sich gut an und fuhren in die Stadt, wo sie ihren Anwalt trafen. Zusammen gingen sie dann zum Gerichtsgebäude am St. Paul's Boulevard. Der Gerichtssaal war voller Menschen, die Ronda nicht kannte. Sie setzten sich nebeneinander auf eine Bank hinten im Saal. Ronda war mit den Einzelheiten eines Strafverfahrens nicht vertraut, wußte aber, daß Eddie damit Erfahrung hatte. Daher bat sie ihn ununterbrochen, ihr zu erklären, was dies und das sei, und warum dies und das passiere, bis sich Eddie zu ihr herumdrehte.

»Sei doch endlich ruhig«, sagte er nervös.

Nachdem sie eine Weile gewartet hatten, während andere Fälle verhandelt wurden, hörte Ronda den Gerichtsdiener Eddies Namen aufrufen, und er ging zusammen mit seinem Anwalt zur Anklagebank. Während der Kläger dem Richter den Fall vortrug, beobachtete Ronda, daß Steve Thomas ihren Mann so abschätzig ansah, als sei Eddie ein Sittenstrolch. Dazu hat er kein Recht, dachte Ronda entrüstet. Er war es, der einen Fehler gemacht hatte. Am liebsten wäre sie aufgestanden und hätte hier im Gerichtsraum mit dem Finger auf den Officer gezeigt und ihm öffentlich vorgeworfen, sich in ihr Leben einzumischen, und das zu dem denkbar ungünstigsten Zeitpunkt. Jetzt verstand sie, was es bedeutete, schikaniert zu werden – und jetzt verstand sie Eddie besser, der sich darüber oft beklagt hatte.

Ronda konnte dem Gang der Verhandlung nur schwer folgen. Alle sprachen leise, schnell und in einem Jargon, welcher der Alltagssprache weit entrückt war. Aber zum guten Schluß hatte sie keinerlei Schwierigkeiten, den Richter zu verstehen. Er sprach Eddie des Hausfriedensbruchs für schuldig und verurteilte ihn zu zwei Tagen Gefängnis und einem Jahr auf Bewährung. Die Gefängnisstrafe sollte er am nächsten Wochenende abbüßen. Ronda war schockiert. Eddie dagegen schien nur erleichtert zu sein, daß es vorbei war.

Vier Tage später nahm Ronda mit einer Gruppe von Frauen der *Ocean View Assembly* an ihrem Dienstagmorgenkurs teil, und als ihre Sitzung den Punkt erreichte, wo spezielle Gebetswünsche erbeten wurden, meldete sich Ronda.

»Eddie muß an diesem Wochenende in der Stadt arbeiten, und ich mache mir etwas Sorgen darum«, sagte sie der Versammlung. »Ich möchte für ihn beten, damit ihm nichts passiert.«

Aus irgendeinem Grund leuchtete das Joanie Sargent nicht recht ein. Sie war eine der Frauen, die schon seit langer Zeit in der Gruppe tätig waren, und sie wußte, daß es bei Eddies Dienst in der Marine höchst unwahrscheinlich war, daß er in der Stadt zu tun hatte. Der Gedanke an das Gefängnis von Norfolk schoß Joanie kurz durch den Kopf, als die Gruppe zu beten begann, aber zunächst einmal wischte sie dieses unangenehme Gefühl beiseite.

Rondas Hauptproblem war, was sie den Kindern erzählen sollte. Paul war vier Jahre alt und stellte tausend Fragen. Und Eddie war es ganz besonders wichtig, daß sein Sohn nicht erfuhr, wo Papa dieses Wochenende zubringen würde. Am Freitagnachmittag, dem 21. August, verfrachtete Ronda ihre Kinder in die Rücksitze ihres Autos und brachte Eddie die fünf Meilen hinunter zur Stadt. »Ich möchte nicht, daß Paul erfährt, was das hier für ein Gebäude ist«, sagte Eddie, als das Gefängnis in Sicht kam. Eddie pflegte seinen kleinen Jungen überall mit hinzunehmen, und Paul hatte an nichts anderem so große Freude, aber in der letzten Zeit, nach der Fahrt auf der *Forrestal*, hatte sich Eddie auch von Paul distanziert und ließ ihn öfter zu Hause, wenn er unterwegs war – manchmal sogar dann, wenn der Junge darum bat, mitgehen zu dürfen. Eddie sprang aus dem Wagen, um sich im Gefängnis zu melden, und Ronda fuhr wieder los, um sich in den Verkehr einzuordnen.

»Wo geht Daddy hin?« fragte Paul.

»Er hat ein paar Tage in der Stadt zu tun, Paul«, sagte Ronda ihm. »Montag kommt er zurück.«

An diesem Abend kam Ronda zu dem Schluß, daß sie all die unterschiedlichen Gedanken und Gefühle, die sich in ihrem Kopf zu einem einzigen Durcheinander vermischten, unbedingt einmal zu Papier bringen müsse, um sie mit Abstand betrachten zu können. Sie wollte sich selbst beweisen, daß ihre Verbundenheit mit Eddie sich in schweren Zeiten ebensogut bewährte wie in den guten. Es nahm schließlich die Form eines Briefes an, den sie ihm geben wollte, wenn sie ihn am Montag abholte:

Eddie,
möchtest du wissen, was ich in den vergangenen Wochen gelernt habe? Daß meine Liebe für Dich Tiefen erreicht, die ich niemals für möglich gehalten hätte. Wenn man Dir weh tut, tut man auch mir weh! Wenn Du verzweifelt warst, übertrug sich das auch auf mich. Wenn Du Dich gefürchtet

hast, fürchtete auch ich mich. Und ist das nicht die wirkliche Liebe? Wir haben unsere Freude geteilt und unsere Stunden der Zweisamkeit und einige unserer Träume, und jetzt haben wir einen Teil unseres Schmerzes geteilt. Ich liebe Dich, und Du bist genau der Mann, den ich mir immer gewünscht habe. Du hast Dich unter diesem Druck großartig verhalten. Ich brauche Dich, und ich brauche Deine Liebe. Wie gut meint es das Schicksal mit mir, daß Du da bist.

An diesem Wochenende besuchte Ronda den Sonntagabendgottesdienst in der *Ocean View Assembly of God,* und in einem passenden Moment ging sie zum Klavier, um ein Lied vorzutragen, das an diesem Abend von besonderer Bedeutung war. In ihrer schönen, klaren Stimme sang sie ›No One Ever Cares for Me Like Jesus‹, ein altes, getragenes Spiritual, das viele aus der versammelten Gemeinde anrührte, darunter auch Joanie Sargent. Gegen Ende des Gottesdienstes rief Pastor Hall zum Gebet auf. Daraufhin stand Ronda vor allen auf und erzählte mit gesenktem Kopf, daß sie am vorigen Dienstag in der Bibelstunde der Frauen gewesen sei, an dem Tag, als sie gebeten habe, für ihren Mann zu beten.

»Als ich dort war«, fuhr Ronda fort, »war ich furchtbar niedergeschlagen. Ich meine, ich war so tief unten, wie man nur sein kann. Alles, was ich gebraucht hätte, war jemand, der mich umarmte, der mir ein paar gute Worte gab. Und keiner hat es getan.« Dann fing Ronda an, vor der versammelten Gemeinde zu weinen.

Joanie, die sich wieder ihrer merkwürdigen Vorahnung über das Gefängnis von Norfolk erinnerte, sprang auf und lief hinüber zu Ronda und nahm sie fest in ihre Arme, während die anderen sich um sie herum versammelten.

»Du sollst dich nie mehr so fühlen«, flüsterte Joanie Ronda zu. »Niemals.« Im Laufe der nächsten Monate wurden sie bei ihrem Versuch, Eddie gemeinsam aus seiner Depression zu helfen, sehr enge Freundinnen.

Pastor Hall besuchte Eddie am Wochenende im Gefängnis, um ihm beizustehen und mit ihm zusammen Gottesdienst zu halten. Aber als er den Besuchsraum betrat, sah sich Alvin Hall mit einem Eddie Wyatt konfrontiert, den er kaum wiedererkannte.

Eddie saß seinem Pastor mit verschränkten Armen und völlig ausdruckslosem Gesicht gegenüber. Es war, als ob in dieser Hülle keine Seele mehr wohnte. Sein Gesichtsausdruck war wie zu Eis erstarrt, ohne den geringsten Hoffnungsschimmer, sich erweichen zu lassen; es war eine steinerne Statue des Eddie Wyatt, den er gekannt hatte.

Hall legte als erstes Zeugnis ab von schweren Zeiten in seinem eigenen Leben und hoffte, daß sich Eddie damit würde identifizieren können. Sorgfältig achtete er darauf, sich von allen Vorurteilen freizumachen und erinnerte Eddie daran, daß es bei Jesus Vergebung für alles gibt, zu dem man sich bekennt. Er kam auf einige Ereignisse aus Eddies schwieriger Kindheit zu sprechen, die dieser ihm früher anvertraut hatte, und erinnerte ihn daran, wie er darüber hinweggekommen war. Er sprach über Eddies Frau, die ihn liebte, und über seine beiden wunderbaren Kinder. »Gott«, sagte der Pastor, »vermag dir jede Sünde zu vergeben und kann jedes Unrecht von dir nehmen.«

Hall bekam langsam den Eindruck, daß alle seine Mühe umsonst war. Bisher hatte Eddie kein einziges Wort gesagt. Er hatte noch nicht einmal die Augenlider bewegt; sein starrer Blick war fest auf etwas gerichtet, das sich weit außerhalb des Besuchsraumes befand. Schließlich kam Hall die Idee, diesen Versuch zu beenden und einfach für Eddie zu beten. Er griff also in seine Tasche und zog eine kleine Bibel hervor, die er bei sich trug, und schlug Psalm 23 auf. Während Eddie in seinem tödlichen Schweigen verharrte und in die Ferne starrte, las Alvin Hall den Psalm.

Der Herr ist mein Hirte,
mir wird nichts mangeln.
Er weidet mich auf einer grünen Aue
und führet mich zum frischen Wasser.
Er erquicket meine Seele.

Er führet mich auf rechter Straße, um seine Namens willen.
Und ob ich schon wanderte im finsteren Tal
fürchte ich kein Unglück;
denn du bist bei mir
dein Stecken und Stab trösten mich.
Du bereitest vor mir einen Tisch
im Angesicht meiner Feinde.
Du salbest mein Haupt mit Öl
und schenkest mir voll ein …

Als er seinen kurzen Vortrag beendet hatte, sah Pastor Hall zu Eddie hinüber, der keine Miene verzog. Der Geistliche sah wieder auf den Text hinab und fing an, ihn ein zweites Mal vorzulesen, ohne auch nur die geringste Reaktion zu erhalten. Er las ihn wieder und wieder vor. Als er ihn zum fünften Male vorlas, sah er, wie Eddie nach den letzten Versen – *Gutes und Barmherzigkeit werden mir folgen mein Leben lang, und ich werde bleiben im Hause des Herrn immerdar* – zusammenbrach. Eine Träne, die in Eddies linkem Auge aufgestiegen war, lief ihm die Wange hinab. Es kamen immer mehr Tränen, während sich Eddies Gesicht krampfartig zusammenzog, bis er schließlich ein klägliches Wimmern von sich gab und zu weinen anfing. Langsam löste er seine verschränkten Arme und ließ sie herabsinken. Dann beugte er sich vor, um sich in Halls offene Arme fallen zu lassen. Eddie legte dem Pastor seine Arme um den Hals und begann, heftig zu schluchzen.

»Es tut mir so leid«, weinte Eddie. »Ich weiß nicht, warum ich das tue. Ich brauche Jesus, um mein Herz zu erneuern.« Er bat Pastor Hall, mit ihm zu beten. Der Pastor, der in den zwölf Jahren seiner Amtszeit eine ganze Menge gesehen hatte, konnte sich nicht entsinnen, jemals so etwas erlebt zu haben, wie diese plötzliche Veränderung bei Eddie.

Kapitel 5

SIEH MICH NICHT AN, DANN TUE ICH DIR AUCH NICHTS

Mit was für einem Menschen muß Eddie denn auch zusammenleben? Kein Wunder, daß ihn das quält. In meinen Augen bin ich jemand, den man ohne weiteres wieder vergißt, der nichts anderes verdient, als im Stich gelassen zu werden, der übellaunig, häßlich und für andere nichts als eine Last ist. Ich hasse mich. Ich glaube, daß ich niemandem meine Gegenwart zumuten sollte. Aber wo soll ich hin? Ich kann meine Kinder nicht im Stich lassen. Aber vielleicht wären sie mit einer hübschen, geduldigen Mama besser dran. Wie würde sich das auf Eddie auswirken? Ich weiß es nicht. Wie kann er überhaupt jemanden wie mich lieben? Es muß irgendwie eine Lösung geben. Ich bin so müde, und mein Kopf tut so weh, lieber Gott. Ob es irgend jemanden gibt, dem das etwas bedeutet?

– aus Rondas Tagebuch

Sobald er eine Angelrute in die Hand bekam, war Eddie in seinem Element, sei es irgendwo an einem Gewässer oder draußen auf einem Boot. Alle seine Freunde wußten, wie gern er angeln ging. Schon als Kind hatte er sich dieser Liebhaberei verschrieben, und noch heute war sie sein liebster Zeitvertreib, wenn er nicht Dienst auf See hatte. So kam es, daß er begeistert zusagte, als Don Rosenbaum ihn kurz nach seinem Wochenende im Gefängnis einlud, mit einigen Männern von der Great Bridge Church of God zusammen eine zweitägige Angelfahrt zu unternehmen.

Eine Gruppe von etwa einem Dutzend Männern aus Dons Gemeinde wollte eine Tour zu dem Camping- und Angelgelände Bay Haven Ponds auf der anderen Seite der Staatsgrenze zu North Carolina unternehmen. Don und Eddie gingen oft zusammen angeln, und manchmal versuchte Eddie, Don zu überreden, mit seiner Frau Sue die *Ocean View Assembly* zu besuchen. Eddies religiöse Einstellung gefiel Don, und da er die Schwierigkeiten kannte, die Eddie in letzter Zeit mit seinen Depressionen gehabt hatte, und auch von seinem Problem bei Gericht wußte, vermutete Don, daß Eddie wohlwollende Unterstützung brauchte, um wieder zu einer festen Glaubensgrundlage zurückzufinden. Don hatte den kleinen Paul unter seine Fittiche genommen, während Eddie auf See war. Er und Eddie hatten jahrelang gemeinsam an ihren Wagen und in ihren Wohnungen im Robin Hood gewerkelt und gearbeitet. Also hielt sich Don auch jetzt noch für einen von Eddies besten Freunden, obwohl die Wyatts inzwischen in das etwa eine Meile entfernte Haus am Military Highway gezogen waren.

Don holte Eddie mit seinem Wagen ab, und kurze Zeit später hatten sie Norfolk über den Highway schon verlassen und fuhren nach Süden in Richtung Bay Haven Ponds. Don bemerkte rasch, daß Eddie noch reservierter war als sonst, und vermutete, daß das mit seinem letzten Wochenende im Gefängnis zusammenhinge. Nach einem scherzhaften Vorgeplänkel entschloß sich Don zu dem Versuch, Eddie aus seinem Gehäuse hervorzulocken.

»Eddie, was ist denn heute mit dir los?« fragte Don ihn.

»Ich kann wirklich nicht darüber reden, Don«, antwortete Eddie.

»Schon gut, Eddie. Du brauchst mir nichts zu erzählen, worüber du nicht reden willst«, sagte Don. Dann drehte er sich um und sah seinen Beifahrer an. »Oder möchtest du gern darüber reden?«

»Nein, eigentlich nicht. Ich kann es nicht«, erwiderte Eddie.

»Hat es mit dir und Ronda zu tun?«

»Nein«, erklärte Eddie.

»Na ja, du weißt ja, Eddie, kein Problem ist so groß, daß Gott dir nicht helfen kann«, kam Don ihm noch einmal entgegen.

Eddie schaute einen Moment lang zu Boden.

»Es gibt etwas, bei dem Gott mir nicht helfen kann, Don«, sagte Eddie schließlich. »Diese Sache kann er nicht in Ordnung bringen.«

Don erstaunte es, wie fest Eddie bei seinem Widerstand blieb. Obwohl er nicht der Typ war, der andere Menschen gern bedrängt, hätte er sich doch gewünscht, daß Eddie sich ein wenig öffnete. Don spürte eine Verzweiflung bei seinem Freund, die er auf irgendeinen starken inneren Konflikt in Eddies Seele zurückführte. Während des zweitägigen Ausflugs bot sich Don immer wieder zum Gespräch an, aber Eddie war nicht dazu zu bewegen, aus sich herauszugehen. Man konnte wohl ohne weiteres über Autos, Arbeit oder Kinder mit Eddie reden, aber von seinen Gefühlen ließ er nicht das Geringste an die Oberfläche dringen. Er konnte von seiner Vergangenheit erzählen, fand es aber unmöglich, jemanden an seiner Gegenwart teilnehmen zu lassen. Er erklärte Don lediglich, daß es zu persönlich sei.

Es war schon spät, ungefähr halb drei Uhr morgens, als Ronda durch Eddies ruheloses Hin- und Herwälzen im Bett neben ihr aufgeweckt wurde. Sie war noch nicht ganz wach, als Eddie sich zu ihr herumdrehte und sie in einer festen Umarmung ergriff. Ohne Vorwarnung wälzte er sich auf sie und begann, sie zu küssen, hart und leidenschaftlich. Während seine Hände sie kraftvoll niederhielten und über ihren Körper schweiften, sprach er kein einziges Wort.

Es war nicht so, daß Ronda seinem Griff hätte entkommen wollen. Ronda wünschte sich nichts mehr, als daß Eddie aus seinem Gefängnis der Gleichgültigkeit ausbräche und wieder zu dem treusorgenden Ehemann würde, der er früher gewesen war. Als Eddies Leidenschaft im Bett zu neuem Leben erwachte, war Ronda sogleich darauf bedacht, auf ihn einzugehen. Seit seiner Rückkehr aus dem Gefängnis hatte sie das Gefühl gehabt, in ihrem Haus auf Eierschalen zu laufen. Er hatte über nichts mehr mit ihr sprechen wollen.

Und nun plötzlich war Eddie stark und überzeugend, so wie er sie jetzt liebte. Es war schon Wochen her, daß sie das letzte

Mal miteinander geschlafen hatten, und Ronda war es zu erniedrigend, darum zu bitten. Das hier war schon eher nach ihrem Geschmack, etwas, das von Eddie ausging und das ihr endlich einmal wieder das Gefühl gab, von ihm begehrt zu werden.

Tatsächlich ging Eddie so energisch zur Sache, daß Ronda sich auch dann nicht hätte von der Stelle bewegen können, wenn sie das gewollt hätte. Ganz flüchtig schoß ihr der Gedanke durch den Kopf, daß eine Vergewaltigung so ähnlich sein mußte – aber Eddie war ja ihr Mann, und sie war mehr als willig. Sie war Eddie ganz und gar ausgeliefert und stellte fest, daß er ihren Körper völlig unter Kontrolle und in seiner Gewalt hatte. Sie hatte es schon einmal so empfunden, und zwar damals vor ihrer Hochzeit in dem VW-Käfer am Straßenrand in Texas.

Dann zog sich Eddie plötzlich zurück. Ronda öffnete ihre Augen und sah zu ihm auf. Es war, als ob irgendein unsichtbarer Hypnotiseur mit den Fingern geschnippt, die Trance beendet und Eddie augenblicklich wieder in die Wirklichkeit zurückgeholt hätte. Eddie ließ sich langsam hinüberrollen und schlief mit dem Rücken zu Ronda wieder ein. Ronda war am Boden zerstört.

Beim Frühstück am Morgen verlor Eddie kein Wort über das sexuelle Intermezzo in der späten Nacht, bis Ronda selbst darauf zu sprechen kam. Eddie versuchte, sich zu entschuldigen, als ob er etwas Verbotenes getan hätte und dabei ertappt worden sei. Er war verlegen. Ronda beruhigte ihn. Es sei schon ganz in Ordnung; sie hätte sich nur gewünscht, daß er es zu Ende gebracht hätte.

Ein anderes Mal, als sie nachts zusammen im Bett lagen, ließ sich Eddie dazu bewegen, einmal ein wenig mit Ronda über ihr Eheleben zu sprechen. Als einzige Erklärung für sein Desinteresse führte Eddie seine Depressionen an. Zu Rondas Überraschung fing Eddie schließlich an zu weinen; das hatte sie schon seit langer Zeit nicht mehr erlebt. Es war ein Zeichen dafür, daß sie seine Achillesferse getroffen hatte. Je mehr er über seinen Vater sprach, desto herzzerreißender weinte er. Im Laufe des Gesprächs fragte Ronda ihren Mann, warum er sich in den letzten Monaten dem kleinen Paul gegenüber so zurückhaltend benommen hatte.

»Ich will kein zu enges Verhältnis mit meinem Sohn haben«, erklärte Eddie. »Alles, was ich liebe, verliere ich.« Wie düster mußte es in Eddie aussehen, daß er so sprechen konnte, dachte Ronda betroffen.

Eddies Strafe war auf Bewährung ausgesetzt unter der Bedingung, daß er die Siedlung Azalea Acres nicht betrat; das war etwas schwierig, da sie von seinem Haus aus gleich jenseits der Straße lag. Eddie und Ronda gingen manchmal zusammen spazieren und mußten sich nun in der Gegend hinter ihrem Doppelhaus neue Wege suchen. Sie nahmen die Kinder mit, und Ronda glaubte, daß sie während dieser Spaziergänge tiefschürfende Gespräche über seine Lebensunlust führen konnte.

Einmal, nachdem Ronda ihn gebeten hatte, offen zu ihr zu sein, erzählte er ihr, daß er das Gefühl hatte, Jesus untreu zu werden. Ronda war entsetzt darüber, denn sie hielt den unerschütterlichen Glauben, daß Gott sie durch jede Krise hindurchführen würde, für die Grundlage ihrer Ehe. Sie glaubte, daß ihnen nichts zustoßen könne, solange nur Gott mit ihnen war.

»Wenn wir auf diesem Weg weitergehen, Eddie, dann wird unser Zuhause bald genauso aussehen wie das deiner Eltern«, warnte Ronda ihn. »Ich würde uns etwa ein Jahr dafür geben.«

»Ich komme schon zurecht«, sagte er. »Ich will einfach nicht darüber reden. Niemand würde es verstehen.«

Ronda nahm das Mikrophon in ihre Hände und wartete darauf, daß die Begleitung einsetzte. Sie sang eins von Eddies Lieblingsliedern, ›Whatever It Takes‹, aber sie sang es an diesem Sonntag im November nicht für die versammelte Gemeinde in *Ocean View.* Eddie hatte das Lied, gespielt vom Lanny Wolfe Trio, auf einem Band, das er zu Hause immer wieder abspielte, so daß sich die sanften Country-Rhythmen ihm immer mehr einprägten. Als Ronda das Lied sang, dachte sie dabei an ihren Mann und daran, daß sie alles dafür geben würde, ihm wieder neue Hoffnung und neuen Mut zu machen.

Nimm mir das Liebste, was ich habe, wenn ich dir dadurch näher kommen kann...

Nimm meine Häuser, nimm mein Land; nimm meine Träume, meine Pläne: Mein ganzes Leben lege in deine Hand...

Ich bin bereit: Ich gebe Sonne hin für Regen, ich gebe Wohlgefühl für Schmerz. Was immer meinen Willen bricht, ich bin dazu bereit.

Angesichts Eddies Angst, den Glauben zu verlieren, entschloß sich Ronda, alles in ihrer Kraft Stehende zu tun, um ihm Halt zu geben. Mit ihren ›Festigungsübungen‹ hatte sie keinen erkennbaren Erfolg gehabt. Nun nahm sie sich Eddies innere Einstellung vor. Sie hatte einigen ihrer Freunde anvertraut, daß Eddie sehr depressiv war. Joanie Sargent war auf die Idee gekommen, ihn mit einer überraschenden Willkommensparty zu überrumpeln, wenn er von einer der kurzen Ausbildungsfahrten zurückkehrte. Sie wollten Eddies Ego neuen Auftrieb geben und ihm zeigen, daß es eine Menge Leute gab, die immer hinter ihm standen. Joanie bereitete die Party für Mitte Dezember in ihrem großen Haus auf der Marinebasis vor. Irgend jemand steuerte einen langen Computerausdruck bei, der wie ein Banner gehißt wurde und auf dem zu lesen war: ›Willkommen daheim, Eddie. Wir lieben dich.‹ Joanie, die wie Eddie aus Texas kam, machte etwas Mexikanisches zu essen, denn Eddie war teils mexikanischer Abstammung. Sie hoffte, daß es halbwegs mit dem mithalten konnte, was seine Mutter früher zu Hause gekocht hatte.

Ronda brachte Eddie unter dem Vorwand eines kurzen Höflichkeitsbesuchs zum Haus der Sargents. Fünfundsiebzig Leute, fast alle von der *Ocean View Assembly*, erwarteten das Paar. Als Eddie durch die Tür ging und die versammelte Mannschaft ›Überraschung!‹ rief, blieb er wie angewurzelt stehen. Ein breites Grinsen überzog sein Gesicht, und Tränen rollten ihm über die Wangen. Es sah zwar so aus, als sei ihm die Sache etwas peinlich, aber Ronda wußte, daß Eddie in einer solchen Situation immer so reagieren würde. Er war von Natur aus ein Einzelgänger.

Bald darauf wurde Eddie von seinem Kommandeur gefragt, ob er nicht seine Verpflichtung für weitere zwei Jahre verlängern wolle. Eddie, der es haßte, auf See hinaus zu müssen, hielt das zunächst für einen Scherz. Aber der Kommandeur erklärte ihm daraufhin, daß er mit der Verlängerung von vier auf sechs Jahre die Garantie erhielte, die gesamte verbleibende Zeit nur noch Dienst an Land zu haben. Außerdem dürfe er sich unter verschiedenen geeigneten Einsatzorten einen auswählen. Er hatte die Wahl zwischen drei Marineflughäfen in seinem Heimatort Texas – Kingsville, Corpus Christi oder Beeville. Die Aussicht, nicht mehr zur See fahren zu müssen, machte das Angebot für Eddie sehr verlockend. Umgekehrt trieb ihm der bloße Gedanke, vielleicht noch eine lange Fahrt mitmachen zu müssen, zur Verzweiflung.

Joe Houser, sein Angelkamerad und Freund bei der Marine, dem Eddie oft sein Gefühl, ein Versager zu sein, und seine zunehmende Ruhelosigkeit anvertraute, schlug vor, daß sie beide ihre Dienstverpflichtungen verlängerten. Sie würden weiterhin ein Ohr füreinander haben, wenn sie im milden Salzwasser des Golfs von Mexiko miteinander fischten. Joe machte eine ähnliche Phase der Unzufriedenheit durch wie Eddie, und sie konnten einander ihre Wunden lecken, wenn sie zusammen blieben. Diesem freundschaftlichen Angebot konnte Eddie nicht mehr widerstehen. Er hatte solche Angst davor, vielleicht noch einmal für ein halbes Jahr auf See zu müssen, daß er eilfertig einer Verlängerung um zwei Jahre zustimmte – trotz seiner und Rondas Überzeugung, daß er bei der Marine fehl am Platze war.

Also gab es eine weitere große Party für die Wyatts, diesmal in der *Ocean View Assembly*, kurz bevor die junge Familie nach Texas verzog. Es war im Februar nach einem Sonntagabend-Gottesdienst. Fast alle blieben noch, um dem Paar Lebewohl zu sagen. Pastor Hall meinte, er werde die Wyatts vermissen, und er hoffe, daß diese Veränderung Eddie über seine Depressionen wegen des Todes seines Vaters hinweghelfen würde. Er hielt Eddie für einen der gescheitesten jungen Männer, die er jemals kennengelernt hatte, und wollte dafür beten, daß Gott ihm seine Unbeschwertheit und seinen innere Frieden wiedergebe.

Nach drei Jahren in Norfolk bereiteten die Wyatts ihren Umzug nach Texas vor. Eines Nachmittags, ungefähr acht Wochen vor dem geplanten Umzug, klingelte das Telefon, und Eddie, der allein in der Wohnung war, ging schnell an den Apparat.

»Packen Sie sie mir in eine Tüte«, sagte eine Frauenstimme. Eddie war einen Augenblick lang unsicher. Die Worte klangen so vertraut, daß er einen Luftsprung machte. Packen Sie sie mir in eine Tüte? Konnte das sein?

»Patty?« fragte Eddie ungläubig.

Die Frau begann, herzlich zu lachen. Dieses Lachen hatte Eddie seit vielleicht fünfzehn Jahren nicht mehr gehört.

»Patty? Bist du das? Mein Gott!«

»Wie ist es dir ergangen, Eddie Wyatt?« sagte sie.

»Oh, ganz gut, denke ich.«

Eddie war immer noch wie gebannt vom Klang ihrer Stimme. »Wie geht's dir denn? Und wie hast du es überhaupt geschafft, mich hier in Virginia zu finden?«

»Das war einfacher, als du denkst. Einer deiner alten Freunde hat mir erzählt, du hättest ein Mädel aus Colorado geheiratet, und er hatte auch die Telefonnummer ihrer Eltern. Ich habe also in Denver angerufen, und ich glaube, ich habe deine Schwiegermutter am Apparat gehabt. Ich habe ihr gesagt, daß ich eine alte Freundin von dir bin und sie um deine Telefonnummer gebeten.«

Genau in diesem Moment wählte Erna Hunter die Nummer ihrer Tochter in Norfolk. Ihr war es doch verdächtig vorgekommen, daß jemand von so weit her angerufen und sich nach Eddies Telefonnummer erkundigt hatte. Am anderen Ende der Leitung war es besetzt. Sie versuchte es eine Stunde lang immer wieder, kam aber nicht durch.

Seit jenem tränenreichen Tag in Gatesville, als sie ihn in der Jugendstrafanstalt besucht hatte und er sie gebeten hatte, ihr nicht mehr zu schreiben, hatten Eddie und Patty Battaglia nie mehr miteinander gesprochen. Eddie war damals fünfzehn Jahre alt gewesen. Er hatte sie sehr geliebt, aber er war ein Heißsporn gewesen. Als er jetzt das Codewort ihrer Kindheit, ›Packen Sie sie mir in eine Tüte‹, hörte, löste das eine Flut unerfüllter Wünsche in ihm aus. Patty war die eine große, unerfüllte

Liebe seines Lebens. Er hatte darüber niemals mit jemandem gesprochen, aber es war ihm auch nie gelungen, die stille Glut dieser brennenden Fesseln der Anziehungskraft auszulöschen, einer Glut, die genährt wurde durch eine qualvolle Erinnerung an etwas, das sich nie erfüllt hatte. Immer wieder hatte er an sie gedacht, und die Erinnerung an sie ließ ihn immer leise lächeln, obwohl sie ihn nie zwischen ihre Beine gelassen hatte.

Patty machte ihren Verflossenen mit den wichtigsten Neuigkeiten vertraut, erzählte ihm, daß sie einen ziemlich wohlhabenden Mann aus Galveston geheiratet habe, sich in ihrer Ehe aber nicht mehr wohlfühle. Sie hatte schon eine ganze Weile mit dem Gedanken gespielt, Eddie ausfindig zu machen, bevor sie diesem Verlangen schließlich nachgab. Und als sie dann zum ersten Mal wieder seine sanfte Stimme am Telefon hörte, neckte sie ihn gleich mit den Worten, die er vor vielen Jahren schon einmal von ihr gehört hatte, damals, als sie diesen Satz dem Besitzer des Süßwarenladens an den Kopf geworfen hatte. Eddie und Patty plauderten eine Stunde miteinander, und er lachte dabei mehr, als er es seit langer Zeit getan hatte. Sie war wohl die einzige Frau auf dem Planeten Erde, die ihn dazu bringen konnte.

»Paß auf«, erklärte Patty schließlich, »wenn du mal hier herunter nach Galveston findest, dann schau bei mir rein. Ich würde dich sehr gern mal wiedersehen.«

»Ja, das mach' ich«, erwiderte Eddie. »Wundere dich nicht, wenn das gar nicht mehr so lange dauert.«

»Was meinst du damit?« fragte Patty.

»Nicht so wichtig. Du sollst dich nur nicht wundern.«

Kaum hatte Eddie den Hörer aufgelegt, da schellte das Telefon wieder. Diesmal war Erna Hunter am Apparat.

»Hallo, Eddie«, sagte sie. »Ist Ronda da?«

»Nein«, erklärte er seiner Schwiegermutter. »Sie ist mit den Kindern unterwegs.«

»Ich habe versucht, bei euch anzurufen, aber es war besetzt«, sagte Erna.

»Ah, das war meine Mama«, antwortete Eddie. »Ich hatte eine ganze Weile nichts von ihr gehört und habe sie deswegen einmal angerufen.«

Das endlose Weideland von Kleberg County in Texas war so flach, daß es Ronda an ein straff gespanntes Trommelfell erinnerte. Meile um Meile steuerte Ronda den silberfarbenen Dodge Aspen der Wyatts, der mit Kleidung und anderen Utensilien vollgepackt war, die U.S. 77 hinunter und sog die Landschaft in sich auf. Sie hielt ihre Augen fest auf die Stoßstange des blauen Variant vor ihr gerichtet, der von Eddie Richtung Süden gefahren wurde. Die Kinder hatten während der langen Fahrt öfter den Wagen gewechselt, aber Paul fuhr die meiste Zeit mit seinem Daddy. Diana saß während dieser letzten Etappe nach Kingsville neben Ronda.

Da wären wir also wieder in Texas, dachte Ronda, dem Schauplatz einer glücklicheren Vergangenheit und, wie sie hoffte, eines Neubeginns für die Zukunft. Während der Fahrt atmete sie die frische Luft tief ein und fühlte sich befreit von der drückenden Last, die sich während der letzten Monate in Norfolk auf ihr Eheleben gelegt hatte. Eddie ging es merklich besser, seit sie sich zu dem Umzug entschlossen hatten.

Sie fuhren jetzt durch einen Teil von Texas, der Ronda nicht vertraut war. Er machte einen kargen, unfruchtbaren Eindruck auf sie. Kingsville, ihre neue Heimat, war ursprünglich nichts als Weideland gewesen. Die Stadt war immer noch umgeben von dem 825.000 Morgen Land der King-Ranch, die einmal die größte der Welt genannt werden durfte. Aber die Wirtschaft des Gebiets um Kingsville hatte sich inzwischen weiterentwickelt und war vielfältiger geworden: es gab die Texas A & I University, einige petrochemische Betriebe und die Ölfelder. Sehr wichtig war der Marineflughafen Kingsville, eine selbständige Ausbildungseinheit für die Anfänger- und Fortgeschrittenenschulung von Militärpiloten. Jedes Jahr verließen zweihundert ausgebildete Düsenkampfflugzeug-Piloten der Navy und der Marines die Basis.

Als Ronda die Ortsschilder hinter sich gelassen hatte, erschien ihr Kingsville selbst als ein angenehmes, kleines Städtchen. Ein kleines Geschäftszentrum erstreckte sich entlang der Kleberg Avenue und wurde im Westen von der alten Henrietta M. Kings High School und acht Blocks weiter im Osten vom

Gerichts- und Gefängnisgebäude des Kleberg County begrenzt. Das Gericht, ein traditioneller Bau aus hellbraunen Ziegeln mit weißem Putz, lag hinter Mesquitbäumen, Palmen und Pekanobäumen an einer Seite des Stadtplatzes. Die Palmen, die auch einige der anderen Straßen säumten, gaben Kingsville einen tropischen Anstrich, wie ihn Ronda in Norfolk nie gesehen hatte.

Die Einwohner der Stadt waren größtenteils Latinos, entweder in den Staaten geborene Mexiko-Amerikaner oder Gastarbeiter aus Mexiko. Eine kleine schwarze Minderheit lebte hauptsächlich im Südwesten der Stadt. Die Vielfalt des städtischen Wirtschaftslebens hatte eine buntere Bevölkerungsmischung hervorgebracht, als Ronda es erwartet hätte. Sie und Eddie, eine Militärfamilie mit zwei kleinen Kindern, waren eifrig darauf bedacht, Teil dieser kleinen Durchgangsgesellschaft zu werden.

Die Leute in der Stadt waren größtenteils religiös und unterhielten mehr als fünfzig Kirchen und Andachtsstätten in der Stadt selbst und in ihrer Umgebung. Ronda erfuhr bald, daß eine der aufstrebenden Gemeinden der Stadt die *First Assembly of God* war. Es war eine Pfingstgemeinde, die seit sechsunddreißig Jahren bestand und von Reverend James Field, einem blinden Geistlichen, zusammen mit seiner Frau Dolores geleitet wurde. Ihre Kirche und ihr Gemeindesaal lagen an der Angel Road, die zum Marineflughafen führte.

Eine Einzimmerwohnung als Notunterkunft auf der weitläufigen Marineflugbasis Kingsville diente Eddie, Ronda und den beiden Kindern für die ersten Wochen nach ihrer Ankunft in Südtexas als erstes Zuhause. Sie lebten aus ihren Koffern, da ihre übrigen Habseligkeiten erst noch durch die Marine per Schiff herübergebracht werden mußten. Sich auf Kingsville einzustellen, kam für Ronda einem Kulturschock gleich. In Norfolk hatte sie durch eine schöne Innenstadt flanieren können, durch quirlige Viertel an der Seepromenade und am Hafen, durch Parks und Gärten mit bunten Blumen. Kingsville war kleinstädtisch, gemächlich, und braun war die beherrschende

Farbe der Landschaft ringsum. Wenn Ronda mit Paul und Diana zum Spielen nach draußen ging, wurden sie schon an der Tür durch ein Schild vor Schlangen und Skorpionen auf der Erde gewarnt.

Als ihre Woche in der Notunterkunft abgelaufen, ihre Einrichtung aber immer noch nicht eingetroffen war, entschloß sich Eddie, einstweilen mit einem Bett in der Kaserne vorliebzunehmen; Ronda und die Kinder sollten währenddessen bei einem Paar wohnen, das sie noch aus ihrer gemeinsamen Zeit im Teen Challenge kannten. Ralph und Sandra Spruill, die inzwischen nach Waco gezogen waren, hatten früher in den El-Presidente-Apartments in Grand Prairie nur zwei Türen neben den Wyatts gelebt. Sie gehörten zu den sieben Paaren vom Teen Challenge Center Dallas, die innerhalb kürzester Zeit geheiratet hatten.

Sandra fand schnell heraus, daß irgend etwas ihre Freundin bedrückte, und so vertraute Ronda ihr bald an, daß Eddie sich seit ihrem letzten Zusammentreffen – am Tag, als die Wyatts nach Denver zogen – sehr geändert hatte. Seit dem Tod seines Vaters sei er sehr depressiv, erzählte sie, und habe sich so sehr zurückgezogen, daß es ihr nicht mehr möglich sei, ihn zu erreichen. Als Sandra ihre Freundin fragte, wie sich das auf ihre Ehe auswirkte, gestand Ronda ihr, daß Eddie jegliches Interesse an Sex verloren zu haben schien. Wenn überhaupt etwas von ihrer physischen Beziehung übrig geblieben war, dann hatte sie dafür gesorgt.

»Er kann es tun oder lassen, und normalerweise läßt er es«, sagte Ronda. »Manchmal glaube ich, er wäre froh, wenn er nie mehr wieder Sex hätte.«

Bald darauf hatte Eddie ein paar Tage Urlaub und fuhr ebenfalls nach Waco. Ralph Spruill, der eine kleine Baufirma betrieb, sorgte dafür, daß Eddie sich bei seinen Leuten einige zusätzliche Dollars verdienen konnte. In den alten Zeiten am Teen Challenge Center hatte Ralph gern mit Eddie geredet; sie hatten einander ihre Lebensgeschichte erzählt und über ihre Rettung durch Jesus gesprochen. Er wußte noch, wie Eddie seine Frau zur häuslichen Andacht angeleitet hatte, und erinnerte sich, daß sein Freund ganz für die Sonntagsgottesdienste gelebt und mittwochs immer mit halsbrecherischer Geschwindigkeit gearbeitet hatte, damit er auch am Gottesdienst zur Wochenmitte teilnehmen konnte. Ralph dachte, Eddie sei genau wie er selbst ein ehemals Abtrünniger, der sich Jesus wieder zugewandt hatte und für den es kein Zurück mehr gab.

Als Ralph jetzt während der Arbeit mit Eddie zu sprechen versuchte, gab dieser jedoch kaum mal eine Antwort und war auf merkwürdige Weise unnahbar. Ralph hatte sogar den Eindruck, daß sein alter Freund gar nicht mit ihm zusammen sein wollte und sich in seiner Gegenwart unwohl fühle. Im Haus verbrachte Eddie die meiste Zeit in dem Zimmer, in dem er und Ronda untergebracht waren, und jedesmal, wenn Ralph während der Arbeit versuchte, ein Gespräch in Gang zu bringen, wich Eddie allen Fragen mit nichtsaussagenden Antworten aus.

Nachdem er vier Tage mit Ralph zusammengearbeitet hatte, kündigte Eddie an, daß er nach Kingsville zurückkehren werde, um dort – hoffentlich – eine Unterkunft für die Familie zu finden, bevor er sich wieder zum Dienst melden mußte. Ralph vermutete, daß Eddie von Glaubenszweifeln geplagt wurde, die er mit seinem Gott allein ausmachen mußte.

Mitte März hatte Eddie etwas gefunden. Er mietete einen Bungalow an der West Mesquite Avenue Nr. 418, einige Blocks östlich vom Campus der Texas A & I. Einige Tage später kehrte Ronda nach Kingsville zurück und begann, ihren Haushalt einzurichten.

Das ganze Haus mit seinen zwei Schlafzimmern war ein einziges Fertigteil, das – wie in der niedrigen Küstenebene üblich – auf kurzen Betonpfeilern über dem Grund stand. Der Vorgarten bestand aus Sand, Kieseln und den Stoppeln von verwelktem Riedgras, das ein früherer Mieter törichterweise in diesem Klima hatte kultivieren wollen. Ein junger Mesquitbaum wand sich zu einer Höhe von ungefähr acht Metern aus dem Grund. Die Seitenwände des Hauses waren mit senkrechten Paneelen verkleidet, über die sich das mit asphaltierten Schindeln gedeckte Dach tief herunterzog. Es gab einen Unterstand für das Auto. Gleich neben dem Unterstand war ein Vorratsraum, der sowohl von der Küche als auch vom Garten aus zugänglich war. Zwei Betonstufen führten zur vorderen Eingangstür, vor der zusätzlich eine Sturmtür angebracht war. In einer kleinen Umzäunung an der Bordsteinkante standen zwei Mülltonnen.

Innen sah es ziemlich spartanisch aus. Das Haus war von vorn bis hinten durchgehend in zwei Hälften geteilt. Links lagen Wohnzimmer und Küche. Der Wohnraum war nicht besonders groß; zwei Fenster gingen nach vorn zur Mesquite Avenue hinaus, und ein drittes Fenster ging auf den Wagenunterstand hinaus nach Westen. Der Raum hatte etwas Kistenartiges, denn er war ringsum mit Paneelen aus Walnußimitat verkleidet. Den Boden bedeckte ein goldfarbener Teppichboden. Die Küche lag direkt dahinter und wurde vom Wohnzimmer durch zwei kurze Wände auf jeder Seite getrennt. Die Küchenboden war in einem Diamantmuster von Braun und Gold gefliest. Eddies und Rondas Schlafzimmer lag nach vorn heraus, das Kinderzimmer nach hinten. Für das Elternschlafzimmer kaufte Eddie ein Wasserbett.

Am ersten Sonntag, den die Wyatts zusammen in Kingsville verbrachten, gingen sie zur *First Assembly of God.* Eddie schien sich dort nicht recht wohl zu fühlen, aber Ronda gefiel die Kirche sehr gut. Von Pastor Field war sie tief beeindruckt. Er schien ein vernünftiger, praktischer Prediger mit einer positiven Einstellung zum Leben zu sein. Neue Gottesdienstteilnehmer wurden von ihm gebeten, die Hand zu heben, damit sich die Gemeinde mit ihnen bekannt machen konnte. Anschließend unternahm er dann mit seiner Frau einen Hausbesuch bei ihnen. Als die Fields die Familie Wyatt besuchten, machten Ronda und Eddie auf sie den Eindruck eines zufriedenen, jungen christlichen Paares. Wenn er es wollte, konnte Eddie seine Gesprächspartner schon immer sehr gut für sich einnehmen. James Field freute sich darauf, die beiden bei sich in der *First Assembly* zu haben.

Aber nach einigen Wochen in Kingsville wurde Ronda klar, daß Eddies Depressionen immer noch so heftig waren wie in Norfolk. Ohne seine Gesellschaft fühlte sie sich in der neuen Stadt gänzlich allein. Sie konnte sich nicht an Leute wenden, die sie kaum kannte, und ihnen von ihren Schwierigkeiten erzählen. Im Gegenteil – sie mußte sich gewaltig anstrengen, um ihre unglückliche Lage vor den Leuten bei der *First Assembly* zu verbergen. Ihre einzige Hoffnung war, daß ihre Liebe zu Eddie ihm doch noch einen festen Halt geben würde.

Eddie arbeitete nach dem Umzug nach Kingsville einige Wochen lang auf der Tagschicht, aber nicht lange darauf wurde er von seinem Vorgesetzten der Spätschicht zugeteilt, die sich um die Wartung der Düsentriebwerke für die Schulungsflugzeuge vom Typ 45 Goshawk zu kümmern hatte. Eddie wurde Vorarbeiter der Schicht von 18 Uhr abends bis 2 Uhr morgens. Die Arbeit war interessant, aber für die Familie war es hart. Eddie aß mit ihnen zusammen zu Abend, mußte sich dann aber beeilen, rechtzeitig zu seiner Schicht auf der Militärstation zu sein. Ronda hörte Eddie spät nachts nach Hause kommen – der Lärm seines Valiant mit dem verrosteten Auspuff schreckte sie oft aus tiefstem Schlaf. Aber statt gleich zu Bett zu gehen, blieb Eddie im Wohnzimmer, um sich etwas zu entspannen. Er erwiderte Rondas Gruß nur kurz und schaltete dann den Fernseher ein.

Als Ronda sich über ihre Vereinsamung beklagte, schlug Eddie vor, sie solle sich nach einer Arbeit umsehen. Ein zusätzliches Einkommen könnten sie beide ohnehin gut gebrauchen, argumentierte er, und auf diese Art und Weise würde sie auch Leute kennenlernen. Ronda hatte ihren Lehrgang am Norfolk Professional Medical Institute vor dem Wegzug noch nicht abschließen könne, aber sie hatte in allen Kursen, die sie bereits absolviert hatte, die Bestnote erreicht. Also besuchte Ronda Mitte April eine Reihe von Arztpraxen und bewarb sich mit ihrem Lebenslauf um eine Stelle als Bürokraft. Die ersten Absagen trafen sie um so härter, als sie sich bereits zu Hause zurückgewiesen fühlte. Am 24. April schrieb Ronda in ihr Tagebuch:

> *Ich komme mir unbeholfen, alt und unerwünscht vor. Man muß hübsch und keck sein, wenn man im Berufsleben mit Menschen zurechtkommen will. Ich bin beides nicht. Offensichtlich findet mich selbst Eddie nicht mehr attraktiv. Wo*

sind diese langen, leidenschaftlichen Küsse geblieben? Ich bekomme nichts mehr als ein pflichtgemäßes Küßchen auf die Wange, wenn er aus dem Haus geht. Für meinen Mann bin ich unattraktiv – irgendein Stück Holz im Sumpf –, nützlich, um den Boden zu schrubben, die Kinder zu baden und seinem Ego gelegentlich zu schmeicheln. Das ist alles. Wer bin ich? Gibt überhaupt irgend jemand etwas darum, daß ich existiere?

Was geht hier vor sich? Lieber Gott, was geht hier vor sich? Ich habe Dich gebeten und wieder gebeten, Eddie freier zu machen in seiner Liebe zu mir – damit er sich mir wieder zuwendet. Und nichts geschieht. Es wird nur alles schlimmer. Ich will keine Erfüllung bei einem anderen Mann finden. Ich will sie bei ihm. Warum liebt er mich nicht? Ich komme mir so häßlich vor, so unwert, geliebt zu werden.

Manchmal jedoch zeigte sich ein Hoffnungsschimmer in der Dunkelheit. Eines Tages überraschte Eddie seine Frau, indem er ihr eine Nähmaschine schenkte. Sie liebte Handarbeiten, vor allem das Nähen.

»Wie hast du die nur bezahlen können, Eddie?« fragte Ronda. Sie wußte, daß er kaum etwas zurücklegen konnte.

»Erinnerst du dich noch an den Burschen, dem ich geholfen habe, seinen Wagen zu lackieren?« antwortete Eddie. »Er hatte kein Geld, um mir irgend etwas zu bezahlen, und so hat er mich gefragt, ob ich diese Nähmaschine als Bezahlung für meine Arbeit annehme. Ich weiß ja, wie gern du nähst.«

Ronda kannte diese Freunde nicht, denn es waren Leute, die Eddie nur auf der Basis traf. Aber sie freute sich sehr zu sehen, daß er hin und wieder aus seinem Schneckenhaus herauskam, sich mit anderen befreundete, fleißig war und das tat, was ihm wirklich Spaß machte. Und daß er eine Nähmaschine als Bezahlung akzeptierte, zeigte Ronda, daß er wirklich an sie dachte.

Mitte Mai, zwei Monate, nachdem sie in ihr neues Haus gezogen waren, fand Ronda eine Arbeit in der Rezeption des Angle Medical Centers, das ganz in der Nähe des Geschäftszentrums an der großen Kreuzung der 14. Straße Süd, der

Caesar Avenue und der Angle Road lag. Sie arbeitete dort mit ungefähr einem halben Dutzend anderer Frauen zusammen in der Klinik, in der drei Ärzte praktizierten. Im großen und ganzen arbeitete Ronda gern und mochte die meisten ihrer Kollegen gut leiden.

Ronda konnte Paul und Diana tagsüber zu Sharon Lawson in Pflege geben, einer Frau aus der *First Assembly*, die selbst zwei Söhne im gleichen Alter wie die Wyatt-Kinder hatte. Allmählich wurde Ronda auch etwas vertrauter mit Kingsville und seinen Bewohnern. Um seine Gemeinde enger zusammenzuschweißen, hatte Pastor Fields Gruppenabende ins Leben gerufen, die am Mittwochabend – anstelle des Gottesdienstes zur Wochenmitte – bei jeweils einem bestimmten Gemeindemitglied stattfanden. Ronda kam in einen Hauskreis von ungefähr zwölf Personen, die sich einmal in der Woche bei James Crowell, einem Aufseher bei der Exxon-Gasquelle auf der King Ranch, und seiner Frau Barbara zu Hause trafen. Zum ersten Mal seit ihrem Umzug hatte Ronda endlich das Gefühl, daß sie anfing, Wurzeln zu schlagen.

Drüben, im Westen von Kingsville, gab es ein schönes, baumbestandenes Mittelklasseviertel mit älteren Einfamilienhäusern. Dort – in der Wanda Street – wohnte auch Pastor Field mit seiner Frau. Etwas südlich von ihnen auf der anderen Straßenseite lebte in einem weiß geschindelten Haus mit vier großen Bäumen im Vorgarten die neunundzwanzigjährige Sue Wilson. Am Abend des 13. Juni, eines Samstags, ging sie spät zu Bett, in weiten Boxershorts und einem leichten Oberteil. Sie schlief unruhig. Der Nachbarshund, der während der heißen Sommernächte draußen blieb, kläffte beim geringsten Geräusch und störte immer wieder Sues Schlaf. Gegen 2 Uhr 30 war ein Rütteln hinten vom Gartenzaun her zu hören, und das Gebell des Hundes weckte Sue erneut. Sie drehte sich jedoch nur auf die andere Seite und war sofort wieder eingeschlafen.

Wenige Minuten später wurde Sue durch einen plötzlichen Ruck aus dem Schlaf gerissen. Irgend jemand war mit seinem ganzen Gewicht auf ihrem Rücken gelandet und drückte sie in ihre Matratze. Wegen des auf ihr lastenden Gewichtes bekam sie kaum noch Luft. Dann hörte sie die Stimme eines Mannes, tief und rauh.

»Sieh mich nicht an, dann tue ich dir auch nichts.«

Sie begann zu schreien, aber der Eindringling packte sie roh und hielt ihr ein Jagdmesser vors Gesicht. Die glänzende Klinge war dicht vor ihren Augen.

»Schrei nicht noch einmal, Nutte«, befahl der Mann. Das reichte aus, um ihre Stimme zu ersticken; blankes Entsetzen lähmte sie. Der Mann ergriff ein Stück Stoff – ob es vielleicht ein T-Shirt war oder ein Kopfkissenbezug, konnte Sue nicht genau feststellen – und band es ihr von hinten um die Augen, so daß sie ihn nicht sehen konnte. Dann zog er sie am Oberarm hoch und drängte sie ins Wohnzimmer. Er zwang sie, sich rücklings auf die Couch zu legen. Sue hörte, wie er immer schwerer atmete. Er wiederholte, daß er ihr nichts tun werde, aber Sue konnte das nicht glauben.

Der Mann steckte seine Finger unter den elastischen Gummizug ihrer Shorts und zerrte sie schnell ihre Beine hinunter. Dann zog er seine eigene Hose aus und legte sich über sie. Er zwang ihre Beine auseinander und konnte mit einiger Anstrengung in sie eindringen. Dabei befahl er ihr wiederholt, ihm zu sagen, wie sehr ihr das gefalle. Es hatte den Anschein, daß es ihm eher darum ging, sie zum Gehorsam zu zwingen, als um sexuelle Befriedigung. In der Hoffnung, daß er sie nicht verletzen würde, wenn sie tat, was er verlangte, leistete Sue keinen Widerstand. Sie spürte die Aggressivität des Mannes und war außer sich vor Furcht, daß er sie töten könne. Er nannte sie Nutte und Hure und kam schnell zum Höhepunkt.

Nach kurzer Zeit umfaßte er Sues nackte Hüften und rollte sie von der Couch herunter, so daß sie auf dem Boden kniete, immer noch mit verbundenen Augen und in ihrem dünnen Oberteil. Dann packte er von hinten ihren Kopf und drückte ihr Gesicht auf ein Kissen. Wieder begann er, in sie einzudringen, diesmal anal. Es war heftiger und schmerzhafter als der erste Angriff, und während er sich zu einem weiteren Höhepunkt steigerte, mußte sie ihm sagen, daß er gut war und daß es ihr gefalle.

Nach diesem zweiten Angriff durchwühlte der Mann das Haus. Sue verhielt sich so still, wie sie nur konnte, bis sie merkte, daß der Vergewaltiger fort war. Dann lief sie zum Haus eines Nachbarn, um Hilfe zu holen.

Kapitel 6

DAS GEHEIMNIS WAHREN

Wenn jemand dieses Tagebuch fände und darin herumblätterte, müßte er mich für einen furchtbar pessimistischen Menschen halten. Aber das bin ich nicht. Jeder hat schlechte Tage. Es gibt nur immer mehr schlechte Tage in der letzten Zeit, und wenn es mir wirklich schlecht geht, dann verschafft es mir Erleichterung, wenn ich aufschreiben kann, wie ich mich fühle. Uns geht es ja jetzt schon eine ganze Zeitlang schlecht. Schon seit langem ist unsere physische Beziehung die reinste Hölle. Eddie will nicht darüber sprechen – er scheint die Existenz der Probleme völlig zu ignorieren. Ich mag mich selbst nicht mehr leiden. Wenn ich es nicht fertigbringe, Eddie zu gefallen, habe ich versagt.

– aus Rondas Tagebuch

Die Meldungen, die traditionell die Verbrechensspalte des zweimal wöchentlich erscheinenden *Kingsville Record* füllten, waren so alltäglich, daß sie einer Großstadtzeitung wohl nicht erwähnenswert erschienen wären. Als jemand ein paar Buchstaben von einer kleinen, tragbaren Reklametafel vor einem der Geschäfte auf der 14. Straße abgerissen hatte, erschien im *Record* eine Meldung über den Verlust von vierzehn Dollar vierzig. Die Überschrift zu einem anderen Fall lautete ›Nüsse verschwunden‹; es ging um einen Krug Erdnüsse, die offenbar einer Frau aus ihrer Küche gestohlen worden waren.

Kingsville war natürlich nicht gegen schwere Verbrechen gefeit. Es ereigneten sich eben nur nicht besonders viele, obwohl der Handel mit Rauschgiften das zu ändern drohte.

Nicht weit von der Stadt mit ihren knapp dreißigtausend Einwohnern verlief eine Strecke der Missouri Pacific Railroad, die aus den fruchtbaren Anbaugebieten des Rio-Grande-Tals kam. Der Highway 77, der dem Verlauf der Eisenbahnlinie folgte, führte von Süden her, von Brownsville und Harlingen, die Küste entlang, mitten durch das Zentrum von Kingsville; parallel westlich dazu verlief der Highway 281 von McAllen im Süden. Diese Verbindungen waren die Pipelines für die illegal über Rio Grande aus dem mexikanischen Bundesstaat Tamaulipas über Matanoros und Reynose eingeführten Drogen. Und wie aus einem leicht leckenden Fallbodenwagen der Missouri-Pacific-Eisenbahn wurden die Drogen von den Kurieren entlang der Pipeline hier und da zurückgelassen.

Während der späten siebziger und frühen achtziger Jahre wurde Kingsville zu einem Umschlagplatz für Heroin. Süchtige aus Robstown, Alice und sogar aus Corpus Christi kamen nach Kingsville, begingen dort Ladendiebstähle, Einbrüche oder Raubüberfälle und tauschten die gestohlenen Waren dann gegen Geld oder Drogen ein. Es war ziemlich schwierig, diese nicht ortsansässigen Kriminellen zu fassen, denn auch bei der Stadtbevölkerung gab es ständig neue Gesichter. Ein nicht unwesentlicher Teil der Bevölkerung wurde im Drei- oder Vierjahresrhythmus komplett ersetzt – und zwar angefangen von den Cowboys der King Ranch und den angehenden Militärpiloten bis hin zu den Arbeitern auf den Öl- und Gasfeldern sowie den College-Studenten.

Die Zahl der Einbruchsdelikte stieg drastisch an; gleichzeitig setzte aber eine noch viel beunruhigendere Entwicklung in Kingsville ein. Mehr und mehr wurden der Polizei Einbrüche angezeigt, die stattfanden, während die Wohnungsinhaber zu Hause waren. In einigen Fällen war nicht Diebstahl das Motiv gewesen, sondern Vergewaltigung. 1979 hatte es im ganzen Jahr sechs bekannt gewordene Fälle von Vergewaltigung in Kingsville gegeben. 1980 jedoch verdoppelte sich die Zahl der Anzeigen, und 1981 ging es genauso weiter. In einigen der Fälle hatte man den Täter gefaßt. Es häuften sich aber die ungelösten Fälle, zwischen denen die Polizei keine Gemeinsamkeiten feststellen konnte. Zu der Zeit, da Eddie und Ronda Wyatt Virginia verließen, um Kingsville zu ihrer neuen Heimat zu machen, hatte es in und um die kleine texanische Stadt herum eine Reihe von Sittlichkeitsverbrechen gegeben, die es zusätzlich erschwerten, das gemeinsame Muster zu erkennen, das einem Teil der Verbrechen zugrunde lag.

Am 3. Februar 1981 überwältigten im Südwesten der Stadt drei junge Burschen im Alter von neunzehn, achtzehn und siebzehn Jahren ein fünfzehnjähriges Mädchen, zwangen sie, mit ihnen in ein leerstehendes Haus an der West Caesar Avenue zu kommen und vergewaltigten sie dort. Im gleichen Monat gab eine einundzwanzigjährige Studentin der Polizei zu Protokoll, daß sie nach einer bis spät in die Nacht dauernden Party am Valentinstag in der Nähe des Campus der Texas A & I von einem Mann vergewaltigt worden sei, der sie um fünf Uhr morgens vor ihrem Haus mit einem Messer bedroht habe. Sie hatte leichte Schnittwunden am Hals und auf dem Rücken.

Am 26. Februar gegen drei Uhr früh drang jemand in das Schlafzimmer einer Frau ein und versuchte, der Schlafenden ihr T-Shirt über den Kopf zu zerren. Sie wehrte sich, und er floh, bevor er irgend etwas anderes getan hatte. Später, am gleichen Tag, versuchten drei Männer, ein dreizehnjähriges Mädchen auf der East Caesar Avenue zu entführen.

Am 15. April kam eine chinesische Studentin kurz nach Mitternacht von der Arbeit und wurde auf dem Heimweg von einem spanischstämmigen Mann überfallen und vergewaltigt. Die Polizei verhaftete später einen Verdächtigen, aber die Frau lehnte es ab, Anzeige zu erstatten. In ihrer Kultur, erklärte sie der Polizei, sei das Opfer einer solchen Tat gebrandmarkt, und ein Prozeß würde ihre Schande noch vergrößern. Sie wollte mit dem Verbrechen nichts mehr zu tun haben.

Zehn Tage später saß eine Frau nachts auf einer Nebenstraße in der Nähe von Bishop, einige Meilen nördlich von Kingsville, wegen einer Panne ihres Wagens fest. Sie wurde von drei Männern angegriffen und vier Stunden lang mehrfach vergewaltigt.

Eine einundvierzig Jahre alte Frau schlief am 8. Juni um 23 Uhr 30 im Schlafzimmer ihres Hauses auf der East Kennedy Avenue, bis sie plötzlich durch einen Mann geweckt wurde, der auf ihr Bett sprang und sie mit einem Messer bedrohte. Er versuchte, sie zu vergewaltigen, aber sie wehrte sich. Durch ihr Geschrei verlor der Täter die Nerven und floh durch das gleiche Fenster, durch das er eingedrungen war.

Fünf Tage später wurde Sue Wilson vergewaltigt.

Judy Hayes wollte Polizistin werden, auch wenn das bedeutete, daß sie ihr Zuhause in Syracuse, New York, verlassen und nach Südtexas umziehen mußte. Sie war für die Polizei von Syracuse als Jugendberaterin tätig gewesen, aber es gab dort kaum die Möglichkeit, Polizeibeamtin zu werden. Nach zwei Jahren als Beraterin sagte man ihr, daß es noch lange dauern könne, bevor man sie in Dienst stellte. In Südtexas herrschte ein solches Kommen und Gehen, daß die Polizeidienststellen dort jeden Monat irgendwelche offenen Stellen anzubieten hatten. Vor allem die niedrige Bezahlung und das Fehlen von Pensionsansprüchen in den kleineren Städten führten dazu, daß die besseren Kräfte ständig zu den Texas Rangers der U.S.-Grenzwacht oder in den besser bezahlten Polizeidienst der großen Städte abwanderten.

Judy Hayes kam im Februar 1980 nach Kingsville und erhielt einige Wochen später eine Stelle bei der dortigen Polizei. Bei der Polizei von Kingsville hatte es zuvor noch niemals eine Frau geschafft, nach ihrer Probezeit in Dienst genommen und vereidigt zu werden, obwohl es einige versucht hatten.

Aber Judy verbarg hinter ihrem freundlichen Auftreten eine große Willensstärke. Im Sommer hatte sie ihre Probezeit absolviert und war jetzt Officer Hayes, die erste weibliche Polizeibeamtin von Kingsville auf einer vollen Stelle. Sie wurde dem Streifendienst in der Tagesschicht zugeteilt. Judy trug ihr braunes Haar kurz und pflegte im Dienst mit den Menschen, mit denen sie zu tun hatte, besonnen und geschäftsmäßig zu sprechen. Sie spürte, daß sie Neuland betreten hatte und ein besonderer Druck auf ihr lastete. Wenn ein männlicher Anfänger einen Fehler machte, wurde die Sache gewöhnlich um das Zehnfache aufgeblasen. Machte sie jedoch solch einen Anfängerfehler, wurde die Sache gleich um das Hundertfache aufgebauscht.

Sie war genau sechs Monate und vier Tage bei der Truppe,

als sie zum ersten Mal ein Sexualdelikt zu bearbeiten hatte. Es handelte sich um einen Einbruch und eine Vergewaltigung am 7. September 1980 in einem Apartmenthaus, das einige Blocks südlich der Polizeiwache lag. Kurz nach ein Uhr rief sie ein Kollege an und sagte ihr, er habe da ein verstörtes Vergewaltigungsopfer, das seine Geschichte einer Polizeibeamtin erzählen wolle. Judy war schnell angekleidet und eilte zur Hauptwache an der Ecke 6. Straße und Yoakum Avenue. Officer Hayes befragte das Opfer und wurde beauftragt, den ganzen Bericht zu schreiben; sie war damit bis zum frühen Sonntagmorgen beschäftigt. Als sie am Montagmorgen zum Streifendienst antrat, wurde sie in das Büro des Captains gerufen. Sie vermutete, daß ihr bei dem Bericht ein Fehler unterlaufen sei und machte sich auf einen Rüffel gefaßt.

Captain George Gomez war ein bärbeißiger älterer Mann mit drahtigem, graumeliertem Haar und Polizist aus Leidenschaft. Er nahm seinen Dienst sehr ernst und hielt sich nicht lange mit Höflichkeiten auf. Er hatte ungefähr das gleiche Zartgefühl wie eine Dampfwalze und mischte sich gern in die Arbeit seiner Leute ein, ob er nun darum gebeten wurde oder nicht. Seit seiner Zeit als Anfänger bei der Truppe hatte sich Gomez' Umfang ein wenig vergrößert, und seine Lungen waren durch die vielen Zigaretten im Laufe der Jahre schwärzer geworden. Aber er liebte seine Arbeit noch immer so sehr wie an seinem ersten Tag als Polizist.

Judy Hayes fragte sich auf ihrem Weg zu Gomez, worüber sie wohl gestolpert sein könnte. Sie hatte zum ersten Mal einen Bericht über ein Sexualverbrechen geschrieben und hoffte, nichts getan zu haben, was die weitere Verfolgung des Falls gefährden könne, an dem sie selbst ein lebhaftes persönliches Interesse hatte.

Eine wabernde Wolke von Zigarettenrauch verbarg Gomez, der in dem Bericht blätterte, als Officer Hayes in sein Büro trat. Er ließ sie Platz nehmen.

»Wie kommt es, daß Sie diesen ganzen Bericht geschrieben haben?« fragte Gomez sie auf eine Art, die das Motiv der Frage nicht verriet.

»Der Detective hat mich zu Hause angerufen und mir gesagt,

das Opfer wolle mit einer Frau sprechen«, erklärte Officer Hayes ihm. Gomez sah sie einen Augenblick lang unangenehm direkt an und sprach dann, ohne eine Miene zu verziehen.

»Man hat Ihnen eins aufs Auge gegeben, Hayes«, sagte er.

Judy sah ihn verständnislos an.

»Er hatte keine Lust auf den Papierkram, und deswegen hat er Ihnen die ganze Sache vorgesetzt«, erklärte er. »Das Opfer hat überhaupt nicht nach einer Polizistin verlangt.«

Unvermittelt vertiefte Gomez sich wieder in den Bericht. Officer Hayes fand die Enthüllung ihres Captains eigentlich nicht besonders überraschend, wenn sie sich einmal vergegenwärtigte, was am Sonntagmorgen vorgefallen war. Es war für sie eigentlich selbstverständlich, einzuspringen, wenn es den Männern der Truppe zu peinlich war, eine Frau zu befragen, die gerade durch eine Vergewaltigung gefühlsmäßig völlig verstört war. Sie konnten nur versuchen, sich vorzustellen, wie sich solch eine Frau fühlte; Officer Hayes wußte es. Sie kannte nicht viele Frauen, die nicht auch in der unverdächtigsten Umgebung schon einmal die Angst vor einer Vergewaltigung überfallen hätte. Das war etwas, womit die Männer eben nicht jeden Tag lebten. Aber im Leben einer Frau war es grausame Wirklichkeit.

Gomez stellte ihr einige Fragen über ihren Bericht, bat sie, ein Wort zu erklären, das sie verwendet hatte, und legte die Akte dann beiseite. Während er sich eine neue Zigarette anzündete, sah der Captain ihr noch einmal direkt in die Augen.

»Hayes, wir haben hier eine Detective-Stelle frei«, sagte Gomez. »Bewerben Sie sich darum.«

»Ja, Captain«, erwiderte Judy leicht überrascht. Jetzt lächelte sie. Sie faßte es als Kompliment auf, wie er mit ihr geredet hatte und nahm seine Aufforderung als Befehl. Bald darauf wurde Judy Hayes in der Hälfte ihrer Dienstzeit als Detective, in der anderen Hälfte auf Streife eingesetzt. Nach weiteren zwei Wochen war sie regulärer Detective.

Im Laufe der nächsten acht Monate war es bestürzend für Judy Hayes, wie oft sie die Opfer von Sexualverbrechen verhören mußte; es waren zusammen zehn, nicht eingerechnet die Frauen, denen es gelungen war, einen Eindringling aus ihrer Wohnung zu vertreiben. Die meisten dieser Fälle hatten sich in den Stunden kurz vor oder kurz nach Mitternacht ereignet. Viele davon waren zugleich Einbruchsdiebstähle. Nach der Aussonderung derjenigen Fälle, in denen die Opfer die Täter kannten, sowie derjenigen, die bereits zu einer Verhaftung geführt hatten, klopften die Kriminalbeamten den Rest noch einmal gründlich ab und stellten fest, daß immer nach der gleichen Methode vorgegangen und immer ähnliche Worte gebraucht worden waren.

Die früheren Fälle deuteten auf einen spanischstämmigen Verdächtigen hin. Die Frauen meinten, daß der Täter, dessen Gesicht sie niemals hatten sehen können, bevor er ihre Augen verbunden hatte, mit einem mexikanischen Akzent sprach. Aber nachdem das neue Jahr begonnen hatte, berichteten die Opfer, daß der Täter sich wie ein Schwarzer mit einem merkwürdigen Akzent angehört habe. Da viele der Opfer noch nicht lange in Kingsville wohnten und mit den Feinheiten des lokalen Dialekts nicht vertraut waren, wußte die Polizei nicht, ob es sich tatsächlich um zwei Vergewaltiger handelte – einen Latino und einen Schwarzen –, oder um nur einen Mann mit einem absonderlichen Akzent. Fast alle der Frauen, die in Kingsville vergewaltigt worden waren, machten ihre Aussage gegenüber Judy Hayes. Das jüngste Opfer, Sue Wilson, hatte es ganz in ihrer Nähe getroffen. Judy Hayes wohnte im gleichen Viertel wie sie.

Im Juli entschloß sich Eddie, dem noch einige Wochen Urlaub zustanden, Kingsville für eine Weile den Rücken zu kehren. Aus Rondas Sicht schien das eine spontane Entscheidung zu sein.

Er rief seinen Bruder in Galveston an, ob er ihm nicht auf dem Bau helfen könne, um etwas Geld zusätzlich zu verdienen. Seine Familie benötigte eine finanzielle Verschnaufpause. Sein Bruder freute sich, ihn zu Gast zu haben, und verschaffte ihm ein wenig Arbeit. Als Eddie seiner Frau von seinem Plan erzählte, nach Galveston zu fahren, machte er es sehr deutlich, daß er im Singular sprach. Er sagte nicht: »Wir fahren.« Er sagte: »Ich fahre.«

Ronda fühlte sich in der neuen Stadt immer noch recht einsam, und sie bekam immer mehr Lust, mit nach Galveston zu fahren, selbst wenn Eddie dort die meiste Zeit arbeiten wollte. Aber sie arbeitete jetzt erst seit ungefähr sechs Wochen am Angle Medical Center und glaubte nicht, daß sie dort schon Urlaub bekommen könne. Sie ließ aber Eddie gegenüber immer wieder eine Bemerkung fallen, daß sie ihren Chef bitten wolle, ihr freizugeben, so daß sie und die Kinder mit ihm nach Galveston fahren könnten. Aber jedesmal, wenn sie erwähnte, sie wolle vielleicht um Urlaub bitten, wechselte Eddie das Thema.

Ronda war wütend, daß Eddie allein fahren wollte, entschloß sich aber, nicht um ihren Wunsch zu kämpfen. Es hatte sie so viel emotionale Energie gekostet zu versuchen, ihren Ehemann aufzuheitern, ihren Freunden zu helfen, Parties und Barbecues für ihn zu veranstalten, ihm durch dieses große Mißverständnis wegen der Anklage des Hausfriedensbruchs zu helfen, daß sie nicht mehr den Willen zu einer großen Szene aufbrachte. Im Haus an der Mesquite Avenue gab es auch so genug Sorgen und Aufregung. Vielleicht, dachte Ronda, was es auch ganz gut für sie und die Kinder, wenn Eddie ein Weilchen nicht da wäre.

Ein Gedanke war Ronda noch nicht gekommen, daß es nämlich mit ihrer Ehe selbst zu Ende gehen könne. Dafür war sie noch nicht reif. Was immer es war, das ihren Mann davon abhielt, sie zu berühren, sie leidenschaftlich zu küssen und sie zu lieben, es war etwas – so glaubte sie –, das man aus der Welt schaffen konnte und würde. Wenn sie auch sonst nichts hatte, so hatte Ronda doch einen festen Glauben. Dieser Glaube machte sie zu dem optimistischen Menschen, in dessen Gesellschaft sich jeder wohlfühlte.

In Südtexas herrschte große Hitze bei hoher Luftfeuchtigkeit, als Eddie am Mittwoch, dem 8. Juli, nach Galveston aufbrach. Deswegen nahm er auch den Dodge, der eine Klimaanlage hatte. Ronda blieb der Valiant mit seinem auseinanderfallenden Auspuff. Ihr Telefon funktionierte schon fast eine Woche nicht mehr, und der Reparaturservice würde vor dem Wochenende sicherlich nicht kommen. Daher konnte Eddie auch nicht zu Hause anrufen, nachdem er in Galveston angekommen war.

Nachdem Eddie losgefahren war, brachte Ronda die Kinder zur Tageskrippe und ging zur Arbeit. Wenigstens würde ihr

Mann diesmal nicht für sechs oder acht Monate fort sein, wie bei den Fahrten ins Mittelmeer, dachte sie. Trotzdem mußte sie schon bald erfahren, daß eine sehr unangenehme Zeit vor ihr lag.

Als der Tag sich dem Abend zuneigte, ließ Ronda wegen des schwülen Wetters ein kühles Bad für die kleine Diana ein. Als genug Wasser in der Wanne war, drehte Ronda am Absperrhahn, aber das Wasser ließ sich nicht abstellen. Sie holte einen Nachbarn zur Hilfe, der den Haupthahn für das ganze Haus abstellte, bis der Schaden behoben war. Am nächsten Tag stellte eine Freundin der Familie bei dem Versuch, das Wasser wieder anzustellen, versehentlich das Gas ab, und die Vermieterin sagte Ronda, daß der Wasserhahn erst am Montag repariert werde. Der für Samstag angesagte Service-Mann der Telefongesellschaft ließ sich auch nicht blicken.

In nur vier Tagen ohne ihren Ehemann hatte Ronda soviel an Frustration angesammelt, daß es auch für einen Sechs-Monats-Trip gereicht hätte. Sie merkte wieder einmal, wie sehr sie Eddie brauchte, der alles in kürzester Zeit in Ordnung gebracht hätte, wäre er nur daheim gewesen. Sie selbst war nicht in der Lage, diese Dinge allein zu regeln; ihr wurde unmißverständlich bewußt, wie abhängig sie von Eddie geworden war. Während sie und die Kinder an diesem Wochenende vor Hitze vergingen, fragte sie sich, was Eddie in Galveston wohl machte. Vielleicht ging es ihm ohne sie ja ganz gut.

Am 16. Juli kehrte Eddie nach Kingsville zurück. Vielleicht, dachte Ronda, fühlte er sich ein wenig schuldig wegen der ohne seine Familie verbrachten ›Ferien‹, denn er schlug vor, die Kinder in den Wagen zu setzen und zum Strand nach Padre Island hinüberzufahren. Er hatte sich während seiner Abwesenheit etwas zu seinem Vorteil verändert, meinte Ronda. Für eine kurze Weile waren sie wieder eine glückliche Familie. Was immer sich an Unzufriedenheit in Eddie aufgestaut hatte, schien in dieser kurzen Zeit weggeschwemmt worden zu sein, und Ronda erlebte einen wohlgelaunten Eddie, der sich bereitwillig von Paul und Diana im Sand von Padre eingraben ließ.

Während Eddie in Galveston war, wurden im Kleberg County einige weitere Sexualverbrechen verübt. Die Zeitungsberichte darüber machten die Stadtbewohner auf das immer ernster werdende Problem aufmerksam. Am 9. Juli versuchte ein Mann, irgendwo draußen im Süden von Kingsville eine sechzigjährige Frau zu vergewaltigen, die an einen Rollstuhl gefesselt war. Sie wehrte sich, und es gelang ihm nicht, sie aus dem Stuhl herauszubekommen; daraufhin floh er. Es folgte eine groß angelegte Suche, an der sich der Sheriff von Kleberg, die U.S.-Grenzwacht, das Ministerium für öffentliche Sicherheit des Staates Texas und die Texas Rangers beteiligten. Am Sonntag trug die Schlagzeile auf der Titelseite des *Kingsville Record* den Vergewaltigungsterror direkt in die Wohnräume der Menschen: ›Vergewaltigung: Jagd nach dem Tatverdächtigen erfolglos‹. Am gleichen Tag, als diese Schlagzeile erschien, fand eine weitere Vergewaltigung statt. Auf dem Highway 77, der von Kingsville aus fünfzehn Meilen schnurgerade in Richtung Süd-Südost und dann mitten durch die Stadt Riviera hindurch verläuft, war die neunzehnjährige Julie Brooks spät abends auf dem Heimweg, als ihr Wagen einige Meilen südlich von Ricardo eine Panne hatte. Julie hatte eine Zeitlang bei ihrem Wagen gestanden und zahllose Scheinwerfer in beiden Richtungen an sich vorbeisausen sehen, bevor ein von Norden kommender Wagen hinter ihr anhielt. Aber am Steuer war kein hilfreicher Samariter der Straße. Der Mann, der angehalten hatte, zwang Julie, in seinen Wagen einzusteigen, verließ zusammen mit ihr die Hauptstraße und vergewaltigte sie. Dieses Verbrechen, das fast fünf Meilen südlich der Stadtgrenze von Kingsville verübt worden war, fiel in den Zuständigkeitsbereich des Sheriffs des Kleberg County.

Über die Vergewaltigungen und versuchten Sexualverbrechen, die während der vergangenen zehn Monate verübt worden waren, war meist mit kleinen Artikeln auf den Innenseiten des *Record* berichtet worden. Aber nach und nach wurde den Menschen von Kingsville immer mehr bewußt, daß die Sexualdelikte in ihrer ruhigen Ecke von Texas ein ernsthaftes Problem darstellten. Die Frauen auf dem Campus der Texas A & I wagten sich aus Sicherheitsgründen abends nur noch in Gruppen hinaus. Die

Vergewaltigungen hatten schließlich die erste Seite der Zeitungen erreicht. Die Wyatts hatten die Lokalzeitung nicht abonniert, und vielleicht trug das zu Rondas Gefühl, in der Stadt isoliert zu sein, mit bei. Für Ronda waren die kirchlichen Aktivitäten – der Bibelkreis der Frauen, die Hauskreise bei den Crowells und ihr Gesang im Gottesdienst – die eigentliche Verbindung zur Außenwelt. Unter den Frauen aus der Gemeinde war von den Vergewaltigungen wenig die Rede, so daß sich Ronda des ernster werdenden Problems nur vage bewußt war. Der fortwährende Verfall ihrer Beziehung zu Eddie machte ihr viel mehr Sorge. Seine Lebendigkeit, die er nach der Rückkehr von Galveston gezeigt hatte, war schnell wieder in Depression umgeschlagen. Eines Abends, kurz nach ihrer Rückkehr vom Strand, ergab sich eine der seltenen Gelegenheiten, da Eddie zur gleichen Zeit zu Bett ging wie sie, und Ronda wollte mit ihm schlafen. In den letzten Monaten hatten ihre seltenen Liebesstunden fast ausschließlich darin bestanden, daß Ronda Eddie masturbierte. Aber an diesem Abend wollte Ronda richtig mit ihm schlafen. Eddie brauchte normalerweise lange, um zum Höhepunkt zu kommen, aber an diesem Abend hörte er, nachdem er es eine halbe Stunde lang versucht hatte, einfach auf. Er machte einfach Schluß und wälzte sich auf seine Seite des Bettes.

Ronda war wie zerschmettert. Sie fühlte sich erniedrigt und benutzt. Warum machte er sich bloß die Mühe, die ganze Gymnastik des Beischlafs zu vollziehen, wenn offensichtlich kein Verlangen dahinterstand? Sie glaubte allmählich, daß Eddie nicht bei ihr war, weil er sie liebte, sondern weil er mit ihr verheiratet war, gefangen in einer Falle mit einer Frau, die er offenbar noch nicht einmal für attraktiv genug hielt, um zweimal im Jahr mit ihr zu schlafen. Sie nahm sich vor, ihn nicht noch einmal zu bitten, mit ihr zu schlafen – nicht aus Rache, sondern wegen des zwingenden Bedürfnisses, eine weitere Konfrontation mit ihrer Wertlosigkeit zu vermeiden. Diese Zurückweisung tat einfach zu weh.

Irgendwann während der Wintermonate begriff Judy Hayes zum ersten Mal, daß ein Serientäter für die Vergewaltigungen verantwortlich war und Kingsville unsicher machte. Wegen ihrer Ähnlichkeit ließen sich eine Reihe von Taten zu einer Gruppe zusammenfassen. Normalerweise waren diese Verbrechen – verbunden mit einem Einbruchdiebstahl – am späten Abend oder in den frühen Morgenstunden verübt worden. Und möglicherweise war Vergewaltigung das Hauptmotiv für diese Einbrüche.

Auch unter anderem Aspekt gab es eine Verbindung zwischen den Fällen dieser Gruppe: Der Mann benutzte immer eine Waffe, ein Messer zumeist, um in die Häuser zu gelangen; und aus den Aussagen der Frauen ging hervor, daß der Täter stets die gleichen Worten benutzt hatte. All das waren Anzeichen dafür, daß es sich um einen Täter handeln könnte, der seine Verbrechen nach einem festen Muster beging. Die Frauen hatten das Gesicht des Mannes nie gesehen, da er sie plötzlich überfiel, wenn sie nicht hinsahen, aber einige von ihnen hatten durch das, was er gesagt hatte, die klare Vorstellung gewonnen, daß er ein Latino war. Einige hatten einen Arm oder ein Bein von ihm gesehen und sagten, es sei ein Weißer.

Im Laufe des Frühlings bildeten sich innerhalb der Zeugenaussagen zwei unterschiedliche Stränge heraus. Einige der Opfer berichteten jetzt, daß der Täter andere Worte benutzte als zuvor. Von einem gewissen Zeitpunkt an sagten die Vergewaltigungsopfer aus, daß der Täter wie ein Schwarzer gesprochen habe und nicht wie ein Latino. Einige meinten, seine Stimme habe wir die eines Schwarzen geklungen, aber mit einem merkwürdigen Akzent. Schließlich konnte eines der Vergewaltigungsopfer der Polizei zu Protokoll geben, daß sie den um ihren Hals gelegten Arm des Täters gesehen habe, und daß es sich definitiv um einen Schwarzen gehandelt habe. Detective Hayes und ihre Kollegen kamen zu der alarmierenden Feststellung, daß nicht einer, sondern zwei Serientäter die Stadt mit ihren Verbrechen überzogen. Also machten sie sich daran, die ungelösten Fälle entweder dem schwarzen oder dem spanischstämmigen Täter zuzuordnen.

Der Fall der Vergewaltigung von Sue Wilson wurde von der Polizei nach ersten Ermittlungen vorläufig der Gruppe zugeordnet, für die man den spanischstämmigen Vergewaltiger verantwortlich machte. Es gab viele Übereinstimmungen. Der Einbruch durch ein Hinter- oder Seitenfenster am späten Abend, der plötzliche Überfall, das Messer und sogar der generelle Tenor dessen, was der Täter gesagt hatte, gehörten in das Tatschema der früheren Fälle, die man dem spanischstämmigen Vergewaltiger zugeschrieben hatte. Ein wichtiges Element allerdings war anders. Sie war anal mißbraucht worden. Obwohl dies eine neue Wendung war, war es doch nicht ungewöhnlich, daß Serientäter neue Methoden entwickelten. Für die Polizei war das Beunruhigendste am Vergewaltigungsfall Wilson, daß es schon der vierzehnte war. Jetzt mußten sie einen Schlachtplan entwickeln.

Captain Gomez scharte seine Detectives um sich und kam mit ihnen überein, daß das Problem größer war, um von sechs Detectives in ihren normalen Acht-Stunden-Schichten gelöst zu werden. Fast alle Vergewaltigungen waren um Mitternacht herum verübt worden. Die Beamten entschlossen sich, außerhalb ihrer Dienstzeit den Westen der Stadt mit einem Netz nächtlicher Überwachung zu überziehen. Die meisten Überfälle hatten sich westlich der Bahnstrecke der Missouri Pacific ereignet, insbesondere südlich des Universitätscampus' der Texas A & I. Die Wyatts wohnten vier Blöcke östlich von der Nordostecke des Campus, aber keine der Taten hatte sich in ihrer Nachbarschaft ereignet. Auf dem Universitätsgelände war die Polizei der Universität für die Sicherheit verantwortlich, aber die Polizei von Kingsville arbeitete mit der privaten Sicherheitsgesellschaft eng zusammen.

Aufgrund von Teilbeschreibungen des spanischstämmigen Vergewaltigers stellte die Polizei ein Phantombild zusammen und veröffentlichte es in der Zeitung. Fast augenblicklich kamen Anrufe mit Hinweisen. Männer, die das Mißgeschick hatten, dem Phantombild zu ähneln, wurden zum Verhör auf die Wache gebracht. Die Ähnlichkeit irgendeiner armen Seele mit dem Bild war so unverkennbar, daß er insgesamt achtmal von aufmerksamen Mitbürgern angezeigt wurde.

Als die Anzahl der Meldungen zu groß wurde, um damit fertig zu werden, besorgte Gomez eine breite Rolle Papier. Die Beamten trennten fünfzehn Fuß davon ab und hefteten es an eine Wand in der Wache, um darauf ihre Informationen übersichtlich einzutragen. Sie gingen ihre Aufzeichnungen über jeden Fall noch einmal sorgfältig durch. Dann trugen sie jeden einzelnen Fall mit seinen zahlreichen Aspekten in ihre Gesamtdarstellung ein, vermerkten die Zeit, zu der ein Verbrechen stattgefunden hatte, den Wochentag, den Ort und die Verlagerung des Tatortes im Vergleich zum letzten Fall. Sie machten Aufstellungen der Eigenschaften jedes Opfers, also ihres Alters, ihrer Haarfarbe und so weiter. Sie schrieben auf, wie der Vergewaltiger ins Haus gekommen war, ob er ein Messer oder eine Pistole gehabt hatte oder ob er unbewaffnet gewesen war, welche sexuellen Praktiken er bei der Vergewaltigung angewendet hatte und ob er Anglo-Amerikaner, Hispano-Amerikaner, schwarz oder von seinen Opfern ethnisch nicht einzuordnen war.

Gomez ließ seine Leute sogar heraussuchen, welche Mondphase zur Zeit einer jeden Tat geherrscht hatte. Er glaubte nämlich fest daran, daß der Vollmond die Wahnwitzigen hervorlockte.

Vor der langen Papierrolle mit den neusten Informationen trafen sich die Kriminalbeamten und einige Streifenbeamte in der Regel um neun Uhr abends und besprachen, wo sie in dieser Nacht aufgrund der zur Verfügung stehenden Informationen Posten beziehen wollten. Dann schwärmten sie für eine weitere einsame und ermüdende Nacht des Wartens und Beobachtens aus. Gomez kümmerte sich um Spezialausrüstung für eine effektive Überwachung. Die King Ranch steuerte ein gewaltiges Fernrohr bei, das auf einem Gewehrkolben montiert war. Texas A & I stellte ein stimmaktiviertes Funksystem für eine Spezialfrequenz zur Verfügung, so daß die Beamten in der Nacht sehr leise miteinander Kontakt halten konnten, ohne befürchten zu müssen, mit Hilfe eines Scanners für den Polizeifunk abgehört zu werden. Sie waren mit normalen Feldstechern ausgerüstet und einem Nachtsichtgerät, das die Dunkelheit durchdrang und noch die verborgensten Dinge sichtbar machte und vergrößerte.

Die Kriminalbeamten begaben sich paarweise auf ihr ermüdendes Programm nächtlicher Pirschgänge. Judy Hayes' Partner war Detective Hector Treviño, ein muskulöser Südtexaner, der bei den Marines gedient und danach an der Texas A & I ein Diplom für Strafrecht erworben hatte. Während seines Studiums war er als Teilzeitkraft bei der Polizei von Kingsville gewesen und hatte nach seinem Abschluß dort eine ganze Stelle bekommen.

Die Polizei hatte damit gerechnet, zu allen Tages- und Nachtstunden draußen Leute anzutreffen, vor allen Dingen in der Nähe des Universitätscampus. Die Realität sah aber so aus, daß sie nur sehr wenige Stellen fanden, wo sie sich verstecken konnten, ohne Verdacht zu erregen. So mußten sich die Beobachter auf Hausdächer schwingen, auf Fahrrädern umherfahren, zu Fuß herumlaufen und eine Reihe anderer Möglichkeiten finden, um unerkannt über ihre Stadt zu wachen. Sie kletterten in die Abfallbehälter in den schmalen Gassen und spähten mit ihren Ferngläsern durch den schmalen Spalt zwischen Decke und Oberkante. Normalerweise blieben sie bis drei oder vier Uhr in der Frühe auf ihren Posten, später am Tag hatte bisher noch keine Vergewaltigung stattgefunden. Am nächsten Morgen meldeten sie sich dann zu ihrem regulären Dienst auf dem Revier, Judy Hayes um acht, der Rest der Truppe um neun.

Die Ergebnisse waren überraschend, aber nicht in dem erhofften Sinne. Sie sahen zu den ungewöhnlichsten Zeiten die merkwürdigsten Dinge vor sich gehen und konnten eine ganze Reihe von Spannern fassen. Judy Hayes und Treviño hielten in der Nähe der Harrel Elementary School Wache in dem Viertel, wo Sue Wilson vergewaltigt worden war und faßten in der unmittelbaren Umgebung in einer Nacht drei Spanner, die anderen Leuten in die Fenster geschaut hatten. Häufig wurden diese Spanner irgendwann zu Vergewaltigern. Aber es gelang der Polizei nicht, einen Vergewaltiger zu fassen. Zwar erhielt die Polizei von Anwohnern einige telefonische Berichte über verdächtige Personen, die sich in Abfallbehältern in einer Nebengasse verkrochen hätten, aber das Ganze endete stets damit, daß die Streifenbeamten in Uniform ihre Kollegen in Zivil ›auffliegen‹ ließen. Einige Male wurden die unauffällig gekleideten Kriminalbeamten selbst von Bürgern zur Rede gestellt, die beobachtet hatten, wie sie spät nachts umherliefen.

Wie kam es, fragte Gomez, daß diese Leute seine Beamten so schnell ausfindig machten, den Vergewaltiger aber bisher niemals zu Gesicht bekommen hatten?

Ronda, die Eddie in seine Depressionen versinken sah, ohne etwas tun oder sagen zu können, um ihm zu helfen, schlug ihm vor, sich von Pastor Field beraten zu lassen. Eddie hatte sich strikt geweigert, als Ronda ihn gebeten hatte, einmal darüber nachzudenken, zu einem professionellen Therapeuten zu gehen, und ihr geantwortet, zu einem ›Irrenarzt‹ zu gehen wäre das Letzte, was er tun werde. Ronda hoffte, Eddie wäre wenigstens dazu bereit, mit dem Pastor zu sprechen. Aber wieder sagte er nein. Er mochte James Field zwar, glaubte aber, daß er mit seinen Depressionen selbst fertig werden müsse. Er käme damit schon klar, betonte er immer wieder.

Daraufhin entschloß sich Ronda, die Sache entschlossen in die Hand zu nehmen. Sie besuchte Pastor Field und bat ihn, Eddie den Freundschaftsdienst zu erweisen, sich einmal ausführlich mit ihm zu unterhalten.

Field wußte, daß die Wyatts zu den vielen jungen Familien seiner Herde gehörten, in denen der Ehemann der Kirche fernblieb. Er sagte Ronda, er würde Eddie gern besuchen. Ronda war erleichtert. Wenn es in der gemeinsamen Amtsführung von James und Dolores Field etwas gab, das hervorstach, dann war es ihr durch und durch praktischer Ansatz. Sie waren in der Lage, die Probleme ihrer Gemeindemitglieder zu erkennen, zu analysieren und auf der Grundlage ihres Glaubens Lösungen dafür zu finden. Wenn es James Field gelang, Eddies Schutzwälle zu durchbrechen, dann würde er auch in der Lage sein, das wußte Ronda, ihm etwas zu geben, womit er sich selbst wieder aufbauen konnte.

Einige Tage nach Rondas Besuch machte Field bei Eddie einen Höflichkeitsbesuch, als sein Pastor. Er versuchte, so viel wie nur möglich von Eddie zu erfahren. Field hatte den Eindruck, daß der junge Mann scheu war und in großen Schwierigkeiten steckte. Eddie erging sich in seinen gewohnten Klagen, angefangen von den schmerzhaften Jahren seiner Kindheit bis hin zum

Tod seines Vaters, der eingetreten war, bevor einer von ihnen beiden den Willen entwickelt hatte, den Kontakt wieder aufzunehmen. James erfuhr, daß Eddies Vater die große Familie im Stich gelassen hatte und dem Alkoholismus und der Spielleidenschaft erlegen war. Im Laufe ihrer Unterhaltung entdeckte Pastor Field, daß sie beide das Wasser liebten. Eddie hatte überlegt, ob er sich nicht auf das Unterwasserschweißen spezialisieren sollte, um seinen Beruf mit seiner Liebe zum Schwimmen zu verbinden. Der Pastor selbst war ein leidenschaftlicher Sporttaucher, um so mehr, da sein Augenlicht nachließ und der Vergrößerungseffekt unter Wasser ihm ein seltenes Sehvergnügen gestattete. So kam es, daß sie die Tauchausrüstung des Pastors in Eddies Wagen luden und hinüber zu den South Park Apartments fuhren, wo Dave und Peggy Houser, die Freunde der Wyatts wohnten. Zu dem Komplex gehörte auch ein kleiner Swimmingpool. Dort zeigte James Eddie, wie man die Ausrüstung anlegt, und sie verbrachten einen guten Teil des Nachmittags unter Wasser.

Als James bei diesen Aktivitäten einen lachenden und gutgelaunten Eddie erlebte, fragte er sich, was es wohl sein mochte, das den jungen Mann so belastete. Wenn Eddie ohne diese Wolke der Depression so vergnügt sein konnte, wieso war das dann nicht auch möglich, wenn er mit Ronda und seinen Kindern zusammen war? Ein instinktives Gefühl sagte James Field, daß Eddie Wyatt durch etwas belastet sein mußte, das über die Trauer um einen Vater, den er niemals gekannt hatte, weit hinausging.

An einem späten Abend im Juli öffnete ein Ehepaar aus Kingsville, das zum Abendessen ausgegangen war, die Eingangstür seines Hauses im Westen der Stadt und stellte fest, daß in das Haus eingebrochen worden war. Das Paar rief die Polizei und konnte nach einer raschen Bestandsaufnahme den Beamten eine Liste der gestohlenen Gegenstände geben. Die Polizei suchte die Umgebung des Hauses nach Spuren ab und entdeckte in einer Zwischengasse unweit des Hauses das Fernsehgerät der Hausbesitzer, das dort unter einem Tuch versteckt war. Offensichtlich hatte der Einbrecher nicht alles auf einmal abtransportieren können und plante, das Fernsehgerät ein anderes Mal abzuholen. Nachdem sie ihre Nachforschungen am Tatort eingestellt hatten, zogen die meisten der Polizeibeamten wieder ab. Zwei allerdings blieben dort und versteckten sich in der Gasse, um das Fernsehgerät im Auge zu behalten.

Nachdem sie stundenlang zusammengekauert in der Dunkelheit ausgehalten hatten, wurden die Kriminalbeamten für ihre Mühe belohnt. Kurz nach Anbruch der Morgendämmerung hörten sie in der Nähe Schritte. Die Person schien nur zögernd zu gehen, aber schließlich kam sie doch in die Gasse hinein. Dann sahen die versteckten Beamten, wie ein schwarzer Mann näher kam. Sie beobachteten, wie der Mann sich vorsichtig nach allen Seiten umsah und zu dem Tuch hinüberschlich. Er zog das Tuch beiseite und machte Anstalten, den Fernsehapparat hochzuheben.

»Keine Bewegung!« rief einer der Polizisten. Der Mann zuckte kurz zusammen, gehorchte, ließ sich Handschellen anlegen und wurde verhaftet.

Auf der Wache wurden dem Tatverdächtigen, Billy Joe Garner, Daumenabdrücke abgenommen, er wurde fotografiert, und es wurde eine Anzeige gegen ihn wegen des Verdachts auf Diebstahl aufgenommen. Es wurde eine geringfügige Kaution festgesetzt, die Garner aufbringen konnte, so daß er bald darauf wieder in Freiheit war.

Während der Juli sich seinem Ende zuneigte, setzte die Polizei ihre Überwachung der Westside fort. In der ersten Augustnacht, an einem Samstag, rief gegen vier Uhr eine zwanzigjährige Frau von der West Ellis Avenue, in der Nähe des Universitätscampus, auf der Polizeiwache an. Der Vergewaltiger hatte wieder zugeschlagen. Hayes, Treviño und die anderen begaben sich so schnell wie möglich zur Spurensicherung an den Tatort.

Das Opfer, Mary Mosher, erzählte Detective Hayes, daß sie in ihrem Bett geschlafen habe, als sie gegen drei Uhr von einem Mann angegriffen worden sei, der sich plötzlich auf sie geworfen und ihr Gesicht mit einem Kissen bedeckt habe. Er habe ihr sofort die Hände auf dem Rücken gefesselt. Sie habe ihn nicht zu sehen bekommen. Im Laufe der nächsten fünfundvierzig

Minuten vergewaltigte der Mann sie zweimal, bevor er das Haus durch das gleiche Fenster wieder verlassen habe, durch das er auch eingedrungen war. Er hatte das davor aufgespannte Fliegennetz aufgeschlitzt, um hereinzukommen. Die junge Frau hatte den Eindruck, daß der Mann ein Hispano-Amerikaner sei.

Die Abonnenten des *Record* erfuhren von der Vergewaltigung in der Ellis Avenue, als am Mittwoch die nächste halbwöchentliche Ausgabe erschien. Aber bevor noch irgend jemand den Artikel darüber gelesen hatte, schlug an diesem Morgen in der unmittelbaren Nachbarschaft wieder ein Vergewaltiger zu. Das Opfer war auch diesmal eine zwanzigjährige Frau, die in ihrem Bett schlief; außer ihr schliefen noch drei Kinder in benachbarten Zimmern der Wohnung auf der 3. Straße Nord. Der Vergewaltiger zerschnitt ein Fliegennetz und verschaffte sich dadurch Zugang zu dem Raum, in dem das Opfer schlief. Amy Hume bemerkte nichts von der Anwesenheit des Mannes, bis sie gegen 3 Uhr 40 Uhr erwachte, weil ihr jemand ein Messer an die Kehle drückte. Wie in den meisten der vorangegangenen Fälle bedeckte der Vergewaltiger schnell das Gesicht seines Opfers, bevor er es sexuell mißbrauchte.

Das Ausmaß an Schmerz und Leiden, mit dem sie bei der Vernehmung der Opfer der Vergewaltigung in der Stadt konfrontiert wurde, machte Judy Hayes allmählich benommen. Ihre Vorgesetzten lehnten es ab, diejenigen Frauen, die mit ihrem Schreien fremde Eindringlinge aus ihren Schlafzimmern vertrieben hatten, wie zum Beispiel in dem Fall auf der East Kennedy Avenue am 8. Juli, als Opfer eines versuchten Sexualdelikts einzustufen. Aber Judy Hayes spürte, daß auch diesen Frauen Gewalt angetan worden war, daß auch sie entsprechend vernommen werden sollten. Zumindest, so meinte sie, sollte die Polizei die Einzelheiten dieser Fälle aufnehmen, auch wenn es nicht zu einer Vergewaltigung gekommen war, um sie mit denen der verübten Vergewaltigungen in ihrem Schaubild zu vergleichen. Sie glaubte, daß die versuchten Taten vielleicht ebenfalls Hinweise liefern konnten, die sie zu einem Tatverdächtigen führten, Hinweise, die sie bei den Vergewaltigungsfällen bisher vermißten.

Aber sie hatte schon alle Hände voll zu tun mit den Opfern, die tatsächlich vergewaltigt worden waren. Ganz gleich, ob sie sie das erste Mal am Tatort traf, im Krankenhaus oder auf der Polizeiwache, fand die eingehende Befragung der Opfer immer in einem kleinen, abgeschlossenen Nebenraum der Kriminalabteilung statt. Es war kalt dort und wenig einladend für den Versuch, die Details eines so furchtbaren Verbrechens ans Licht zu bringen. Sie wußte nie im voraus, wie eine Frau mit ihrer jeweils ureigenen persönlichen Geschichte, ihren eigenen Ängsten und Problemen reagieren würde. Mit einem Opfer hatte sie in der Ambulanz des Kleberg Memorial Hospital gesessen, nur eine Stunde nach der Vergewaltigung, und sie hatten sich beide in eine ausgelassene Stimmung hineingesteuert und sich Witze erzählt. Sie hatte mit Frauen zu tun gehabt, die die ganze Zeit über hysterisch waren, obwohl sie versuchte, ihnen zu versichern, daß die Gefahr vorüber war. Eine andere Frau war durch die Erfahrung derart traumatisiert, daß sie alles vollständig abblockte und sich einen ganzen Tag lang an nichts mehr erinnern konnte, was ihr widerfahren war.

Die Kriminalbeamten brauchten nicht lange zu warten, bis sich Billy Joe Garner wieder in ihren Netzen verfing. In der Nacht eines Werktags in der zweiten Augustwoche schlich sich Garner in dem Glauben, die Frau im Hause schliefe, in der Westside in ein Haus ein. Aber sie schlief nicht. Vielmehr war Donna Fair hellwach und in Alarmstimmung. Sie hatte eine kleine Lampe auf dem Nachttisch, die nicht sehr hell war, so daß das ganze Haus von außen dunkel erschien. Sie las an diesem Abend bis spät in die Nacht, als sie ein Geräusch im Haus zu hören glaubte. Es hörte sich so an, als käme es aus ihrer Küche.

Garner, der sich durch die Küche schlich, stellte auf seinem Weg ein Glas vom Küchentisch auf die Spüle. Das war das Geräusch, das Donna hörte. Sie reckte den Hals in Richtung auf den Flur, als dort plötzlich Garner erschien. Sie schrie ihn an, er solle machen, daß er aus dem Haus komme, und da er sich so einer Möglichkeit zu einem Überraschungsangriff benommen sah, schwang Garner sich gehorsam aus dem Fenster heraus.

In der Nähe waren Polizisten in Zivil bei ihrem allnächtlichen Ritual, die Gassen und Abfallkübel zu überprüfen, so daß sie schnell in Donna Fairs Haus anlangten, um ihre Aussage aufzunehmen. Während sie Detective Hayes und deren Kollegen auseinandersetzte, was geschehen war, fiel ihr Blick auf die Spüle, und sie sah dort das Trinkglas stehen.

»Das Glas stand auf dem Tisch«, sagte sie, und ihre Stimme klang leicht verwirrt. Einer der Kriminalbeamten sah sich das Glas genauer an. Die wirbeligen Linien waren deutlich sichtbar.

»Bingo!« sagte er. Es war ein dicker, fetter Daumenabdruck, so klar wie in den Polizeilehrbüchern. Auf dem Revier nahm ein Spurenspezialist den Abdruck ab, während die Kriminalbeamten ihre Dateien auf bekannte schwarze Einbrecher durchsahen. Davon gab es in Kingsville nicht viele, und da Garner erst kürzlich verhaftet worden war, war sein Abdruck einer der ersten, den sie verglichen. Die Übereinstimmung war perfekt.

Als die Polizei ihn festnehmen wollte, versuchte Garner zu fliehen, aber man erwischte ihn schnell und klagte ihn eines weiteren Einbruchs an. Es hatte keinen Versuch einer Sexualstraftat an Donna Fair gegeben, deswegen wurde er keines Sexualdelikts angeklagt. Beim Verhör fiel den Beamten jedoch sein merkwürdiger Akzent auf. Garner stammte aus Louisiana, und sein Cajun-Akzent war noch erkennbar. Das paßte zu den Aussagen der Opfer, die gesagt hatten, sie seien von jemandem überfallen worden, der wie ein Schwarzer gesprochen habe, aber mit einem merkwürdigen Akzent. Auch die Art und Weise, wie er in Donna Fairs Haus eingedrungen war, die Zeit des Einbruchs, die Gegend und andere Hinweise, die sie ihrem Schaubild entnahmen, bestärkten Gomez und seine Mannschaft in dem Glauben, daß dies mit großer Wahrscheinlichkeit ihr schwarzer Vergewaltiger war. Sie hatten keine Beweise dafür, aber ihr Polizeiinstinkt sagte ihnen, daß es so war. Jetzt, so glaubten sie, mußten sie nur noch einen Burschen schnappen.

Kapitel 7

DAS GRÜNE BAND

Meine Gebete in der letzten Zeit sind sicherlich unbescheiden gewesen. Aber was soll geschehen? Es ist so offenkundig, daß Eddie Hilfe braucht. Er wird einfach von der Strömung mitgerissen, wird oft unter Wasser gedrückt, und jedesmal kämpft er etwas weniger, um wieder hochzukommen. Es ist bestimmt nicht falsch von mir, wenn ich möchte, daß ihm irgend jemand einen Rettungsring zuwirft... oder besser noch hineinspringt, um ihn zu retten. Ich liebe ihn so sehr, und ich komme mir so hilflos vor, einen Menschen, den ich liebe, in den Strudeln seines eigenen Lebens untergehen zu sehen. Ich bin so müde, daß ich noch nicht einmal mehr beten kann. Ich bin am Boden, weil der Mann, der mir gegeben ist, leidet. Er ist nur ein Schatten seiner selbst.

– aus Rondas Tagebuch

Nachdem man Billy Joe Garner ins Gefängnis gebracht hatte, vergingen zwei ruhige Wochen, in denen keine Sexualverbrechen gemeldet wurden. Aber in den dunklen Morgenstunden des 24. August rief eine Frau bei der Polizei an, die vergewaltigt worden war, und Judy Hayes wurde zu ihr geschickt, um sie zu befragen. Die Kriminalbeamten hatten inzwischen sechzehn Fälle auf ihrer Schautafel, und für Judy Hayes gab es nun auch noch einen persönlichen Grund, alles zu unternehmen, damit dieser siebzehnte Fall der letzte sei. Die Vergewaltigung war im Haus der zweiundzwanzigjährien Kim Sullivan am Lantana Drive verübt worden, nur zwei Blocks von dem Haus entfernt, in dem Sue Wilson im Juni vergewaltigt worden war. Beide Häuser lagen in dem Viertel, in dem auch Judy Hayes wohnte.

Vieles von dem, was Kim Sullivan zu berichten hatte, war Detective Hayes schon vertraut. Sie war ungefähr um ein Uhr zu Bett gegangen und kurz vorm Einschlafen gewesen, als ein Mann sich behende auf sie warf. Er war offenbar durch ein aufgeschlitztes Fliegenfenster ins Haus gelangt. Sie hatte nur eine Gestalt gesehen, die sich auf sie stürzte, eine Gestalt, deren Gesicht unter einer Skimaske verborgen war. Der Täter hielt eine Pistole in der rechten Hand. Er zwang sie, ihm zu Willen zu sein, drang in ihre Scheide ein, stieß dann wütend zu und gelangte rasch zum Höhepunkt. Nach einer nur kurzen Unterbrechung drehte er sie herum und vergewaltigte sie anal. Er warnte sie davor, zur Polizei zu gehen; wenn sie es doch machte, würde er wiederkommen und sie sich noch einmal vorknöpfen.

Kims Bericht unterschied sich in zwei entscheidenden Punkten von dem, was bereits auf dem Schaubild verzeichnet war. Zum ersten hatten die Einbruchsvergewaltiger von Kingsville die Gesichter der Opfer stets mit dem Nächsten verbunden, das sie fanden – sie zogen ihnen ihre Hemden über das Gesicht oder warfen ihnen Bettzeug über den Kopf. Dieses Mal aber war der Vergewaltiger vorbereitet gewesen. Wenige Sekunden, nachdem er sich auf Kim Sullivan geworfen hatte, begann der Täter, ihren Kopf mit einem Band zu umwickeln. Es handelte sich um ein festes, ungefähr ein Zoll breites Isolierband. Er wickelte es ihr mehrfach um den Kopf, so daß ihre Augen vollständig bedeckt waren. Dieses Band war ein neues Element. Es konnte auf einen neuen Vergewaltiger hindeuten, vielleicht einen Nachahmungstäter, den die Zeitungsberichte animiert hatten. Es konnte aber auch sein, daß der hispano-amerikanische Vergewaltiger langsam eine ausgefeiltere Routine entwickelte und eine Art Vergewaltigungsausrüstung mitgebracht hatte, statt sich darauf zu verlassen, daß er schon irgend etwas Brauchbares vorfinden werde.

Aber gerade zu der Frage der ethnischen Zugehörigkeit des Täters gab es den zweiten wichtigen Unterschied zu den bisherigen Fällen, und er verlieh der Untersuchung eine neue Wendung. Kim Sullivan war entschieden davon überzeugt, daß ihr Angreifer ein Anglo-Amerikaner und kein Hispano-Amerikaner gewesen war. Bei einigen Fällen hatten die Opfer – nur aufgrund der Stimme des Täters – die Möglichkeit eingeräumt, der Vergewaltiger könne ein Anglo-Amerikaner gewesen sein, aber meistens glaubten sie spanische Einflüsse gehört zu haben. Viele der Opfer stammten nicht aus Südtexas und kannten die lokalen Sprachbesonderheiten nicht. Kim Sullivan kam aus der unmittelbaren Nachbarschaft, aus Riviera. Sie kannte die Sprache der Einheimischen. Wenn sie sagte, daß es ein Anglo-Amerikaner und kein Hispano-Amerikaner war, dann war das glaubwürdig. Die Kriminalbeamten mußten nun herausfinden, wie sie die Besonderheiten bei der Vergewaltigung Kim Sullivans mit den bekannten Tatsachen in Einklang bringen konnten.

Die jüngste Vergewaltigung führte zu einer umfangreicheren Berichterstattung im *Record*. Am Mittwoch, dem 26. August, lautete die Schlagzeile auf der Frontseite: ›Frau in der Lantana Street drittes Vergewaltigungsopfer‹. Drei Vergewaltigungen in einem Monat hatte es in Kingsville noch nie gegeben.

Es blieb den Kriminalbeamten nicht viel Zeit, diesen Fall zu untersuchen, bevor sie erneut gerufen wurden. Vier Nächte, nachdem Kim Sullivan vergewaltigt worden war, verschaffte sich ein Eindringling Zugang zu einem anderen Haus des gleichen Blocks auf dem Lantana Drive. Eine vierundvierzigjährige Frau wurde durch die Geräusche wach, sah den Mann und schrie. Diesmal floh er. Die Beschreibung, die die Frau der Polizei von dem Eindringling gab, glich der des Mannes, der vor vier Tagen ihre Nachbarin ein paar Häuser weiter vergewaltigt hatte. Es war das vierte Mal, daß diese beiden Blocks in der Nähe der Harrel School Schauplatz einer Vergewaltigung waren.

Vier Tage nach dem letzten Einbruch auf dem Lantana Drive stöhnte ganz Kingsville unter der feuchten Hitze. Auch Cheryl Palmer war es zu heiß und stickig, aber sie konnte sich mit ihren bescheidenen Mitteln keine Klimaanlage leisten. Die achtzehnjährige Studentin an der Texas A & I wohnte in der Nähe des Campus in einer billigen Wohnung in einer der Hintergassen, etwas abseits der geschäftigen, lärmerfüllten Santa Gertrudis Avenue. Es war zwei Uhr morgens, und Cheryl lag nackt in ihrem Bett, in zu tiefem Schlaf, um den Mann zu hören, der durch die Tür zur Gasse hereinkam. Cheryl wurde erst wach, als er auf ihr Bett sprang und ihr seine Hand über den Mund legte, um ihre Schreie zu ersticken. Dann fühlte sie etwas Scharfes an ihrem Hals.

»Wenn du schreist«, sagte der Mann, »stoße ich dir diesen Eispickel in die Kehle.« Cheryl war zu verängstigt, um zu schreien. Der Mann umfaßte sie und drehte sie roh auf den Bauch. Dann zog er eine Rolle mit silbernem Isolierband hervor und wickelte es Cheryl mehrmals um den Kopf, so daß ihre Augen verdeckt waren.

Anschließend zog sich der Mann aus, während sie hilflos auf ihrem Bett lag, und setzte sie sich rittlings auf seine Schenkel.

»Ich will, daß du mich lutschst«, befahl er ihr und führte seinen Penis zu ihrem Mund. Cheryl versuchte, ruhig zu bleiben und klaren Verstand zu bewahren, gegenwärtig, daß er seine Drohung wahrmachen und sie erstechen könne.

»In Ordnung«, gehorchte sie. »Sag mir, wie lange ich es machen soll.« Cheryl konnte den Mann stöhnen hören, während sie seinen Penis bearbeitete. Als er davon genug hatte, legte er sie auf den Rücken und sich selbst flach auf sie. Er drückte ihre Beine auseinander und drang in ihre Vagina ein. In dieser Stellung gab er eine ganze Flut obszöner Ausdrücke von sich, während er sich langsam zum Orgasmus steigerte.

»Du Hure!« sagte der Mann böse, als er krampfartig zu zucken begann.

Dann war es kurze Zeit still, aber Cheryl konnte hören, daß der Mann immer noch in ihrer Wohnung war. Er kam wieder an das Bett und befahl ihr, auf die Knie zu gehen. Er drückte sie nach vorn, so daß ihre Gesäßbacken sich nach oben wölbten, drang in ihren After ein und mißbrauchte sie in dieser Stellung weiter. Wieder kam er nach wenigen Minuten zum Höhepunkt. Danach lag sie dann auf dem Bett, schmerzerfüllt, sein Sperma lief ihren Körper hinunter, während er sich seine Sachen nahm und anzog. Bevor er ging, drohte er ihr damit, zurückzukommen und sie zu holen, wenn sie die Polizei riefe.

Sobald sie sicher sein konnte, daß der Mann fort war, lief Cheryl zum Telefon und rief die Polizei an. Sie war eines der stärksten Opfer, die die Kriminalbeamten je erlebt hatten, und konnte ihnen genaue Informationen über den Tathergang geben.

Gomez' Kriminalbeamte kamen sich vor wie im Belagerungszustand. Vier Vergewaltigungen in einem Monat! In der nächsten Ausgabe des *Kingsville Record*, die keine sechsunddreißig Stunden nach der Vergewaltigung von Cheryl Palmer heraus war, versuchte der Polizeichef Gerard Gutierrez die Öffentlichkeit auf dem laufenden zu halten, ohne Panik zu erzeugen.

›Letzte Vergewaltigung vermutlich eine Einzeltat‹, lautete die Schlagzeile. Gutierrez wurde mit der Aussage zitiert, daß zwar mehr als eine der Vergewaltigungen im Laufe des Sommers möglicherweise vom gleichen Täter verübt worden sei, daß aber der letzte Fall genügend Abweichungen aufweise, um die Vermutung nahezulegen, daß es doch mehrere Täter gab. Alle Informationen, die seine Beamten bisher zusammengetragen hätten, deuteten darauf hin, daß der Vergewaltiger ein Fensterspanner sei. »Deswegen sollten die Frauen etwas mehr darauf achtgeben, wie sie angezogen sind, wenn ihre Fenster offenstehen«, sagte er – als ob die Nacktheit der Frauen eher der Grund für die Verbrechen wäre als die Veranlagung des Täters.

Der Rest des Sommers nach Eddies Rückkehr aus Galveston war eine einsame Zeit für Ronda. Sie grübelte oft über die Beziehung zu ihrem Mann. Eddie verbrachte jetzt noch weniger Zeit gemeinsam mit der Familie. Sie glaubte, daß sein Mangel an sexuellem Verlangen ihm zu schaffen mache. Zusammen mit dem Gefühl, ganz allein im Leben versagt zu haben, brachte ihn das vielleicht dazu, sich nicht nur seiner Rolle als Ehemann, sondern auch der als Vater nicht gewachsen zu fühlen. Er hatte immer weniger Zeit für die Kinder, vor allen Dingen für Paul.

Dave Houser schien der einzige Mensch zu sein, mit dem Eddie sich unterhalten konnte. Die beiden Marinekameraden fuhren oft zusammen an die einsame Küste, an den Cayo del Grullo oder an die Laguna Salada, wo sie ihre Angelschnüre auslegen konnten. Sie lernten auch die entlegenen Gegenden des Kleberg County gut kennen. Es war ein einsames Gelände, und diese beiden Männer, die viele ihrer Nöte geteilt hatten, seit sie zur Marine gegangen waren, konnten offen miteinander reden. Dave war kaum in der Lage, konstruktive Hilfe anzubieten, schien Eddie jedoch zu verstehen. Vielleicht war es aber auch nur die entspannende Wirkung, die es hatte, neben ihren Angelruten ausgestreckt im Gras zu liegen, ein paar Sechserpacks Bier zu trinken und einige Joints zu rauchen, die alle ihre Probleme weniger furchterregend erscheinen ließ. Sie fingen nie viele Fische, aber das war auch unwichtig, denn es waren die einzigen Gelegenheiten, zu denen Eddie frei von seinen Beklemmungen zu sein schien.

Als der September kam, wurde Paul im Kindergarten der Harrel Elementary School angemeldet, in deren Umgebung vier der Vergewaltigungen stattgefunden hatten. Ronda warf sich noch leidenschaftlicher als sonst auf ihre kirchlichen Aktivitäten. Die von Pastor Field vor einem Jahr ins Leben gerufenen Lektüreabende am Mittwoch waren eine besondere Zuflucht für sie. Ronda vertraute den Freunden aus ihrem Kreis wohl an, daß ihr Mann sehr still sei und manchmal depressiv, aber sie wagte ihnen nicht zu erzählen, daß sie und Eddie seit über einem Jahr keinen richtigen Geschlechtsverkehr mehr gehabt hatten.

Sie schloß zwar Freundschaften, aber ihr Bedürfnis, die äußere Form zu wahren, sorgte dafür, daß diese oberflächlich blieben. Nach außen hin wirkte Ronda wirklich wie eine typische junge, berufstätige Mutter der achtziger Jahre, der ein scheinbar unerfüllbares Arbeitspensum zu schaffen machte und die sich nicht mehr und nicht weniger als viele andere Frauen durch die gleichzeitigen Anforderungen von Berufs- und Familienleben zerrissen fühlte. In ihrem Inneren allerdings brodelte tiefe Unzufriedenheit, und sie hoffte, daß es irgendwann einmal irgend jemandem gelänge, ihre dem Selbstschutz dienende Fassade zu durchschauen und das verwirrte und verletzte Kind dahinter zu erreichen.

Rondas Tage waren mit Verpflichtungen ausgefüllt. Bevor sie zur Arbeit ging, fuhr sie Paul zur Schule oder brachte ihn zum

Bus. Anschließend lieferte sie die dreijährige Diana bei ihrer Tagesmutter Sharon Lawson ab. Eddie kümmerte sich nur sehr ungern um die Kinder, auch wenn er Nachtschicht hatte und tagsüber zu Hause war. Entweder war er zu müde, oder er hatte andere Dinge zu tun.

Als Ronda im Spätsommer einmal unerwartet heimkam, nahm sie einen süßlichen Geruch im Haus wahr. Sie hatte zwar noch nie zuvor Marihuana gerochen, hatte sich diesen Duft jedoch von Freunden beschreiben lassen, so daß sie ihn jetzt sofort erkannte. Eddie erzählte ihr daraufhin, daß er am Vormittag Besuch von Leuten gehabt hätte, die dieses Zeug rauchten. Ronda machte kein Hehl aus ihrer Mißbilligung, und Eddie versprach ihr schließlich, seine Freunde von dem Rauschgift abzubringen. Einige Wochen später fiel Ronda derselbe Duft noch einmal auf, diesmal im Mehrzweckraum hinter der Küche. Als sie Eddie darauf ansprach, gab er zu, daß er selbst ab und zu Marihuana nahm, um am Tag über die Runden zu kommen. Ronda bat ihn, damit aufzuhören, da die Drogen seine Probleme nur noch verschlimmerten. Und Eddie versprach ihr, diesen Rat zu beherzigen.

Ungefähr zur selben Zeit bemerkte Ronda, daß Eddies Atem nach Alkohol roch. Sie war zutiefst beunruhigt: Ihr Gatte drohte also wieder in die zerstörerischen Gewohnheiten seiner Jugendjahre zurückzufallen! Als sie versuchte, mit ihm darüber zu reden, erklärte er ihr erneut, daß er den Alkohol brauche, um mit seinen Depressionen fertig zu werden. Seine Hauptsorge war, daß Ronda den Kindern nichts davon erzählte.

Eines Abends, als Eddie sich zusammen mit Dave Houser in einem Privatclub betrank, stürmte Peggy Houser durch die Tür. Sie war im Umgang mit ihrem Mann weit aggressiver als Ronda und hatte sich offensichtlich die Mühe gemacht, ihn dort aufzuspüren.

»Was zum Teufel treibst du hier, während ich zu Hause hocke und auf dich warte!« fuhr sie ihn an.

»Mann, deine Frau hätte Detektivin werden sollen«, flüsterte Eddie seinem Kumpel ins Ohr. Während er zusehen mußte, wie sich sein zerknirschter Freund nach Hause schleppen ließ, fiel Eddie seine eigene Frau ein; er stürzte den Rest seines Drinks hinunter und machte sich auf den Heimweg. Zu Hause erzählte er Ronda dann, wie Peggy in einen Raum voller Männer gestürmt und Dave ihr mit eingezogenem Schwanz gefolgt war.

»Ich kann einfach nicht glauben, was da passiert ist«, stellte Eddie verwundert fest. »Sie muß uns gefolgt sein oder so.«

»Na ja, vielleicht sollte ich etwas in der Art auch mal tun«, antwortete Ronda. »Ich habe auch schon mal darüber nachgedacht, dir nachzugehen, um herauszukriegen, was du bloß mit all deiner Zeit machst.«

»Hast du, äh, hast du das schon mal gemacht, Schätzchen?« stotterte Eddie.

»Nein, Eddie, das habe ich nicht«, erwiderte sie. Eddie schien erleichtert und wechselte das Thema. Ronda wußte, daß sie das tun würde. Obwohl sie nicht verstand, warum Eddie so deprimiert war, so lethargisch, vertraute sie immer noch darauf, daß er zwischen Gut und Böse unterscheiden konnte.

Am Abend des 3. September – die Nachricht von der Vergewaltigung Cheryl Palmers war erst einen Tag alt – brachte Shelly Polk ihre kleine Tochter zu Bett und wartete, bis sie eingeschlafen war. Jim, Shellys Ehemann, würde erst spät nach Hause kommen, um Mitternacht herum, nachdem er das Fast-Food-Restaurant geschlossen hatte, das er leitete. Shelly wollte sich noch duschen und ihr langes, rotes Haar waschen, bevor Jim heimkam. Die Polks waren erst seit drei Monaten in Kingsville. Die siebenundzwanzigjährige Shelly kam aus dem Mittleren Westen, und Südtexas war für sie Neuland. Ihr Haus, ein Bungalow aus hellen Ziegelsteinen, lag gut zwei Meilen südöstlich von dem Gebiet in der Westside, wo die Vergewaltigungen stattgefunden hatten. Es war nicht weit zur Wohnsiedlung South Park, wo Dave und Peggy Houser wohnten und wo Eddie und Pastor Field im Swimmingpool mit der Tauchausrüstung hantiert hatten.

Die Veranda in der hinteren Haushälfte der Polks war mit Glasschiebetüren zum Garten hin verschlossen; der Garten endete an der Hintergasse mit einem hüfthohen Maschendrahtzaun.

Gegen elf Uhr, als Shelly sich zum Duschen fertiggemacht hatte, sprang ein Mann von der Hintergasse aus über den Zaun in ihren Garten. Er schlich sich zu den Gartenfenstern des Hauses und sah hinein. Shelly fing gerade an, sich im Badezimmer zu entkleiden. Der Mann ging zu den Schiebetüren der Veranda hinüber und brach sie auf. Shelly zog einen Bademantel über, und nachdem sie die Dusche angestellt hatte, um das Wasser schon einmal warm werden zu lassen, hörte sie, wie sich eine Tür öffnete. Sie dachte, es sei Jim, drehte sich um und ging zum Eingang.

Plötzlich stand der Fremde vor ihr. Der Kopf des Mannes war von einer dunklen Skimaske bedeckt, und in der Hand hielt er eine Pistole. Shelly griff sofort nach dem Pistolenlauf.

»Wenn du dich mit mir anlegst, mache ich dich fertig«, drohte der Mann ihr. Shelly ließ augenblicklich die Pistole los. Der Mann packte sie an ihren roten Locken und zog sie ins Wohnzimmer, wo er sie auf eine Couch stieß. Dann wickelte er farbiges Isolierband mehrmals um ihren Kopf, so daß ihre Augen von dem zollbreiten Band vollständig bedeckt waren. Dann zog er Shelly die Handgelenke auf den Rücken und band sie ebenfalls zusammen.

Der Eindringling ließ sie hilflos auf der Couch zurück und durchsuchte das Haus. Sie hörte, wie er sich über ihr Portemonnaie hermachte und ihren Schmuckkasten plünderte. Bald kehrte er zu der Couch zurück, packte sie wieder am Haar und zog sie wieder ins Schlafzimmer, vorbei an dem Zimmer, in dem ihre Tochter schlief. Während er sie aufs Bett warf, beschimpfte er die verängstigte Frau mit einem ganzen Schwall ekelhafter Ausdrücke.

Der Mann zog dann Shellys Bademantel von oben nach unten auseinander und entblößte sie vollkommen. Er preßte sich auf ihren nackten Körper, erzwang seiner Erektion den Weg in sie hinein und drückte sie auf das Bett, während sie vor Schmerzen schrie. Mit jedem Stoß schmähte und verfluchte er sie und kam dabei schnell zum Höhepunkt. Als er von ihr abließ, war Shelly davon überzeugt, daß er sie umbringen würde. Während der Vergewaltigung schien der Mann noch zorniger geworden zu sein. Stillschweigend wartete sie, bis der

Mann nach kurzer Zeit zum Bett zurückkam und sie auf den Bauch drehte. Er befahl ihr, die Knie anzuziehen, und Shelly spürte, sie der Mann versuchte, mit seiner neuerlichen Erektion von hinten in sie einzudringen. Unter großen Schmerzen für Shelly gelang es dem Mann, in ihrem After zu kommen, und er vergewaltigte sie noch einmal. Shelly glaubte, sie würde von diesem Mann in ihrem eigenen Bett ermordet werden. Außerdem hatte sie die Schreckensvorstellung, daß er auch ihre kleine Tochter umbringen würde.

Der Vergewaltiger ließ schließlich nach seinem zweiten Orgasmus von ihr ab. Statt sie umzubringen, sprach er eine Folge gemeiner Drohungen aus, die sich gegen sie und ihre Familie richteten, falls sie dumm genug sei, zur Polizei zu gehen. Die Drohungen waren so schwerwiegend, daß Shelly, nachdem der Mann verschwunden war, alles, was in der vorangegangenen Stunde passiert war, aus ihrem Gedächtnis verbannte.

Als Jim Polk kurze Zeit nach Mitternacht eintraf, fand er seine Frau halbnackt und gefesselt auf dem Bett vor, unfähig zu sprechen. Er schaute zunächst nach seiner Tochter und rief dann die Polizei an, um zu melden, er glaube, seine Frau sei vergewaltigt worden.

Captain Gomez alarmierte seinen ganzen Stab von Kriminalbeamten. Wenn Shelly Polk tatsächlich vergewaltigt worden war, handelte es sich um das vierte Verbrechen dieser Art in nur zehn Tagen, und jedes davon war grauenhafter gewesen als das vorhergehende. Der Vergewaltiger ging körperlich immer brutaler mit seinen Opfern um und wurde auch psychologisch immer grausamer. Und dieser Fall hatte sich nicht nur allzu schnell nach der Vergewaltigung von Cheryl Palmer ereignet, sondern brachte auch noch eine andere Wendung. Wenn es sich tatsächlich um einen Einbruch und eine Vergewaltigung handelte, bedeutete das, daß es vergeblich gewesen war, die Bemühungen der Kriminalbeamten auf die Westside zu konzentrieren. Der Vergewaltiger beschränkte sich nicht auf die Gegend im Westen der Eisenbahnlinie. Von jetzt an würde es unmöglich sein, einigermaßen zuverlässig vorauszusagen, wann oder wo die nächste Vergewaltigung stattfinden würde.

Judy Hayes erreichte als letzte des Stabes das Haus. Ihre Kollegen mühten sich mit dem Versuch ab, das, was geschehen war, allein aufgrund der vorliegenden vagen Hinweise zu konzentrieren. Judy Hayes versuchte, Shellys Gedächtnis zu aktivieren, aber ohne Erfolg. Shelly Polk wurde zur Untersuchung und Behandlung ins Kleberg Memorial Hospital gebracht, und dort stellte sich heraus, daß sie mißbraucht worden war. Detective Hayes blieb in der Hoffnung, daß sie sich an etwas würde erinnern können, bei Shelly. Aber an diesem Abend gelang ihr das nicht, und so brachte Judy Hayes sie für die Nacht wieder nach Hause.

Bevor sie am nächsten Morgen die Gelegenheit hatte, noch einmal zum Haus der Polks zu gehen, wurde Judy Hayes auf dem Revier von Shelly Polk angerufen. Es war 9 Uhr 30 Uhr.

»Ich muß mit Ihnen reden«, sagte Shelly ihr. »Als ich heute morgen wach wurde, konnte ich mich wieder an etwas erinnern.«

»Ich bin gleich da, um Sie abzuholen«, antwortete Judy.

Sie befragte Shelly Polk fünf Stunden lang in dem kleinen Verhörraum der Kriminalwache. Während sie von dem Opfer eine Information nach der anderen erfragte, konnte sie feststellen, daß Shellys Gedächtnis immer besser wurde. Sie erinnerte sich, daß der Mann sie gepackt hatte, als sie aus dem Badezimmer kam, im Glauben, sie habe ihren Mann gehört. Ferner erinnerte sie sich daran, daß sie mit verbundenen Augen und gefesselten Händen auf ihrer Couch gewartet habe, während der Mann ihre persönlichen Dinge durchwühlte.

An dieser Stelle hakte Detective Hayes ein.

»Wissen Sie, ob er irgend etwas mitgenommen hat?« fragte sie Shelly.

»Ich weiß nicht. Ich habe noch nicht nachgesehen«, erwiderte sie.

»Ich möchte, daß Sie als erstes, wenn Sie wieder zu Hause sind, ihre Sachen durchsehen und nachschauen, ob irgend etwas fehlt«, sagte Judy Hayes. Gegen drei Uhr nachmittags brachte sie Shelly nach Hause.

Polizeichef Gutierrez, der erst einige Tage zuvor versucht hatte, die Öffentlichkeit zu beruhigen, mußte schließlich anerkennen, daß das Problem der Sexualverbrechen außer Kontrolle geraten war. Am frühen Freitagmorgen beraumte er noch für den gleichen Tag ein Treffen in der First National Bank von Kleberg an, die einen Sitzungssaal hatte, der für seine Zwecke ausreichend groß war. Eingeladen wurden alle Polizeibehörden der näheren Umgebung, und auch der Sicherheitsdienst der Texas A & I wurde benachrichtigt. Sicherheitsbeamte der Navy nahmen ebenfalls teil. Der Sheriff des Kleberg County und die Staatsanwaltschaft des Distrikts und des Kreises hatten Mitarbeiter entsandt. Außerdem zählten zu den Teilnehmern einige Polizeibeamte des Ministeriums für öffentliche Sicherheit des Staates Texas, einige Beamte aus dem Kingsviller Büro der U.S.-Grenzwacht, einer der Wachleute von der King Ranch und Abgesandte der Polizei aus den Nachbarstädten Bishop und Alice. Schließlich war auch der Sheriff des Nachbarkreises, Jim Wells County, gekommen, wo es ebenfalls verschiedene ungelöste Vergewaltigungsfälle gab.

Gomez brachte die Papierrolle mit dem Schaubild der bisherigen Fälle mit. Bisher hatten sie achtzehn Frauen dort eintragen müssen. Die Kriminalbeamten hefteten die fünfzehn Fuß möglicher Hinweise im Konferenzraum an die Wand. Judy Hayes erschien zu dem Treffen, nachdem sie ihr Gespräch mit Sally Polk beendet hatte. Als sie den Raum betrat, hielten die fast zwei Dutzend Männer in ihrer Diskussion des Beweismaterials inne und drehten sich zu ihr um.

»Haben wir eine weitere Vergewaltigung?« fragte Gomez.

»Ja, die haben wir«, antwortete Judy Hayes.

»Dann tragen Sie bitte ein, was bekannt ist«, wies Gomez Detective Hayes an und gab ihr einen Filzschreiber. Sie fügte die neuen Informationen unter dem Namen Shelly Polk, Vergewaltigungsopfer Nummer neunzehn, hinzu. Gomez strich die Fälle durch, in denen nach der Aussage des Opfers der Täter ein Schwarzer war. »Den haben wir«, sagte Gomez. »Konzentrieren wir uns auf die anderen Fälle.«

Nach der Konferenz erhielt Judy Hayes einen weiteren Anruf von Shelly Polk. Mrs. Polk sagte, daß sie alles im Haus überprüft und festgestellt habe, daß nur eine einzige Sache fehle: Ein Diamantring, der ungefähr eintausendfündhundert Dollar wert sei. Er sei mit einem recht ansehnlichen Diamanten in der Mitte besetzt, der von einem Kranz kleinerer Diamanten umgeben sei. Der Vergewaltiger mußte ihn genommen haben.

Am Sonntag wurde im *Kingsville Record* oben auf der ersten Seite über den Vergewaltigungsfall Polk und die bisher angestellten Ermittlungen berichtet. Die fette Schlagzeile lautete: ›Konferenz der Justizbehörden nach sechster Vergewaltigung‹. Die Zeitung begann ihre Zählung erst mit der Vergewaltigung von Sue Wilson, mit der die Sexualverbrechen in diesem langen Sommer begonnen hatten.

»Es gibt keinen Grund zur Panik«, wurde Gutierrez in der Zeitung zitiert, »aber die Frauen sollten Vorsichtsmaßnahmen treffen und alle verdächtigen Aktivitäten melden. Ich glaube nicht, daß hier ein Verrückter sein Unwesen treibt, aber die Frauen sollten vorsichtig sein.«

Die Stadtbevölkerung war sich nicht so sicher. Ihr schien es offensichtlich, daß es wenigstens einen Verrückten gab, der sich bisher von der Polizei nicht hatte fassen lassen. Viele Frauen in Kingsville waren fest entschlossen, dafür zu sorgen, daß ihnen nichts dergleichen zustoßen sollte. Die Waffenhändler berichteten, daß immer mehr Paare und alleinstehende Frauen in ihre Läden kämen, um sich kleinkalibrige Spezialanfertigungen zu kaufen, die den Frauen besonders gut in der Hand lagen.

Der dreiundzwanzigjährige Geraldo Nuñez war ein vorbestrafter Einbrecher, der zu einer fünfjährigen Bewährungszeit aus dem Gefängnis entlassen worden war. Er hatte irgendwo aufgeschnappt, daß in einem bestimmten Apartment im Westen der Stadt möglicherweise wertvolle Münzen und Juwelen zu holen waren. Also machte er die Obergeschoßwohnung ausfindig und kundschaftete aus, wie er das Ding drehen konnte. Am Freitag, dem 11. September, sah er, daß die Bewohner ausgingen. Nuñez brach in die Wohnung ein, fand einen Teil der Juwelen und wertvolle Münzen, stopfte sie sich in seine Taschen und machte sich davon.

Sergeant Mike Jones war auf seinem normalen Streifendienst in der Westside, als er auf Nuñez aufmerksam wurde und ihn zu sich herüberrief. Darauf bedacht, kooperativ zu erscheinen, ging Nuñez zum Streifenwagen hinüber. Der Officer fragte ihn nach seinen Personalien und wollte seinen Ausweis sehen. Nachdem der Polizist die Daten über Funk hatte überprüfen lassen, wußte er, daß ein städtischer Haftbefehl vorlag, weil dieser eine Vorladung wegen einer kleinen Verkehrsgeschichte ignoriert hatte. Also bugsierte er Nuñez auf den Rücksitz des Streifenwagens und brachte ihn zur Registrierung der vorläufigen Anzeige zum Revier.

Nuñez, dem bekannt war, daß ihn auf der Wache eine gründliche Durchsuchung erwartete, holte während der kurzen Fahrt vorsichtig den Schmuck, den er gerade gestohlen hatte, aus seinen Taschen und stopfte ihn tief in die Ritze zwischen Sitzbank und Rückenpolster im Fond des Polizeiwagens. So wurde er nur wegen der Verkehrsverwarnung belangt, hinterlegte rasch eine Kaution von siebenunddreißig Dollar und kam wieder frei.

Währenddessen waren die Bewohner des Westside-Apartments heimgekommen und hatten den Einbruchdiebstahl entdeckt. Sie riefen die Polizei, und ein anderer Beamter wurde zu ihnen geschickt, um den Fall aufzunehmen. Nachdem Nuñez die Wache bereits verlassen hatte, kehrte der Beamte, der den Bericht über den Einbruch aufgenommen hatte, zurück und erzählte Jones von dem Fall. Dem Sergeant dämmerte etwas. Er ging zu seinem Streifenwagen und schob seine Hand hinter die rückwärtige Sitzbank und zog dort Schmuck hervor, der dem als gestohlen gemeldeten entsprach. Es dauerte nicht lange, bis die Opfer des Einbruchs die Beute als ihr Eigentum identifizierten, die Polizei einen Haftbefehl ausstellte und ein Richter ihn unterschrieb. Leichter würde ihnen wohl eine Verhaftung nie mehr gemacht werden, denn Geraldo Nuñez kehrte nach einiger Zeit auf die Polizeiwache zurück, behauptete, gerade überfallen worden zu sein und wollte eine Anzeige aufgeben. Statt dessen wurde er nun ein zweites Mal innerhalb von zwei Stunden verhaftet, und seine Kaution wurde nun auf fünftausend Dollar festgesetzt. Seine Familie legte eine Petition für einen niedrigeren Betrag ein, und ein Richter halbierte ihn.

Am nächsten Tag konnte Nuñez das Gefängnis gegen Kaution verlassen.

Schon sehr bald war er wieder an der Arbeit. Am Montag gegen 23 Uhr streifte er ein Paar Arbeitshandschuhe über, schlich sich an einem Haus im Osten der Eisenbahnlinie entlang und schaffte es, das Badezimmerfenster zu öffnen. Über das Fenstersims stieg er hinein. Marleen Grimes befand sich in ihrem nach hinten heraus gelegenen Schlafzimmer, als sie ein Geräusch hörte, das wie das Schließen einer Tür klang. Dann hörte sie ihren Hund, der zu knurren begann. Von der Tür ihres Schlafzimmers aus sah Marleen, wie der schattenhafte Umriß eines Mannes in ihr Badezimmer zurückschnellte. Schnell lief sie zu ihrem Bett zurück und nahm sich ihre .38er Derringer, die sie dort wegen all der Vergewaltigungen griffbereit hatte. Plötzlich huschte Nuñez in das Schlafzimmer und packte sie. Er faßte sie mit einem Arm um die Taille und drückte ihr seine andere Hand ins Gesicht, um ihren Blick von sich abzuwenden und sie zum Schweigen zu bringen. Marleen begann zu schreien.

»Sei still, dann laß ich dich davonkommen«, warnte er sie.

Marleen spannte die Pistole, drückte Nuñez die Mündung in den Leib und drückte ab. Nuñez fühlte, wie ihn ein scharfer, sengender Schmerz durchfuhr. Instinktiv sprang er zurück, griff sich an seinen Bauch und stürmte in Richtung Badezimmerfenster. Marleen floh inzwischen aus dem Haus und lief zu einem Nachbarn, um die Polizei zu rufen. Nuñez, der aus dem Bauch blutete, stolperte durch die Hintergasse nach Westen, überquerte die 7. Straße, zog seine Handschuhe aus und warf sie achtlos ins Gras und brach dann in der Hintergasse des nächsten Blocks zusammen.

Schnell war die Polizei da. Einige Beamte ließen sich von Marleen erzählen, was vorgefallen war, während der Rest draußen die Nachbarschaft absuchte. Zwei Beamte stießen auf Nuñez. Er hatte starke Schmerzen, und als er die Beamten sah, bat er sie, ihn gleich auf der Stelle zu erledigen. Er wurde in die Chirurgie des Kleberg Memorial Hospitals eingeliefert, und die Ärzte dort konnten das kleine Geschoß nahe seinem Rückgrat orten. Während der Operation verlor Nuñez eine seiner Nieren, und die Kugel neben seinem Rückgrat konnte nicht entfernt werden.

Nuñez paßte auf die Beschreibung des hispano-amerikanischen Vergewaltigers. Im Verlaufe eines nicht erfolgreichen Vergewaltigungsversuches zu einem früheren Zeitpunkt dieses Jahres hatte eine Frau den vermutlichen Vergewaltiger gut sehen können, als er in dem Irrglauben, sie schliefe, in ihr Haus eingebrochen war.

Mißlicherweise gab es keinen handgreiflichen Beweis dafür, daß Nuñez in Marleen Grimes Haus gewesen war. Dafür stand nur ihre Aussage. Da Nuñez sofort geflohen war, hatte er erst Blut verloren, nachdem er die Hintergasse erreicht und Marleen Grimes' Besitz verlassen hatte. Die Polizei wußte, wie ein guter Verteidiger argumentieren würde. Nuñez sei spät abends friedlich durch die Hintergasse spaziert, als diese hysterische Frau grundlos auf ihn geschossen habe. Im äußersten Fall könnte Nuñez sogar Erfolg damit haben, die Frau wegen versuchten Mordes zu verklagen. Judy Hayes untersuchte das Fenstersims, über das nach Marleens Aussage der Einbrecher ins Haus eingedrungen war. Sie fand in dem Schmutz und Staub eine Reihe von Abdrücken; es waren kleine Punkte, die Linien bildeten. Marleen war sich sicher, daß der Mann, auf den sie geschossen hatte, Handschuhe trug, aber Nuñez Hände waren bloß gewesen, als man ihn gefunden hatte. Schließlich fand Detective Hayes jedoch die Handschuhe genau da, wo Nuñez sie fortgeworfen hatte. Es handelte sich um eine Art Arbeitshandschuhe mit Hunderten von kleinen Gumminoppen, auf der Handinnenfläche. Sie paßten genau in die Abdrücke auf Marleens Fenstersims.

Als er sich später diesem Beweis gegenübergestellt sah, bekannte sich Nuñez des Einbruchdiebstahls in Marleen Grimes' Haus schuldig und erhielt eine Gefängnisstrafe von fünfzig Jahren. Die Kugel, die immer noch neben seinem Rückgrat steckte, wurde von vielen Kingsvillern als mehr als gerechte Strafe angesehen.

Obwohl sie keine Beweise hatten, die ihn mit den unaufgeklärten Vergewaltigungen in Verbindung brachten, glaubten die Kriminalbeamten, daß Nuñez ihr hispano-amerikanischer Vergewaltiger sei. Die Art und Weise, wie er in Marleens Haus eingebrochen war, stimmte mit dem Verfahren überein, das viele der Vergewaltigungsopfer beschrieben hatten. Sein Benehmen, die Art des Angriffs und selbst ein Teil der Worte, die er gesprochen hatte, waren die gleichen. Es schien plausibel, daß dieser Mann, der nun in sicherem Gewahrsam war, die Verbrechen begangen hatte. Die Polizei von Kingsville atmete tief durch und drückte sich die Daumen. Vielleicht, so hofften sie, war der Alptraum vorüber.

Als die Story anderthalb Tage später im *Kingsville Record* erschien, ging es in der Stadt drunter und drüber. ›Eindringling niedergeschossen: außer Lebensgefahr‹, lautete die Schlagzeile. Das Waffengeschäft, das während des Sommers angezogen hatte, explodierte. Im Verlauf der nächsten Monate konnte die Polizei beobachten, daß es praktisch keine Fälle von Einbrüchen mit Sexualdelikten mehr gab.

Im Hauptquartier der Polizei herrschte unter den Kriminalbeamten das Gefühl vor, daß sie das Schlimmste hinter sich hatten. Sie nahmen sich noch einmal das Schaubild mit den neunzehn Frauen vor und strichen die Vergewaltigungen durch, die, wie sie dachten, Billy Joe Garner auf dem Gewissen hatte, dann diejenigen, die ihrer Meinung nach Geraldo Nuñez verübt hatte, und irgendwie schafften sie es, alle hier oder da einzuordnen, mit der störenden Ausnahme des Falles Kim Sullivan, die, anders als die anderen, sich sicher war, daß sie im August von einem Anglo-Amerikaner vergewaltigt worden war. Nachdem die Vergewaltigungen plötzlich aufgehört hatten und es in den folgenden Wochen still blieb, begann der quälende Verdacht, daß es noch einen weiteren Vergewaltiger gab, langsam dahinzuschwinden.

Judy Hayes fühlte sich erleichtert. Sie war überzeugt, daß mit der Verhaftung von Nuñez die Massenvergewaltiger von Kingsville nun ihrer gerechten Verurteilung entgegensahen. Auch Hector Treviño glaubte das. Captain Gomez blieb etwas skeptisch, hoffte aber, daß sie recht behielten. Die Zeit würde es erweisen, und es hing allein davon ab, was geschehen würde.

Wenn die Vergewaltigungen nicht wieder aufflammten, dann würden sie wissen, daß sie gewonnen hatten. Wenn nach zwei weiteren Wochen der Oktober Einzug hielt, ohne daß es weitere Überfälle auf Frauen gab, dann wollte George Gomez das fünfzehn Fuß lange Schaubild zusammenfalten und wegpacken. Die Akten würden abgeheftet werden und die Kriminalbeamten ihre normalen Aktivitäten wieder aufnehmen.

Eines Nachmittags Ende September – Eddie zog sich gerade an, um zur Basis zu gehen – kam Ronda zu ihm ins Schlafzimmer und setzte sich auf die Kante des Wasserbettes. Eddie war an diesem Tag stiller gewesen als gewöhnlich, und Ronda hatte einfach das Gefühl, daß er vielleicht einige aufmunternde Worte von ihr brauchte. Sie dachte an die frühen Tage ihrer Ehe zurück, damals am Bachman Boulevard in Dallas, als sie noch so sehr zu Eddie hinaufgeschaut hatte. Damals war er der Stärkere von ihnen beiden gewesen, immer besorgt und liebevoll, und er hatte seiner Liebe sogar in Gedichten Ausdruck gegeben. Er hatte sie mit all ihren Fehlern akzeptiert, so glaubte Ronda, und das hatte ihr ein wunderbares Gefühl der Sicherheit gegeben. Jetzt glaubte sie, daß Eddie selbst genau dieses Gefühl brauchte, Sicherheit. Sie wußte, daß er ein ganzes Leben lang von anderen im Stich gelassen worden war, von seinem Vater und von seinen Freunden. Ronda wollte Eddie wissen lassen, daß es ihm mit ihr nicht so ergehen würde.

»Ich habe viel über uns nachgedacht und darüber, wie depressiv du gewesen bist«, sagte Ronda ihm. Eddie wirkte immer verlegen, wenn Ronda einen Versuch unternahm, etwas von ihm zu erfahren. Während er sein Hemd zuknöpfte, fuhr Ronda fort: »Ich erinnere mich noch daran, wie viele Selbstzweifel ich hatte, als wir jung verheiratet waren, aber du hast mir damals wirklich geholfen, mich besser zu fühlen, indem du mich einfach genommen hast, wie ich bin und mich geliebt hast.«

»Weißt du, damals war ich wirklich glücklich«, sagte Eddie.

»Ich weiß, daß du eine Menge Sorgen hast«, sagte Ronda. »Aber es gibt eine Sache, über die du dir keine Sorgen zu machen brauchst. Und zwar, daß ich weggehe. Ich werde hier für dich da sein. Ich würde dich niemals im Stich lassen. Ich liebe dich. Es ist im Moment schwierig für dich, aber ich weiß, daß du deine Depressionen bewältigen wirst und daß wir es schaffen.«

Eddie versagte die Stimme, und in seinen Augen begannen sich Tränen zu bilden.

»Ich liebe dich auch, Schätzchen«, sagte er sanft. »Manchmal komme ich mir vor wie ein völliger Versager, und ich kann dann nichts dagegen tun. Ich behalte es dann alles für mich, obwohl ich weiß, daß ich das besser nicht täte. Es tut gut zu wissen, daß du für mich da bist.«

Nachdem Eddie zur Arbeit gefahren war, verspürte Ronda einen inneren Frieden, wie seit dem letzten Sommer nicht mehr.

Es war eine Weile vor Mitternacht an Halloween, und all die kleinen Geister und Kobolde waren schon in ihren Betten verschwunden, vollgestoft mit den Süßigkeiten, die sie bei ihren Haus-zu-Haus-Rundgängen in der Nachbarschaft bekommen hatten. Es war jetzt fast sieben Wochen her, daß Marleen Grimes den Schuß abgefeuert hatte, von dem ganz Kingsville wußte, und seither war alles ruhig gewesen.

In der Nähe des Zentrums von Kingsville, direkt westlich der Eisenbahnlinie, lag ein älteres, graues, zweigeschossiges Gebäude mit acht kleinen Wohnungen. Auf der Nordwestecke des Erdgeschosses war ein großes Fenster erleuchtet. Von draußen war zu sehen, daß eine junge, attraktive Asiatin es sich spärlich bekleidet auf ihrem Sofa vor dem Fernsehapparat bequem gemacht hatte.

Kyung Ellis, zwanzig Jahre alt, war frisch verheiratet mit dem Navy-Mann Bobby Ellis, der auf dem Marineflughafen Dienst tat. Am Abend von Halloween hatte Kyung, die ihren Ehemann bald von der Spätschicht zurückerwartete, ihr verführerisches Nachthemd angezogen, ein kurzes und locker fallendes Dessous, das nur von dünnen Schulterträgern gehalten wurde. Sie sah sich gerade einen Spätfilm an – es war ungefähr fünfzehn Minuten nach Mitternacht –, als sie die Jalousien ihres

Schlafzimmerfensters klappern hörte und hinüberging, um nachzusehen.

Als Kyung die Jalousien im Schlafraum beiseite schob, stockte ihr vor Schreck der Atem. Sie sah den Arm eines Mannes mit einer langläufigen Pistole in der Hand auf dem Fenstersims. Schreiend lief sie aus dem Zimmer, zur Wohnungstür, wo sie an drei Schlössern hantieren mußte, um die Tür öffnen zu können. Der Eindringling war im Nu durchs Fenster und ging auf sie los, mit gesenktem Kopf, so daß sie sein Gesicht nicht sehen konnte. Er packte sie und zog sie von der Tür weg und drückte sie bäuchlings auf den Boden. Kyung schrie wieder.

»Brüll nicht rum!« befahl der Mann ihr. »Hör auf zu schreien, du Nutte!«

»Ja, ja«, antwortete sie ängstlich, in der Hoffnung, daß er sie davonkommen lassen würde, wenn sie auf ihn einginge. Der Mann brachte eine Rolle grünes Band zum Vorschein und fing an, es um Kyungs Kopf zu wickeln, bis ihre Augen vollständig verbunden waren. Als er damit fertig war, zog er sie vom Boden hoch und sagte ihr, er nehme sie jetzt mit ins Schlafzimmer. Dort angekommen, stellte er sie vor sich hin.

»Ist noch jemand in der Wohnung?« fragte er sie.

»Nein, ich bin allein hier«, antwortete Kyung. Sie war voller Angst, wie sie so mit verbundenen Augen, mit nichts anderem als ihrem knappen Nachthemd bekleidet, vor dem Eindringling stand, aber sie bemühte sich, zu tun, was er wollte, in der Hoffnung, daß sie dann davonkommen würde.

»Bist du verheiratet?« fragte er.

»Ja.«

»Und wo ist dein Mann dann?«

»Zur Arbeit. Er wird bald heimkommen«, sagte Kyung.

»Wo arbeitet er?«

»Unten auf dem Marineflughafen«, antwortete sie.

Wenn der Mann glaubte, daß ihr Ehemann bald zurück sei, dachte Kyung, dann würde er sich vielleicht davonmachen, um ihm nicht zu begegnen, aber statt dessen löste sie damit eine noch aggressivere Reaktion aus. Als er die Kleider der Frau sah, gab er sie ihr und sagte ihr, sie solle sich anziehen. Kyung gehorchte.

»Wo ist dein Geld?« knurrte er sie an, während sie sich anzog.

»In meinem Portemonnaie, drüben in der Ecke«, erwiderte sie.

Der Mann nahm die Börse und durchwühlte sie. Sie war ziemlich armselig, und die Frau hatte nur ein paar zusammengefaltete Dollarscheine darin. Als er sie herausnahm, fing Kyung an zu weinen.

»Nehmen Sie mir bitte das Geld nicht weg. Es ist alles, was ich habe«, schluchzte sie.

»Ich will dein Geld nicht«, erwiderte der Eindringling. Er steckte die Scheine zurück in das Portemonnaie und warf es beiseite. »Verschwinden wir hier!«

Kyung war inzwischen angezogen, aber ihr Kopf war immer noch verbunden. Der Mann führte sie zur Eingangstür, schloß auf und brachte Kyung heraus. Aber dann drehte er sich ebenso abrupt, wie er sich zu allem anderen zu entschließen schien, herum und zog sie wieder in die Wohnung zurück.

»Runter mit den Kleidern, du Hure«, wies er sie an, sobald sie wieder im Schlafzimmer waren.

»Bitte, bringen Sie mich nicht um«, bat Kyung, während sie sich nackt auszog. Sie hörte, wie der Mann zur gleichen Zeit seine eigene Hose aufmachte. Als sie so weit war, zwang er sie, sich vor ihm niederzuknien.

»Ich will, daß du mir ihn lutschst«, sagte er wütend und zog ihren Kopf zu seinem Penis herüber. Kyung begann zu weinen.

»Ich kann nicht! Ich kann es einfach nicht!« schluchzte sie.

Der Mann ließ sich erweichen und sagte ihr, dann solle sie sich auf ihr Bett legen. Im Verlauf der nächsten Dreiviertelstunde vergewaltigte der Mann sie zuerst vaginal und dann, nachdem er sie auf den Bauch gelegt hatte, auch noch anal. Die ganze Zeit über flehte Kyung ihn an, sie nicht umzubringen.

»Ich werde dich nicht umbringen«, wiederholte er, während er auf sie einstieß. »Ich werde dir nichts tun.« Aber als er fertig war, warnte er sie davor, zur Polizei zu gehen. Wenn sie das machte, würde er wiederkommen und sowohl ihr als auch ihrem Mann etwas antun. Dann floh der Mann durch das Fenster, durch das er eingedrungen war.

Kyung war durch die Drohung so eingeschüchtert, daß sie und ihr Ehemann, der kurze Zeit später heimkam, sich erst nach vierundzwanzig Stunden bei der Polizei meldeten.

Als die Polizei von Kingsville am Montag endlich zur Wohnung der Ellis gerufen wurde, bestand nicht mehr die geringste Hoffnung, aussagekräftige Spuren sicher zu können. Trotzdem war Detective Treviño gebannt von dem, was er sah. Kyung übergab ihm das grüne Band, mit dem ihr Kopf verbunden worden war. Es ähnelte demjenigen, das bei drei der Vergewaltigungen in der Dekade von Ende August bis Anfang September vor dem Schuß auf Nuñez benutzt worden war.

Judy Hayes begriff, daß sie es die ganze Zeit über auch mit einem anglo-amerikanischen Vergewaltiger zu tun hatten. Die Polizei war zu voreilig gewesen, als sie gedacht hatte, die Serie der Vergewaltigungen hätte mit den Schüssen ein Ende gefunden. Und für Detective Hayes beschwor auch der Ort dieser letzten Vergewaltigung ein böses Gefühl herauf. Es handelte sich um das gleiche Wohnhaus, in dem die Vergewaltigung vom 7. September 1980 stattgefunden hatte, also jene Tat – da war sich Judy Hayes sicher –, mit der diese ganze Serie von mittlerweile zwanzig Sexualverbrechen ihren Anfang genommen hatte. In diesem grauen Haus im Zentrum der Stadt hatte ihre Laufbahn als Kriminalbeamtin begonnen, und nun war Detective Hayes wieder hier, um noch einmal von vorn anzufangen.

Die Aufzeichnungen über sämtliche Vergewaltigungen wurden wieder hervorgeholt. Die Kriminalbeamten griffen sich die Fälle heraus, in denen der Täter seinem Opfer die Augen mit einem Band verbunden hatte; davon gab es inzwischen vier. Dann überprüften sie, ob es andere Elemente bei der Vergewaltigung von Kyung Ellis gegeben hatte, die sich in den älteren Fällen wiederfinden ließen, wie zum Beispiel der Typ der verwendeten Waffe, das, was der Vergewaltiger gesagt hatte, die Methode, wie er sich Einlaß verschafft hatte, und, was das Wichtigste war, die Art des Mißbrauchs selbst. Unvoreingenommen betrachtet, ergaben all diese Hinweise zusammen ein drittes Tatmuster, das eine Gruppe der Fälle deutlich von den anderen unterschied. Und obwohl Sue Wilson keines der Opfer war, deren Augen der Täter mit einem Band verbunden hatte, gab es in ihrem Fall eine wichtige Übereinstimmung mit diesen vier Fällen. Alle fünf Opfer waren anal mißbraucht worden.

Diese fünf Fälle, die nun getrennt vom Rest untersucht wurden, zeigten Judy Hayes sehr deutlich, daß der Täter sowohl physisch als auch psychisch immer roher mit seinen Opfern umging. Sie hielt es für eine Frage von Leben und Tod, daß dem noch auf freien Fuß befindlichen Vergewaltiger schleunigst das Handwerk gelegt wurde.

Treviño zeigte das grüne Band, bei dem es sich um einen auffälligen Typ handelte, überall in den Sanitätswarenhandlungen und Warenhäusern von Kingsville herum, um herauszufinden, wo es gekauft worden war. Aber keiner der Läden am Ort führte es. Mit diesem Ergebnis war Treviño keineswegs unzufrieden. Ihm war klar, daß dies kein Nachteil für die Nachforschungen war, denn wenn sich dieses Band deutlich von allen marktgängigen Artikeln dieser Art unterschied, dann mußte das früher oder später zu einer Verengung des Kreises der Verdächtigen führen. Es wäre nicht besonders hilfreich gewesen, wenn man das Band überall hätte bekommen können. Wenn es Treviño gelänge, herauszubekommen, woher man dieses seltene Band beziehen konnte, würde ihm das sehr dabei helfen, den Vergewaltiger dingfest zu machen.

Mit einem Aufkeuchen erwachte Ronda in ihrem dunklen Schlafzimmer. Es war tief in der Nacht, irgendwann Mitte November. Sie wußte nicht, was sie hatte zusammenfahren lassen, und während sich ihre Sinne auf die Umgebung einstellten, bemühte sie sich, irgendein Geräusch zu erlauschen. Aber im Haus und draußen herrschte finstere Stille. Ronda hatte keine Vorstellung, wie spät es war, aber es mußte sehr tief in der Nacht sein. Nicht einmal das ferne Geräusch der Lastwagenreifen draußen auf der zwei Meilen entfernten Umgehungsstraße, das in der Stille der Nacht oft hörbar war, ließ sich vernehmen. Sie drehte ihren Kopf langsam nach links und sah nach Eddie.

Er lag auf der Seite und hatte ihr den Rücken zugewendet. Sein rhythmisches Atmen verriet ihr, daß er schlief.

Dann schaute Ronda in die andere Richtung zum Straßenfenster hin und erwartete fast, dort ein Gesicht zu entdecken, das sie ansah. Ein wenig Licht fiel durch das Glas in den Raum. Draußen war es so windstill, daß sich nicht einmal die Zweige des zarten Mesquitbaumes bewegten. War da draußen etwas? Nein, es war übler; sie spürte, daß etwas im Haus war. Ronda drehte ihren Kopf zurück und schaute über Eddie hinweg zur Tür des Schlafzimmers, die nur drei Fuß vom Bett entfernt war. Die Tür war angelehnt, so daß sie nicht auf den Flur zum Kinderzimmer sehen konnte. Sie starrte einige Sekunden auf die Tür. Sie bewegte sich nicht. Aber immer noch beherrschte sie das überwältigende Gefühl, daß noch jemand im Raum war. Oder irgendein Ding. Eine fühlbare Wahrnehmung des Bösen bemächtigte sich ihrer und drehte ihr den Magen um. Sie konnte die Vorahnung, daß etwas Furchtbares passieren würde, nicht unterdrücken.

Ronda schloß die Augen und betete.

»Jesus, schütze uns«, sagte sie zu sich selbst, und ihre Lippen bewegten sich stumm zu den Worten. Mal um Mal wiederholte sie die Bitte, während eine fremde Kraft die frische Luft aus dem Raum zu saugen und durch einen Gestank der Verwesung zu ersetzen schien. »Jesus, beschütze uns.« Ronda betete darum, von diesem Etwas in dem Zimmer befreit zu werden, was immer es auch sein mochte. Nie zuvor in ihrem Leben hatte sie eine solche Angst ausgestanden, und dabei wußte sie noch nicht einmal, wovor.

Während sie weiter betete, begann der im Raum lastende Druck langsam zu weichen. Sie konnte spüren, wie dieses böse Etwas allmählich schwächer wurde, und in ihr keimte das Gefühl auf, daß sie nun sicher war. Nach einem heftig wirkenden Kampf, der aber nur einige Minuten dauerte, konnte Ronda schließlich spüren, daß, was immer sie geweckt hatte, nicht mehr im Raum war.

Nach einer Weile gelang es ihr, wieder einzuschlafen. Am Morgen stand Eddie auf und begann, sich anzuziehen, während Ronda sich schon für ihre Arbeit fertigmachte. Er ging ins

Badezimmer und schaute nach Ronda, die sich dort gerade die Zähne putzte. Mit besorgtem Gesichtsausdruck lehnte Eddie sich gegen den Türpfosten.

»Hast du heute nacht irgend etwas im Haus gespürt?« fragte er sie. Er benutzte das Wort *gespürt*, statt sie zu fragen, ob sie irgend etwas gehört oder gesehen hätte.

Rondas Augen weiteten sich vor Erstaunen, und sie spülte schnell ihren Mund aus, um antworten zu können. »Warum, ja!« sagte sie hastig. Sie hatte ihr nächtliches Erlebnis, von dem sie sehr beunruhigt war, für sich behalten und war jetzt erleichtert, daß Eddie davon sprach.

»Was hast du gespürt?« fragte Eddie.

»Es war, als hätte die Anwesenheit von etwas Bösem mich geweckt und dann versucht, mich zu erdrücken«, erzählte Ronda ihm. »Ich habe gespürt, daß es mit uns zusammen im Zimmer war.«

»Das gleiche habe ich auch gespürt«, sagte Eddie. »Es war, als wäre irgendein dämonischer Geist im Zimmer gewesen.«

»Warst du wach?« fragte Ronda.

»Ja, aber ich wollte keine Bewegung machen«, sagte er. »Ich habe versucht zu horchen. Dann habe ich im Geiste immer wieder ›Jesus‹ gesagt, und es verschwand.«

»Das gleiche habe ich auch gemacht!« erwiderte Ronda. Sie unterhielten sich noch eine Weile über das, was sie beide erlebt hatten, konnten aber keine Erklärung dafür finden.

Am Montag vor dem Erntedankfest setzten Ronda und Eddie die Kinder in den silberfarbenen Dogde Aspen und fuhren auf der Stadtstraße 141 Richtung Alice, der ersten Station auf der langen Fahrt nach Denver, wo sie das Fest gemeinsam mit Paul und Erna Hunter verbringen wollten. Eddie war noch keine fünfzehn Meilen gefahren, als ein Polizist ihn wegen Geschwindigkeitsüberschreitung anhielt. Wyatt war sonst ein guter Fahrer, der im Straßenverkehr immer gut zurechtkam. Auch jetzt handelte es sich nur um eine Kleinigkeit, und der Polizist ließ ihn mit einer Verwarnung davonkommen. Aber der Anblick des Polizeibeamten hatte die Kinder auf dem Rücksitz erschreckt. Diana fing an zu weinen, und Paul fragte immer wieder, ob die Polizei seinen Daddy mitnehmen würde. Eddie und Ronda beruhigten sie lächelnd, daß alles in Ordnung sei. Daddy würde bei ihnen bleiben.

Nach einer anstrengenden Fahrt erreichten sie abends Abilene, wo sie in einem Motel übernachteten. Am Dienstag trafen sie spät nachmittags in Lakewood, einem Vorort von Denver, ein. Rondas Bruder Randy war mit seiner Frau und seinen beiden Jungen von Waco hergekommen, wo Randy bei der Air Force diente. Ihr ältester Bruder, Ron, wohnte mit Frau und Kindern ganz in der Nähe. Zum ersten Mal seit mehreren Jahren war die ganze Familie einschließlich der sechs Enkelkinder zusammen. Eddie und Ronda verbrachten den Dienstag abend gemeinsam mit ihren Eltern, und Paul Hunter zeigte Eddie einen neuen Anbau zum Haus, an dem er gerade arbeitete. Eddie war still, aber das war ja nicht ungewöhnlich. Paul Hunter bemerkte allerdings, daß sein Schwiegersohn wesentlich niedergedrückter war als bei ihrem letzten Treffen in Norfolk.

Am Mittwoch morgen nach dem Frühstück wollte Ronda mit den Kindern hinauf zum Lookout Mountain im Westen von Denver fahren. Eddie saß am Steuer, und Erna war ebenfalls dabei. Während der Fahrt fiel Erna auf, daß Eddie noch verschlossener war als früher. Als sie wieder nach Hause zurückgekehrt waren, überraschte Eddie seine Frau damit, daß er noch einmal ausgehen wollte – allein. Während der Fahrt hatte er gelangweilt und beunruhigt gewirkt.

»Wo willst du denn hin?« fragte sie ihren Ehemann.

»Ich weiß nicht, nur ein bißchen rumfahren«, antwortete er. »Ich will bloß für ein Weilchen hier heraus.« Er ging wieder zum Wagen, ließ die Maschine an und fuhr davon.

Eddie tauchte später am Nachmittag wieder auf, und als er ins Haus kam, fragte Ronda ihn noch nicht einmal, wo er gewesen war.

Sie nutzten die Gelegenheit, daß alle Kinder und Enkelkinder zusammen waren, und gingen am Mittwoch abend, nachdem Paul Hunter von der Arbeit heimgekommen war, zusammen gut angezogen zu einem Porträtstudio, um dort ein Familienfoto machen zu lassen. Das Festessen zum Erntedankfest am nächsten Tag verlief ohne Zwischenfälle. Das Gespräch plätscherte ruhig vor sich hin, aber Eddie hielt sich die meiste Zeit über zurück, und die anderen gewannen den Eindruck, daß er bedrückt war. Niemand drängte ihn, sich am Gespräch zu beteiligen, wenn ihm nicht danach war. Aber nach dem Essen äußerten Rondas Eltern ihr gegenüber ihre Besorgnis. Sie stellten fest, daß Eddie abgenommen hatte und jetzt hager wirkte. Ronda erzählte ihnen, daß sich ihr Mann seit dem Sommer noch mehr von der Familie zurückgezogen habe, und daß sie selbst bedrückt sei über ihre eigene Unfähigkeit, ihm zu helfen. Ronda konnte sich jedoch nicht dazu durchringen, ihren Eltern zu erzählen, daß sie Eddie vor kurzem dabei überrascht hatte, wie er Marihuana rauchte.

Dann, am Freitag morgen, nachdem er sich geduscht und angezogen hatte, verkündete Eddie seiner Frau plötzlich, daß sie noch am gleichen Tag nach dem Mittagessen zurück nach Texas fahren würden. Es dauerte einige Sekunden, bis sie begriff, was er gesagt hatte. Sie hatten eigentlich vorgehabt, erst am Samstag zu fahren, auf halbem Weg in einem Motel zu übernachten und am Sonntag irgendwann in Kingsville anzukommen, so daß noch genügend Zeit blieb, bis sie am Montag ihre Arbeit wieder aufnehmen mußten.

»Was meinst du damit, ›wir fahren‹?« sagte Ronda, die es gar nicht glauben konnte. »Ich will noch nicht fahren.«

»Ich will wieder nach Hause«, erwiderte Eddie.

»Ja, warum können wir denn nicht noch bleiben? Warum müssen wir jetzt fahren?«

»Wir müssen eben«, sagte Eddie.

Ronda konnte ihn nicht dazu bringen, einen besonderen Grund anzugeben. Eddie bestand einfach darauf, noch am gleichen Tag loszufahren. Außerdem hatte er vor, die ganze Strecke in einem Zug zurückzulegen, ohne in Abilene auf halber Strecke zu übernachten. Die Fahrt würde, einschließlich der Tank- und Essenspausen, volle vierundzwanzig Stunden dauern.

Nachdem sie zu Mittag gegessen hatten, schnallten Eddie und

Ronda die Kinder auf dem Rücksitz an, verabschiedeten sich von Rondas enttäuschten Eltern und brachen in Richtung Texas auf. Ronda sprach auf der Rückfahrt nicht viel mit ihrem Mann. Als sie am Samstag morgen San Antonio erreichten, war sie todmüde und bat Eddie, für eine Weile anzuhalten. Er tat es nicht. Sie hatten keine vier Stunden mehr bis nach Hause, und er wollte keine Pause mehr machen. Ronda war verletzt und wütend, aber zu diesem Zeitpunkt bekam sie von Eddie ohnehin keine Antworten mehr auf ihre Fragen, so daß sie erst gar keine mehr stellte. Sie war verwirrt und fühlte sich herabgesetzt, ohne Mitspracherecht, seiner Willkür ausgesetzt. Anfangs hatte sie in ihrer Ehe nichts glücklicher gemacht, als sich ihrem Mann unterzuordnen, denn er schien ein Ziel zu haben. Aber inzwischen hatte Eddie Richtung und Orientierung verloren. Er war für sie so etwas wie ein Schiff ohne Ruder, und um ihre Ehe schienen sich ringsum schwere Wetter zusammenzubrauen.

Die Wyatts kamen am Samstag mittag in Kingsville an und gingen am Abend früh zu Bett, um sich von der anstrengenden Fahrt zu erholen. Am Sonntag morgen stand Ronda auf, um zur Kirche zu gehen und weckte auch Eddie. Er war schon eine ganze Weile nicht mehr zum Gottesdienst in der *First Assembly* gewesen, obwohl er bei ihren gemeinsamen Treffen gern mit Pastor Field zusammen war. Eddie lehnte es ab mitzugehen. Das war für Ronda um so schlimmer, als auch die Kinder widerspenstig waren und nicht mitkommen wollten. Normalerweise zog Ronda sie einfach an und nahm sie dann irgendwie mit, in dem Bewußtsein, daß sie schon mit ihnen fertig wurde, wenn es nötig war. Aber diesmal gab sie einfach auf. Ronda wußte, daß sie allein gehen mußte.

Statt direkt zur Kirche zu gehen, nahm Ronda einen Umweg – sie spürte, daß sie gleich in Tränen ausbrechen würde, und wollte nicht, daß ihre Freunde sie weinen sahen. Sie fuhr an der *First Assembly* vorbei zum Dick Kleberg Park am südlichen Stadtrand und parkte den Wagen dort im Schatten eines Baumes. Dort weinte sie und schrieb einen zwei Seiten langen Brief für ihr Tagebuch, den sie an die anderen Kirchgänger ihrer Gemeinde richtete. Sie fühlte sich wie ein Nichts, das keinerlei

Kontrolle über das eigene Leben hatte, und sie betete darum, daß jemand ihre Maskerade durchschaute und versuchte, sie selbst zu erreichen. Was sie selbst anbelangte, so konnte sie wohl mit anderen Freundlichkeiten und Höflichkeiten austauschen, war aber nicht in der Lage, ihren Schmerz auszudrücken, wegen der Schande, versagt zu haben und der Notwendigkeit, normale Verhältnisse vorzutäuschen.

Ich weiß nicht mehr ein noch aus. Selbst wenn Ihr jetzt versuchen würdet, zu mir durchzudringen, bin ich mir nicht einmal sicher, daß ich mich öffnen würde. Versteht Ihr das nicht? Wir wollen doch nur, daß jemand da ist und daran Anteil nimmt, wie wir zurechtkommen. Aber es scheint, als ob die ›Nobodies‹ auf dieser Liste ganz unten stehen. Lest mir also den ganzen Tag lang aus der Bibel vor und tadelt mich mit wohlgesetzten Worten im Geiste der Einsicht und der Liebe. Aber ich bin mir jetzt nicht mehr sicher, ob ich mich überhaupt öffnen würde. Es könnte ja weh tun, und Mrs. Nobody kann keinen Schmerz mehr ertragen.

Später ging Ronda allein zur Kirche; als sie wieder nach Hause gekommen war, fragte Eddie sie, wie es gewesen sei.

»Ich habe einen Brief geschrieben«, sagte sie.

»Was hast du?« wollte Eddie wissen. Ronda holte den Brief aus ihrer Handtasche und reichte ihn Eddie. Eddie las ihn schweigend und gab ihn ihr zurück. Die Gefühle seiner Frau, die hier schwarz auf weiß vorlagen, schienen seine Stimme zu ersticken; er sagte nichts. Kurz darauf verließ er das Haus und fuhr davon, ohne ein einziges Wort verloren zu haben.

Nicht alle Frauen von Kingsville hatten in ihrer Wachsamkeit nachgelassen. Die Vergewaltigung von Kyung Ellis hatte vielen, die im September einen Seufzer der Erleichterung ausgestoßen hatten, unmißverständlich klargemacht, daß die Festnahme dieses einen Vergewaltigers nicht gleichbedeutend war mit einem Ende dieser Welle von Vergewaltigungen in ihrer kleinen Stadt. Und während es sich bei den Vergewaltigungsopfern der letzten Jahre um relativ junge Frauen gehandelt hatte, mußte die Stadt nach dem Erntedankfest erfahren, daß keine Frau sich vor einem Angriff sicher wähnen durfte.

Am Tag des Erntedankfestes klopfte ein junger Mann an die Tür des Hauses einer dreiundachtzigjährigen Frau auf der East Huisache Avenue. Er sagte, er sei von einer Telefongesellschaft. Als die alte Dame ihm die Tür geöffnet hatte, stürmte er hinein und packte sie. Mit Gewalt schaffte er sie ins Schlafzimmer und befahl ihr, ihren Schlüpfer auszuziehen. Die alte Dame weigerte sich. Statt dessen griff sie unter ihr Bett und packte den Griff eines kleinen Beils, das sie seit einiger Zeit wegen der Vergewaltigungsserie dort deponiert hatte. Der Mann war eine Sekunde lang zu überrascht, um zu reagieren, als die Frau mit dem Beil auf ihn losging. Daher machte er schleunigst kehrt und verschwand durch die Tür.

Ein Psychologieprofessor der Texas A & I bot sich an, die ungelösten Fälle durchzusehen und ein psychologisches Profil des Mannes, der gesucht wurde, zu erstellen. Captain Gomez hielt das für eine verrückte Idee, aber als das Profil vorlag, war es für die Kriminalbeamten durchaus hilfreich. Der Psychologe meinte, sie sollten nach einem ehemaligen Strafgefangenen suchen und gründete seine Annahme auf die Beschreibung der einzelnen sexuellen Delikte. Analer Sex hatte jedesmal dazu gehört. Es war sehr wahrscheinlich, daß der Vergewaltiger seine Vorliebe dafür im Gefängnis erworben hatte, führte der Psychologe aus.

Inzwischen hatte sich Treviños Suche nach der Herkunft des grünen Bandes schließlich ausgezahlt. Nachdem er alle Einzelhandelsgeschäfte in der Stadt als mögliche Quelle ausgeschlossen hatte, entdeckte Treviño, daß man das Band auf dem Marineflughafen bekommen konnte, wo es bei der Reparatur der Rümpfe der Düsenkampfflugzeuge benutzt wurde. Treviño stattete dem Marinesicherheitsdienst auf der Basis einen Besuch ab und besprach die Vergewaltigungen mit Officer Burt Cavazos, der sich bereit erklärte, zur Ergreifung des Vergewaltigers alles in seiner Macht Stehende zu tun.

Kurz nachdem die Nachforschungen zu den Vergewaltigungen wieder aufgenommen worden waren, erreichte Treviño ein

Anruf von einem Wachmann eines Apartmentkomplexes in der Nähe der Marinebasis. Eine der früheren Vergewaltigungen hatte sich in diesem Gebäude ereignet. Der Wachmann erzählte der Polizei, er habe einen Mann gesehen, der ihm als verdächtig aufgefallen sei, weil er überall in die Autos hineingeschaut habe. Als er ihn zur Rede stellte, hätte der Mann gesagt, er wartete auf jemanden, wäre dann schnell zu seinem Wagen gegangen und davongefahren. Nach Aussage des Wachmanns handelte es sich um einen Anglo-Amerikaner mittlerer Größe und schmächtiger Gestalt, mit kurzen, braunen Haaren und einem Schnurrbart. Außerdem berichtete er, daß der Mann in einem blauen Plymouth Valiant mit einem weißen Verdeck und einem defekten Auspuff davongefahren sei. Im schwachen Licht der Nummernschildbeleuchtung hatte der Wachmann das Kennzeichen des Wagens erkennen können: HUE-907.

Treviño war für diese Information sehr dankbar. Oft führten solchen Versatzstücke und Einzelheiten ins Nichts. Manchmal steuerten sie jedoch ein wichtiges Stück Information bei oder vervollständigten ein Bild an entscheidender Stelle. Treviño nahm den Bericht des Wachmanns auf, setzte sich an ein Computerterminal und gab das Kennzeichen des Wagens ein. Der Computer meldete ›Kennzeichen nicht existent‹ für Texas. Treviño vermutete, daß der Wachmann vielleicht eine Ziffer oder einen Buchstaben falsch gelesen haben könnte und heftete den Bericht zu den Akten.

Ronda machte sich über die Vergewaltigungen, von denen in der Stadt die Rede war, kaum Gedanken. Trotz der Schlagzeilen in der Zeitung und der Ängstlichkeit der Leute hatte sie sich nie in großer persönlicher Gefahr gefühlt. Nach den Schüssen auf Nuñez war sie erleichtert gewesen, daß die Straßen nun wohl etwas sicherer waren. Aber im großen und ganzen fühlte sich Ronda für ihre eigene Person sehr sicher. Keiner der Fälle hatte sich im Nordwesten der Stadt ereignet, wo sie wohnte. Allerdings wurde unter Rondas Freundinnen von der Bibelgruppe oder bei den Marinefrauen ab und zu über die Vergewaltigungen in Kingsville gesprochen. Eines Tages dann, Anfang Dezember, nach einem Telefonanruf von einer Freundin kam Ronda zu Eddie ins Wohnzimmer, um mit ihm über diese Geschichten zu reden.

»Weißt du, wer heute angerufen hat?« fragte sie ihn.

»Wer, Schätzchen?« antwortete Eddie.

»Kathy Carter. Sie ist mit diesem Burschen verheiratet, weißt du, der mit dir auf der Basis arbeitet.«

»Ach ja. Was wollte sie?«

»Ihr Mann hat in der nächsten Woche Nachtschicht, und sie wollte wissen, ob sie wohl bei uns schlafen könnte«, erzählte Ronda ihm.

»Wieso das?«

»Sie ist ziemlich ängstlich wegen dieses Vergewaltigers, der die Stadt unsicher macht und in Häuser einbricht, in denen Frauen allein sind«, sagte Ronda. »Sie hat Angst, alleine in ihrem Haus zu bleiben und würde sich einfach sicherer fühlen, wenn sie einige Nächte hier schlafen könnte. Hast du etwas dagegen?«

»Natürlich nicht«, antwortete Eddie. »Wenn sie sich dadurch besser fühlt.«

»Danke, Eddie. Ich rufe sie eben zurück und sage es ihr.« Ronda lächelte. »Ich glaube wirklich nicht, daß sie sich Sorgen deswegen zu machen braucht.«

»Vermutlich nicht«, stimmte Eddie zu.

»Ich meine, sie ist übergewichtig und so weiter. Ich kann mir nicht vorstellen, daß es ein Vergewaltiger auf sie abgesehen hat. Wenn ein Mann jemanden vergewaltigen will, würde er sich dann nicht die hübscheste Frau aussuchen, die er finden kann?« fragte Ronda.

Eddie sah sie ausdruckslos an. »Das weiß ich wirklich nicht, Schätzchen«, sagte er.

Ronda grinste. Natürlich konnte Eddie das nicht wissen, dachte sie. Später ging ihr auf, daß es dabei gar nichts zu lachen gab. Eddie schien überhaupt kein Interesse mehr an Sex zu haben, dachte sie bei sich selbst, und er war erst recht nicht so besessen davon, daß er hätte verstehen können, was ein Vergewaltiger zu seinen Taten trieb. Ronda rief Cassie an und sagte ihr, sie und Eddie würden sich freuen, sie bei sich zu beherbergen, wenn sie das beruhige. Danach sprachen sie nicht mehr über die Vergewaltigungen und Einbrüche. Als es soweit war, daß Cassies Mann zur Nachtschicht mußte, machte Ronda das

Sofa für sie fertig, und Cassie schlief dort selig und sicher, bis sie sich auf unbestimmte Dauer bei anderen Freunden einquartierte.

Bobby Ellis aber gehörte seit der Nacht des Halloween zu den Leuten, die viel an die Vergewaltigungen dachten. Die Vergewaltigung seiner Frau hatte ihn zu einem sehr wachsamen Mann gemacht, obwohl es jetzt nun einmal geschehen war und er nichts mehr tun konnte, damit die Dinge wieder so wurden wie vor der Vergewaltigung von Kyung. In seiner Wut und Frustration über das, was geschehen war, begann er, Dinge wahrzunehmen, die er vorher nicht bemerkt hätte. So war es auch am Sonntag, dem 6. Dezember, als er zusammen mit Kyung unten auf dem Parkplatz war. Bobby bemerkte, daß ein Mann ziellos um das Wohngebäude zu streichen schien. Das erregte seinen Verdacht. Und als Bobby sah, daß der Mann Kyung flüchtig anschaute, bevor er in seinen silberfarbenen Wagen stieg und fortfuhr, war er überzeugt, daß der Mann ein potentieller Verdächtiger der Vergewaltigung war.

Bobby Ellis rief Detective Treviño am nächsten Morgen an, um ihm den Vorfall zu berichten.

Neun Tage später glaubte Ellis, auf dem Marineflughafen den gleichen silberfarbenen Wagen wiederzuerkennen. Er beobachtete ihn ein Weilchen und sah zufällig den Mann, der ihn bestieg. Also rief er Treviño noch einmal an. Treviño schätzte die Chance sehr gering ein, daß der Ehemann eines Vergewaltigungsopfers es fertigbrächte, den Schuldigen zu finden, indem er einen ziellos umherlaufenden Fremden beobachtete. Aber der Kriminalbeamte wußte auch, daß das grüne Band, das der Vergewaltiger benutzt hatte, von der Marinebasis stammte. Deshalb ging Treviño der Sache nach. Die auf der Basis Beschäftigten mußten ihre Wagen registrieren lassen, um Parkausweise zu bekommen. Burt Cavazos vom Marinesicherheitsdienst sah die Registration durch und fand heraus, daß der silberfarbene Wagen Edward Eugene Wyatt gehörte, einem Arbeiter der Korrosionskontrolle für die Düsenflugzeuge, die auf der Basis zur Ausbildung der Kampfpiloten benutzt wurden.

Cavazos konnte Treviño aber noch mehr erzählen. Wyatt

war mit einem zweiten Wagen auf der Basis registriert. Es war ein blauer Plymouth Valiant mit weißem Dach, mit einem Nummernschild des Staates Virginia mit dem Kennzeichen HUE-907. Bei Treviño schrillten die Alarmglocken. Das verdächtige Kennzeichen, das er vergeblich in der Kraftfahrzeugdatei des Staates Texas gesucht hatte! Der Mann, der nach dem Bericht des Wachmanns möglicherweise in dem Wohnungskomplex in der Nähe der Basis nach Beute gesucht hatte! Das war ebenfalls Wyatt gewesen. Treviño ließ sich vom Marinesicherheitsdienst ein Foto von Eddie geben und legte eine Akte über ihn an. Zu diesem Zeitpunkt war Wyatt einer von vielen, auf den sich die Nachforschungen erstreckten. Es war noch sehr viel mehr solides Beweismaterial nötig, um ihn mit irgendeiner der Vergewaltigungen in Verbindung zu bringen.

Allison Shaw mußte nur aufstehen und zwei Knöpfe drücken, RECORD und PLAY, dann konnte sie sich wieder ins Bett fallen lassen und eindösen. Ihre Mama wollte die neue Folge von ›The Young and the Restless‹ nicht verpassen, die während ihrer Arbeitszeit gesendet wurde. Im Halbschlaf räkelte sich Allison auf ihrem Bett und warf ab und zu einen Blick auf ihren Digitalwecker. Es war zwar Montag, aber die siebzehnjährige Schülerin der King High-School war zu Hause, da heute die Weihnachtsferien anfingen. Und sie schlief lang in den Tag hinein, da sie in der vergangenen Nacht zusammen mit ihrem Freund bis halb drei auf gewesen war.

Allison lebte in dem kleinen, blaugrauen Fachwerkhaus ihrer Eltern an der 16. Straße Süd. Sie hatten an der rechten Seite der Rückfront ihres Hauses einen kleinen Raum angebaut, der sich in den Garten hinein erstreckte. In der Nordwand des Anbaus befand sich eine Außentür, die sich zum Garten neben dem Haus hin öffnete. Eine Anzahl von Bäumen und Büschen im Garten hinter dem Haus schirmten es von der Kiesgasse dahinter ab. Allions Schlafzimmer lag in der Südostecke des Hauses, gegenüber dem Anbau. Es hatte in jeder Außenwand ein Fenster. Unter dem Fenster nach hinten heraus stand ein kleiner Übertopf, den man als Stufe benutzen konnte. Die untere Hälfte des Fensters bestand aus waagerechten Milchglasscheiben, die jalousieartig übereinander angeordnet waren. Gelbe Vorhänge bedeckten die obere Hälfte der Fenster.

Allisons Zimmer war himmelblau gestrichen. Auf dem obersten Bücherbord stand neben ihrem Schminkspiegel ein altmodisches Telefon, und auf ihrer Ankleidekommode waren allerhand Frisiergeräte ausgebreitet. Auf einem kleinen Tisch in der Ecke unter den Fenstern, wo auch ihr Radiowecker stand, hatte sie eine kleine Sammlung von Weinflaschen aufgestellt, die alle Andenken an besondere Gelegenheiten waren. Außerdem hingen überall im Zimmer Fotos von ihr und ihren Freunden.

Als sie sich herumdrehte, um auf die Uhr zu schauen, warf Allison ihr langes, blondes Haar zur Seite. Es war 10 Uhr 58, also bald Zeit, den Videorecorder einzuschalten. Sie war in ihrem T-Shirt, einem kastanienbraunen Höschen und blauen Socken eingeschlafen. Allison wußte, daß sie allein im Haus war, so daß sie schlagartig hellwach wurde, als sie plötzlich ein Geräusch aus Richtung der Küche hörte. Zuerst dachte sie, die Katze wäre vielleicht hereingekommen oder ihr Hund namens Killer, ein drahtiger Mischling mit schwarzem Fell, hätte vielleicht irgend etwas umgestoßen. Aber sie erkannte schnell das Geräusch von Schritten, die sich durch das Haus bewegten. Panische Angst überfiel Allison, und sie zog ihr Bettzeug über sich, so daß sie bis zum Scheitel darunter verschwand.

Mit einer jähen Bewegung stürmte ein maskierter Eindringling in ihr Schlafzimmer und sprang direkt auf ihr Bett. Allison konnte gerade noch seine Skimütze und sein Messer erkennen und fing an zu schreien. Der Mann befahl ihr, damit aufzuhören, während er gleichzeitig das Bettzeug von ihrem nur teilweise bekleideten Körper riß. Dann hockte der maskierte Mann sich auf ihren Rücken und begann, ihr ein endloses, braunes Kreppband um den Kopf zu wickeln.

Plötzlich näherte sich ein Trappeln und Hecheln dem Zimmer, und Killer, Allisons Mischlingshund, sprang auf das Bett. Der Hund begann wütend zu bellen und attackierte den Angreifer von hinten, der gerade versuchte, dem Teenager die Augen zu verbinden. Die kurzen Zähne des Hundes drangen kaum durch die Jacke des Mannes, aber sein anhaltend hohes

Gekläffe regte den Eindringling immer mehr auf. Schließlich griff er zu seinem Jagdmesser und stach wie wild auf Killer ein. Während sich das Messer tief in die Brust des Hundes bohrte, stieß das Tier einen gellenden Schrei aus. Der Eindringling stieß es ein drittes Mal in den Bauch des Hundes, und während das Blut aus seinen Wunden strömte, wurden die Lebenszeichen des Hundes langsam schwächer. Der Mann versetzte ihm noch einen Tritt, so daß sein fast lebloser Körper zu Boden fiel. Allison hörte, wie ihr Hund seinen letzten Atemzug tat. Diese Gewalttätigkeiten schüchterten sie vollends ein. Der Mann machte jetzt damit weiter, ihr das zollbreite Band wieder und wieder um den Kopf zu wickeln, bis sie ganz damit verbunden war und ihre Augen dahinter verschwunden waren. Aber in der Eile und Anspannung hatte er schmale Schlitze zwischen den einzelnen Wicklungen des Bandes gelassen. Allison bemerkte, daß sie hindurchsehen konnte.

»Dreh dich um«, ordnete der Mann an. Sie drehte sich auf den Rücken, und der Mann starrte auf ihr T-Shirt und ihre Spitzenhöschen. In dem sicheren Glauben, daß sie nicht mehr sehen konnte, nahm er seine Skimütze ab, und Allison sah sich aus der Dunkelheit ihre Verbandes heraus sein Gesicht genau an. Er hatte einen Schnurrbart und kurzes, dunkles Haar und eine kleine Narbe am linken Auge. Er sah wütend aus.

»Sie können das Geld nehmen«, sagte Allison voller Furcht. »Nehmen Sie einfach das Geld. Nehmen Sie den Videorecorder, aber lassen Sie mich bitte in Ruhe.«

»Du hast Geld hier?« verlangte der Eindringling zu wissen.

»Nein, meine Eltern haben Geld«, antwortete sie.

»Wo ist es?«

»In ihrem Zimmer.«

Der Mann packte Allison am Arm und führte sie in das Schlafzimmer ihrer Eltern. Dort suchte er vergeblich nach Geld und gab schnell auf. Dann brachte er Allison zurück in ihr Zimmer und schubste sie auf ihr Bett. In ihrer Angst schlug sie ihm noch einige andere Stellen vor, wo er nachsehen könne.

»Es wäre besser, wenn wir es bald fänden«, warnte er sie einige Male. Er durchwühlte die Schubfächer und Schränke und kam zwischendurch immer wieder in Allisons Zimmer zurück, um nach ihr zu sehen. Bald stellte sich heraus, daß sie keine Ahnung hatte, wo das Geld ihrer Eltern war, und nur versuchte, Zeit herauszuschlagen.

»Mein Vater wird gleich zum Mittagessen kommen«, sagte sie in der Hoffnung, daß der Angreifer fliehen würde.

»Du rührst dich nicht von der Stelle, während ich versuche, das Geld zu finden«, befahl er ihr. »Wenn du mit mir zusammenarbeitest, kommt alles in Ordnung. Versuch ja nicht, dich davonzumachen, und beweg dich nicht.« Allison, die sich vor Angst nicht mehr rühren konnte, gehorchte, als er aus dem Zimmer ging. Sie machte keinen Versuch, ihr Telefon zu erreichen, aus Angst, er würde sie dabei überraschen und einen Wutausbruch bekommen. Es entging Allison völlig, daß der Mann das Haus verlassen hatte, um seinen Wagen durch die Hintergasse zu ihrem Hintertor zu bringen.

Dort, wo die kiesbedeckte Hintergasse in die Caesar Avenue einmündete, war Luis Godines an diesem Morgen damit beschäftigt, seine Garage aufzuräumen. Von seiner Doppelgarage hinter dem Haus führte eine kleine, mit einem Fiberglasbaldachin überdeckte Auffahrt zu der Hintergasse, die ansonsten durch einen Holzzaun von seinem Garten getrennt war. Godines wollte bis Mittag fertig sein, sich dann duschen und seine Arbeit als Feuerwehrmann auf Wechselschicht beim Gasfeld der Exxon auf der King Ranch antreten. Kurz nach elf Uhr hörte er ein Auto, das direkt vor seiner Garage ziemlich geräuschvoll abgebremst und heruntergeschaltet wurde. Er ließ seine Arbeit kurz liegen und ging hinaus auf die Hintergasse, wo er eine blaue Limousine mit weißem Dach sah, die von der Caesar Avenue aus rückwärts in die Gasse einbog. Es war keines der Autos, die den Nachbarn gehörten, soweit Godines wußte, aber daran war nichts Ungewöhnliches, denn die Gasse war ungefähr vier Blocks lang, und zu jedem dieser Blocks gehörten ziemlich viele Häuser. Als der Wagen im Rückwärtsgang an ihm vorbei und weiter in die Gasse hineinfuhr, konnte Godines dem Fahrer direkt ins Gesicht sehen; es war ein Weißer mit einem Schnurrbart und kurzem, welligem, braunem Haar. Godines kehrte arglos zu seiner Garage zurück und machte sich wieder an die Arbeit.

Allison hatte zehn Minuten lang regungslos auf ihrem Bett gelegen, als der Eindringling wieder in ihr Zimmer kam. »Du kannst mich nicht sehen, oder?« fragte er sie.

»Nein, ich kann überhaupt nichts sehen«, sagte Allison. Anfänglich sah sie ihn nicht direkt an; sie wollte sich nicht dadurch verraten, daß sie einen Blick von ihm auffing.

»Das ist auch besser so. Wenn du mich sehen könntest, müßte ich dir was tun«, meinte er, während er ihr die Arme nach hinten riß und ihre Handgelenke auf ihrem Rücken mit weiterem Abdeckband zusammenschnürte. Ihre Fußknöchel umwickelte er genauso. Dann zog er sein Jackett aus, warf es über sie und hob sie vom Bett auf. Er trug sie durch das Haus zu der geöffneten Fronttür seines Wagens und legte sie vor den Rücksitz auf den Boden seines Wagens. Daraufhin ließ der Eindringling, der nun auch zum Kidnapper geworden war, den Wagen an, den Motor kurz aufheulen, legte einen Gang ein und fuhr die Gasse in Richtung Caesar Avenue hinunter.

Es waren erst zehn Minuten vergangen, seit er den blauen Wagen gesehen hatte. Als Luis Godines den gleichen Motor wieder hörte, ließ er noch einmal seine Arbeit in der Garage liegen und warf einen Blick auf das Auto. Als der blaue Wagen die Ecke erreichte, konnte Godines sehen, daß der Fahrer schnell in beide Richtungen blickte und dann nach links auf die Caesar Avenue einbog, in Richtung Osten auf die Umgehungsstraße der U.S. 77 zu.

Nur zwei Blocks entfernt machte im gleichen Moment eine Gruppe von ungefähr einem halben Dutzend Frauen, die am Angle Medical Center arbeiteten, eine Pause für ihre kleine Weihnachtsfeier. Eine der Frauen war eine Cousine von Allison Shaw. Sie knabberten Snacks und nippten an ihren Drinks, während sie sich über ihre Pläne für die Feiertage unterhielten.

Als sie untereinander Geschenke austauschten, übergab eine von ihnen Ronda ein kleines, leichtes Päckchen, auf dem ihr Name stand. Ronda riß das Päckchen auf. Die Schachtel, die darin steckte, war mit einem kurzen Stück Band zugeklebt. Ronda trennte es mit dem Fingernagel auf und klappte die

Schachtel auf. Darin lag ein kurzes, lavendelfarbenes Nachthemd – ein sehr aufreizendes, durchsichtiges, lavendelfarbenes Nachthemd. Ronda lächelte verlegen und nahm es aus der Schachtel. Die anderen Frauen kicherten.

Beim Anblick dieses zarten Gebildes wanderten Rondas Gedanken zurück in das wunderbare, kleine Apartment in Dallas, wo sie mit ihrem jungvermählten Ehemann gelebt hatte. Wie wäre er damals wohl über sie hergefallen, wenn sie, nur mit diesem Hemdchen bekleidet, in ihr Schlafzimmer gekommen wäre, und wie wunderbar würde sie sich fühlen, noch einmal so heiß und leidenschaftlich umarmt zu werden! Wenn ihre Bürokolleginnen glaubten, daß sie mit dieser kleinen Nummer ihr Ziel erreichte, dachte Ronda, dann könnte sie diese Theorie ja heute abend einmal erproben. Sie legte das Nachthemd wieder zurück in die Schachtel und machte sich fertig, um für ein schnelles Mittagessen nach Hause zu gehen. Sie erwartete ein Paket mit Geschenken von ihren Eltern.

Ungefähr eine Stunde später kam Allison Shaws vierzehnjährige Schwester Jenny nach Hause und rief im Haus nach ihrer Schwester. Jenny wußte, daß Allison zu Hause sein mußte, denn sie sollte eigentlich um drei Uhr nachmittags zu ihrer Teilzeitarbeit gehen. Als sie keine Antwort bekam, ging sie in Allisons Schlafzimmer, wo sie den toten Hund auf dem Boden fand. Entsetzt lief Jenny zum Telefon und rief ihren Vater an, Charles Shaw, der beim *Kingsville Record* arbeitete.

Charles eilte sofort nach Hause und sah sich alles an. Die Stichwunden des Hundes bluteten nicht mehr, und von außen war auch nicht viel Blut zu sehen. Er bemerkte, daß das tote Tier neben einem abgenutzten Elektrokabel lag und dachte zunächst, der Hund habe vielleicht auf dem Kabel herumgekaut und dabei einen elektrischen Schlag bekommen. Shaw wollte nicht, daß Allison ihren Hund so vorfände, wenn sie heimkäme; also trug er ihn in den Garten und begrub ihn am Zaun.

Aber als er zurückkam, um das Zimmer in Ordnung zu bringen, bemerkte er Blut am Fußende des Bettes. Plötzlich begriff er, was seine Entdeckung zu bedeuten hatte, und rief sofort die Polizei an.

Kapitel 8

GERECHTIGKEIT IN EINER TEXANISCHEN KLEINSTADT

Heute ist etwas Trauriges passiert. Vera, die Arzthelferin von Dr. Foster, hat eine Cousine, die Allison heißt. In ihr Haus ist jemand eingebrochen, hat ihren Hund umgebracht, sie entführt und sie im Laufe des Tages mehrfach vergewaltigt. Es tut mir so leid für sie. Ich habe Eddie davon erzählt, als ich heimkam. Es schien ihm nicht viel auszumachen – er brummte nur so etwas wie »Ach, tatsächlich?« vor sich hin. Das war alles.

– aus Rondas Tagebuch

Der Hund wurde wieder aus seinem Loch hinten im Garten ausgegraben. Hector Treviño entfernte den Schmutz von dem stumpf gewordenen Fell und sah sich den leblosen Körper des Hundes genau an. Er rollte den Leichnam auf die Seite und entdeckte die beiden klaffenden Löcher in der linken Brust, durch die aufgedunsenes, rotes Muskelfleisch hervorquoll wie eine aufgeblasener Schlauch aus einem geplatzten Reifen. Eine dritte Stichwunde befand sich weiter unterhalb im rechten Unterleib. Es war bemerkenswert wenig Blut zu sehen, so als hätte das Muskelfleisch wie ein aufgepumpte Blase die Löcher in der Haut verstopft und wie ein Damm gewirkt.

Bis zu diesem Zeitpunkt war die Polizei sich nicht sicher gewesen, was in Allison Shaws Schlafzimmer passiert war, aber jetzt wußte man, daß es nicht einfach ein Unfall gewesen war. Der Hund war umgebracht worden, und Allison war verschwunden. Die Ermittler sahen sich den Rahmen der Außentür des Anbaus an und fanden klare Anzeichen dafür, daß das Schloß aufgebrochen worden war. Treviño und die anderen

Beamten durchkämmten mit Charles Shaw zusammen das Haus auf der Suche nach weiteren Anhaltspunkten. Sie fragten bei den in der Nähe gelegenen Arztpraxen und am Kleberg Memorial Hospital nach, ob der vermißte Teenager dort vielleicht verletzt eingeliefert worden war. Sie schwärmten aus, um die Nachbarn zu fragen, ob irgend jemand von ihnen Allison gesehen hätte. Sie telefonierten mit ihrem Freund und ihren Schulkameradinnen, um zu erfahren, ob sie vielleicht dort irgendwo zu Besuch war.

Für die Polizei war es unzweifelhaft, daß das Verschwinden von Allison Shaw mehr war, als eine einfache Vermißtenmeldung vermuten ließ. Aber bisher gab es noch keinen Tatzeugen, und nur die Leiche des Hundes war ein stummer Hinweis auf die Gefahr, der Allison ausgesetzt sein könnte.

Luis Godines war fertig mit der Arbeit in seiner Garage und bummelte nach dem Mittagessen in Richtung Westen die Caesar Avenue hinunter. Als er die Ecke der 16. Straße erreichte, sah er, daß etwas weiter nördlich an der Straße etwas los war; also machte er sich auf den Weg dorthin. Bald konnte er eine Reihe von Polizeibeamten in Uniform und in Zivil erkennen. Neben dem Gehsteig in Richtung Johnston Avenue parkten Polizeiautos. Luis kannte von den Nachbarn an diesem Ende des sehr großen Blocks kaum jemanden. Einer von ihnen kam auf ihn zu, und Luis fragte den Mann, ob er wisse, was da los sei. Der Mann zuckte die Achseln und ging weiter. Luis sah sich das Geschehen eine Weile vom Bürgersteig aus an, wandte sich dann ab und ging wieder nach Hause. Er mußte sich für seine Arbeit fertigmachen.

Im gleichen Moment, da die Polizei im Hause der Shaws ankam, um ihre Ermittlungen im Falle der vermißten Person aufzunehmen, befand sich Allison fest verschnürt im Kofferraum des Wagens ihres Entführers, der auf dem Weg zurück nach Kingsville war. Das Martyrium ihrer Entführung dauerte nun schon mehr als zwei Stunden, und ein Ende war nicht in Sicht.

In der Dunkelheit des Kofferraums spürte Allison jeden Stoß

und jede Kurve. Irgendwann war sie sich sicher, daß er sie zurück nach Kingsville gebracht hatte, denn der Verkehr wurde langsamer, und der Wagen hielt öfter an. Einmal hatte der Wagen neben einem Polizeiauto gehalten, und Allison hatte das prasselnde Geräusch des Polizeifunks hören können. Sie war nur zwei Meter von einer möglichen Beendigung ihrer Folter entfernt und mußte sich entscheiden, ob sie nun aus vollem Halse schreien sollte oder nicht. Aber es war nicht sicher, daß der Polizist sie rechtzeitig hören würde, und ihren Kidnapper hätte es möglicherweise erzürnt. Deshalb blieb Allison still.

Ein anderes Mal ging der laute Wagen in eine Linkskurve, und Allison stieß gegen eine Werkzeugkiste. Dann spürte sie das Knarren und Knirschen der Achsen beim Überqueren von Eisenbahnschienen. Sie versuchte, sich alles genau einzuprägen, obwohl sie nicht wußte, ob sie noch dazu kommen würde, es jemandem zu erzählen.

Nur wenige Minuten, nachdem sie die Eisenbahnschienen überquert hatten, hielt der Wagen, der Rückwärtsgang wurde eingelegt, es ging rückwärts eine Bordsteinkante hoch, und dann stand das Auto. Der Kofferraumdeckel wurde geöffnet, und Licht drang durch die Schlitze des Bandes, mit dem Allisons Augen verbunden waren. Ihre Hände waren ihr jetzt nicht mehr hinter dem Rücken, sondern vor der Brust zusammengebunden, so daß sie die Schlitze vor ihren Augen etwas hatte erweitern können und jetzt ein wenig besser sah. Sie betete nur, daß ihr Entführer dieses Geheimnis nicht entdeckte. Der Mann warf seine Jacke über sie und hob sie aus dem Kofferraum heraus. Er ging schnell mit ihr ins Haus und legte Allison auf den Küchenboden. Sie wälzte sich auf den Bauch.

»Wenn ich die Fesseln an deinen Händen losschneide, bekomme ich dann irgendwelche Probleme?« fragte er sie.

»Nein«, antwortete Allison. Der Mann schnitt mit seinem Messer das Band durch, das ihre Handgelenke gefesselt hatte, und entfernte dann auch das Band um ihre Fußgelenke. Sie vermutete, daß dies hier sein Haus war, und begann, Einzelheiten zu registrieren, die sie durch den Schlitz in dem Band um ihre Augen herum sehen konnte. Der Mann ging für einige Minuten in ein anderes Zimmer. Als er zurückkehrte, hörte Allison, daß er ein Zündholz anstrich, und kurz darauf roch sie das süßliche Aroma von Marihuana.

»Wie wär's mit einem Joint? Möchtest du etwas Haschisch?« fragte der Mann sie merkwürdig höflich. Allison sagte ja und nahm einige Züge.

»Möchtest du mit mir schlafen?« fragte er sie. Jetzt, da er in gewohnter Umgebung war, war er ganz offensichtlich nicht mehr so angespannt. Allison wußte nicht, was sie mit dieser Frage anfangen sollte. Es war, als ob er jetzt ein Rollenspiel aufführte. Sie hatte ja tatsächlich keine Wahl. Durch ihren Augenverband konnte sie sehen, daß er ihre Mitarbeit bereits voraussetzte – er zog sich völlig aus. Sie wandte sich schnell ab, nachdem sie einen kurzen Blick auf seinen drahtigen Körper und seine haarigen Oberschenkel geworfen hatte, dann aber schoß ihr durch den Kopf, daß sie das nicht hätte tun sollen. Eine Bewegung wie diese könnte ihm verraten, daß sie noch sehen konnte. Er befahl ihr, sich auszuziehen, und sie gehorchte, indem sie ihr T-Shirt, ihr Höschen und ihre Socken auszog. Bis auf das braune Kreppband, das um ihr blondes Haar gewickelt war, war sie völlig nackt. Der Kidnapper führte Allison zum Wohnzimmer und befahl ihr, sich hinzulegen.

Sie konnte sehen, daß sie jetzt in einem mit dunklem Holz verkleideten Zimmer war. Zur Straße hin hatte es ein Doppelfenster, und davor stand ein ziemlich armseliger, ungefähr ein Meter zwanzig hoher künstlicher Christbaum. In der Zimmerecke links von ihr stand ein niedriger Tisch, darauf eine Lampe mit gefaltetem Schirm. Als sie sich zur anderen Seite herumdrehte, sah sie an der Wand ein einfaches Sofa und daneben einen kleinen, grünen, kunststoffbezogenen Sessel. Hinter dem Sessel hing ein eingerahmtes Foto an der Wand. Es schien eine Frau mit einem kleinen Kind vor dem Hintergrund eines Waldes darzustellen. Außerdem konnte sie noch einen Digitalwecker mit roten Ziffern entdecken.

Während der nächsten drei Stunden vergewaltigte der Mann Allison wieder und wieder. Seine Stimme blieb gedämpft und drohend, während er sich von einem Orgasmus zum nächsten steigerte. Er zwang sie, ihm nachzusprechen, daß er gut war und daß sie es genoß. Allison leistete keine Gegenwehr. Der

Terror und die Brutalität dieser Tortur hatten sie kraftlos gemacht.

Irgendwann warf Allison ihren Kopf zurück, und der Mann sprang auf.

»Hast du mich gesehen?« verlangte er zu wissen.

»Nein, bestimmt nicht«, antwortete Allison, in Furcht, daß er vielleicht in der Dunkelheit unter dem Band ihre Augen erkannt haben könnte.

»Wenn du mich gesehen hättest, müßte ich dich erledigen«, sagte er.

»Wenn Sie mir nicht glauben«, flehte Allison, »dann verbinden Sie mir doch noch einmal die Augen. Aber ich sage Ihnen, ich habe Sie nicht gesehen. Ich will Sie ja gar nicht sehen.«

Der Mann ging in ein anderes Zimmer und kam schnell mit einer Rolle von grünem Band zurück. Er kam auf Allison zu, nahm einen ihrer Socken auf und drückte ihn ihr über die Augen, über das braune Kreppband. Dann machte er den blauen Socken mit dem grünen Klebeband über dem braunen Kreppband fest und wickelte das Band einige Male stramm um ihren Kopf. Als er damit fertig war, stellte Allison fest, daß sie immer noch etwas sehen konnte, wenn sie nach unten durch einen Spalt blickte, der über dem Bogen ihrer Nase noch offen geblieben war.

Er begann wieder, sie zu vergewaltigen, und Allison glaubte zu hören, wie ein Kassettenrecorder mit einer Bandkassette geladen und angestellt wurde.

»Sag, daß ich gut bin«, flüsterte der Mann Allison zu, die annahm, daß ihre Vergewaltigung jetzt auf Band aufgenommen werden sollte.

»Oh, Sie sind gut«, gehorchte Allison mit furchterfüllter Stimme.

»Sag mir, daß ich deinen Arsch ficken soll«, befahl er mit sehr leiser, flüsternder Stimme. Offensichtlich wollte er, daß nur Allisons Worte aufgezeichnet würden.

»Ich will, daß du mir den Arsch fickst«, antwortete Allison. »Weil du gut bist. Oh, oh, du bist gut.«

Der Mann drehte Allison sofort um und begann, von hinten in sie einzudringen. Es war die qualvollste der Vergewaltigungen, und sie weinte vor Schmerz und Widerwillen. Er mahnte sie, ruhig zu sein, und nannte sie Hure und Nutte, während er schnell seinen Höhepunkt erreichte. Dann verließ er den Raum für eine Minute und überließ Allison der Frage, was ihr wohl als nächstes bevorstände.

»Warum haben Sie aufgehört?« fragte Allison, als sie ihn ins Zimmer zurückkommen hörte.

»Weil ich jetzt eine Aufnahme hiervon machen will«, antwortete er höhnisch. Der Mann drehte sich herum, und ungefähr fünfzehn Sekunden später nahm Allison einen Blitz wahr und das surrende Geräusch einer Sofortbildkamera. Anschließend vergewaltigte der Mann sie noch einmal, diesmal vaginal.

Gegen fünf Uhr nachmittags säuberte sich der Vergewaltiger und zog sich an. Dann fesselte er Allisons Handgelenke wieder mit einem Band, bedeckte sie mit seiner Jacke und trug sie zurück in den Kofferraum des Wagens. Er fuhr eine kurze Zeit umher, bevor er anhielt und sie in der Herrentoilette im Dick Kleberg Park am Südende von Kingsville freiließ. Es war in der Nähe der Stelle, wo Ronda ihren verzweifelten Brief in ihr Tagebuch geschrieben hatte. Bevor er sie allein ließ, warf ihr der Mann noch eine Hose hin. Allison, die den ganzen Nachmittag lang Todesangst ausgestanden hatte, brauchte nun nicht länger zu befürchten, getötet zu werden. Jetzt konnte sie sich darauf konzentrieren, sich an so viele Einzelheiten zu erinnern wie nur irgend möglich. Eins wußte sie jedenfalls ganz genau.

Dieses Gesicht würde sie nie mehr vergessen.

Die Einsatzleiterin der Polizei informierte George Gomez unverzüglich, als sie den Anruf von Allison Shaw erhielt, die über die Straße in einen der Vorgärten gegenüber dem Dick Kleberg Park gelaufen war. Der Polizei-Captain rief nach Treviño und Judy Hayes, die sich so schnell wie möglich zu Allison Shaw begeben sollten, und wies die Einsatzleiterin an, den Teenager bis zu deren Eintreffen am Telefon zu behalten.

»Ich arbeitete gerade im Vorgarten, als sie meine Auffahrt heraufgelaufen kam und sagte, sie sei vergewaltigt worden«, erzählte der Hausbesitzer Bob Bertics den Detectives Treviño und Judy Hayes, die zusammen um 17 Uhr 07 am Dick Kleberg Park angekommen waren. Bertics führte sie ins Haus und in die Küche, wo Allison noch am Telefonapparat war. Die Einsatzleiterin hatte sie so lange dort gehalten, bis die beiden Kriminalbeamten eingetroffen waren. Allison schien unter Schock zu stehen. Sie starrte den Mann und die Frau in der Küchentür ausdruckslos an. Judy Hayes war in Uniform, Hector Treviño in Zivilkleidung. Allison musterte die beiden Beamten von Kopf bis Fuß, so als ob sie nicht glauben könne, daß sie jetzt endlich in Sicherheit war. Judy Hayes hörte die Stimme der Einsatzleiterin aus dem Hörer neben Allisons Ohr: »Es ist in Ordnung, Allison. Du kannst den Hörer jetzt einhängen.« Judy Hayes nahm ihr den Hörer ab und legte ihn wieder auf die Gabel.

Allison erklärte ihnen, daß sie von einem Anglo-Amerikaner entführt und vergewaltigt worden sei, und daß sie sein Gesicht mehrere Stunden lang genau gesehen habe. Das gab ihr als erstem der Opfer eine echte Chance, den Vergewaltiger zu identifizieren. Sie führte die beiden Kriminalbeamten zu dem Toilettenraum, wo sie erst vor einer halben Stunde freigelassen worden war. Treviños Augen weiteten sich, als er den Boden besah. Dort lag das Band, das, so sagte Allison, der Vergewaltiger benutzt hatte, um ihr ihren blauen Socken vor die Augen zu binden. Ihm kam es vor allem auf die Farbe an. Sie war grün, und das Band war das gleiche, das auch bei der Vergewaltigung von Kyung Ellis benutzt worden war, und das nur auf dem Marineflughafen erhältlich war.

Treviño und Judy Hayes brachten Allison schleunigst zum Kleberg Memorial Hospital, wo eine Reihe von Tests gemacht werden sollten. Während der kurzen Fahrt den Brahma Boulevard hinauf erzählte Allison, wie der Mann sie im Kofferraum seines Wagen eingeschlossen hatte, und daß sie deutlich gesehen habe, daß es ein blaues Auto mit einem weißen Dach gewesen sei. Treviño blieb nur so lange im Krankenhaus, bis er sich vergewissert hatte, daß sich die Ärzte um Allison kümmerten. Er ließ sie dort mit Judy Hayes und Captain Gomez zurück, der dort zu ihnen gestoßen war. Treviño gab eine Beschreibung des Wagens des Verdächtigen an alle Streifenwagen heraus.

Er hängte das Mikrofon des Funkgerätes zurück in seine Halterung und machte sich dann schnurstracks selbst auf den Weg. Keine zehn Minuten später hatte Treviño den Wagen auf der Mesquite Avenue geparkt, etwas unterhalb von Eddie Wyatts Haus. Dort stand der blaue Plymouth Valiant mit dem weißen Dach. Zufrieden, daß Eddie das Auto immer noch besaß, beschloß Treviño, Allison am nächsten Morgen als erstes zur Mesquite Avenue zu bringen, um sich den Valiant einmal anzusehen. Wenn sie in der Lage war, ihn als den Wagen zu identifizieren, in dem sie entführt worden war, dann würde Treviño den Fall schnell abschließen können.

Als Ronda an diesem Abend mit den Kindern, die sie von ihrer Tagesmutter abgeholt hatte, heimkam, waren Paul und Diana ziemlich aufgekratzt und wollten noch kurz hinunter zu dem Spielplatz am Brookshire Park gehen. Sie fragte Eddie, ob er mitkomme. Er schien sehr in Gedanken versunken zu sein, und Ronda hoffte, daß er sich bei einem Spaziergang vielleicht etwas entspannen könnte. Paul und Diana liefen voraus, während Eddie und Ronda die Nachhut bildeten. Auf dem Spielplatz half Ronda den Kindern auf die Geräte, während Eddie es sich auf einer der Picknickbänke bequem machte.

An diesem Abend machte Ronda ihrer Familie ein einfaches Abendbrot, dann saßen sie noch etwas um den Weihnachtsbaum herum und sahen fern. Nachdem die Kinder schliefen, schien Eddie noch müder zu sein als üblich und ging früh ins Bett. Ronda ging ins Bad, um sich für die Nacht fertigzumachen. Sie nahm das Weihnachtsgeschenk von den Frauen aus ihrem Büro mit, das lavendelfarbene Négligé, und zog es sich an. Trotz ihres früheren Beschlusses, seine ständige Zurückweisung zu vermeiden, war sie versessen darauf, wenigstens noch einen Versuch zu unternehmen, ihren Ehemann zu verführen.

Eddie schlief schon halb, als Ronda ins Schlafzimmer kam.

»Eddie?« fragte sie vom Fußende des Bettes aus. »Was hältst du *davon*?«

Eddie öffnete die Augen und stützte sich auf seine Ellbogen

auf. Dann sah er seine Frau an und ließ seine Augen an ihr auf- und abgleiten, um die ganze Wirkung des knappen und anregenden Nachthemdes zu erfassen. Ronda drehte sich, um es ihm von allen Seiten zu zeigen. Sie lächelte ihren Ehemann an, in der Erwartung, daß er ihren Annäherungsversuch erwiderte.

»Nun, was hältst du davon?« wiederholte Ronda. »Die Frauen aus der Klinik haben es mir heute bei der Weihnachtsfeier geschenkt.«

»Es ist sehr schön, Schätzchen«, sagte Eddie. Er machte eine Pause und ließ sich dann in sein Kissen zurückfallen. »Ich bin nach dieser Wochenendschicht echt müde«, sagte er und drehte sich herum, um zu schlafen. An diesem Abend weinte Ronda sich in den Schlaf.

Am Morgen nach der Bibelstunde der Frauen, die jeden Dienstag stattfand, bemerkte Barbara Crowell, daß mit Ronda Wyatt irgend etwas nicht stimmte. Noch bevor Ronda sich verabschieden konnte, um zur Arbeit zu fahren, ging Barbara schnell zu ihr herüber und griff nach ihrem Arm. Ronda wirkte stumpf und ausdruckslos, ein seltenes Bild für diese junge Frau, die Barbara normalerweise als froh und gutgelaunt kannte.

»Gehen wir zusammen zu Mittag essen«, schlug Barbara vor.

»Ach, ich weiß nicht«, sagte Ronda. Krampfhaft suchte sie nach einer Ausrede, aber Barbara war ein Mensch, der sie Dinge sofort in die Hand nimmt, und bevor Ronda es noch recht begriffen hatte, waren sie auch schon auf dem Weg in ein Restaurant auf der 14. Straße Süd. Nachdem sie bestellt hatten, versuchte Barbara sofort, herauszubekommen, was ihre Freundin bedrückte.

»Ich weiß es wirklich nicht, das ist es ja gerade, was mich umbringt«, sagte Ronda. »Irgend etwas stimmt bei uns zu Hause nicht, zwischen Eddie und mir, und ich habe nicht die geringste Vorstellung, worum es sich handelt.« Zum ersten Mal, seit sie in Kingsville wohnten, ging Ronda gegenüber einer Freundin etwas aus sich heraus. Sie erzählte Barbara von Eddies Depressionen, die er seit dem Tod seines Vaters hatte und von dem fast vollständigen Erliegen ihrer ehelichen Beziehung. Barbara versicherte Ronda, daß sie jederzeit mit ihr rechnen konnte, wann immer sie Hilfe brauchte. Es tat Ronda gut, etwas von den Qualen abzuladen, die sie ständig mit sich herumtrug, und einmal nicht nur daran zu denken, den äußeren Schein zu wahren.

»Ich will, daß jeder hier an diesem Fall persönlich Anteil nimmt«, sagte Captain Gomez zu Judy Hayes. Gomez brachte Allison Shaw in den Besprechungsraum, damit sie die Aussagen über ihr Martyrium vor allen sieben Kriminalbeamten machte und alle Fragen beantwortete, die ihr gestellt wurden. Die Kriminalbeamten konnten zwar auch die schriftliche Eideserklärung lesen, die sich auf Judy Hayes' lange und detaillierte Vernehmung des Opfers stützte, aber Gomez wußte, daß sie alle von einem unbändigen Zorn über das furchtbare Verbrechen erfüllt sein würden, wenn sie Allison sahen und alles aus ihrem eigenen Mund hörten. Er wollte, daß sie so empfänden, als ob Allison ihre Tochter, ihre Schwester, ihre Frau oder ihre Freundin wäre. Gomez wollte, daß seine Leute diesen Fall lösten, bevor der Vergewaltiger wieder zuschlagen konnte.

Allison erzählte ihnen von ihrer Angst, als ein Mann, der eine dunkle Skimaske mit einem hellen Muster auf der Vorderseite trug, durch die Tür in ihr Zimmer gestürmt kam und auf sie zusprang. Er hatte ein schweres Messer bei sich. Sie sprach von dem heldenhaften Versuch ihres Hundes, sie zu beschützen und von den brutalen Messerstichen, mit dem der Mann das beantwortet hatte.

»Er hielt mir meinen toten Hund vors Gesicht und sagte mir, daß mir das gleiche widerfahren würde, wenn ich nicht mitmachte«, berichtete Allison. »Dann umwickelte er mir den Kopf vollständig mit Kreppapier und sagte mir, ich solle mich umdrehen. Da habe ich gemerkt, daß ich immer noch sehen konnte. Ich sah, wie er seine Skimaske abnahm. Ich sah sein Gesicht so deutlich, wie ich jetzt Ihre Gesichter hier sehe.«

Allison beschrieb den Vergewaltiger als einen weißen amerikanischen Mann, etwa einsfünfundsechzig bis einssiebzig groß und zwischen zwanzig und dreißig Jahren alt. Er war schmal und drahtig und trug sein dunkles Haar kurz. Am linken Auge hatte er eine Narbe oder Hautverfärbung, die vielleicht von einer Verbrennung herrühren konnte.

»Er trug mich hinaus zu seinem Auto und deckte auf dem Boden des Fonds seine Jacke über mich; dann hat er mich irgendwohin hinaus aufs Land gefahren. Ich weiß nicht, wohin, aber ich glaube, es ging in südliche Richtung. Er hielt einmal an und stieg aus und machte irgend etwas in der Nähe des Wagens. Während dessen ließ er den Motor laufen. Ich konnte Leute in der Nähe hören, aber ich hatte Angst, er würde mich umbringen, wenn ich schrie. Dann stieg er wieder ein, wendete den Wagen und fuhr noch einmal ungefähr zehn Minuten. Als er zum zweiten Mal anhielt, öffnete er die Fondtür und kam zu mir nach hinten.«

Als nächstes beschrieb Allison die erste der fünf Vergewaltigungen durch ihren Entführer. Sie erzählte den Polizisten, er habe das Band um ihre Handgelenke durchschnitten und ihr befohlen, hinauf auf den Sitz zu kommen. Dann hatte er ihr ihre kastanienbraunen Höschen und ihre Socken heruntergerissen. Sie hörte, wie er seinen Reißverschluß öffnete, und dann drückte er sie von oben nieder und drang gewaltsam in sie ein. Nachdem er sie so mißbraucht hatte, setzte er sich wieder auf den Fahrersitz, fuhr los, hielt erneut den Wagen an und kam noch einmal zu ihr nach hinten. Dort zwang er sie zu oralem Sex und vergewaltigte sie ein zweites Mal.

»Nachdem er damit fertig war, bekam ich meinen Schlüpfer zurück. Wieder fesselte er mir die Hände und die Füße mit dem Kreppband und steckte mich in den Kofferraum seines Wagens. Er wiederholte ständig, daß er mich nicht umbringen würde, wenn ich weiter mitmachte«, sagte Allison. Der Mann hielt an einer Tankstelle an – sie konnte hören, wie neben ihr das Benzin durch den Tankstutzen in den Tank lief –, und zwar war es ihrer Meinung nach die Bradlee-Tankstelle unten am Highway 77 in der Nähe von Ricardo. Die Kriminalbeamten machten sich eine Notiz, daß sie die Angestellten dort, die am Montag um die Mittagszeit Dienst hatten, befragen mußten, ob sie einen blauen Wagen gesehen hatten, und, falls ja, ob dessen Auspuff defekt gewesen war.

Im Hause des Vergewaltigers, so sagte Allison den Kriminalbeamten, konnte sie etwas besser sehen, weil es ihr in dem Kofferraum möglich gewesen war, das Band über ihren Augen etwas auseinanderzuschieben und die Öffnung an ihrer Nasenspitze ein wenig zu vergrößern. Der Mann hätte sie durch die Küche hineingetragen und dort auf den Boden gelegt. Sie konnte das Haus beschreiben, angefangen vom Muster des Linoleums in der Küche bis hin zu dem kleinen Weihnachtsbaum im Wohnzimmer. Der Vergewaltiger hätte mit einer Sofortbildkamera Fotos von ihr gemacht, sagte sie, vielleicht auch eine Bandaufnahme mit einem Kassettenrecorder.

Im Laufe der nächsten drei Stunden vergewaltigte er sie im Hause wieder und wieder, vaginal, oral und anal, bevor er sie schließlich wieder im Dick Kleberg Park freiließ. Auf dem Weg dorthin hätte sie hören können, wie der Mann den Motor hochjagte; sie habe den Eindruck gehabt, daß er ziemlich forsch gefahren sei.

Captain Gomez präsentierte ihr zehn Polaroidfotos von Männern, die ihrer Beschreibung des Vergewaltigers mehr oder weniger entsprach. Allison sah sie alle durch und meinte, daß eins davon dem Vergewaltiger ähnelte, obwohl sie sich sicher war, daß es sich nicht um denselben Mann handelte.

Hector Treviño nahm Allison in seinem Dienstwagen mit zur Mesquite Avenue. Die ganze Nacht über hatte er an Eddie Wyatt gedacht, seit er sich vergewissert hatte, daß der Marinemann immer noch den blauen Wagen mit dem weißen Dach fuhr. Es war nur eines von mehreren blauweißen Autos, die er dem Teenager zeigen wollte, aber es war das erste auf seiner Liste.

»Es ist nicht gesagt, daß der Wagen, in dem Sie gewesen sind, einer von denen ist, die ich Ihnen jetzt zeigen werde. Das wissen wir nicht genau. Ich möchte nur, daß Sie sie sich kurz ansehen und schauen, ob Sie vielleicht einen davon wiedererkennen«, erklärte er ihr, während sie vom Polizeirevier aus die 6. Straße nach Norden hinauffuhren. Sie überquerten auf ihrem Weg die Eisenbahnschienen, aber das löste bei Allison keine Erinnerung aus. Treviño war sehr gespannt, als er von der 3. Straße in die

Mesquite Avenue einbog. Ein oder zwei Türen von Eddies Haus entfernt fuhr er sachte an den Randstein. Der blaue Valiant stand immer noch dort geparkt.

»Der da drüben«, zeigte Treviño auf das Auto. »Ist es der vielleicht gewesen?«

Allison sah sich den Plymouth genau an. Ihre Augen ruhten auf dem Kofferraumdeckel und der Seitenverkleidung, hinter der die Rücksitze lagen. Sie studierte den Wagen eine ganze Zeit, bevor sie antwortete.

»Nein, das ist er nicht«, sagte sie schließlich dem enttäuschten Kriminalbeamten. »Ich glaube nicht, daß er es ist.«

»Sind Sie sich jetzt sicher?« hakte er nach.

»Nein, das ist der Wagen nicht. Ich bin ganz sicher, daß er es nicht ist.«

Treviño legte einen Gang ein und fuhr so langsam an Eddies Wagen vorbei, daß Allison sich ihn noch einmal anschauen konnte.

»Ich bin mir ganz sicher«, wiederholte sie, als sie den Block hinter sich gelassen hatten. Treviño brachte sie noch zu verschiedenen anderen Stellen, wo seines Wissens blaue Autos standen, aber Allison konnte keines davon identifizieren. Schließlich brachte er sie mit dem Gefühl, all sein Pulver verschossen zu haben, nach Hause und beteiligte sich an den Nachforschungen der übrigen Kriminalbeamten in der Nachbarschaft der Shaws.

Bis zum späten Nachmittag hatten sie verschiedene Nachbarn gefunden, die am Tag zuvor etwas beobachtet hatten, aber es war doch nur wenig Verwertbares dabei.

Es war bereits fünfzehn Uhr, als einer der Beamten zu Luis Godines' Haus kam, der inzwischen seine Spätschicht auf dem Exxon-Gasfeld auf der King Ranch angetreten hatte. Infolgedessen öffnete niemand die Tür.

Nichtsdestoweniger verbreitete sich die Nachricht von dieser letzten Vergewaltigung schnell in der kleinen Stadt. Am Angle Medical Center schilderte Allisons Cousine unter Tränen ihren Kollegen das Verbrechen, das am Tage zuvor begangen worden war. Am Abend dieses Tages stand Ronda in der Küche und machte Essen, während Eddie im Wohnzimmer fernsah; er schien ziemlich müde zu sein und sich nicht besonders darauf zu freuen, daß er am späten Abend noch zur Arbeit mußte.

»Ich habe heute im Büro etwas Schreckliches gehört«, erzählte Ronda ihrem Mann.

»Was denn, Schätzchen?« fragte Eddie.

»Du kennst doch Vera, die Arzthelferin bei uns? Sie hat hier eine Cousine, die noch keine zwanzig Jahre alt ist – und bei der hat gestern jemand eingebrochen, sie entführt und mehrmals vergewaltigt. Es war ganz furchtbar.«

Eddie schien ungerührt.

»Ihren Hund hat er auch umgebracht«, fuhr Ronda fort. »Hat den Hund des Mädchens vor ihren Augen abgestochen. Sie ist erst siebzehn. Es ist alles so entsetzlich.«

»Ach, wirklich?« antwortete Eddie. Dann wandte er sich wieder dem Fernsehapparat zu.

Diese Reaktion war wieder einmal typisch für ihren Mann, dachte Ronda. In letzter Zeit ließ Eddie alles völlig kalt, sogar diese schreckliche Nachricht von der jüngsten Vergewaltigung in Kingsville.

Gegen 19 Uhr stieß Luis Godines auf dem Naturgasfeld zu einer Gruppe von Kollegen aus der Abendschicht, die sich gerade über etwas unterhielten.

»Hey, Luis, du wohnst doch an der Ecke 16. Straße und Caesar Avenue, oder nicht?« fragte einer von ihnen Godines.

»Ja, warum?« fragte Luis.

»Hast du von der Entführung und Vergewaltigung in deiner Nachbarschaft gehört?«

Godines wurde plötzlich aufmerksam.

»Irgendein Kerl hat ein Mädchen aus dessen Haus auf der 16. Straße heraus entführt und sechs Stunden lang vergewaltigt«, sagte der Kollege. »Hat es dann bei den Sportplätzen wieder freigelassen. Hat es im Kofferraum seines Wagens herumgefahren.«

Bei der letzten Bemerkung zog Luis die Augenbrauen hoch. War das arme Mädchen vielleicht im Kofferraum des blauen Wagens gewesen, den er an seiner Garage hatte vorbeifahren sehen? Hatte er vielleicht den Vergewaltiger gesehen? Er machte sich sofort auf die Suche nach dem nächsten Telefon.

Hector Treviño und Judy Hayes kamen kurz nach zwanzig Uhr in ihr Büro, wo man ihnen sagte, daß ein Exxon-Arbeiter namens Godines angerufen und gesagt habe, er wisse etwas über den Fall Shaw. Unverzüglich rief Treviño auf dem Gasfeld der Kings Ranch an. Godines erzählte ihnen, daß er etwa um elf Uhr vormittags einen blauen Wagen mit weißem Dach rückwärts in die Hintergasse habe hineinfahren sehen; etwa fünfzehn Minuten später sei er wieder davongefahren. Er glaube, daß es ein Chevrolet Nova gewesen sei. Treviño war sofort klar, daß das genau die Zeit war, zu der Allison nach ihrer eigenen Aussage in dem blauen Wagen weggebracht worden war. Treviño wollte Godines treffen, sobald dieser Arbeitsschluß hatte.

Eine halbe Stunde vor Mitternacht holte der Beamte Godines aus dessen Haus ab und brachte ihn zum Revier. Godines sah sich die gleiche Auswahl von Fotos an, die man auch Allison gezeigt hatte, und suchte das gleiche heraus wie sie. Er sagte, daß es dem Mann, den er gesehen hatte, ähnlich sehe, aber kein Foto von ihm selbst sei.

»Ich habe den Kerl deutlich gesehen«, sagte Godines, »aber ich kann mich nicht mehr an alles erinnern.«

»Wären Sie bereit dazu, sich hypnotisieren zu lassen?« fragte Gomez den Zeugen. »Wir könnten dadurch viele Details erfahren, an die Sie sich jetzt nicht mehr erinnern können.« Godines war sofort einverstanden. Dann nahm Treviño Godines zu einer nächtlichen Fahrt durch Kingsville mit. Ungefähr eine Stunde lang sahen sie sich verschiedene blau-weiße Autos an, deren Standorte von den Beamten den ganzen Tag über ausfindig gemacht und aufgezeichnet worden waren. Sie fuhren zur Mesquite Avenue, um Eddie Wyatts Valiant zu überprüfen, aber der Zeuge konnte den Wagen nicht identifizieren. Als sie zum Revier zurückkehrten, sagte Gomez ihm, daß er für drei Uhr nachmittags am nächsten Tag einen Termin bei einem Hypnotiseur des Ministeriums für öffentliche Sicherheit des Staates Texas in Corpus Christi ausgemacht hätte.

Treviño fand in dieser Nacht nicht viel Schlaf. Nachdem

Bobby Ellis eines Abends Eddie Wyatt verdächtig umherstreifen gesehen hatte und nachdem Wyatts Wagen von einem privaten Wachmann am Schauplatz einer weiteren Vergewaltigung gesichtet worden war, hatte der Detective sich gute Chancen ausgerechnet, endlich auf der richtigen Fährte zu sein. Da Allison in einem ebenfalls blau-weißen Wagen entführt worden war, glaubte Treviño nicht mehr an Zufall. Aber seine Hoffnung schwand, als Allison und jetzt auch Godines nicht in der Lage waren, Eddie Wyatts Wagen zu identifizieren. Nun mußte er herausfinden, wo er in die Irre gegangen war.

Am nächsten Morgen brachte der halbwöchentlich erscheinende *Kingsville Record* die Entführung und Vergewaltigung von Allison an hervorstechender Stelle auf der ersten Seite mit der Schlagzeile: ›Polizei bittet um Mitarbeit bei der Suche nach dem Vergewaltiger.‹ Der Untertitel dazu in kleineren Typen lautete: ›Schoßhund zur Warnung des Opfers abgestochen.‹ In dem Artikel selbst beschrieb Gomez den Mann, nach dem die Polizei suchte:

›Anglo-amerikanischer Mann, ein Meter fünfundsechzig bis ein Meter siebzig groß, Alter zwischen zwanzig und dreißig Jahren. Schlank, kurzes Haar und mit einer Verbrennungsnarbe oder einer Verfärbung auf der Wange unterhalb des linken Auges.‹

Die Beschreibung paßte genau auf Eddie Wyatt. Da die Wyatts die Zeitung nicht abonniert hatten, las Ronda sie nie.

Am Mittwoch morgen, kurz nach neun Uhr, holte Treviño Godines ab und fuhr mit ihm hinüber zum Marineflughafen, um dort weitere blaue Autos zu überprüfen. Keines kam dem Zeugen bekannt vor. Also ging es weiter zum Parkplatz eines Wohnhauses an der 6. Straße Süd, wo der Wagen eines weiteren Verdächtigen abgestellt war, aber wieder zuckte Godines nur die Achseln. Nach einem verspäteten Mittagessen fuhren sie zusammen mit Gomez nach Corpus Christi zu der Sitzung mit dem Hypnotiseur.

Nachdem der Texas Ranger Jim Peters Godines hypnotisiert hatte, begann sich dieser viel lebhafter zu erinnern. Er wußte genau, was er gerade getan hatte, als er das Röhren des defekten Auspuffes zum ersten Mal gehört hatte. Er erinnerte sich, wie er aufgeschaut hatte und seine kurze Auffahrt hinunter auf die Hintergasse gegangen war. Und er konnte sich an das Gesicht erinnern und den Fahrer sehr detailliert beschreiben. Mit einer so lebensnahen Beschreibung hatte die Polizei nicht gerechnet. Unglücklicherweise hatte der Polizeizeichner gerade Urlaub genommen und wurde erst in fünf Tagen wieder zurückerwartet. Deshalb verabredete Gomez eine weitere Sitzung für Montag nach Weihnachten. Dann würde auch der Skizzenzeichner der Polizei dabei sein.

Es war ein schönes Stück Arbeit, aber schließlich gelang es Eddie doch, die beiden neuen Kinderfahrräder zusammenzubauen, nachdem die beiden Kleinen am Heiligen Abend schlafen gegangen waren. Ronda lächelte und machte ein Foto von ihrem Mann, der barfuß in Bluejeans und einem Sweatshirt inmitten von Installationsvorschriften, einem Haufen Werkzeug und Einzelteilen der beiden Fahrräder saß. Sie selbst klebte Weihnachtskarten von Freunden auf die Eingangstür und darunter handgemalte Karten von Paul und Diana.

»Ich hoffe, daß die Kinder sich nach all der Arbeit auch darüber freuen«, sagte Eddie mit einem Seufzer, während er sich bemühte, eine Schraubenmutter auf der Narbe eines Rades festzuziehen. Es wischte sich mit dem Arm übers Gesicht. Eddie und Ronda hatten gespart, damit sie die Räder zu Weihnachten kaufen konnten, und Eddie war froh, daß sie das geschafft hatten. Er war seinen Kindern ein besserer Vater, als der seine es ihm gewesen war. Und obwohl er mit Ronda übereingekommen war, daß sie einander nichts schenken wollten, weil sie mit dem Geld so knapp waren, hatte Eddie auch ein Geschenk für seine Frau.

»Ich mache uns mal Chugalugs«, sagte Ronda und legte die Kamera auf den Tisch. Das war ihr Spezialdrink zu Weihnachten, eine heiße Schokolade aus einer Mischung von Kakao, Zucker, Salz und Vanille, bedeckt mit einer Haube aus geschmolzenen Marshmallows. Sie machte sich in der Küche an die Arbeit, während Eddie die Hilfsräder an die Fahrräder montierte. Die beiden genossen ihr Zusammensein.

Seit ihrem Gespräch bei dem Mittagessen mit Barbara Crowell fühlte Ronda sich besser. Sie betete immer noch zu Gott, ihr zu offenbaren, was in ihrer Ehe schiefging, aber dieser Ausbruch lange aufgestauter Emotionen hatte ihr das Gefühl gegeben, daß sie nicht länger allein war. Ronda beschloß, diese Weihnachtstage zu genießen. Alles war nun in Gottes Hand, und er würde zur rechten Zeit die Dinge schon ins Lot bringen.

Am Morgen jauchzten die Kinder vor Freude, als sie ihre neuen Fahrräder sahen, und baten ihren Vater, mit ihnen hinauszugehen und ihnen sofort beizubringen, wie man darauf fuhr. Zur Weihnachtsmusik aus ihrer Stereo-Anlage machten Ronda und Eddie die Päckchen auf, die Paul und Erna geschickt hatten, und die größtenteils Anziehsachen enthielten. Danach nahm Eddie ein kleines Päckchen, das unter dem Christbaum lag, und gab es Ronda.

»Eddie!« sagte Ronda. »Wir haben uns doch geeinigt, uns selbst nichts zu schenken!«

»Das ist schon in Ordnung, Schätzchen, mach es nur auf. Es ist nur eine Kleinigkeit, die ich in einem Geschäft mitgenommen habe«, sagte er.

Das Geschenk war nicht eingeschlagen. Es war noch in seiner kleinen, braunen Einkaufstüte, die mit einem grünen Band zugeklebt war, dem Band, das Eddie vom Marineflughafen mit nach Hause gebracht hatte, um es für dies und das zu verwenden. Ronda riß die Tasche auf; es war eine Armbanduhr darin. Ronda war sehr gerührt und dankte Eddie für das Geschenk.

An diesem Abend machte Ronda ein schönes Weihnachtsessen, und am nächsten Tag, einem Samstag, spielten sie von morgens bis abends mit den Kindern und ihren Fahrrädern. Ronda hatte den ganzen Tag über ein Lächeln auf dem Gesicht, und am Abend, als Eddie fernsah, setzte sie sich an den Küchentisch, nahm ihr Tagebuch hervor und dankte darin Gott dafür, daß er ihr über die schweren Tage hinweggeholfen hatte.

An diesem Abend ging Ronda allein zu Bett. Eddie schien wieder weit weg zu sein, und als sie sich zurückzog, ging er ins Badezimmer und blieb dort so lange, bis sie schließlich schlafen gegangen war. Später wurde sie von Geräuschen aus dem Wohnzimmer aufgeschreckt, dem Kreischen einer Frau. Es wurde ihr klar, daß Eddie lieber einen Spätfilm sah, als mit ihr das Bett zu teilen.

Ranger Peters hypnotisierte Luis Godines am Montag nachmittag ein zweites Mal. Alvin Hale, Polizist bei der Reitertruppe, der von seinem Urlaub zurück war, war ein erfahrener Skizzenzeichner und hatte Übung darin, nach der Beschreibung eines Zeugen Gesichter zu zeichnen. Captain Gomez und Detective Treviño waren anwesend, und sie konnten beobachten, wie das Gesicht und die Gestalt auf Hales Skizzenblock allmählich feste Umrisse annahm.

Der Exxon-Arbeiter, der Jim Peters' Fragen beantwortete, war in der Lage, sich sehr detailliert an das Aussehen des Mannes zu erinnern, den er in der Hintergasse gesehen hatte. Zuerst entstand das schmale Gesicht des Verdächtigen. Dann das kurze, gewellte Haar mit den schmalen Koteletten, die so weit herabreichten wie die Ohrläppchen. Godines beschrieb die dünnen Lippen, den kurzen Schnurrbart und die gerötete Gesichtsfarbe, so wie er sie gesehen hatte. Die Augen waren klein und rund. Während Hale mit letzten Strichen die Skizze vollendete, blickte Hector Treviño ihm über die Schulter.

»He!« rief der stämmige Detective. »Das ist Eddie Wyatt!« Die Zeichnung sah dem Foto von Wyatt, das Treviño beim Sicherheitsdienst der Marine gesehen hatte, bemerkenswert ähnlich. Gomez warf ebenfalls einen Blick auf die Skizze.

»Wer ist das, dieser Wyatt?« fragte er.

»Ich habe ihn schon vor ein paar Wochen auf meiner Liste gehabt«, erklärte Treviño seinem Chef. »Ich habe Allison am Tage nach ihrer Vergewaltigung zu seinem Haus gebracht, aber sie hat seinen Wagen nicht wiedererkannt. Er paßte auf ihre Beschreibung, aber sie war sich ganz sicher, daß er nicht der Täter war, so daß ich ihn wieder gestrichen habe.«

Treviño schilderte, wie er zum ersten Mal auf Wyatt aufmerksam geworden war, erzählte von dem Wachmann, der das Nummernschild eines verdächtigen Mannes durchgegeben hatte, und daß diese Nummer im Computer der für Texas registrierten Fahrzeuge nicht auffindbar gewesen war; er erzählte, daß Bobby Ellis, der Ehemann von Kyung, einen Mann in einem silberfarbenen Wagen gesehen hatte, der seiner Frau nachzuspionieren schien, und daß er eine Woche später den gleichen Mann auf dem Marineflughafen in den Wagen hatte steigen sehen; und er erzählte, wie sich alles zusammenzufügen schien, als der Mann vom Marinesicherheitsdienst als Eddie Wyatt identifiziert werden konnte und sich herausstellte, daß dieser Wyatt ebenfalls Besitzer des blau-weißen Plymouth Valiant war. Dieser Wagen hatte ein Nummernschild des Staates Virginia mit dem gleichen Kennzeichen, wie es von dem Wachmann gemeldet worden war.

Das i-Tüpfelchen war, wie Treviño wußte, das Wyatt bei seiner Arbeit an das grüne Band herankommen konnte.

»Wenn wir zurück in der Stadt sind, hole ich mir den Kerl zum Verhör«, sagte Treviño. »Vielleicht irre ich mich, aber es läßt mir keine Ruhe mehr.«

Nachdem er von Corpus Christi zurückgekehrt war und Luis Godines nach Hause gebracht hatte, holte Treviño Detective Keith Durham vom Polizeirevier ab und fuhr mit ihm Richtung Mesquite Avenue. Eddie war allein zu Hause, als er kurz nach 15 Uhr 30 das Klopfen an seiner Tür vernahm.

»Ich würde gerne mit Ihnen über einige Fälle reden, die bei uns anliegen«, sagte Treviño zu Eddie.

»Natürlich. Wollen Sie hereinkommen?« antwortete Eddie. Er war gefaßt und ganz offensichtlich nicht nervös.

»Nein, eigentlich würden wir Sie gerne mit in unser Büro nehmen«, sagte Treviño.

»Ja, gut, aber hat es vielleicht noch ungefähr zwanzig Minuten Zeit? Ich fahre dann selbst hinunter, wenn euch das recht ist?« erwiderte Eddie.

Treviño und Durham sahen einander an, dann willigte Treviño ein. Eddie erkundigte sich noch, wo das Polizeirevier war, und sie beschrieben ihm den Weg. Dann fuhren sie zurück zum Revier, und Treviño wußte immer noch nicht, was er von Wyatt halten sollte. Der Mann benahm sich, als hätte er nichts zu verbergen. Trotzdem bat Treviño über Funk darum, einen Beamten auf der Mesquite Avenue zu stationieren, nur für den Fall, daß sich Wyatt entschließen sollte, nach Norden statt nach Süden zu fahren.

Eddie kam pflichtschuldigst zum Revier und manövrierte seinen unüberhörbaren Plymouth Valiant in eine von gut einem Dutzend schrägen Parklücken am Straßenrand der 6. Straße vor dem Polizeipräsidium und der Kriminalabteilung. Treviño führte Eddie durch das Besprechungszimmer in ein kleines Büro. Der Raum wurde durch ein Fenster nach Süden hell erleuchtet. Gomez wartete in seinem Büro gegenüber vom Besprechungsraum auf der anderen Seite des Hauptflures. Ebenfalls anwesend waren Kasey King von den Texas Rangers, der seit September an den Fällen mitarbeitete, und die meisten anderen Kriminalbeamten, darunter auch Judy Hayes.

Treviño las Eddie seine Rechte vor; Eddie sagte, daß er verstanden habe und gern bereit sei, mit ihnen zu reden, da er nichts zu verbergen habe. Er war nur allzu hilfsbereit. Treviño begann das Verhör mit einigen einfachen Fragen nach Eddies Hintergrund und eröffnete ihm dann, daß sein Wagen zu der Beschreibung des Kraftfahrzeugs paßte, das vor einer Woche bei einer Entführung und Vergewaltigung benutzt worden war. Treviño fragte Eddie, ob die Polizei seinen Wagen durchsuchen dürfe. Eddie stimmte eilfertig zu, was Treviño mit einigem Mißfallen registrierte. Entweder war Wyatt nicht der Vergewaltiger, nahm Treviño an, oder er hatte seinen Wagen so gründlich gesäubert, daß er überzeugt war, es würde nichts mehr gefunden werden können. Eddie unterzeichnete eine Einverständniserklärung für die Durchsuchung und übergab Treviño die Schlüssel. Dann bat Treviño Detective Judy Hayes und Sergeant Cruz, den Spurenspezialisten, sich den blauen Valiant von innen einmal genauer anzusehen.

Treviño ging mit Eddie wieder in den Verhörraum und fotografierte ihn für die Akten. Er versuchte mit Eddie über das Verbrechen zu reden, aber Eddie wich dem Thema Allison Shaw aus. Er wollte über Jesus reden.

»Ich bin Christ«, erklärte Eddie ihm. »Ich habe mich vor vielen Jahren Jesus zugewendet. Ich habe nicht das Geringste mit dieser Vergewaltigung zu tun, über die Sie reden. Rufen Sie Bruder Field an oder Alvin Hall, der in Norfolk mein Pastor war.«

Judy Hayes beschäftigte sich mit dem Rücksitz des Valiant,

Cruz mit dem Kofferraum. Im Licht des späten Nachmittags mußte Judy Hayes ihre Augen sehr anstrengen und die Untersuchung auf allen vieren durchführen. Es sah so aus, als ob der Teppichbelag frisch gestaubsaugt worden wäre; auf dem Flor des Teppichbodens waren die Bürstenstriche des Staubsaugers noch erkennbar. Detective Hayes ging mit einem Schulterzucken darüber hinweg und setzte ihre Suche fort.

Sie fand ein Haar auf dem Boden hinter dem Fahrersitz, dort, wo nach Allisons Aussage ihr Kopf gelegen hatte. Mit einem Anflug von Erregung nahm Judy Hayes das Haar zwischen Daumen und Zeigefinger. Als sie es vom Teppichboden abzog, stellte sie fest, daß es ein langes, blondes Haar war. Sie kroch aus dem Fond heraus und stand auf. Schnell wandte sie sich zum Heck des Wagens, um Cruz zu zeigen, was sie gefunden hatte. Aber Cruz stand schon da und sah sie mit einem Lächeln auf seinem Gesicht an.

Judy Hayes' Blick fiel auf Cruz' rechte Hand. Er hielt eine Spule mit grünem Isolierband hoch, das demjenigen ähnelte, das bei Allisons Entführung benutzt worden war. Im Kofferraum, der ebenfalls so wirkte, als sei er vor kurzem gesäubert worden, fand er außerdem eine Werkzeugkiste, so wie Allison sie beschrieben hatte, und er entdeckte etwas, das er für Hundehaare hielt.

Detective Hayes und Cruz gingen wieder hinein, um Captain Gomez zu zeigen, was sie gefunden hatten. Treviño stieß zu ihnen, sah die neuen Beweisstücke und gelangte zu der Überzeugung, daß Eddie Wyatt ihr Mann war. Gomez befahl, Eddies Wagen einer regelrechten und gründlichen Durchsuchung zu unterziehen. Treviño begab sich wieder in den Verhörraum, wo Eddie geduldig auf die Erlaubnis wartete, gehen zu dürfen.

»Ich sage Ihnen das nicht gerne«, sagte der Kriminalbeamte zu Eddie. »Aber es sieht nicht gut für Sie aus.«

»Was wollen Sie damit sagen?« fragte Eddie.

»Wir haben blondes Haar im Fond Ihres Wagens . . .«

»Meine kleine Tochter ist blond«, antwortete Eddie.

». . . gefunden und das gleiche Band, das benutzt worden ist, um das Opfer der Vergewaltigung zu fesseln«, vollendete Treviño seinen Satz.

»Es tut mir leid, aber ich weiß nicht, wovon Sie reden«, sagte Eddie. »Ich habe überhaupt nichts mit dieser Vergewaltigung zu tun.«

»Fall Sie doch etwas damit zu tun haben, wäre es besser, die Dinge jetzt hier an Ort und Stelle zu klären«, bedrängte Treviño ihn.

»Es muß sich um ein Mißverständnis handeln. Sie scheinen nicht zu verstehen. Ich bin ein Christ.«

Nun konnte Treviño beobachten, wie Eddie anfing, sich zurückzuziehen. Mit jeder weiteren Frage, so schien es Treviño, verschloß sich sein Verdächtiger mehr und mehr. Treviño wollte, daß er ihm eine zweite Einverständniserklärung für eine Durchsuchung unterzeichnete, diesmal ging es um sein Haus. Eddie war zunächst einverstanden und machte sich daran, zu unterschreiben. Aber nachdem er das große E geschrieben hatte, hielt er kurz inne und legte den Stift dann nieder.

»Nein, ich werde Sie nicht einfach mein Haus durchsuchen lassen«, sagte Eddie.

Dann kam Gomez in den Raum. In der Art, wie vielleicht ein rauher Vater mit seinem ungeratenen Sohn redet, versuchte Gomez, Informationen aus Eddie herauszubekommen. Detective Hayes stand an der Tür zum Besprechungsraum und hörte zu.

Der Captain sagte, es sei Zeit für Eddie, sich diese furchtbare Last von der Seele zu schaffen; er wisse, daß Eddie darüber reden wolle. Gomez beschuldigte Eddie, für wenigstens zwei der nicht aufgeklärten Vergewaltigungen verantwortlich zu sein und drängte ihn zu gestehen. Eddie stritt ab, mit dem Verbrechen der vergangenen Woche auch nur das Geringste zu tun zu haben, auch über den Vergewaltigungsfall Ellis in der Nacht des Halloween wisse er absolut nichts. Sie hatten nicht genug in der Hand, um Wyatt auf dem Revier festzuhalten, und Gomez wußte das. Eddie wußte das ebenfalls.

»Gut, ich denke, ich werde jetzt nach Hause fahren, wenn das alles war«, sagte Eddie, als es auf siebzehn Uhr zuging. »Kann ich meinen Wagen zurückhaben?«

»Damit sind wir noch nicht ganz fertig«, sagte Gomez. »Ich

rufe Ihre Frau an, ob Sie sie vielleicht abholen kann.« Eddie zuckte zusammen.

Ronda schloß, die Kinder im Schlepptau, die Eingangstür auf und ging ins Haus. Sie sah sich um und bemerkte, daß immer noch einige der Dinge im Wohnzimmer herumlagen, die sie Eddie am Mittag gebeten hatte fortzuräumen. Er war inzwischen gegangen, aber das ganze Durcheinander hatte er hinterlassen. Ronda war deswegen leicht verärgert. Sie schickte Paul und Diana zum Spielen nach draußen und machte sich ans Aufräumen. Als das Telefon läutete, griff sie, in Gedanken mit dem Abendessen beschäftigt, zum Hörer.

»Hallo?«

»Mrs. Wyatt? Hier spricht Captain George Gomez von der Kingsviller Polizei.«

»Was kann ich für Sie tun?« fragte Ronda erschrocken.

»Wir haben Ihren Mann hier auf dem Revier, Mrs. Wyatt. Wir haben ihm einige Fragen gestellt, die die Entführung und Vergewaltigung der letzten Woche betreffen. Haben Sie etwas davon gehört?«

»Ja, es handelte sich um die Cousine einer Arbeitskollegin von mir«, antwortete Ronda. »Warum um Himmels willen reden Sie mit meinem Mann darüber?«

Gomez wies sie auf die Ähnlichkeit zwischen dem Wagen des Kidnappers und dem Valiant, den Eddie fuhr, hin. Das ist ja furchtbar, dachte Ronda, jemanden zum Verhör abzuholen, nur weil er einen blauen Wagen hat. Warum hatten sie es auf Eddie abgesehen, gerade dann, wenn er ein zusätzliches Problem am wenigsten gebrauchen konnte? Es mußte sich um ein Mißverständnis handeln. Der Gedanke, daß ihr asexueller Ehemann ein Vergewaltiger sein könne, erschien ihr zu absurd, als daß man ihn ernsthaft in Erwägung ziehen könnte.

Gomez fragte Ronda, ob sie herkommen und Eddie abholen könne, da sie mit der Überprüfung des Wagens noch nicht fertig seien. Die Kriminalbeamten würden sich auch gern mit ihr unterhalten. Ronda sagte, daß ihr das nicht möglich sei, da sie niemanden habe, der auf die Kinder aufpasse.

»Dann bringen wir ihn für Sie nach Hause, Madam«, sagte Gomez rasch. Er war darauf bedacht, einmal einen Blick in das Haus West Mesquite Avenue 418 werfen zu können, um zu sehen, ob es zu der Beschreibung paßte, die ihnen Allison von dem Haus gegeben hatte, in das sie für die mehrfache Vergewaltigung gebracht worden war.

Ronda rief sofort Pastor Field an. Dolores war am Apparat. Ronda klang nervös, als sie Dolores fragte, ob sie und James sofort einmal herüberkommen könnten. »Ich brauche euch«, ließ Ronda ihre Freunde wissen. »Die Polizei kommt gleich mit Eddie vorbei. Sie glauben, daß er etwas mit der Vergewaltigung von letzter Woche zu tun hat.«

Dolores war sprachlos. Eddie der Vergewaltigung verdächtigt? Der Eddie Wyatt, den sie kannte, war zu nett, zu ruhig und zu höflich, um ein Verbrecher zu sein. Ihr Mann, der ihn während des Sommers betreut hatte, wußte von seiner tiefen Depression und seiner Zerrissenheit wegen seiner Beziehung zu Gott. Wie konnte so ein in sich gekehrter junger Mann eine Vergewaltigung begehen? Das erschien ihnen unmöglich.

Die Fields waren fast so schnell bei den Wyatts wie die Polizei, und nachdem Dolores ihren Mann die Stufen herauf und durch die Eingangstür geleitet hatte, wich sie Ronda nicht mehr von der Seite, während Captain Gomez eifrig seine Fragen stellte. Kasey King von den Rangers und Detective Hector Treviño waren ebenfalls mitgekommen. Paul und Diana blieben draußen und spielten weiter; sie merkten nichts von der Krise, die sich in ihrem Wohnzimmer zuspitzte. Vor allen Anwesenden erzählte Eddie seiner Ehefrau noch einmal alles, was er bereits bei der Polizei gesagt hatte. Am vergangenen Montagmorgen sei er in Winn's Warenhaus gewesen, um einige Weihnachtsgeschenke einzukaufen und dann nach dem Mittagessen nach Hause gekommen, um ein wenig zu schlafen, da er Nachtschicht hatte.

Warum wollte die Polizei das nicht glauben, fragte sich Ronda. So war ihr Leben eben, eintönig, immer das gleiche. Ronda wünschte sich, daß es einen Weg gäbe, auf Eddies Desinteresse an Sex hinzuweisen, ohne diesen peinlichen und sehr persönlichen Aspekt ihres Lebens zu offenbaren.

Gomez' Ton ließ erkennen, daß er Eddie seine Geschichte nicht abnahm.

»Wo führt diese Hintertür hin?« fragte der Captain, während er durch das kleine Wohnzimmer und den Küchenbereich ging und schließlich vor der Tür zum Anbau stehenblieb.

»Hinaus in die Waschküche und dann in den Garten«, antwortete Ronda.

»Besitzen Sie eine Polaroidkamera?« fragte er dann.

»Warum? Ja«, sagte Ronda. Eddie schwieg und ließ zur Abwechslung einmal seine Frau die Fragen beantworten.

»Darf ich sie einmal sehen?« fragte Gomez.

Ronda ging ins Schlafzimmer, suchte dort ihre Sofortbildkamera und gab sie dem Captain. Gomez bemerkte, daß sie ein weißes Gehäuse mit einem Streifen darauf hatte. Ronda fühlte sich langsam durch das Eindringen dieser Fremden belästigt.

Treviño und King blieben schweigsam, während ihre Augen die beiden Zimmer absuchten. Treviño beugte sich vor und rieb mit der Hand über den Teppich. King sah sich das Studioporträt der Kinder vor dem Hintergrund eines Weihnachtsbaumes genauer an. Außerdem blickten sie immer wieder auf die Stereo-Anlage und den tragbaren Kassettenrecorder. In der Küche fielen Treviño sofort die gold-braunen Kacheln auf.

Ronda erhob keinerlei Einwände, bis Gomez fragte, ob die Polizei für eine Analyse eine Probe ihres Teppichs abschneiden dürfe. Das lehnte sie ab. Schließlich gingen die drei Beamten. Nur wenige Minuten später verabschiedeten sich auch James und Dolores Field.

»Eddie?« fragte Ronda; ohne es auszusprechen, war völlig klar, was sie wissen wollte.

»Wie ich es gesagt habe, Schätzchen, ich war an dem Tag einkaufen; ich habe dir die Uhr zu Weihnachten gekauft. Dann bin ich nach Hause gekommen und habe am Nachmittag ein Schläfchen gemacht.«

Sie unterhielten sich den ganzen Abend lang darüber, wie der Polizei ein solcher Fehler unterlaufen konnte und wie sie nur in das Leben zweier Menschen eindringen konnte, die es ohnehin nicht leicht hatten. Ronda fragte sich, ob dies wohl wieder zu solch einer Ungerechtigkeit führen würde wie damals, als Eddie ein Wochenende im Gefängnis von Norfolk absitzen mußte, nur weil er eine Abkürzung durch den Garten von irgend jemandem genommen hatte. Die Familien der Militärdienstler hatten es schon schwer genug, da sie von einem Standort zum anderen versetzt wurden und nirgendwo Fuß fassen konnten. Warum konnten ihnen die Gastgemeinden niemals das Gefühl geben, gern gesehene Gäste zu sein?

Nachdem sie die Kinder zu Bett gebracht hatte, entschloß sich Ronda, ebenfalls früh schlafen zu gehen. Der Tag war eine einzige Tortur gewesen. Eddie ging mit ihr zu Bett. Auch sein Tag war lang und schwer gewesen.

»Schatz, meinst du nicht, wir sollten beten?« fragte Ronda, als Eddie ins Bett kam.

»Ja, sicher. Tu's doch einfach. Ich bin müde«, sagte er.

»Nein, ich glaube, du solltest auch beten«, antwortete Ronda.

Eddie sagte daraufhin ein kurzes Gebet auf, in dem er Gott bat, ihm durch diese schwierige Zeit zu helfen. Dann schloß er rasch seine Augen und schlief ein.

Armer Eddie, dachte Ronda. Er ist von alledem erschöpft. Aber sein Verhalten bestätigte ihre Überzeugung, daß ihr Mann unschuldig war. Niemand, der schuldig war, konnte dieses Verhör durch die Polizei so lässig mit einem Achselzucken abtun, ein Verhör, das Rondas Magen so sehr in Aufruhr brachte. Niemand konnte so friedlich schlafen, wenn er so entsetzliche Dinge getan hatte, wie man sie nach den Worten ihrer Arbeitskollegin Vera deren Cousine Allison angetan hatte.

Jetzt hatte die Polizei das Foto von Eddie Wyatt, das von Hector Treviño aufgenommen worden war. Royce Johnston, der Staatsanwalt für Kleberg County, veranlaßte, daß Allison hergebracht wurde, um sich noch einmal eine Reihe von Aufnahmen anzusehen. Noch am gleichen Abend, nachdem er von den Wyatts zurückgekehrt war, reihte Gomez das Foto unter fünfzehn andere Polaroidaufnahmen ein, die Allison zusammen anschauen sollte. Er legte die Fotos so, daß Eddies Aufnahme die achte auf dem Stapel war. Allison hatte am nächsten Morgen einen Termin mit dem Hypnotiseur und dem Zeichner in

Corpus Christi. Gomez war etwas besorgt, daß Allison, falls sie Wyatts Aufnahme nicht identifizieren könnte, von den vielen Fotos vielleicht für ihre Sitzung mit dem Hypnotiseur ungünstig beeinflußt werden könnte. Daher ging Gomez eine Weile lang unschlüssig im Flur auf und ab, bis er schließlich Judy Hayes Bescheid gab, die Charles Shaw anrief und ihn bat, Allison zum Revier zu bringen, um sich weitere Fotos anzusehen.

Allison kam mit ihren Eltern und ihrem Freund. Gomez nahm sie mit in sein Büro und ließ sie neben seinem Schreibtisch Platz nehmen.

»Ich möchte, daß Sie sich einfach einmal diese Bilder ansehen und mir sagen, ob der Mann, der Sie angegriffen hat, dabei ist«, bat Gomez sie und händigte ihr die Fotos aus. Mit Bedacht wies er nicht darauf hin, daß auch das Foto des Mannes, den sie in Verdacht hatten, dabei war. Allison sah sich das oberste Foto an und kam schnell zu dem Schluß, daß das nicht der Mann war. Sie nahm das Foto und steckte es unter die anderen. Auf diese Art und Weise sah sie die ersten sieben Fotos durch, betrachtete sie kurz und aufmerksam, bevor sie entschieden zum nächsten weiterging.

Als Allison das siebte Foto vom Stapel nahm und das darunter sah, sah sie sich plötzlich dem Gesicht des Mannes gegenüber, der sie angegriffen hatte. Mit einer jähen Bemerkung warf sie den ganzen Stapel der Fotos zu Boden und begann zu weinen.

»Das ist er! Der da ist es!« sagte Allison immer wieder. Gomez und Detective Hayes sammelten die Fotos vom Boden auf.

»Welcher?» fragte Gomez.

»Er«, sagte Allison und zeigte auf das Polizeifoto von Eddie. Gomez griff das Foto von Eddie heraus, ließ es sich von Allison abzeichnen und notierte auch die Zeit darauf, 19 Uhr 47. Royce Johnston hatte genug gesehen, um sich eine Meinung zu bilden. Er bat Gomez, durch seine Leute einen Haftbefehl gegen Wyatt beantragen zu lassen.

Zehn Minuten später rief Eddie an und fragte nach Treviño, der gerade damit begonnen hatte, die eidesstattliche Erklärung für Eddies Verhaftung zu tippen.

»Seid ihr inzwischen mit meinem Wagen fertig? Ich brauche ihn morgen«, fragte Eddie den Kriminalbeamten.

»Nein, noch nicht ganz. Wir sind fast fertig. Ich sage Ihnen Bescheid«, sagte Treviño.

Nur zwanzig Minuten, nachdem sie und Eddie zu Bett gegangen waren, hörte Ronda draußen vorm Haus Wagen vorfahren. Gleich darauf klopfte es an die Tür.

»Polizei! Öffnen Sie! Wir haben einen Haftbefehl für Ihren Mann!«

Ronda traute ihren Ohren nicht. Sie war so fest davon überzeugt gewesen, daß alles wieder ins Lot käme, aber mit jeder Stunde dieses Abends wurden die Dinge immer undurchsichtiger. Sprachlos beobachtete sie, wie Eddie, der inzwischen ein Paar Jeans, ein Polohemd und eine karierte Jacke übergezogen hatte, von der Polizei gepackt wurde. Gomez las Eddie ein weiteres Mal seine Rechte vor; dann wurde Eddie vom Ermittlungsbeamten der Staatsanwaltschaft, Adan Muñoz, und vom Ranger King in Handschellen gelegt und zu dem bereitstehenden Wagen abgeführt. Gomez blieb noch zurück. Er sah zwar, daß Ronda sehr aufgebracht war, hatte ihr aber noch einige Fragen zu stellen.

»Wir müssen das Haus durchsuchen, Mrs. Wyatt«, sagte Gomez, nachdem sie es abgelehnt hatte, seine anderen Fragen zu beantworten. »Geben Sie uns die Erlaubnis dazu?«

Ronda wußte nicht, was sie darauf sagen sollte. Es wurde ihr plötzlich bewußt, daß alles, was sie von jetzt an tat, Auswirkungen auf Eddies Schicksal hatte.

»Ich weiß nicht, was ich tun soll«, wandte sie ein, während sie das dünne Telefonbuch von Kingsville durchblätterte. Sie suchte nach einem Anwalt und fing an, aufs Geratewohl einige anzurufen, bis ihr schließlich einer kostenlos einen Rat erteilte: Sagen Sie der Polizei überhaupt nichts, bevor nicht Ihr Mann durch einen Rechtsanwalt vertreten wird. Ironischerweise erhielt Ronda diesen Ratschlag vom Anwalt der Shaws.

»Es tut mir leid, Captain Gomez, aber ich werde Sie mein Haus nicht durchsuchen lassen, und ich werde auch keine weiteren Fragen mehr beantworten«, teilte Ronda Gomez mit, nachdem sie den Hörer eingehängt hatte. Der Captain zog sich daraufhin pflichtgemäß zurück, sagte ihr aber, daß sie am nächsten Morgen mit einem Durchsuchungsbefehl zurückkehren würden, der ihnen das Recht gebe, das ganze Haus zu durchsuchen. Ronda versuchte daraufhin sogleich, Pastor Field telefonisch zu erreichen, aber er und seine Frau waren zum Essen ausgegangen. Dann wählte Ronda die Nummer ihrer Eltern in Colorado. Ihr stand eines der schwierigsten Telefonate bevor, die sie je geführt hatte.

Ronda brach fast sofort in Tränen aus, als sie ihrer Mutter erzählte, wie sie nach Hause gekommen war und von der Polizei angerufen wurde. Sie beendete ihre Erzählung mit der Schilderung der furchtbaren Szene, die sich gerade ereignet hatte, als Eddie in Handschellen aus dem Haus gezerrt worden war, um wegen Vergewaltigung angeklagt zu werden.

»Oh, Mama, er hat es doch nicht getan«, weinte sie. »Es ist alles ein furchtbarer Irrtum, aber niemand wird ihm glauben!«

»Ronda«, Erna stockte einen Moment. »Bist du ganz sicher, daß er es nicht getan hat?« Erna hatte gesehen, wie ihre Tochter früher zu Eddie gehalten hatte. Als er an Bord der *Kennedy* des Besitzes von Drogen beschuldigt worden war, war es für Ronda selbstverständlich gewesen, ihrem Mann zu glauben. Als in Norfolk die Anklage wegen Hausfriedensbruchs gegen Eddie erhoben wurde, hörte Eddie von Ronda, daß es sich ihrer Meinung nach um eine weitere Ungerechtigkeit handele, durch die ihr Glauben geprüft würde. Ronda wollte immer nur das Beste von Eddie denken.

Und auch diesmal wollte sie nichts von irgendwelchen Zweifeln wissen. Schon die Tatumstände dieser letzten Vergewaltigung bewiesen für Ronda, daß ihr Mann als Täter nicht in Frage kam.

»Der Mann brachte den Hund des Mädchens um, als er sie entführte, Mama«, sagte Ronda. »Eddie hätte das niemals fertiggebracht. Eddie kann keiner Fliege etwas zuleide tun. Mama, so etwas bringt er einfach nicht fertig.« Erna bot sich an, zu ihr nach Texas zu kommen, aber Ronda meinte, das sei nicht nötig. »Es ist alles ein einziges Mißverständnis, und sie werden es schon bald aufklären, Mama«, sagte sie. »Eddie ist so harmlos und friedlich. Ich habe nur Angst, was wir da wieder durchmachen müssen, bis die merken, daß sie falsch liegen.«

Die Polizei brachte Eddie in den gleichen Raum, in dem er schon vor fünf Stunden verhört worden war, und konfrontierte ihn mit der Tatsache, daß das Opfer der Vergewaltigung ihn als den Angreifer eindeutig identifiziert hätte. Eddie antwortete wohlüberlegt und einsilbig. Auf die meisten Fragen antwortete er überhaupt nicht. Schließlich sagte er, er wolle einen Anwalt und beendete damit die Vernehmung.

Gegen 22 Uhr 30 rief Luis Godines vom Exxon-Gasfeld aus an, um zu fragen, wie sich die Dinge seit seiner Sitzung mit dem Polizeizeichner am Nachmittag entwickelt hätten. Treviño teilte ihm mit, daß sie inzwischen einige weitere Fotos hätten, die er sich ansehen solle; also fuhr Godines nach seiner Schicht noch einmal auf das Polizeirevier. Ihm wurde der gleiche Stapel von sechzehn Fotografien gezeigt, den auch Allison gesehen hatte. Ohne zu zögern identifizierte er ebenfalls die Aufnahme von Eddie Wyatt.

Während Vorbereitungen getroffen wurden, ihn in das Kreisgefängnis zu überführen, blieb Eddie zunächst in dem kleinen Büro, und Gomez beauftragte Judy Hayes mit seiner Bewachung. Detective Hayes hatte sechzehn Monate lang mit den Folgen der Art von Gewalttaten zu tun gehabt, derer Eddie jetzt angeklagt werden sollte. Es war ihre ebenso unangenehme wie wichtige Aufgabe gewesen, die privatesten Details der Vergewaltigung von den fast zwanzig Frauen, die die Opfer gewesen waren, auszuforschen und gleichzeitig zu versuchen, ihnen wieder ein Gefühl der Geborgenheit und der Sicherheit zu geben. Sie hatte sich mit einigen der Frauen, die vergewaltigt worden waren, angefreundet und erlebte aus erster Hand die Auswirkung dieses Verbrechens auf das Leben dieser Frauen. Sie hatten sich alle geändert, in unterschiedlicher Weise, aber keine von ihnen würde jemals wieder die unbeschwerte Frau sein, die sie vor der Vergewaltigung war. Manche bewältigten es mit Bravour, andere flüchteten sich in Verdrängung, aber Detective Hayes wußte, daß alle diese Wirkungen dauerhaft waren. Shelly Polk, die kurz nach ihrem Umzug nach Kingsville vergewaltigt worden war, hatten die Drohungen so eingeschüchtert, daß sie das Verbrechen über Stunden völlig vergessen hatte; sie war inzwischen zusammen mit ihrem Mann wieder zurück in den mittleren Westen gezogen. Seit über einem Jahr hatte Judy Hayes die zermürbende Spannung ausgehalten, die aus dem Wissen resultierte, daß weitere Frauen mißhandelt und geschändet werden würden, wenn sie nicht bald diese Fälle lösten. Sie kaufte Wyatt seine Einwendungen nicht ab, daß er ein wiedergeborener Christ sei, ein Mensch also, der eines solch furchtbaren Verbrechens gar nicht fähig wäre. Sie fühlte mit Allison Shaw, deren tapfere Mitarbeit an den Nachforschungen zu ihrem Fall – ihr Versuch, den Wagen zu identifizieren, ihre Aussagen vor der gesamten Truppe von Kriminalbeamten, bei der sie kein Detail ihrer Vergewaltigung verschwiegen hatte, und schließlich ihre eindeutige Identifizierung von Wyatts Polizeifoto – ein großer Glücksfall gewesen war. Judy Hayes hatte nicht die geringsten Zweifel, daß sie den richtigen Mann bewachte.

Sie und Eddie blieben während der fünfzehn Minuten, die sie miteinander zubrachten, stets höflich. Über die ihm angelasteten Taten redeten sie überhaupt nicht. Ein Blick in Wyatts Augen zeigte Judy Hayes den kältesten Ausdruck, den sie je bei einem Menschen wahrgenommen hatte. Detective Hayes glaubte, daß Wyatt sie selbst während ihrer Unterhaltung geringschätzig ansah und versuchte, sie sowohl physisch als auch emotional einzuschüchtern. Sie war ständig bereit, mit der Hand zur Waffe zu greifen, für den Fall, daß der Verdächtige auch nur die geringste aggressive Bewegung gemacht hätte. Sie hätte nicht mit der Wimper gezuckt, wenn Wyatt von seinem Platz aufgestanden wäre. Sie hätte auf der Stelle geschossen.

Judy Hayes spürte, daß Wyatt ihr Zorn nicht verborgen geblieben sein konnte. Er betrug sich vorbildlich und saß völlig unbeweglich da, bis Treviño und Lieutenant Amando Vidal zurückkehrten, um ihn ins Kreisgefängnis zu überführen. Bald darauf befand sich Eddie im Gefängnis, dem obersten Stockwerk des Justizgebäudes des Kleberg County, in Haft gegen eine Kaution von neunzigtausend Dollar, die von

Gary Bigger, dem örtlichen Friedensrichter, festgesetzt worden war.

Pastor Field rief Ronda zurück, sobald er die Nachricht erhielt, die sie für ihn in dem Restaurant zurückgelassen hatte. Sie bat ihn, zusammen mit ihr zum Gefängnis zu gehen, um herauszufinden, wie die Dinge standen. Dolores stellte sich derweil als Babysitterin zur Verfügung.

Obwohl sie selbst fuhr, war Ronda nicht in der Lage, sich auf die Straße zu konzentrieren. Immer wieder mußte sie sich die Leute anschauen, die jetzt spät abends noch draußen waren. Es schien ihr so unbegreiflich, daß sie alle ihren normalen Geschäften nachzugehen schienen und von ihren, Rondas, Schwierigkeiten nicht die geringste Notiz nahmen. Wie konnte der Rest der Welt ihr Leid einfach übersehen? Wie konnten die anderen einfach weitermachen, während sie verzweifelt um die Zukunft ihres Mannes kämpfte.

Ronda setzte Pastor Field an der Treppe der Nordseite des Justizgebäudes ab, dort, wo der Sheriff des Kleberg County sein Büro hatte. Sie baten beide darum, mit Eddie Wyatt sprechen zu können und mußten zunächst einmal warten.

Ronda hörte, wie sich die Beamten über die Anschuldigungen unterhielten, die gegen ihren Mann erhoben wurden – Einbruch mit dem Vorsatz der Vergewaltigung und der widernatürlichen Unzucht. Captain Gomez kam ebenfalls zum Justizgebäude und wollte Ronda sprechen.

»Wir haben eine wasserdichte Anklage gegen Ihren Mann, Mrs. Wyatt«, teilte er ihr im Vertrauen mit. »Sie sollten alles tun, was in Ihrer Macht steht, um ihn zu einem Geständnis zu bewegen; das wird besser für ihn sein.«

»Was meinen Sie mit einer wasserdichten Anklage?« verlangte Ronda zu wissen. »Er ist unschuldig. Ich weiß, daß er diese Dinge nicht getan haben kann. Warum tun Sie uns das an?«

»Mrs. Wyatt, das Opfer hat ihn eindeutig identifiziert. Wenn er ein Geständnis ablegt, läßt ihn das Gericht vielleicht glimpflicher davonkommen.«

Innerlich schrie Ronda auf: *»Du Lügner!«* Sie lebte ja schließlich seit fast sieben Jahren mit Eddie zusammen. Sie kannte ihn besser als jeder andere. Sie wollte es herausschreien, um diesen Alptraum zu beenden. Schließlich kam ein Beauftragter des Sheriffs herunter und sagte ihr, daß sie einige Minuten zu ihrem Mann könne. Sie begab sich in die Besuchszone im obersten Stockwerk. Sie umarmten sich kurz, dann bat Ronda ihn um eine Erklärung.

»Ich habe es nicht getan, Schätzchen«, sagte ihr Eddie. »Es ist ein furchtbares Mißverständnis. Ich könnte so etwas nicht tun, aber sie glauben mir nicht.«

»Ich glaube dir, Eddie«, sagte Ronda. »Ich werde es zusammen mit dir durchstehen.«

Dann sah Eddie sie an und zögerte einen Moment, bevor er weitersprach.

»Schatz, du mußt etwas für mich tun. Schaff meine Pistole beiseite. Ich darf wegen meiner Vorstrafen keine besitzen. Sie ist hinter dem Bett. Wirf sie weg!«

Rondas Gedanken begannen zu rasen. Der Mann, den sie liebte, dem sie ihr Leben anvertraut hatte und für den sie alles zu tun versprochen hatte, verlangte von ihr, etwas zu tun, von dem sie wußte, daß es illegal war. Sie wurde zwischen ihrem Herzen und ihrem Verstand hin und her gerissen. Sie mußte auch an die Kinder denken und daran, was für sie richtig wäre. Als ihre Besuchszeit abgelaufen war, führte ein Beamter Ronda von Eddie fort.

»Denken Sie daran, wenn Sie irgendwelches Beweismaterial beseitigen, werden Sie ebenfalls unter Anklage gestellt«, sagte der Stellvertretende Sheriff, der Eddies Bitte nicht gehört hatte. Auf dem Weg aus dem Justizgebäude hinaus wandte sich Ronda an den Pastor.

»Was ist widernatürliche Unzucht?« fragte sie Field. »Sie sagen, das sei einer der Anklagepunkte gegen Eddie.« Ronda hatte den Ausdruck zuvor schon gehört, war sich aber nicht sicher, was er wirklich bedeutete.

»Von der Norm abweichende Sexualpraktiken«, erwiderte der Pastor. »Gewöhnlich bezeichnet man Analverkehr damit.«

Instinktiv schreckte Ronda bei dem Gedanken zurück. Es

ging ihr durch den Sinn, daß Eddie sie einmal um analen Sex gebeten habe, und daß sie abgelehnt hatte. Beim letzten Mal hatte er nur noch davon geredet, und sie hatten schließlich statt dessen vaginalen Verkehr miteinander gehabt; das war an dem Abend gewesen, als sie mit Diana schwanger geworden war, in Denver, während eines Urlaubs in seiner Grundausbildung vor mehr als drei Jahren. Seitdem war er auf analen Sex nicht mehr zu sprechen gekommen. Er hatte ja seit langer Zeit überhaupt kein Interesse an Sex mehr gehabt. Die Vorstellung, daß er sich dieser gewaltsamen Sexualpraktiken bei dem noch nicht zwanzigjährigen Mädchen bedient hatte, war mit Rondas Bild von ihrem Mann völlig unvereinbar.

Dolores Field brachte ihren Mann heim, packte einige Sachen zusammen und machte sich fertig, um die Nacht bei Ronda zu verbringen. Währenddessen dachte Ronda über Eddies Bitte nach, seine Pistole beiseite zu schaffen. Sie griff hinter das Kopfende ihres Wasserbettes, bis sie die Pistole fühlte, und zog sie samt ihrem Reißverschlußfutteral heraus. Sie wußte, daß sie die Pistole nicht guten Gewissens würde fortschaffen können, glaubte aber, daß sie aus Loyalität irgendwie versuchen müßte, Eddies Wunsch zu erfüllen. Sie beschloß, die Pistole auf den Dachboden zu legen. Als sie jedoch versuchte, sie in ihr Futteral zu stecken, stellte sie fest, daß sie nicht paßte. Der Lauf der Pistole war einige Zoll zu lang, so daß sich der Reißverschluß nicht mehr schließen ließ. Es konnte also nicht die Pistole sein, die er immer gehabt hatte, und Ronda fragte sich, wo sie wohl herkäme. Sie stieg auf einen Stuhl und schon die Pistole durch die Öffnung auf den Dachboden. Ronda war nie dort oben gewesen, wo man nicht sehen, sondern nur umherkriechen konnte.

Sie versuchte, Eddies ältesten Bruder in Galveston zu erreichen, um ihm zu erzählen, was geschehen war, aber sie mußte sich damit zufrieden geben, eine Nachricht auf seinem telefonischen Anrufbeantworter zu hinterlassen. Dolores Field kam zurück mit allem, was sie brauchte, um die Nacht bei ihr zu verbringen. Sie beteten zusammen und gingen etwas um halb zwei zu Bett. Kurz vor dem Einschlafen wurde Ronda noch einmal vom Telefon geweckt. Wahrscheinlich Eddies Bruder, dachte sie, während sie zum Apparat lief. Als sie sich meldete, kam eine unbekannte männliche Stimme aus dem Hörer.

»Ich hoffe, daß das Schwein im Kittchen landet.« Klick.

Ronda starrte das Telefon einen Moment lang an und fing an zu weinen. Dolores kam hinzu, um sie zu beruhigen. Plötzlich fühlte sie sich in ihrem eigenen Haus nicht mehr sicher. Bevor sie wieder zu Bett gingen, erklärte Ronda Dolores, daß sie Eddie beistehen müsse, bis dieses Mißverständnis aufgeklärt wäre.

»Aber nichts, das ich bisher erlebt habe, hat mich auf einen solchen Kummer vorbereitet«, gestand sie unter Tränen.

Früh am Morgen rief Eddies ältester Bruder Ronda zurück, und sie erzählte ihm von der Verhaftung. Er sagte, er wolle alles in seiner Macht Stehende tun, um einen Rechtsanwalt zu engagieren. Ronda beschloß dann, Paul und Diana zu ihrer Tagesmutter zu bringen, als ob nichts Besonderes geschehen sei. Sie wollte, daß sie außer Haus waren, wenn die Polizei zu ihrer Durchsuchung anrückte. Es dauerte auch nicht lange, da entdeckte Paul, daß Dolores Field im Schlafzimmer war.

»Mami, wo ist mein Papi?« fragte der Fünfjährige.

»Papi ist den ganzen Tag unterwegs, Paul. Er ist schon in der Stadt«, antwortete Ronda.

»Aber Mami, hast du nicht am Telefon gesagt, daß Papi im Gefängnis ist?« fragte Paul nach. Ronda schluckte. Ihr Sohn mußte ihr Gespräch mit seinem Onkel mit angehört haben. Sie nahm Paul auf ihren Schoß und hielt ihn ganz fest. Sie wußte, daß sie jetzt ehrlich sein mußte, denn in der Zeit, die ihnen noch bevorstand, mußte er volles Vertrauen in sie haben.

»Ja Schatz, Papi ist im Gefängnis«, sagte sich.

»Warum?« fragte Paul.

»Weil die Polizei glaubt, daß Papi etwas gemacht hat, das er nicht hätte tun dürfen«, erwiderte Ronda so ruhig, wie es ihr nur möglich war.

»Hat er es getan?« wollte Paul wissen, so als ob seine Mama die Antwort wissen müsse.

»Ich weiß es nicht, Paul«, sagte sie, erstaunt über ihre eigene Antwort.

Paul ging in sein Zimmer, um sich anzuziehen, und nun

wurde auch Diana wach. Kurze Zeit später läutete das Telefon, und Paul sauste hin, um den Hörer abzunehmen.

»Mami, es ist für dich«, rief Paul. Ronda kam und nahm den Hörer.

»Mrs. Wyatt?« fragte die männliche Stimme.

»Ja?« erwiderte sie.

»Mrs. Wyatt? Wie fühlt man sich denn so als Frau eines Vergewaltigers?« sagte der Mann und hängte dann ein.

Wie soll ich das wissen? wollte Ronda der Stimme nachrufen. *Wie kann ich das wissen*?

Kapitel 9

DIE BLOSSGESTELLTE FAMILIE

Das verletzt uns, wie uns noch niemals etwas verletzt hat. Wir werden zu kleinsten Teilchen zerschmettert. Unser Leben wird vor den Augen von Fremden entblößt. Was macht es da noch aus, daß sie tratschen oder so furchtbar neugierig sind? Oder daß sie uns verurteilen und so kleinlich sind, so als ob sie selbst niemals etwas falsch gemacht hätten. Eines Tages werden sie ebenfalls am Boden liegen. Vielleicht werden sie es dann verstehen.

– *aus Rondas Tagebuch*

Eine Einsatzgruppe der Polizei von Kingsville, zu der auch Beamte des Sheriffs und der Texas Rangers sowie der Ermittlungsbeamte der Bezirksstaatsanwaltschaft gehörten, fand sich am Dienstag um zwanzig nach zwölf mit einem Durchsuchungsbefehl vor Rondas Haus ein, den Hector Treviño beantragt und Bezirksrichter Vernon Harville unterzeichnet hatte.

»Nehmen Sie sich den Abfall und stecken Sie ihn in den Kofferraum«, sagte Treviño zu Detective Keith Durham, als er am Straßenrand die überfüllte Mülltonne der Familie sah. »Wir werden ihn später auf dem Revier genauer untersuchen.« Dann gingen sie die Auffahrt zur Eingangstür hinauf. Niemand war daheim. Von einem Nachbarn erfuhren sie, daß Ronda kurz zuvor mit den Kindern davongefahren war.

Sie fanden ein unverschlossenes Fenster, durch das Judy Hayes ins Haus geschickt wurde, um von innen die Eingangstür zu öffnen. Als erstes ging Treviño dann in Rondas Wohnzimmer und legte eine Kopie des Durchsuchungsbefehls auf den Tisch; anschließend verteilte er die Mannschaft auf die verschiedenen Räume des Hauses. Adan Muñoz, der Ermittlungsbeamte des Bezirksstaatsanwaltes, und Bob Dornack aus dem Stab des Sheriffs machten Videoaufnahmen und Standfotos des Hauses, während die übrigen ihre Durchsuchung der Schlafzimmer, der Diele und der Küche aufnahmen. Innerhalb von zehn Minuten hatten sie einiges von dem entdeckt, was sie gesucht hatten.

In der obersten Schublade einer primitiven Frisierkommode fand Treviño zwei Rollen Band. Eine Rolle war grün, wie das Band, das bei der Vergewaltigung von Allison Shaw, Kyung Ellis und Shelly Polk verwendet worden war. Darüber hinaus ähnelte es dem Band, mit dem zwei der früheren Opfer, Cheryl Palmer und Kim Sullivan, gefesselt worden waren. Bei der anderen Rolle handelte es sich um Borden's Mystik-Band, hellbraun, wie das, mit dem Allison anfänglich die Augen nicht ganz vollständig verbunden worden waren. In der Schachtel des braunen Kreppbandes entdeckte Treviño etwas, das ihm Blut zu sein schien.

Fünf Minuten später entdeckte Treviño eine zweite Rolle mit braunem Band in einer Papiertüte auf dem Boden neben der Frisierkommode.

Judy Hayes brauchte eine halbe Stunde, bis sie in einem der Dielenschränke braunes Kreppband entdeckte. Nach weiteren zehn Minuten fand Treviño im untersten Schubfach der Ankleidekommode eine dunkelblaue Skimaske mit einem bunten Muster auf der Vorderseite.

Ronda hatte an diesem Morgen ihre Kinder zur Tagesmutter gebracht und war dann zusammen mit Dolores zum Einkaufen in den HEB-Supermarkt gefahren. Anschließend hatte sie Dolores nach Hause gebracht, und James Field war zu ihr in den Wagen gestiegen. Er hatte sich bereit erklärt, ihr während des Nachmittags einige Stunden lang Gesellschaft zu leisten. Als sie danach von der Armstrong Street in die Mesquite Avenue einbog, zwei Blocks von ihrem Haus entfernt, sah sie bereits, was vor ihrem Haus los war.

Ein Texas Ranger war dort mit einem Gewehr postiert.

»Sie durchsuchen das Haus. Was mache ich jetzt?« fragte Ronda ihren Pastor.

»Stell einfach den Wagen ab. Es ist schon in Ordnung.«

Ronda fuhr langsam die Auffahrt hinauf und hielt kurz vor dem Wagenunterstand an. Der Polizist erlaubte Ronda, hineinzugehen; der blinde Geistliche jedoch durfte nicht ins Haus, solange die Durchsuchung noch im Gange war. Ronda ging durch die Eingangstür hinein und sah vier Männer und eine Frau, die jeden Winkel ihres Hauses absuchten. Obwohl sie die Notwendigkeit einer Durchsuchung wohl einsah, konnte sie das Gefühl nicht unterdrücken, daß es sich um einen groben Angriff auf ihre Person handelte. George Gomez nahm die Kopie des Durchsuchungsbefehls vom Tisch und händigte sie Ronda aus. Während um sie herum die Suche weiterging, ohne daß irgend jemand auf ihre Gefühle Rücksicht nahm, taumelte sie zur Couch, um das Schriftstück zu lesen. Einmal sah sie auf, und ihr Blick kreuzte sich mit dem von Judy Hayes. Ronda hatte den Eindruck, als ob die Polizistin ihr zulächelte. Es war die einzige beruhigende Geste, die sie an diesem furchtbaren Nachmittag erlebte.

In der eidesstattlichen Erklärung zum Durchsuchungsbefehl war schwarz auf weiß zu lesen, warum die Polizei glaubte, daß Eddie die junge Allison vergewaltigt habe. Als Ronda es las, drehte sich ihr der Magen um. In dem Dokument war von mehrfacher Vergewaltigung und widernatürlicher Unzucht auf dem Rücksitz des Wagens der Familie und in ihrem Haus die Rede, in dem gleichen Zimmer, in dem Ronda jetzt saß, auf dem Teppich, keinen Meter von ihren Füßen. Jetzt begriff Ronda, daß die Beamten nach Einzelheiten gesucht hatten, um Allisons Aussage zu bestätigen, als sie sich am Vorabend überall im Hause umgesehen hatten. Sie hatten das Bild von den Kindern an der Wand gesehen, die goldbraunen Fliesen in der Küche, den grünen Sessel, das Tischchen mit der Stereo-Anlage. Und in der Eideserklärung hieß es, das Allison in der Lage gewesen sei, das Foto ihres Mannes eindeutig zu identifizieren, da sie im Verlaufe des sechsstündigen Verbrechens sein Gesicht deutlich habe sehen können.

Das konnte doch einfach nicht wahr sein, sagte Ronda sich immer wieder. Sie brütete über dem zwei Seiten langen Text und suchte vergeblich nach einem Schlupfloch, nach irgend etwas, das diese Farce beendete, nach dem losen Ende, mit dem sie diesen Wust von Behauptungen entwirren konnte, die ihre Familie und ihr Zuhause für immer zu zerstören drohten. Dann hörte sie plötzlich, daß in ihrem Vorgarten etwas geschah, daß sich Stimmen der Eingangstür näherten.

»Wenn sie jetzt hineinkommen, dann sagen Sie nichts«, sagte die Stimme eines Mannes. »Nicken Sie nur, in Ordnung?«

Ronda blickte auf und sah einen Mann kommen, der mit der rechten Hand ein junges Mädchen am Arm führte. Wie hübsch sie war, mit ihrem langen, blonden Haar und ihren niedergeschlagenen Augen. Dann begriff Ronda, wer dieses junge Mädchen war. Es war das Opfer. Royce Johnston, der für Kleberg County zuständige Staatsanwalt, führte Allison Shaw in das Haus. Augenblicklich verengten sich Rondas Augen vor Ärger über das Mädchen, das das Zentrum ihres familiären Dramas bildete. Wie konnte sie es wagen, in dieses Haus zu kommen, dachte Ronda! Sie verspürte den Wunsch, sie anzuschreien, damit sie aufhörte, Lügen über ihren Mann zu verbreiten. Aber statt dessen beobachtete sie nur, wie das Mädchen mit den goldblonden Haaren ganz behutsam in ihr Wohnzimmer kam und dort den Teppich, die Stereo-Anlage und den Radiowecker inspizierte. Jedesmal nickte sie. Johnston führte das Mädchen in die Küche, wo sich Allison den gekachelten Boden ansah und ebenfalls nickte. Dann begann der Teenager laut zu schluchzen. Jetzt mußte Ronda mit ansehen, wie einer der Beamten den Schnipsel vom Teppich abschnitt, den sie ihnen am Abend zuvor verweigert hatte.

»Bringt sie aufs Revier«, sagte Captain Gomez zu Judy Hayes und deutete dabei auf Allison, »und nehmt eine Aussage auf, daß sie das Haus identifiziert hat.«

Ronda saß wie erstarrt. Das konnte doch nicht wahr sein. *Eddie hatte es nicht getan*! Ein Beamter eilte herein und zeigte Treviño eine weitere Rolle grünes Band, das in einer Küchenschublade gefunden worden war. Ronda kannte dieses Band. Jeder bringt sich doch das, was er braucht, von der Arbeit mit, hatte Eddie ihr gesagt. Wie konnte etwas, das sich jedermann auf der Marinebasis besorgt hatte, ein Beweis für Eddies Schuld in einem Vergewaltigungsfall sein?

Ronda wurde dann gebeten, von der Couch aufzustehen,

damit diese fotografiert werden konnte. Inzwischen kam sie sich in ihrem eigenen Haus wie ein Eindringling vor, wandte sich ab und ließ ihren Blick zum Schlafzimmer der Kinder schweifen. In ihrer Not fühlte sie sich zu diesem Raum hingezogen, ging hinein und setzte sich auf das Bett ihres Sohnes. Sie liebte dieses kleine Zimmer. Es war hell und sonnig und voller glücklicher Erinnerungen für sie. In Gedanken an ihre Kinder schaute sie aus dem Fenster, und dann brach sie zusammen. Zuerst kamen ihre Tränen nur langsam, dann flossen sie immer reichlicher, und sie begann zu schluchzen.

Captain Gomez sah sie im Kinderzimmer und ging zu ihr. Er baute sich vor ihr auf und redete auf sie ein; dabei deutete er an, daß ihr fundamentalistischer Glaube möglicherweise Eddies Taten irgendwie beeinflußt haben könnte. Er vermutete, daß Eddie vielleicht ihren Anforderungen nicht habe gerecht werden können.

»Nur Sie allein wissen, was in Ihrem Schlafzimmer passiert ist«, sagte Gomez. »Vielleicht haben Sie Anforderungen an ihn gestellt, denen er nicht gerecht werden konnte.«

Ronda war erschüttert, daß dieser Polizist auf solche Art und Weise Mutmaßungen über ihr Privatleben anstellte. Das raubte ihr den letzten Rest von Fassung, den sie sich während der letzten Stunden mühsam bewahrt hatte. Ronda fühlte sich gedemütigt, als würde sie vor einer ganzen Versammlung fremder Menschen nackt ausgezogen. Alle ihre Nachbarn wurden befragt. Und nun sprach Captain Gomez so mit ihr, als ob sie die Lösung zu dem Rätsel ihres Mannes sei. Sie fand es widerlich, daß er ihr Eheleben behandelte, als sei es für die Öffentlichkeit bestimmt. Er deutete sogar an, daß sie möglicherweise selbst etwas mit der Sache zu tun haben könnte. Bei dem Gedanken daran krampfte sich ihr der Magen zusammen, so daß sie würgen mußte.

»Wenn Sie Beweismaterial unterschlagen«, warnte Gomez sie anschließend, »werden wir gegen Sie ebenfalls Anklage erheben.«

Um zehn vor drei hatte Treviño das Inventarverzeichnis zum Durchsuchungsbefehl fertiggestellt und konnte Ronda eine Liste der Gegenstände geben, die beschlagnahmt wurden. Eddies

Pistole war nicht dabei; als Ronda sie auf den Boden geschoben hatte, war sie offensichtlich in eine Ritze gefallen und bei der Suche jetzt übersehen worden. Treviño händigte Ronda die Liste aus und verließ als letzter der Beamten das Haus. Ronda ging mit hinaus und sah auf der Liste nach, was alles mitgenommen worden war. Es handelte sich hauptsächlich um verschiedene Rollen von Klebeband. Außerdem waren einige Kleidungsstücke, eine Skimaske und die Polaroidkamera aufgeführt. Pastor Field wartete immer noch draußen. Als sie an Rondas silberfarbenem Dogde Aspen vorbeikamen, überwältigte sie die Bitterkeit.

»Wollen Sie nicht auch meinen Wagen durchsuchen?« fragte Ronda mit müder Resignation in der Stimme den Captain.

»Nein«, erwiderte Gomez. Dann sah er Ronda noch einmal an. Er wußte, daß sie jetzt nicht in der Lage war, die Tatsache zu akzeptieren, daß das, was sie getan hatten, ihre Pflicht war.

»Werden Sie zurechtkommen?« fragte Gomez, als könnte er Ronda bei der Lösung der Probleme helfen, die er selbst über ihre Familie gebracht hatte.

»Gehen Sie nur, bitte«, sagte Ronda. »Ich komme schon klar.«

Auf dem Polizeirevier wurden die Beweisgegenstände katalogisiert und die Müllsäcke aus der Mülltonne der Wyatts zunächst einmal abgestellt. Der Abfall sollte am nächsten Tag sortiert werden. Treviño holte später am Nachmittag Eddie aus dem Gefängnis ab und brachte ihn zur Marinebasis hinüber, damit er bei der Durchsuchung seiner beiden Schließfächer in der Werkstatt zur Korrosionskontrolle zugegen war. Die Polizei fand dort nichts, was verdächtig war.

Mit einem Gummihandschuh über der rechten Hand begann Detective Keith Durham am Mittwoch morgen, die durchsichtigen Plastikbeutel mit Abfall zu durchsuchen, die die Polizei am Tag zuvor aus dem Müllbehälter der Wyatts beschlagnahmt hatte. Nach und nach zog Durham auf dem Polizeiparkplatz den Hausmüll einer ganzen Woche hervor, prüfte alles, ob es für den Fall irgendwie relevant war, und fügte es schließlich einer triefenden Mischung von Essensresten, Altpapier und anderem Unrat zu. Nach und nach leerten sich die Plastiktüten, bis Durham schließlich eine alte Schachtel Borden's Eierflip hervorzog. Er schüttelte sie sachte und konnte hören, daß darin etwas rappelte.

Durham klappte die Oberseite der Schachtel aus Wachspapier auf und sah ein zusammengeknautschtes Knäuel Magnetband, das aus einer weißen Kassette herausgerissen worden war. Sergegant Cruz, der mit dabei war, um die Durchsuchung fotografisch zu dokumentieren, begann, Aufnahmen zu machen.

Vorsichtig holte Durham das Band aus der Schachtel. Es war mit den Resten von Eierflip beschmiert. Auf der Kassette saß ein kleiner Aufkleber mit grüner Aufschrift. Sie lautete ›Matt. 5:16.‹ Der Aufkleber war teilweise versengt, wahrscheinlich durch ein Streichholz oder ein Feuerzeug, aber ein Zitat war noch lesbar: ›So laßt euer Licht leuchten vor den Leuten, damit sie eure guten Werke sehen und euren Vater im Himmel preisen‹. Als Durham sich den unteren Teil der Kassette näher ansah, wo das Band über die Rollen geführt wird, stellte er fest, daß auch versucht worden war, das Band zu verbrennen. Das Plastikgehäuse war geschmolzen und teilweise verschmort. Cruz, der Spurenfachmann, nahm das Band und die Kassette mit in die Kriminalabteilung hinein, wo Treviño und Captain Gomez zusammensaßen.

»Das Band?« Treviño strahlte vor Erwartung. Ihm war klar, daß sie Wyatt festnageln konnten, wenn dies die Bandaufnahme war, von der Allison gesprochen hatte. »Wo habt ihr sie gefunden?«

»In einer Eierflipschachtel«, sagte Cruz.

»Ich hasse Eierflip«, warf Gomez ein.

Geduldig entwirrten die Polizisten das Gewusel des Magnetbandes und wischten den noch darauf befindlichen Eierflip ab. Sie beschlossen, das Band im Büro des Captains zu trocknen. Sie hängten es über den Garderobenständer, die Stereo-Anlage, die Aktenschränke und über alles andere, bis das ganze Büro schließlich so aussah, als hätten riesige Spinnen darin ihre braunen Netze gewebt. Am frühen Nachmittag, als das Band getrocknet war, brachte Treviño es zu einem Elektronikgeschäft in der Stadt und ließ es dort auf eine neue Kassette spulen.

»Jetzt drückt mal die Daumen!« sagte Gomez seinen Leuten, als er die Kassette in das Kassettendeck schob. Während das Band ungefähr fünfzehn Sekunden lang nur rauschte, saßen sie schweigend da und versuchten, etwas herauszuhören. Dann folgte ein rumpelndes Geräusch. Schließlich kamen Stimmen, eine männliche und eine weibliche, beide schwach und verrauscht:

»Sag, daß ich gut bin«, sagte die männliche Stimme in einem sehr leisen Flüstern.

»Ah, du bist gut«, erwiderte eine verängstigte Frauenstimme auf das Kommando.

»Sag mir, daß ich deinen Arsch ficken soll«, sagte die Männerstimme leise und heiser.

»Ich möchte, daß du meinen Arsch fickst, weil du so gut bist. Ah, ah, du bist gut.«

Nach einigen Sekunden waren Schmerzens- und Protestlaute zu hören.

»Ah, au. Oh! Du bist gut«, sagte die Frauenstimme. »Oh! Au, ah!«

»Mach schon!«

»Oh! Du bist gut«, wiederholte sie in angestrengtem Tonfall. »Oh, au.«

»Mach schon, Nutte! Mach schon!« Der Mann klang jetzt erregter.

»Oh! Nicht weiter«, kam ein Schmerzensschrei.

»Komm schon!« sagte die Männerstimme leise und drohend.

»Oh, nicht . . .«, schrie die Frau lauter.

»Schnauze!« sagte er barsch. »Mach schon. Komm endlich. Jetzt mach, du Hure. Du Nutte.«

»Argh! Oh! Es ist mir doch schon ein paarmal gekommen! Du mußt . . .«

»Komm schon, komm schon, Hure!«

»Sprichst du mit mir?« schrie die Frau auf.

»Natürlich mit dir, verdammt noch mal«, kam die drohende Antwort.

»Ich hab' dir doch gesagt, bei mir ist's schon gekommen!« antwortete sie mit einem lauten Seufzer.

»Komm noch mal«, befahl er.

»Bin ich schon, und ich werde noch mal kommen. Jetzt kommt es mir«, stöhnte sie vor Schmerzen.

Gomez schaltete die Maschine ab, während seine Beamten nach Luft rangen. Es gab keinen Zweifel, daß die männliche Stimme Eddie Wyatt und die weibliche der jungen Allison Shaw gehörte. Das war ein unanfechtbarer Beweis. Die Beamten, die einiges gewohnt waren, hatten Allisons Aussagen gelesen und kannten ihre Beschreibung aus erster Hand. Aber der überwältigende Eindruck, die Vergewaltigung selbst mit anzuhören, machte sie fast krank und erfüllte sie gleichzeitig mit Zorn.

Gomez ließ das Band weiterlaufen. Es waren noch fünfundzwanzig Minuten, die größtenteils durch lange Pausen gefüllt wurden, während derer nur Hintergrundrauschen zu hören war. Der Mann sagte der Frau, er werde jetzt ein Bild machen, und gleich darauf war das Geräusch einer Sofortbildkamera zu hören, die ein Bild auslöst. Es folgten weitere Vergewaltigungen, und schließlich sagte der Mann dem Mädchen, er würde sie bald nach Hause bringen, wenn sie ihm noch einmal zu Willen sei.

Plötzlich brach das Hintergrundrauschen ab, und es ertönte die klare und laut schallende Stimme eines Predigers, die durch Gomez' Büro dröhnte, bevor er die Möglichkeit hatte, die Lautstärke zurückzudrehen.

»... jetzt wollen wir aber einmal den Spieß umdrehen. Zuerst sagen euch diese Leute, sie wären doch so klug, und ihr gehörtet in den Kindergarten, weil ihr so dumm seid, an die Bibel zu glauben. Aber es ist doch so, daß sie die wichtigste Botschaft des Buches, das sie da ablehnen, gar nicht verstehen. Und die Frage ist nun, ob sie mit euch die Antwort annehmen, welche Botschaft das ist, oder ob sie in ihrer Unkenntnis verharren wollen?«

Er war die Aufnahme eines Gastredners bei einer Bibelstunde, die Ronda noch in Norfolk bei der *Ocean View Assembly of God* gemacht hatte. Gomez schaltete das Bandgerät aus.

Am Mittwoch morgen war die Verhaftung der große Aufmacher in den Zeitungen, sogar in Corpus Christi, wo die Tageszeitung Caller-Times mit der Schlagzeile ›Mutmaßlicher Entführer und Vergewaltiger gefaßt‹ herauskam; im Untertitel hieß es ›Marinemann in Kingsville unter Anklage‹. In dem Artikel wurde auch Rondas Adresse angegeben. Ein Sprecher der Marine wurde zitiert, der gesagt hatte, daß Wyatt ›verheiratet ist und zwei Kinder hat‹. Es war eine furchtbare Qual für Ronda, das zu lesen. Es war so unglaublich, daß der ganze Tag ihr wie ein unwirklicher Alptraum erschien.

Später am Nachmittag wurde Allison zum Polizeirevier gebracht, um sich die Bandaufnahme anzuhören. Sie bestätigte, daß es sich in der Tat um die Aufnahme eines Teils der Vergewaltigung handelte. Inzwischen war Ronda zusammen mit Eddies ältestem Bruder, ihrer Schwägerin und Eddies jüngerer Schwester, die von Galveston herübergekommen waren, um Eddie zu sehen, ins Büro des Sheriffs gegangen. Es wurde ihnen gestattet, Eddie einer nach dem anderen zu sprechen; Ronda wartete deshalb zunächst, während Eddies Bruder nach oben ging.

Ronda bemerkte jetzt, daß die anderen Leute im Warteraum sie anstarrten. Sie kam sich wie ein Gegenstand der Verachtung vor. Sie hatte gerade auf einem Stuhl Platz genommen, als ein untersetzter, dickbäuchiger, ganz in Weiß gekleideter Kerl mit dem obligatorischen Cowboyhut und einer schweren Zigarre in seinem schmalen Mund ins Wartezimmer kam. Er unterhielt sich mit einigen der Leute des Sheriffs, und Ronda versuchte, nicht hinzuhören, als einer davon ihn fragte: »Was meinen Sie denn, was man mit diesem Wyatt machen sollte?«

»Ich finde, man sollte ihn rausbringen und erschießen, ja, das sollte man machen, finde ich«, betonte der zigarrenrauchende Bursche zu beifälligem Gelächter. Ein frostiger Schauer durchfuhr Ronda. Dann hörte sie, wie die Männer flüsterten und in ihre Richtung schauten.

Schließlich kam Eddies Bruder wieder herunter, und ein Mitarbeiter des Sheriffs sagte Ronda, daß Eddie jetzt für eine Gegenüberstellung auf das Polizeirevier gebracht würde. Allisons Nachbarn und der Mann von der Tankstelle sollten versuchen, ihn zu identifizieren. Ronda wurde eine Minute mit Eddie in einem Raum gleich neben dem Wartezimmer zugestanden. Eddie und Ronda umarmten sich, als er hereingebracht wurde, und damit war der Besuch auch schon wieder beendet. Der Deputy zog Eddie, der wie ein verängstigtes Kind an Ronda hing, weg. Es zerriß Ronda das Herz, ihn so zu sehen. Sie fürchtete, daß es das letzte Mal gewesen sein könne, daß sie ihren Ehemann umarmte.

Nachdem Eddie herausgebracht worden war, kam ein weiterer Mitarbeiter des Sheriffs zu Ronda.

»Mrs. Wyatt, ich möchte mich für das, was vorhin dort drüben passiert ist, entschuldigen«, sagte er ihr.

Ronda sah den Mann an und versuchte, ihre Gefühle unter Kontrolle zu behalten.

»Diese Leute haben gut lachen über Dinge, die ihr Leben nicht betreffen«, sagte sie.

Ronda verabschiedete sich von Eddies Familie, die nach Galveston zurückkehrte, und ging dann heim, um ihre Mutter anzurufen. Sie wollte ihre Eltern bitten, herzukommen und Paul und Diana mit nach Colorado zu nehmen. Es waren weitere anonyme Telefonanrufe eingegangen, und sie fühlte sich jetzt, da ihre Adresse in den Zeitungen am ganzen Küstenstreifen abgedruckt worden war, nicht mehr sicher. Vor allem war sie um die Sicherheit ihrer Kinder besorgt und darüber, was Paul von seinen Klassenkameraden zu hören bekommen würde, wenn in einer Woche der Kindergarten wieder anfing.

Erna willigte ein, zusammen mit Paul sofort nach Texas zu kommen.

Als Eddie zu der Gegenüberstellung erschien, verlangte er nach seinem vom Gericht für ihn bestimmten Rechtsanwalt. Aber der Anwalt, der ausgewählt worden war, lehnte es ab zu kommen. Die allgemeine Abscheu vor dem Verbrechen hatte ihn dazu bewogen, die Verteidigung in diesem Falle nicht zu übernehmen. Eddie hatte ein Recht auf Verteidigung, aber es würde nicht leicht sein, in Kingsville einen Anwalt zu finden, der bereit war, seine Reputation in der Stadt aufs Spiel zu setzen, indem er einen neuzugezogenen Bürger verteidigte, der eine ortsansässige Gymnasiastin vergewaltigt hatte. Gomez setzte sich mit dem Richter W.C. McDaniel in Verbindung, der sofort einen anderen Anwalt mit der Vertretung des Verdächtigen bei der Gegenüberstellung beauftragte. Der Anwalt kam um 17 Uhr 15 und riet Eddie, die Einverständniserklärung für die Gegenüberstellung zu unterschreiben.

Unmittelbar danach gesellten sich fünf Freiwillige vom Marineflughafen zu Eddie, die mit ihm zusammen den Zeugen gegenübergestellt wurden. Eddie war der Vierte von links. Die drei Burschen rechts von ihm waren alle leichter als er, aber genauso groß. Die beiden zu seiner Linken waren deutlich jünger, hatten aber seinen Körperbau.

Der erste, der sich die Reihe von Männern hinter einer nur in einer Richtung durchlässigen Glasscheibe ansah, war ein Nachbar der Shaws. Er erkannte keinen von den sechsen. Als nächstes kam ein Paar an die Reihe, das einige Häuser weiter wohnte und einen blauen Wagen in der Hintergasse gesehen hatte. Der Ehemann sah sich die Männer an, aber keiner von ihnen kam ihm bekannt vor. Seine Frau meinte, daß sie Eddie irgendwoher kenne, aber sie wußte nicht genau, woher. Als letzten brachte die Polizei den jungen Mann herein, der an Bradlees Tankstelle in Ricardo bedient hatte, dort wo nach Allisons Meinung ihr Entführer angehalten und getankt hatte. Er erinnerte sich an einen blau-weißen Wagen, erkannte aber keinen von den Männern. Um neunzehn Uhr abends war Eddie wieder zurück im Gefängnis des Kleberg County; die Gegenüberstellung hatte keine weiteren Beweise gegen ihn erbracht.

Ronda verbrachte den Silvesterabend mit ihren Eltern, ohne Eddie. Es war fast so wie am ersten Silvesterabend, nachdem sie und Eddie sich kennengelernt hatten, als er in Dallas geblieben und sie heimgefahren war, um die Hochzeit vorzubereiten. Und genau wie damals quälte sie auch jetzt die Unsicherheit und Zukunftsangst. Sie hatten im Moment keine Einnahmen, da die Marine die Soldzahlungen für Eddie zunächst einmal bis zum Prozeßende ausgesetzt hatte. Würde sich erweisen, daß Eddie unschuldig war, und würde er zu ihr und den Kindern zurückkommen? Und wie würde es werden, wenn seine Unschuld nicht festgestellt wurde? Zum ersten Mal befielen Ronda quälende Zweifel über ihren Mann.

Aber viel dringender war zunächst das Problem, daß Kingsville für sie und ihre Kinder gefährlich geworden war. Gerade am Silvesterabend, da die Leute ausgingen und tranken, machte Ronda sich Sorgen, daß irgend jemand herkommen und versuchen könne, ihr und den Kindern etwas anzutun. Paul und Erna hatten ihren Wohnwagen mit nach Kingsville gebracht, und sie verbrachten die Jahreswende, indem sie zu fünft in dem Wohnwagen schliefen, der auf einer Straße vor dem Haus eines Freundes am anderen Ende der Stadt geparkt war.

Am 2. Januar verließen die Hunters mit ihren Enkelkindern zusammen Kingsville. Ronda mußte gegen die Tränen kämpfen, denn sie konnte nicht mit ihnen fahren. Die Polizei hielt es noch nicht für ausgeschlossen, daß sie irgendwie an den Aktivitäten Eddies beteiligt war oder zumindest von ihnen gewußt hatte. Offenbar war es, so erfuhr Ronda, für die Polizei ziemlich normal, herauszufinden, daß die Frau oder Freundin eines Vergewaltigers tatsächlich an seinen Taten beteiligt war. Der bloße Gedanke daran machte Ronda ganz krank.

Am nächsten Tag ging sie um Sonntagsgottesdienst zur *First Assembly,* wo sie trotz der Ereignisse der letzten Tage noch das Gefühl hatte, willkommen zu sein. Pastor Field und Dolores kamen nach dem Gottesdienst zu ihr und boten ihr an, in ihrem Haus in der Wanda Street zu wohnen. Sie hatten ein zur Straße hin gelegenes Gästezimmer, und es wäre nicht das erste Mal, daß sie jemanden aufnahmen, der eine Unterkunft brauchte. Ronda nahm ihr Angebot an.

An diesem Abend, in dem hell eingerichteten Gästezimmer im Heim der Fields, fühlte sich Ronda zum ersten Mal seit Eddies Verhaftung wieder sicher, und sie dachte darüber nach, wie sehr sie die Leute von der Kirche unterstützten. Sie fragte sich, wie sie ihnen gegenüber nur einen Monat zuvor noch so verblendet hatte sein können, als sie ihren ›Mrs. Nobody‹-Brief an eine Gemeinde schrieb, von der sie annahm, daß sie sich nicht um sie kümmerte. Am 3. Januar 1982 schrieb sie in ihr Tagebuch.

Heute, mein Gott, heute bin ich zur Kirche zurückgegangen, zu den Menschen, die mir keine drei Wochen zuvor so gleichgültig vorgekommen sind, und sie haben mich in Liebe angenommen und für mich gebetet. Ich frage mich, warum ich keinen Haß und keine Bitterkeit im Herzen habe. Vielleicht werden sie sich noch einstellen. Jetzt tut es einfach nur weh.

Jesus, ich lege diese ganze Sache in Deine Hände. Verfüge Du über unser Leben. Wenn es Dir gefällt, dann mache unser Heim und unsere Ehe wieder heil. Wir brauchen Dich jetzt, wie wir Dich niemals zuvor gebraucht haben.

Am Montag morgen rief Ronda am Angle Medical Center an. Da die Marine Eddies Sold ausgesetzt hatte, mußte sie wieder zur Arbeit gehen. Aber sie mußte auch an Vera, Allisons Cousine denken. Wie würde sie es empfinden, mit der Frau zusammenarbeiten zu müssen, deren Mann angeklagt war, ihre Cousine vergewaltigt zu haben? Rondas Chef sagte ihr, er wolle mit Vera reden. Dann meldete sich Vera selbst telefonisch bei Ronda.

»Wie konntest du nur annehmen, daß ich etwas dagegen hätte, wenn du wieder zurück zur Arbeit kommst«, sagte Vera, »du bist meine Freundin.« Beide Frauen weinten. Ronda war Vera für ihren Mut dankbar und ging am Dienstag zum ersten Mal wieder für einen halben Tag zur Arbeit. Beim Mittagessen erzählte ihr eine Freundin, daß es Morddrohungen gegen Eddie gebe, für den Fall, daß er freigelassen werden sollte. Ronda war mehr denn je um ihre eigene Sicherheit besorgt und begriff langsam, daß es ihr nicht länger möglich sein würde, in Kingsville zu leben, selbst wenn Eddie von dem Verdacht reingewaschen und für unschuldig befunden würde. Ihre Freundin erzählte ihr auch, daß es gerüchteweise hieß ›Wyatts Frau habe die Stadt verlassen‹. Gut, erwiderte Ronda, sollen sie das ruhig denken. Es würde nur allzubald den Tatsachen entsprechen.

Nachdem Beweismaterial in beträchtlicher Menge zusammengekommen war, packte Detective Hector Treviño alles zusammen, um es an das Kriminallabor des Ministeriums für Öffentliche Sicherheit in Austin zu senden. Es waren einzelne Haare und Fäden, die in Eddies Wyatts Wagen und Haus gefunden worden waren, Fetzen des Bandes, das benutzt worden war, um Allison Shaw zu fesseln und ihr die Augen zu verbinden, und die Bandrollen, die während der Hausdurchsuchung beschlagnahmt worden waren. Die Bandreste von der Vergewaltigung sollten mit den Enden der bei den Wyatts gefundenen Bandrollen verglichen werden. Von dem toten Hund waren Haut und Haarproben genommen worden, um die Herkunft der Haare aus dem Wagen er ermitteln. Allisons Schlüpfer und Hemd mußten nach Samenflüssigkeit abgesucht werden, ihr Bettlaken und ihre Decken nach Hundeblut. Treviño packte auch ein fünfzehn Zentimeter langes Messer ein, das die Polizei im Kofferraum von Eddies Wagen gefunden hatte – Eddie behauptete hartnäckig, daß es sein Fischmesser sei. Das größte der Beweisstücke war der Rücksitz aus dem Valiant, den Treviño ausgebaut hatte, um ihn ins Labor zu bringen.

Am Mittwoch nachmittag suchte Treviño Eddie im Gefängnis auf und bat ihn um Blut und Speichelproben zur Analyse. Eddie hatte Treviño bereits freiwillig Haarproben überlassen, die von seinem Kopf und seinem Schambereich entnommen worden waren, aber er sträubte sich jetzt, seine Einwilligung zur Entnahme der Körperflüssigkeiten zu geben. Treviño verließ ihm mit der Bemerkung, daß er sich einen Gerichtsbeschluß dazu verschaffen werde.

Als Ronda und James Field kurze Zeit danach zu einem Besuch ins Gefängnis kamen, ging der Pastor als erster hinauf. Field hatte schon früher das Gefühl gehabt, daß der junge Mann hinter seiner Depression sehr schmerzhafte Dinge verbarg, aber Eddie hatte ihm niemals etwas anvertraut. Am Nachmittag des 6. Januar war Eddie endlich bereit zu reden.

Ronda wartete noch im Erdgeschoß, als der Pastor, geführt von einem Deputy des Sheriffs, von seinem Besuch bei Eddie zurückkehrte. Er nahm Ronda bei den Händen und bestand darauf, mit ihr zu sprechen, bevor sie hinaufging.

»Ronda, du mußt dein Herz öffnen, damit du Eddie vergeben kannst«, sagte Field.

»Was wollen Sie damit sagen?« fragte sie ihn.

»Eddie ist schuldig. Er hat es mir gerade erzählt.«

Als Ronda die Treppen hinaufging, überschlugen sich ihre Gedanken. Ihr schlimmster Alptraum war plötzlich wahr geworden und wischte alle Überlegungen hinweg, die sie seit der Nacht der Verhaftung angestellt hatte. Diejenige, die Eddie am nächsten stand, war die letzte, die seine krankhaften Neigungen erkannte. Nachdem sie dafür gebetet hatte, daß er wieder zurück in ihr Leben käme, um alles wiedergutzumachen, fühlte sie sich jetzt grausam hintergangen.

Sie ging in den kleinen, düsteren Besuchsraum und sah Eddie in einer der Kabinen sitzen. Seine Augen waren geschwollen und gerötet. Ronda konnte ihre Tränen nicht mehr zurückhalten. Sie konnte nicht länger davor davonlaufen. Sie mußte jetzt auf alles gefaßt sein, was Eddie ihr sagen würde. Unter vielen Seufzern erzählte Eddie seiner Frau, daß er Allison entführt und vergewaltigt und sie sogar mit ins Haus geschleppt hatte, nachdem Ronda nach der Mittagspause wieder zur Arbeit gegangen war.

»Warum?« schluchzte sie. »Ich kann es einfach nicht verstehen, warum? Ich hätte alles für ein wenig Aufmerksamkeit von dir gegeben. Ich habe dich so gewollt, und du hast mich abgewiesen. Oh, warum mußtest du dich einer Fremden aufzwingen? Eddie, ich liebe dich, und ich habe dich so gebraucht.« Schmerzenstränen strömten ihre Wangen hinab.

»Ich weiß es nicht«, antwortete Eddie weinend. »Ich hatte immer Angst vor dem, was in mir vorging. Ich konnte niemals darüber reden. Es hat vollständig von mir Besitz ergriffen.«

Eddie erklärte Ronda, daß er ihr einen Brief geschrieben habe, den sie am nächsten Tag bekäme. Er wünschte sich, daß sie die auf ihn zukommenden Prüfungen gemeinsam mit ihm durchstände. Rondas Besuchszeit war abgelaufen. Sie kehrte zum Haus der Fields zurück und brach im Gästezimmer erschöpft zusammen.

Am Abend ging Ronda zu dem wöchentlichen Treffen des Hauskreises bei den Crowells, in der Hoffnung, dort etwas Verständnis zu finden. Die Gruppe war größer als gewöhnlich; es waren einige Leute dabei, die Ronda nicht kannte. Während des gemeinsamen Singens und der Bibellektüre war Ronda mit ihren Gedanken woanders. Sie mußte daran denken, daß Eddie das arme Mädchen in ihrem eigenen Wohnzimmer vergewaltigt hatte, ›wiederholt‹, wie es in den Zeitungen hieß, fast sieben Stunden lang. Es fiel ihr ein, daß sie in der gleichen Nacht noch versucht hatte, ihn mit ihrem verführerischen Négligé zu erregen. Gegen Ende des Treffens erging ein Gebetsaufruf, und ein Paar aus der Gruppe der Besucher meldete sich mit einer Bitte.

»Laßt uns alle für diesen Seemann beten, der hier in der Stadt das junge Mädchen vergewaltigt hat«, sagte die Frau mit ehrlicher Absicht.

»O ja«, fügte ihr Mann in einem Ton hinzu, der Ronda vor Scham erschauern ließ. »Ich bin mir ganz sicher, daß er von bösen Geistern besessen war!«

Im ganzen Raum herrschte eisiges Schweigen. Panische Angst bemächtigte sich Rondas, die nicht wußte, was sie tun sollte. Sie kämpfte gegen das unmittelbare Verlangen an, dem Mann zuzurufen, er solle still sein, er habe kein Recht, so über ihre Ehe zu urteilen, bis schließlich Barbara Crowell einschritt, um die Dinge richtigzustellen.

»Das ist die Frau dieses Mannes«, stellte sie Ronda den Fremden vor. Ein peinliches Schweigen breitete sich im Raum aus.

»Es tut mir leid«, murmelte der Mann. Alle knieten nieder, um zu beten. Ronda hatte das Bedürfnis, zur Tür zu rennen. Da rückte die Frau, die neben ihr saß, zu ihr heran und sah ihr direkt ins Gesicht.

»Liebes«, sagte sie sanft, »hast du wirklich Jesus im Herzen?«

Jetzt wurde auch noch ihr Glaube in Frage gestellt, dachte Ronda; das war mehr, als sie ertragen konnte. Sie hatte sich nichts zuschulden kommen lassen! Sie hatte zwei Jahre lang versucht, Hilfe für ihren Mann zu bekommen, und stets hatte man ihr gesagt, daß sie aus einer Mücke einen Elefanten mache. Und nun hatten die Leute tatsächlich die Stirn, ihren Glauben in Frage zu stellen, die Grundlage ihrer ganzen Existenz. Mehr konnte sie wirklich nicht ertragen.

»Ja, ich habe Jesus in meinem Herzen«, antwortete Ronda steif und stand dann auf, um zu gehen. Ihre Freundin Barbara eilte herbei und drückte sie fest an sich. Rondas Schluchzen kam aus der Tiefe ihrer Seele. Niemals zuvor hatte sie sich so verletzt gefühlt. Als ihre Tränen nachließen, nahm Barbara Rondas Gesicht in ihre Hände und zog es ganz nahe zu sich heran, so daß sie ihr etwas zuflüstern konnte.

»Kopf hoch, Liebes«, sagte Barbara. »Du brauchst dich für nichts zu schämen.« Diese wohltuenden Worte halfen Ronda, den Rückweg zu James' und Dolores' Haus zu schaffen. Während der Fahrt beobachtete sie einen Wagen in ihrem Rückspiegel und war sich sicher, daß sie verfolgt wurde. Blanke Furcht bemächtigte sich ihrer, bis der Wagen hinter ihr schließlich abbog. An diesem Abend fragte sie ihr Tagebuch:

Ich habe solche Angst, wie lange noch werden die Nächte für mich voller Furcht sein?

Die Morgensonne sandte ihre Strahlen durch die drei Fenster des Gästezimmers im Hause der Field und vertrieb die Ängste der vergangenen Nacht. Aber nun mußte Ronda sich mit neuen Unsicherheiten auseinandersetzen. Neun Tage lang hatte sie strikt an der Überzeugung festgehalten, daß Eddie unschuldig war. Nun mußte sie anfangen, ihr Leben mit ganz anderen Augen zu betrachten. Was die Zukunft brachte, war völlig unsicher, aber noch zermürbender war die Erkenntnis, daß ihr bisheriges Leben, das sie mit einem liebenden Mann geteilt hatte, nicht das gewesen war, wofür sie es gehalten hatte. Ihre glücklichen Erfahrungen als Frau und Mutter wurden im Lichte dieser plötzlichen Offenbarung jäh in Frage gestellt. War es alles eine Täuschung gewesen?

Unmöglich konnte sie von einem Moment zum anderen aufhören, Eddie zu lieben. Die Liebe konnte nicht mit einem Skalpell aus ihrem Herzen entfernt und beiseite geschafft werden. Sie mußte sich erst über ihre Gefühle klar werden, und das würde Zeit brauchen. Fast sieben Jahre lebte sie jetzt mit Eddie zusammen. Wie war es möglich, daß sie diesen Mann nicht kannte? Wie furchtbar mußten sich Aggressivität und Enttäuschung in ihm angestaut haben, bis sie schließlich dazu führten, daß er Allison Shaw entführte und vergewaltigte? Und was sie noch mehr ängstigte, war eine Frage, die sie sich jetzt erstmals stellte: Was gab es noch alles, das sie nicht von ihrem Mann wußte?

Ronda bekam wegen ihres erregten Zustandes von ihrem Arzt Medikamente verschrieben, versuchte aber, so wenig wie möglich davon zu nehmen. Sie gab Dolores Field die Tabletten; Dolores sollte sie wegstecken und Ronda nur einzeln auf Verlangen aushändigen. Ronda sah allerdings, wo Dolores sie hinlegte, nämlich oben in einen Wandschrank im Badezimmer.

Am späten Donnerstag vormittag brachte der Postbote den Brief, den Eddie versprochen hatte. Beklommen öffnete Ronda ihn. Was sie zu lesen bekam, war eine außergewöhnlich offene Darstellung seiner Gefühle und seiner Schuld. Ihr Mann redete wichtigtuerisch von einem großen Kampf, den er mit dem festen Vorsatz, gut zu sein, gegen die aus seiner Jugend noch in ihm übriggebliebenen schlechten Triebkräfte geführt habe. Wie hatte dieser Kampf während ihrer Ehe weitergehen können, ohne daß sie irgend etwas davon gemerkt hatte, fragte sich Ronda, als sie das las. Sie wußte nicht mehr, ob ihr Mann nun voll ehrlicher Zerknirschung oder nur voll geheuchelter Frömmigkeit war. Wollte er die Verantwortung auf sich nehmen, oder versuchte er nur, Gott und Satan die Schuld zu geben? Eddie schrieb:

> *Es tut mir so weh zu wissen, daß ich Dich verletzt habe, diejenige, die meinem Herzen am nächsten steht. Ich liebe Dich so sehr ... Ich habe mir solche Mühe gegeben, mit den Dingen fertig zu werden. Aber alles schien dadurch nur um so schlimmer zu werden. Ich bin niemals fähig gewesen, in meinem sexuellen Leben Gott gehorsam zu sein. Das war der einzige Bereich, über den Gott anscheinend niemals Kontrolle hatte. Ich habe unseren Gott oft angefleht, doch bitte die Kontrolle darüber zu übernehmen, denn ich habe mehr als andere gefürchtet, daß dies passieren würde.*

Ronda wurde immer ärgerlicher. Wenn Eddie befürchtet hatte, die Kontrolle zu verlieren, warum hatte er dann nicht von ihren ständigen Angeboten, ihm zu helfen, Gebrauch gemacht? Er hatte sie betrogen. Und dennoch schrieb Eddie in seinem Brief, daß Ronda die perfekte Frau für ihn gewesen sei:

Gott hat mir, als er mir Dich gab, die Beste gegeben. Ich habe davon geträumt, daß wir zusammen wären und war mir später sicher, daß Gott meine Gebete erhört hat. Aber als im Laufe der Jahre meine Gedanken immer verdrehter wurden, habe ich gerungen und gekämpft und gestritten, um diesen Gedanken zu widerstehen, die mir sicherlich Satan eingegeben hat. Mein Stolz verbot es mir, Hilfe anzunehmen, denn ich war mir sicher, daß Gott nicht zulassen würde, daß so etwas geschähe. Ich wußte, daß mein Herz Gottes Liebe hatte, daß er mir zur rechten Zeit schon gestatten würde, diesen rebellierenden Bereich meines Lebens unter seine Botmäßigkeit zu bringen.

Weißt Du noch, wie ich immer regelmäßig gefastet und gebetet habe? Das habe ich aus diesem einen Grund getan. Niemals, niemals, niemals habe ich mit etwas so hart und zäh gerungen und gekämpft. Es hat mir mein ganzes Leben zerquält. Und als Gott mich im Gefängnis errettete, dachte ich schon »Die Schlacht ist gewonnen«. Aber wenn der Trieb die Oberhand gewann, masturbierte ich und fühlte mich danach beschämt und schuldig. Es kam mir alles so häßlich vor, so daß ich dagegen ankämpfte. Ich schien alles bewältigen zu können, nur das nicht. Denn auch während ich dagegen kämpfte, kam es immer wieder, immer wieder. Ich konnte nie verstehen, warum Gott gestattet hat, daß es in meinem Leben weitertobte.

Meine Scham darüber verhindert, daß ich mit irgend jemandem darüber sprach, besonders nicht mit jemandem, der nicht selbst eine solche Erfahrung gemacht hat, denn wie könnte er mich verstehen? Seit ich jetzt hier bin, habe ich geweint, gebettelt, gefleht, gefastet und von ganzem Herzen zu Gott gebetet. Muß ich mit diesem Etwas, das in meiner Seele tobt, sterben? Ich bin nie so weit gegangen, wirklich ein solches Verbrechen zu begehen, das mußt Du glauben. Denn jetzt bin ich vollkommen ehrlich und zeige Dir meine ganze Wahrheit. Ich hoffe nur, daß Du es ertragen kannst, denn ich will es nicht länger verstecken. Es muß heraus, sonst werde ich entweder meinen Verstand oder meine Seele verlieren.

Obwohl es diesmal gegen meinen Willen geschah, ging doch alles so schnell. Es war, als ob ich gar keine Wahl gehabt hätte. Ich hatte gar keine Kontrolle. Ich schien keine Möglichkeit zu haben, mich zu widersetzen. Ich brauche Hilfe –, ja, das weiß ich jetzt. Mein Gott wird mich führen. Er wird mich zu der Hilfe führen, die ich benötige. Wenn das Gefängnis bis an mein Lebensende bedeutet, wenn das heißt, daß meine beiden lieben Kleinen genauso ohne Vater groß werden müssen, wie ich es mußte, wenn wir uns niemals wieder küssen werden – ich werde annehmen, was immer mein Gott mir auferlegt, auch wenn ich es in diesem Leben nicht verstehen werde.

Eddie hatte Angst, und Ronda spürte das. Aber sie wußte nicht, ob sie seinen Glaubensbekundungen noch trauen konnte. Wie sollte sie diesen ›Trieb‹ verstehen, von dem er schrieb. Er hatte die abartigsten Aspekte seines Lebens so erfolgreich hinter dem Schleier seiner Depression versteckt, daß Ronda vor allem eins klar war: Sie kannte Eddie überhaupt nicht. Vertraute er Gott jetzt wirklich, oder sagte er das bloß, um sie und die Kinder nicht zu verlieren? Ronda fühlte sich bei dem Brief sehr unwohl. Angesichts seiner Worte und dessen, was bisher enthüllt worden war, konnte sie das Gefühl nicht unterdrücken, daß sich während ihrer Ehe noch viel mehr ereignet hatte, als Eddie zugab. Die Polizei schien der Ansicht zu sein, daß Allison Shaw nicht Eddies erstes Opfer war, und Ronda fragte sich, ob Eddie wohl völlig ehrlich war.

Zwei Tage später bekam Ronda einen zweiten Brief von Eddie. Er hatte ihn nach ihrem gemeinsamen Gespräch im Gefängnis geschrieben. Jetzt bemühte er sich noch viel verzweifelter, sie von seiner Liebe zu überzeugen. Mit den Konsequenzen seiner Tat konfrontiert, wollte er die Frau festhalten, die ihm in der Vergangenheit beigestanden hatte. Er war verängstigt und allein. Ronda, seine ihm ergebende Frau, war seine einzige Hoffnung.

Liebe Ronda,
hallo Schätzchen. Es tat so gut, Dich heute zu sehen. Schatz, wirst Du mir vergeben? Ich brauche Dich mehr, als Du Dir vorstellen kannst. Du hast jedes Recht, mich zu verlassen, aber, o Gott! Ich könnte es ohne Dich nicht aushalten. Kannst Du in Gott die Stärke finden, die Du für mich brauchst? Ich weiß, daß ich viel verlange, aber Du bist in meinem Leben alles, was ich liebe. Ich weiß, daß ich nie mehr jemanden finden werde, der mich so liebt, wie Du mich liebst. Ich habe in den letzten Jahren so schwer gesündigt, und ich weiß inzwischen, wie es Dich damals schon verletzt haben muß, aber ich hätte mir niemals gedacht, daß Du mich deshalb eines Tages verlassen würdest. Jetzt schmerzt mich schon der Gedanke daran, weil ich dadurch mir wieder bewußt geworden bin, wie sehr ich Dich liebe und brauche.

Ich weiß, daß Worte jetzt nicht mehr viel bedeuten, aber wenn Du jetzt in mein Herz sehen könntest, wüßtest Du Bescheid. Es ist so voller Liebe für Dich. Bitte weise sie nicht ab. Beantworte mir meinen Brief und sage mir, daß Du es mit mir versuchen willst, mich prüfen willst und dann entscheiden. Ich bin nicht mehr derselbe. Wenn mir nur jemand glauben würde. Ich sterbe, wenn Du mich verläßt. Ich könnte mir nie verzeihen, wenn Du mich verläßt. Ich wollte Dich niemals verletzen. Du bist meine Liebe, mein Leben, meine ganze Welt. Bleib bei mir und laß Dich noch einmal von mir überzeugen.
Ich liebe Dich, Eddie

Das waren Worte, für die Ronda noch vor kurzem alles gegeben hätte. Sie hatte darum gebetet, daß Eddie sie ihr noch einmal sagte, als es noch etwas zu hoffen gab, aber jetzt klangen sie hohl. Obwohl sie ihm gesagt hatte, daß sie ihm auf jeden Fall beistehen wollte, hatte sie keine Vorstellungen davon gehabt, worum es bei Eddies Problem wirklich ging. Sie hatte gewußt, daß er Rauschgift geraucht hatte und wegen des Todes seines Vaters deprimiert gewesen war. Wenn es damit sein Bewenden gehabt hätte, so hätte sie ihm helfen können, den richtigen Beistand zu finden, und wäre bei ihm geblieben. Aber eine Sexualstraftat lag einfach außerhalb ihrer Vorstellungswelt. Wie konnte sie ihn angesichts dieses grauenhaften Betruges noch unterstützen? Konnte er sich alles erlauben, wie unvorstellbar es auch sein mochte, sie so nachdrücklich zurückweisen und schließlich wiederkommen und erwarten, daß sie ihm weiterhin beistand? Ronda kam über die gewaltige Diskrepanz zwischen ihren Entdeckungen über Eddie und seinen Bitten um Verständnis nicht hinweg.

Am Freitag, dem 8. Januar, ließ die Grand Jury die Anklage in einem Fall von Einbruch mit dem Vorsatz der Vergewaltigung gegen Eddie zu, eine Klage, die aufgrund einer Eigenheit des texanischen Strafrechts damals eine längere Gefängnisstrafe zur Folge haben konnte als die Anklage wegen einfacher Vergewaltigung. Darüber hinaus wurde infolge seiner Jugendvorstrafen wegen Einbruchs eine Klage auf Gewohnheitskriminalität zugelassen. Dieser Zusatz in der Klage bedeutete, daß Eddie, falls er für schuldig befunden wurde, für lebenslänglich ins Gefängnis geschickt werden konnte.

Am Wochenende kam Eddies Familie noch einmal von Galveston herüber, um ihn im Gefängnis des Kleberg County zu besuchen. Nachdem Ronda vom Gottesdienst wieder daheim war, setzte sich ihre Schwägerin zu einem Gespräch zu ihr. Sie fragte Ronda, ob sie sich noch daran erinnerte, daß Eddie im letzten Monat nach Galveston gefahren war. Ronda nickte zustimmend. Wie könnte sie diese Woche jemals vergessen, dachte sie, in der alles schiefgegangen und Eddie nicht da gewesen war, um die Dinge wieder zu richten.

Ihre Schwägerin erzählte Ronda, daß sie ihr dazu etwas sagen müsse.

Es sei offenbar so, erzählte sie ihr, daß Eddie seit seiner Jugend eine nicht nachlassende, unerfüllte Liebe mit sich herumtrage. Und als er in jenem Sommer eine Woche lang in Galveston war, hatte er dieser Leidenschaft nachgegeben. Eddie hatte Patty Battaglia besucht, eine alte Jugendfreundin. Eddie hatte sie schon sehr geliebt, als sie beide noch Teenager waren und gehofft, sie einmal zu heiraten, aber seine zweite Haft im

Jugendgefängnis, als er fünfzehn war, hatte diesem Traum ein Ende gesetzt, wie Ronda jetzt von ihrer Schwägerin erfuhr.

Rondas Gesicht erstarrte zu einem einzigen Staunen. Der Schock, einen weiteren erniedrigenden Betrug durch ihren Ehemann zu entdecken, war betäubend. In dieser Woche im Juli, während sie in Kingsville saß und Eddie mehr als jemals zuvor brauchte, hatte er in Galveston mit einer alten Freundin geschlafen? Ronda hatte bisher nicht einmal den Namen Patty Battaglia gehört. Eddie war niemals sehr ausführlich auf einige Aspekte seiner Kindheit eingegangen. Aber wie hatte er dieser alten, verzehrenden Leidenschaft verhaftet sein können, ohne daß sie auch nur den geringsten Verdacht geschöpft hatte? Ronda fühlte sich durch die Enthüllungen ihrer Schwägerin vernichtet. Jede neue Entdeckung über ihren Ehemann schien neue Qualen für sie bereitzuhalten.

Während Ronda noch versuchte, mit diesen unerwünschten Neuigkeiten zu Rande zu kommen, wurde sie von einer weiteren Eröffnung getroffen. Am Morgen, nachdem Eddies Familie wieder heimgefahren war, stand Dave Houser, Eddies Freund bei der Marine, vor ihrem Haus, um sich etwas von ihr auszuleihen. Er sagte Ronda, wie leid ihm alles täte, was vorgefallen sei. Dann blickte er zu Boden und verfiel in verlegenes Schweigen.

»Da gibt's noch 'ne Menge Dinge, von denen du nichts weißt, Ronda«, sagte Houser ihr.

»Was meinst du damit? Was gibt es denn noch?« fragte sie ihn.

»Erinnerst du dich noch an diese Geschichte an Bord der *Kennedy*, als wir zum ersten Mal im Mittelmeer kreuzten?« fragte Dave sie.

»Ja, Eddie war darüber so aufgebracht.«

»Na ja, er war schuldig. Wir haben wirklich Haschisch geraucht.«

Ronda hätte zu diesem Zeitpunkt eigentlich nicht mehr überrascht sein sollen, war es aber dennoch. Was für ein Esel war sie gewesen, Eddie zu glauben und zu ihm zu stehen, als er darauf bestand, nur zufällig und unschuldig dabeigestanden zu haben, als die Militärpolizei sich seinen Schlafplatz vornahm.

Sie fragte sich jetzt auch, ob nicht seine Haftstrafe wegen unbefugten Eindringens in Norfolk berechtigt gewesen war.

»Du solltest auch wissen, daß Eddie auf unserer zweiten Fahrt ins Mittelmeer an Bord der *Forrestal* mit einer Frau in Athen angebändelt und ein Verhältnis angefangen hat«, fuhr Dave fort.

Würde das denn niemals aufhören, fragte Ronda sich. Sie wußte jetzt, daß sie diesen Mann nie wirklich kennengelernt hatte. Welche Monstrositäten hatte er sonst noch auf dem Gewissen? Sie hatte den letzten Rest ihres Glaubens an Eddie verloren, aber Dave wollte ihr nicht mehr erzählen.

»Es gibt noch andere Dinge, von denen ich und Peggy wissen, aber ich glaube, wir können sie dir nicht erzählen«, sagte Dave. »Noch nicht.«

»Erzähl nur«, antwortete Ronda, die zu betäubt war, um weinen zu können. »Nichts, was du mir sagen könntest, kann mich noch mehr verletzen.«

»Es tut mir leid, Ronda«, sagte Dave.

»Ich glaube, wir können es dir jetzt wirklich nicht erzählen.« Dave erstarrte und war nicht willens zu erklären, was er sonst noch wußte.

»Warum hat er all das nur getan?« weinte Ronda. »Ich habe ihn so geliebt. Ich hätte alles dafür gegeben, ihn glücklich zu machen. Warum konnte er nicht zu mir kommen?«

»Ich glaube nicht, daß du ihm wirklich hättest helfen können, Ronda. Schau, das Problem war, so erzählte er es mir einmal, als wir am Meer fischen waren, daß er dich und die Kinder leid war. Er war euch alle leid.« Das war das letzte Mal, daß Ronda mit Dave oder Peggy sprach, so daß sie niemals erfuhr, was sie sonst noch wußten.

Richter Walter Dunham setzte die Verhandlung gegen Eddie für den 15. Februar an; bis dahin war noch mehr als ein Monat Zeit. Es war der Tag nach dem siebten Hochzeitstag von Eddie und Ronda. Die Anklage sollte am 5. Februar vor dem Bezirksgericht vorgebracht werden. Aber Eddie hatte immer noch keinen Rechtsanwalt. Die Mitglieder der Anwaltskammer von

Kingsville waren nicht darauf erpicht, sich auf die Verteidigung eines Mannes einzulassen, der – daran gab es wenig Zweifel – eines der furchtbarsten Verbrechen begangen hatte, das die kleine Stadt jemals gesehen hatte. Dunham mußte lange suchen, um einen Rechtsanwalt zu finden, der Wyatt ungeachtet der Konsequenzen für seine eigene Karriere vertrat.

Für Ronda, die in der vergangenen Woche viel durchgemacht hatte, war Joes Enthüllung, daß Eddie sie und die Kinder leid waren, das Allerschlimmste gewesen. Sie wollte nur noch eins, sich in ihrem Gästezimmer im Hause von Pastor Field verkriechen und dort bleiben, bis irgend jemand käme und die Dinge wieder ins rechte Lot brächte. Jetzt fing sie an, die Antidepressiva einzunehmen, die sie verordnet bekommen hatte. Ein Lichtblick war, daß die Fürsorgestelle der Marine sich erbot, ihre Heimreise nach Denver zu bezahlen und daß Captain Gomez ihrer Abreise nichts mehr in den Weg legte.

Am Abend des 12. Januar 1982 vertraute Ronda ihre zwiespältigen Gefühle ihrem Tagebuch an.

Ich muß unbedingt nach Hause. Mutter sagt, Paul würde immer verschlossener und weint leicht. Ich weiß, daß ich Eddie bald Lebewohl sagen muß. Meine Kinder brauchen mich. Ich fühle mich so zerrissen.

Manchmal frage ich mich, was wohl passiert wäre, wenn ich ins Haus gekommen wäre, während Eddie dabei war, Allison zu vergewaltigen, was er wohl mit mir gemacht hätte. Er muß wohl gewartet und beobachtet haben, bis er sicher sein konnte, daß ich nach dem Mittagessen wieder zur Arbeit gegangen war.

Heute war einer der schwersten Tage überhaupt. Ich fühle mich, als müßte ich es hinausschreien. Trotz allem will ich, daß Eddie mich festhält, aber er kann es nicht. Aus irgendeinem Grund meine ich, nach außen hin den Eindruck vermitteln zu müssen, vollkommen beherrscht zu sein; ich will nicht, daß irgend jemand mich weinen sieht. Ich fühle mich erschöpft, auch wenn ich die ganze Nacht geschlafen habe.

Am nächsten Abend besuchte Ronda wieder das Treffen bei

James und Barbara Crowell. Sie ging nicht ohne Furcht – sie fühlte sich nach den Bemerkungen der Besucher bei der letzten Sitzung immer noch beschämt und schuldig. Glücklicherweise verlief der Abend viel angenehmer; es waren keine Gäste da, und die Gruppe von ungefähr zwölf Personen war unter sich. Wenn es für Ronda unmöglich war, über ihre Gefühle zu reden, dann war es für diese Leute kein Problem, sie auch schweigend zu verstehen. Als sie in der Runde zusammensaßen, erzählte ein junger Student der Texas A & I namens Mike von einem Traum, den er jüngst gehabt hatte; darin hatte ihn ein bösartiger Hund gebissen. Und wie schmerzhaft auch die Verletzung selbst gewesen war, war sie doch lange nicht so schlimm wie der lange Heilungsprozeß, der sich daran anschloß.

Mike sah Ronda an, während er den Rest seines Traumes erzählte.

»Ich war während dieser Zeit in der Lage, es zu begreifen«, sagte Mike. »Es war so schmerzhaft, daß ich nicht verstehen konnte, daß es vielleicht einmal wieder besser würde.«

Auf Rondas erschöpftem Gesicht zeigte sich zum ersten Mal seit Tagen ein Ausdruck der Erleichterung. Sie war ihm dankbar, daß er ihr gesagt hatte, es sei in Ordnung, die Unsicherheit, die Angst, die Wut, das ganze Ausmaß der widerstreitenden Gefühle zu empfinden, die von ihr Besitz ergriffen hatten. Es gab keinen Zwang, sich so bald nach einer Verletzung, wie sie sie erlitten hatte, wieder besser zu fühlen. Mike und die anderen der Gruppe ließen ihr den Spielraum, den sie brauchte, und sie würden sie akzeptieren, ganz gleich, wie Rondas Gefühle waren.

Zum ersten Mal, seit ihr Mann drei Tage nach Weihnachten in Handschellen aus dem Haus gebracht worden war, kehrte Ronda in das Gästezimmer im Haus von Pastor Field zurück und war in der Lage, in ihr Tagebuch zu schreiben: ›Ich fühle Liebe.‹

Ende der Woche beschloß Ronda, daß es an der Zeit war, nach Colorado zurückzukehren. Ihre Kinder brauchten sie. Sie kündigte ihren Job und buchte für den späten Montag nachmittag einen Flug nach Denver. Das Wochenende wollte sie nutzen, um das Haus in Ordnung zu bringen. Die Frauen von der *First Assembly* kamen herüber zur Mesquite Avenue, um Ronda beim Packen zu helfen. Sie sammelten in dem kleinen, vierräumigen Bungalow Kleider, Hausrat und andere Dinge zusammen und verpackten sie in Kisten, die eingelagert werden sollten, bis Ronda sich darum kümmern konnte.

Kommentarlos ging Ronda über die Bemerkung einer der Frauen hinweg, daß viele der Sachen nicht viel mehr als Müll seien und daß sie nicht verstehe, warum Ronda sich die Mühe machte, sie einzupacken. Ronda hielt kurz inne und sah sich in ihrem bereits ziemlich zerzausten Haus um; sie mußte zugeben, daß sie kaum etwas besaßen, das wirklich von Wert war. Sie und Eddie hatten für eine fast siebenjährige Ehe wenig vorzuweisen. Der größte Teil ihrer Habe war Ramsch, müllreifer Ramsch. Das war Ronda nicht so erschienen, als sie hier noch im Glück ihrer Unwissenheit in den Tag hinein gelebt hatte. Ihr ganzes Leben war ihr in einer Spanne von nur zwei Wochen zerronnen, und jetzt war nichts übrig geblieben, wenigstens nicht in Kingsville. Ihr Mann saß zwar noch hier im Gefängnis, oben im obersten Stockwerk des Gerichtsgebäudes, und sie kannte ihn nicht mehr.

Am Sonntag machte Ronda ihren letzten Besuch bei ihrem Mann im Gefängnis des Kleberg County. Sie brachte ihm verschiedene persönliche Dinge mit, darunter ein Buch über die Heilung der Seele und den Weg, mit sich selbst ins reine zu kommen. Sie hatten nicht genügend Geld, um den Rechtsanwalt zu verpflichten, den Eddie gern behalten hätte. Er mußte sein Schicksal in die Hände eines vom Gericht bestimmten Verteidigers legen, und es waren nur noch vier Wochen bis zum anberaumten Verhandlungstermin. Während sie sich durch das trennende Glas des Besuchsraums ansahen, weinten sie beide. Ronda spürte, daß es das letzte Mal sein würde, daß sie ihn sah. Sie dachte an den Tag zurück, als sie sich vor zwei Wochen draußen vor dem Wartezimmer des Gefängnisses kurz umarmt hatten und sie noch von der Unschuld ihres Mannes überzeugt war. Ronda sagte Eddie, daß sie Kingsville verlassen würde.

»Ich weiß jetzt, wie sehr ich dich liebe«, bat Eddie. »Willst du nicht bei mir bleiben? Ich weiß, daß ich für das, was ich getan habe, bezahlen muß, aber ich darf nicht alles verlieren, nicht die Kinder. Ich liebe sie mehr, als mir bewußt war.«

»Eddie, ich habe ein Flugticket für morgen. Ich muß fort. Ich kann einfach nicht hierbleiben«, sagte Ronda ihm. Sein Flehen erreichte sie nicht mehr. Sie fragte sich, wie es so weit hatte kommen können. Sie dachte an die ersten Jahre ihrer Beziehung zurück, daran, wie sehr sie zu ihm aufgesehen hatte. Die Erinnerung machte ihren Schmerz noch brennender. Sie hätte gern die Zeit zurückgedreht, jetzt, da sie die Wahrheit wußte, aber sie wußte, daß das nicht möglich war. Am 17. Januar 1982, angesichts ihrer letzten Nacht bei den Fields, machte Ronda noch einmal eine Eintragung in ihr Tagebuch, bevor sie es in ihrer Reisetasche verstaute:

Dies ist mit Abstand der schwerste Tag meines Lebens.

Es tut so weh, daß ich mich frage, ob mein Leben jemals wieder lebenswert sein wird. Ich habe meinem Eddie heute Lebewohl gesagt, und in meinem innersten Herzen weiß ich, daß ich ihn heute zum allerletzten Mal gesehen habe. Warum nur, mein Gott? Warum mußtest Du mein Heim zerstören und mir den Mann nehmen, den Vater meiner Kinder? Warum konntest Du es nicht anders fügen? Ich brauche ihn doch so sehr, o Gott, verstehst Du das nicht?? Ich brauche ihn!! Und ich werde ihn nie mehr wieder haben.

Es tut so weh. Mein Gott, wie weh das tut.

Am nächsten Nachmittag verabschiedeten sich Dolores und James von Ronda und luden sie ein, wieder bei ihnen zu wohnen, wenn sie später zurückkehrte, um ihre eingelagerten Sachen abzuholen. Als das Flugzeug in die Höhe gestiegen war, schaute Ronda aus dem Fenster auf die schwachen Lichtschimmer auf dem dunklen, flachen Land herab. Immer, wenn sie sich ausgemalt hatte, wie ihr Leben sein würde, hatte sie sich ein Happy-End vorgestellt. Jetzt mußte sie von vorn anfangen und versuchen, eine solide und dauerhafte Grundlage für ihre Zukunft zu schaffen.

Sie verließ Texas geschlagen, betrogen und gedemütigt; ihr

Leben war Stück für Stück zerstört worden durch ein heimtückisches Übel in ihrer eigenen Familie. Und sie hatte noch nicht einmal gemerkt, daß von ihrer Ehe nur noch der äußere Schein übriggeblieben war. Sie hatte dieses Äußere noch bewundert, ohne zu merken, daß es innen völlig leer war.

Sie wußte, daß die Kinder nicht verstehen würden, was passiert war, zumindest einige Jahre lang nicht. Noch einmal also zog Ronda ihr Tagebuch aus der Tasche und schrieb einen Brief an ihre Kinder hinein, den sie ihnen in den nächsten Jahren nicht zeigen würde, aber der vielleicht später einmal eine Hilfe für sie sein könnte:

Liebster Paul, liebste Diana,

es ist 19 Uhr 15, am 18. Januar 1982. Ich bin unterwegs zu Euch, meine Lieben. Unser Leben hat eine ziemlich unerwartete Wendung genommen und wird niemals wieder so sein wie zuvor. Eines Tages werdet Ihr mir Fragen dazu stellen, und vielleicht kann diese Aufzeichnung euch dann helfen. Ihr sollt wissen, wie herzlich Euer Vater Euch geliebt hat, und das, was geschehen ist, ist überhaupt nicht Eure Schuld. Daddy hatte schwere Probleme, mit denen er nicht fertig werden konnte, und er hatte Angst, sich dabei helfen zu lassen. Er glaubte, daß er nicht mehr geliebt werden würde, wenn er zugab, Hilfe zu brauchen, und so ließ er aus diesen kleinen Sachen große Sachen werden. Und diese großen Probleme gewannen die Herrschaft über sein Leben.

Euer Daddy hat mir noch vor einigen Wochen erzählt, wie sehr er es genossen hat, mit Euch zusammen zu sein. Er hat sich ein Album mit Fotos von Euch beiden aufbewahrt, weil er so stolz auf seine Kinder ist. Ihr werdet verletzt und wütend sein über das, was geschehen ist. Ihr seid noch zu klein, um es zu verstehen, und selbst wenn Ihr es niemals verstehen werdet, behaltet Euren Daddy im Gedächtnis als den, der er war. Er hat gestern geweint, als ich mich von ihm verabschiedet habe. Vielleicht ist das Gefängnis der einzige Weg für Euren Daddy, Hilfe zu finden. Er hat jetzt endlich seinen Frieden mit Gott gemacht, aber er muß noch für das bestraft werden, was er getan hat.

Wir werden weitermachen und ohne unseren Daddy zurechtkommen, wenn wir müssen. Gott wird uns helfen, unser Bestes zu geben. Ihr dürft Euren Vater nicht hassen; wenn Ihr es erst versteht, werdet Ihr nur noch traurig darüber sein. So fühle ich mich jetzt, meine Kleinen. Ich bin aufgeregt und freue mich darauf, daß Ihr mich in die Arme nehmt und ich Euch in meinen Armen halte. Kopf hoch, meine Lieben. Wir werden es schaffen, und wir werden es gut schaffen!
Mommy

Kapitel 10

DER FREMDE IN IHREM BETT

Es ist so schrecklich.
Schrecklich zu wissen, daß ich ihn geliebt habe – und ihn nie wiederbekomme.
Ich sorge mich um ihn – und kann es ihm nicht sagen.
Es muß vorbei sein – und dabei hatte es doch gerade erst begonnen.
Ich brauche ihn – und er wird nie wieder bei mir sein.
Ich würde ihm gern so vieles sagen – und kann ihm gar nichts sagen.

– aus Rondas Tagebuch

Zurück in ihrem Elternhaus mußte Ronda sich mit dem unvermeidlichen Zerfall ihrer Familie auseinandersetzen. Sie hatte an Eddie geglaubt seit dem Tag, an dem sie ihn zum ersten Mal im Teen Challenge Center von Dallas entdeckt hatte, wo er bei den Gottesdiensten mutig über seine Vergangenheit sprach. Sie hatte die Probleme seiner Jugend in Galveston gekannt, aber nichts von alledem hatte für sie eine Rolle gespielt. Der Jugendsträfling hatte mit dem Eddie, den sie kannte, absolut nichts zu tun.

Was also schuldete sie ihm? Sollte sie an seiner Seite bleiben, ihm helfen, die Qualen des Prozesses durchzustehen, und treu auf ihn warten, gleichgültig, wie lange er im Gefängnis würde bleiben müssen? Sollte sie nach seiner Entlassung aus der Haft versuchen, ihre Ehe wieder aufzubauen? Oder hatte das Trauma seines Verrats ihre Ehe irreparabel zerstört? Diese Fragen waren wahrhaftig nicht leicht zu beantworten. Etwa eine Woche nach ihrer Rückkehr nach Colorado erhielt Ronda wieder einen Brief von Eddie, der noch einmal versuchte, die Hand nach ihr auszustrecken und sie festzuhalten:

Ich wollte mich noch einmal für die Bücher bedanken, die Du mir gebracht hast, besonders für das über innere Heilung. Ich weiß nicht, wie jemals etwas so Häßliches aus meinem Herzen kommen konnte. Ich muß weiter von Gott entfernt gewesen sein, als es mir selbst bewußt war. Ich verstehe das Ganze wirklich überhaupt nicht, aber ich glaube, daß diese innere Heilung durchaus des Rätsels Lösung sein könnte. Weißt Du noch, wie ich Dir einmal etwas aus meiner frühesten Jugend erzählt habe? Die Erinnerung an meinen Vater, der mich allein gelassen hat, als ich noch ganz klein war, hat mich mein Leben lang gequält, aber ich habe einfach alles verdrängt und vergessen.

Es sind noch viele andere Dinge in mir, die der Heilung bedürfen, schmerzliche Erinnerungen, von denen ich glaubte, ich hätte sie vergessen, Erinnerungen, die jetzt ihren Tribut von mir fordern.

Dieser Brief erinnerte Ronda daran, daß Eddie ihr früher einige Male erzählt hatte, in seiner Vergangenheit gäbe es Dinge, über die er nicht sprechen könne, nicht einmal mit ihr, weil diese Dinge für ihn zu schmerzlich seien. Sie fragte sich, was so schrecklich gewesen sein mochte, daß er es nicht in Worte fassen konnte.

Schließlich wandte Ronda sich an die Sozialbehörde von Jefferson County, um finanzielle Unterstützung zu beantragen. Nachdem sie die erforderlichen Formulare mit der Post bekommen hatte, stellte sie fest, daß sie zum Gerichtsgebäude von Golden fahren mußte, um sich dort eine Kopie ihrer Heiratsurkunde ausstellen zu lassen. Als der Angestellte ihr die Mikrofilmkopie überreichte und sie die Unterschriften darauf sah, überkam sie ein Gefühl der Erbitterung. Sie wußte, daß sie die Entscheidung über die Zukunft ihrer Ehe nicht mehr lange aufschieben konnte.

Am folgenden Morgen ging Ronda zum Sozialamt in Lakewood. Obwohl sie wußte, daß es notwendig war, fand sie es entwürdigend, Sozialhilfe beantragen zu müssen, vor allem in der Stadt, in der sie aufgewachsen und zur Schule gegangen war. Da sie ihren Eltern jedoch nicht länger zur Last fallen wollte, hatte sie sich geschworen, so bald wie möglich unabhängig zu werden.

Da ihr mittlerweile klar geworden war, daß sie dazu neigte, ihre eigene Persönlichkeit zu unterdrücken, um so zu sein, wie andere sie haben wollten, gab sie sich nun selbst die Schuld an dem Geschehenen. Sie quälte sich mit Fragen darüber, was sie hätte tun können oder tun sollen, um Eddie zu helfen, seine Probleme zu lösen. Aus diesen Selbstzweifeln erwuchs eine ganze Reihe von Fragen, auf die Ronda Antworten haben wollte, bevor sie davon erdrückt wurde. Am 4. Februar setzte sie sich an den Küchentisch und formulierte ihre Fragen an Eddie. Sie glaubte, das Recht auf ehrliche Antworten zu haben. Warum, so schrieb sie, hatte er das getan? Wer war diese Allison Shaw? Hatte er sie schon vor der Vergewaltigung gekannt? Warum hatte er sich ihr, Ronda, widersetzt, als sie versucht hatte, ihm Hilfe zu beschaffen? Warum hatte er nicht selbst nach Hilfe gesucht, als ihm klar wurde, daß er die Kontrolle über sich verlor?

Und dann die wichtigste Frage: Warum hatte sie als seine Frau Eddie nicht die Liebe und die Befriedigung geben können, die sie sich beide von der Ehe ersehnt hatten?

Zufrieden damit, daß sie die quälendsten ihrer Fragen niedergeschrieben hatte, versiegelte Ronda den Briefumschlag und schickte ihn an Eddie, der tausend Meilen von ihr entfernt im Gefängnis des Kleberg County saß.

Ron Barroso hatte von den Kingsville-Vergewaltigungen gehört, noch bevor er in der Lokalzeitung von Corpus Christi von der Verhaftung eines Marinesoldaten las. Im vergangenen Jahr war er ein paarmal wegen verschiedener juristischer Angelegenheiten im Kleberg County gewesen, und seine Kollegen aus Kingsville hatten die Vergewaltigungen im Gespräch mit ihm erwähnt. Der junge Rechtsanwalt wußte, daß sie die ganze Stadt in Angst und Schrecken versetzt hatten.

Barroso war erst seit knapp zwei Jahren selbständig und konzentrierte sich mittlerweile auf Strafverteidigung. Aber seine ersten praktischen Erfahrungen, seine eigentliche Ausbildung hatte er auf der Gegenseite erhalten, und zwar in der Zeit von 1977 bis 1980 als Stellvertretender Bezirksstaatsanwalt im Nueces County in Texas, wo er einer von acht Stellvertretern im Team des Bezirksstaatsanwalts gewesen war. Der hochgewachsene, dunkelhaarige Jurist hatte dann bei der Staatsanwaltschaft seinen Abschied genommen und in der Innenstadt von Corpus Christi, ganz in der Nähe des Gerichtsgebäudes des Nueces County, sein eigenes Büro eröffnet. Von Zeit zu Zeit übernahm er die Strafverteidigung von Angeklagten, die sich keinen eigenen Anwalt leisten konnten. Da es im Nueces County keinen offiziellen Pflichtverteidiger gab, griffen die Richter in solchen Fällen auf eine Kerntruppe von Rechtsanwälten aus dem Distrikt Corpus Christi zurück. Auf diese Weise kam Barroso zur Verteidigung von Eddie Wyatt.

Richter Walter Dunham hatte Barroso angerufen und ihn gefragt, ob er in dem Vergewaltigungsfall von Kingsville die Verteidigung übernehmen wolle. Die Mitglieder der Anwaltschaft des Kleberg mieden den Fall Wyatt, wie ein kluger Hund ein Stinktier mied. Wenn Wyatt mit einem blauen Auge aus der Sache herauskommen sollte, würde seinem Anwalt eine Verachtung entgegenschlagen, die ihm noch jahrelang nachhängen konnte. Die Anwälte von Kingsville konnten es sich nicht erlauben, die kleine Schar ihrer zahlenden Klienten zu verschrecken, indem sie einen Mann verteidigten, dessen Verbrechen in so hohem Maße öffentliches Aufsehen erregt hatte.

Dunham meinte, der Fall Wyatt sei sehr interessant und überdies ein großer Fall für eine kleine Stadt wie Kingsville, vor allem, da noch die Möglichkeit bestand, daß es um mehr als nur diese eine Vergewaltigung ging. Barroso gefiel die Herausforderung. Er brauchte nicht lange, um zu dem Entschluß zu kommen, daß er die Sache übernehmen würde.

Barroso fuhr am 25. Januar über die U.S. 77 zum Gefängnis des Kleberg County und besprach sich mit Staatsanwalt Royce Johnston und Adan Muñoz, dem Ermittler der Staatsanwaltschaft. Bei diesem Gespräch erfuhr er, daß Bill Mobley, der Bezirksstaatsanwalt von Corpus Christi, Ken Botary, einen seiner besten Männer, mit der Anklagevertretung betraut hatte. Barroso hatte während seiner Zeit als Staatsanwalt mit Botary zusammengearbeitet. Mobleys Wahl zeigte, daß er dem Fall große Bedeutung beimaß. Barroso nahm sich die Anklageschrift mit, die vor über zwei Wochen von der Grand Jury des County zugelassen worden war, des weiteren eine Kopie des Haftbefehls und Eddies schriftliche Einverständniserklärung zur Durchsuchung seines Wagens. Bis zum ersten Verhandlungstag am 1. Februar war es nur noch eine Woche. Dann mußte er versuchen, Botarys Antrag abzuwehren, der Eddie dazu zwingen sollte, Blut und Speichelproben für das Labor in Austin abzugeben. Er wußte, daß er nur wenig tun konnte, um den Antrag zu Fall zu bringen. Das staatliche Kriminallabor brauchte die Proben, um sie mit denen zu vergleichen, die die Polizei ihnen zur Analyse geschickt hatte, und die Gerichte hatten schon vor langer Zeit eine Entscheidung in dem sich aus dem 5. Verfassungszusatz ergebenden Konflikt zwischen dem Recht eines Verdächtigen, sich nicht selbst zu belasten, und der Entnahme und Verwendung seiner Körperflüssigkeiten als Beweismittel gefällt.

Er las sich alle Unterlagen durch, bevor er sich auf den Weg ins Gefängnis des Kleberg County machte, um seinen neuen Klienten zu treffen.

Barroso hatte, seitdem er nicht mehr für die Staatsanwaltschaft arbeitete, schon viele kriminelle Klienten gehabt. Er hatte Angeklagte vertreten, denen Vergewaltigung oder Mord zur Last gelegt wurde. Seine Klienten waren zornige Männer, aggressive und menschenfeindliche Schwerverbrecher, die sich ständig angegriffen fühlten. Als Barroso darum bat, den Gefangenen Eddie Wyatt sehen zu dürfen, erwartete er einen reizbaren Sexualverbrecher voll angestauter Wut. Statt dessen stellte er fest, daß Eddie Wyatt ein junger Mann mit schwersten Depressionen war. Eddie war ruhig, aber auch sehr höflich, als er seinen Rechtsanwalt begrüßte. Er wirkte in sich gekehrt und niedergeschlagen.

Barroso fragte einen Klienten in der Regel nicht, ob er schuldig war – darum ging es nicht. Das einzige, was zählte, war die Frage, ob der Staat ihm seine Schuld nachweisen konnte. Ruhig und überlegt begann Eddie, Barroso in groben Zügen sein Leben zu schildern, ein Leben der stillen Verzweiflung. Er zeichnete das Bild vom Doppelleben eines Menschen, der behauptete, unbedingt ein guter und engagierter Christ sein zu wollen, der aber andererseits nicht mit sich selbst zurechtkam oder die Nähe anderer ertrug, wenn er das Gefühl hatte, ihren Erwartungen nicht zu entsprechen. Er schilderte einen Menschen, der ganz allmählich den Dämonen in seinem Inneren erlegen war. Zu guter Letzt erzählte er Barroso, daß er Allison vergewaltigt hätte. Dieses Geständnis machte er so leise, daß Barroso nur mit Mühe verstand.

Eddie berichtete Barroso, daß er extrem ruhelos geworden sei, nachdem Ronda am Morgen der Vergewaltigung das Haus mit den Kindern verlassen hatte.

»Ich hatte Nachtschicht und kam gegen acht nach Hause«, erklärte Eddie seinem Anwalt. »Ronda ging etwa fünfzehn Minuten später weg, also machte ich mich auf den Weg zu dem *Stop N Shop* Ecke 3. Straße und Corral Avenue und kaufte mir ein Sechserpack. Als ich das ausgetrunken hatte, ging ich wieder los und kaufte mir noch eins. Etwa gegen zehn Uhr war ich vollkommen aus dem Gleichgewicht, wissen Sie, also habe ich mich in den Wagen gesetzt und bin ein wenig umhergefahren. Bei Winn's habe ich kurz angehalten und ein paar Weihnachtsgeschenke eingekauft, dann bin ich einfach weiter durch die Gegend gefahren, bis mir dieses Haus auffiel.«

Eddie glaubte gesehen zu haben, daß die Vordertür offenstand; er parkte den Wagen in einer Nebenstraße und kehrte zu dem Haus zurück, um es sich näher anzusehen. Von da an wich Eddies Version der Ereignisse stark von dem ab, was Allison Shaw der Polizei berichtet hatte. Er beteuerte, daß er sich nur mit Mühe und ganz verschwommen an die Einzelheiten erinnern könne.

»Ich wollte etwas stehlen«, fuhr Eddie fort. »Ich wußte nicht, ob jemand zu Hause war.« Als er erstmal im Haus war und sich umsah, so berichtete er Barroso, kam ein kleiner Hund ins Zimmer, der ihn sogleich angriff.

»Ich griff mir diesen Hund und brachte ihn mit meinem Taschenmesser um, und da hörte ich, daß jemand im Schlafzimmer war. Sie trug nur ein T-Shirt und Unterhöschen. Ich habe ihr befohlen, still zu liegen und ruhig zu sein, während ich sie mit dem Kreppband gefesselt habe.«

Eddie erzählte Barroso, daß er anschließend zu seinem Wagen ging und ihn in der Gasse hinter dem Haus des Mädchens parkte. Dann sei er zurückgegangen und habe gesehen, daß sie sich nicht bewegt hatte. Daraufhin habe er auch ihre Arme und Beine mit dem Kreppband eingewickelt, und als sie ihm sagte, ihr Dad käme bald nach Hause, kam er zu der impulsiven Entscheidung, sie zu entführen.

»Sie hat nicht geschrien oder geweint oder sonst etwas«, erzählte er Barroso. »Ich habe sie zum Wagen getragen, auf die Rücksitze gelegt und bin losgefahren.« Er erinnerte sich daran, daß er sie in einen Park gebracht und dort kurz angehalten hatte. Weiter sagte er, das Mädchen habe dort Stimmen gehört und ihn gefragt, was er denn tun würde, falls irgend jemand sie fände. Also habe er sie in den Kofferraum gelegt und sei mit ihr nach Hause gefahren.

»Ich habe sie zu nichts gezwungen«, beharrte Eddie. »Ich habe gefragt, ob sie mit mir schlafen wolle, und sie sagte ja. Ich weiß, daß sie Angst hatte, aber wenn sie nein gesagt hätte, hätte ich es vielleicht nicht getan.« Das war eine selbst zurechtgeschusterte Erinnerung, die nicht zu dem paßte, was Barroso gerade in den Polizeiakten gelesen hatte.

»Die Polizei hat ein paar Rollen Klebeband gefunden, als sie Ihr Haus durchsucht hat, Eddie. Waren das die Rollen, die Sie benutzt haben?« fragte Barroso ihn.

»Nein«, antwortete der Gefangene. »Es war zwar dieselbe Art Klebeband, aber die Rollen, die ich benutzt hatte, habe ich weggeworfen.«

»Die Polizei hat eine Bandaufnahme gefunden, die angeblich Sie bei der Vergewaltigung des Mädchens zeigt. Stimmt das?«

»O ja, ich habe, als wir beim Bumsen waren, ein Band laufen lassen. Ich weiß selbst nicht, warum. Sie hat gesagt, daß sie mehr wollte, daß es gut war, und ich dachte: ›Das muß ich aufnehmen.‹ Ich habe dann versucht, das Band zu zerstören und mit meinem anderen Müll wegzuwerfen, aber sie haben es gefunden.«

»Die Polizei hat auch gesagt, daß Sie ein paar Polaroid-Aufnahmen von dem Opfer gemacht hätten. Ist das wahr?« fragte Barroso.

»Ja, das ist auch so etwas, das mir einfach so in den Sinn kam«, sagte Eddie. »Ich konnte es nicht ertragen, mir die Bilder anzusehen, also habe ich sie zu Hause verbrannt und die Asche in den Müllcontainer unten am Tante-Emma-Laden geworfen.«

»Die Polizei glaubt, daß Sie auch für ein paar von den anderen Vergewaltigungen hier in der Stadt verantwortlich sind.«

»Damit habe ich überhaupt nichts zu tun«, unterbrach ihn Eddie. »Es hat eine Gegenüberstellung gegeben, und keine von den Frauen konnte mich identifizieren.«

Nach einem zweistündigen Besuch, gerade als Barroso gehen wollte, begann Eddie über Ronda zu reden.

»Meine Frau und ich hatten, hm, hatten ein paar, na Sie wissen schon, ein paar Sexprobleme«, brachte Eddie zögernd hervor. »Ich habe so das Gefühl, daß es angefangen hat, als ich für längere Zeit auf See mußte, mal sechs, mal acht Monate. Ich weiß, daß damals meine Probleme angefangen haben.«

Nach dem Gespräch lenkte Barroso seinen Sportwagen zurück über die U.S. 77 nach Corpus Christi. Sein neuer Klient, so dachte er, war ein viel komplizierterer und vorsichtigerer Mann, als er gedacht hatte. Während er das Gespräch in Gedanken wieder und wieder durchging, hatte Barroso das Gefühl, daß Eddie Wyatts Probleme schon lange vor seiner Marinezeit begonnen hatten.

Captain Gomez wollte Eddie Wyatt für neunundneunzig Jahre hinter Gitter bringen. Schließlich hatte Geraldo Nuñez fünfzig Jahre und eine Kugel in die Nähe seines Rückgrates bekommen, und er war lediglich angeklagt gewesen, den Versuch unternommen zu haben, Marleen Grimes zu vergewaltigen. Gomez ließ Treviño, Hayes und die anderen Polizeibeamten die ungelösten Vergewaltigungsfälle durchsieben.

Es sah so aus, als könnten sie Eddie die Vergewaltigung von Kyung Ellis ebenfalls zur Last legen. Dieses Verbrechen zeigte viele Gemeinsamkeiten mit der Vergewaltigung von Allison, angefangen von dem Klebeband bis hin zu der Stimme des Vergewaltigers. Der Täter hatte sogar die Absicht gezeigt, Kyung aus dem Apartmenthaus zu entführen, obwohl er dann doch noch seine Meinung änderte und sie zurück in ihr eigenes Schlafzimmer brachte. Die Vergewaltigung von Kyung Ellis hatte sich nach der Gefangennahme von Nuñez und Billy Joe Garner zugetragen, so daß es sich um einen dritten Mann oder, Gott behüte, sogar um einen vierten handeln mußte. Und es war der Ehemann der vergewaltigten Kyung gewesen, der sie auf Eddie Wyatts Spur gebracht hatte.

Es gab noch andere auffällige Übereinstimmungen in einigen der ungelösten Fälle, die ebenfalls auf Wyatt hindeuteten. Sechs der Opfer, einschließlich Allison, waren anal vergewaltigt worden. Wenn Wyatt tatsächlich Allison Shaw vergewaltigt hatte, mußte man ihn ebenfalls als Hauptverdächtigen in fünf anderen Fällen betrachten, angefangen mit der Vergewaltigung von Sue Wilson im Juni in ihrem Haus in der Wanda Street bis hin zu der von Kyung Ellis. Und etwas in der Mitte dieser Periode gab es jene entsetzlichen zehn Tage vom 24. August bis zum 4. September, in denen drei Frauen mit wachsender Grausamkeit vergewaltigt worden waren.

Aber Tatsache war, daß keines der Opfer in den ungelösten Fällen, einschließlich Kyung Ellis, das Gesicht seines Peinigers gesehen hatte, bis es schließlich Allison Shaw gelang, durch die Schlitze ihrer Augenbinde hindurchzuspähen. Den Opfern, die noch in Kingsville waren, hatte man einige Fotos gezeigt, darunter das von Eddie, aber sie konnten niemanden identifizieren. Das einzige, was die Polizei zu der Zeit hatte, waren Indizienbeweise.

Am Montag nachmittag fuhr Barroso zu Eddies Anhörung wegen der angeforderten Proben seiner Körperflüssigkeiten, aber Dunham war nicht in der Stimmung für eine langwierige Debatte. Nach einer halben Stunde stimmte er dem Antrag zu, und Treviño traf die notwendigen Vorkehrungen, damit Eddie am nächsten Morgen im Kleberg Memorial Hospital besagte Körperflüssigkeiten abgenommen werden konnten.

Am Donnerstag stattete Barroso der Staatsanwaltschaft im Gerichtsgebäude des Nueces County einen Besuch ab, um sich mit dem Staatsanwalt Ken Botary zu treffen. Bei diesem

Gespräch erfuhr er, daß die Polizei von Kingsville versuchte, Eddie mit einigen der ungelösten Vergewaltigungen in Verbindung zu bringen. Bei dieser Gelegenheit informierte Botary den Vertreter der Verteidigung auch über seine Absicht, am nächsten Tag einen Antrag zur Einstellung des jetzt laufenden Verfahrens einzureichen. Man wolle der Anklagejury von Kleberg eine neue Anklageschrift vorlegen, die zwei weitere Punkte enthielt. Zusätzlich zu Einbruch mit vorsätzlicher Vergewaltigung sollte Eddie nun auch des Einbruchs mit vorsätzlicher Entführung und vorsätzlicher Körperverletzung angeklagt werden. Dadurch erhielte die Grand Jury die Möglichkeit, die Klage gegen Eddie auch auf den Tatbestand der Gewohnheitsverbrechen auszuweiten, und das konnte Eddie eine lebenslängliche Freiheitsstrafe eintragen.

Zu diesem Zeitpunkt galt Vergewaltigung in Texas als sogenanntes zweitrangiges Verbrechen, das mit einer Mindeststrafe von zwei Jahren Gefängnis geahndet wurde. Angesichts von Eddies früherem Vorstrafenregister gestattete das Gesetz die Erhöhung der Mindeststrafe auf fünf Jahre, wie bei einem erstrangigen Verbrechen.

Einbruch mit vorsätzlicher Vergewaltigung war jedoch ein Verbrechen ersten Ranges. Mit der Erhöhung des Strafmaßes aufgrund seiner Vorstrafen würde Eddie eine Mindestgefängnisstrafe von fünfzehn statt fünf Jahren bevorstehen. Die Höchststrafe lag bei neunundneunzig Jahren. Indem Botary auf Einbruch statt auf Vergewaltigung plädierte, erhöhte er das Strafminimum und setzte Barroso und seinen Klienten dadurch noch mehr unter Druck.

Im Lichte dieser Entwicklung sagte Dunham die Anklagevernehmung ab, die für den nächsten Tag festgesetzt worden war, und verschob die Verhandlung vom 15. Februar auf den 15. März. Auf diese Weise würde Barroso mehr Zeit haben, seine Verteidigung aufzubauen. Aber auch die Polizei von Kingsville hatte mehr Zeit, die Beweise zu finden, die sie benötigte, um Eddie mit den anderen Vergewaltigungen in Verbindung zu bringen.

Am Valentinstag, ihrem Hochzeitstag, dachte Ronda ebensosehr über den Gemütszustand ihrer Kinder nach wie über den Zustand ihrer Ehe. Seit sie ein kleines Mädchen war, hatte sie von ihrem Hochzeitstag geträumt, und dieser Tag war ihren Träumen tatsächlich gerecht geworden. Aber jetzt rissen sie quälende Erinnerungen an ihre Ehe beinahe in Stücke, und sie begriff, daß auch die Kinder zerrissen wurden.

Paul war beim Abendessen sehr still gewesen, und kurz nachdem Ronda und ihre Mutter mit dem Abwasch fertig waren, hatte der Junge seiner Mutter eine Frage gestellt.

»Mama, wenn Daddy aus dem Gefängnis kommt, wird er dann auch bei uns in Colorado wohnen?« fragte er.

»Nein, Schatz, ich glaube nicht«, erwiderte Ronda sanft. »Wir müssen allein zurechtkommen und unser eigenes Leben leben.«

Bei diesen Worten brach der Sechsjährige in Tränen aus und begann mit verzweifeltem Schluchzen, über ›dieses Mädchen‹ zu reden, das seiner Meinung nach irgendwie dafür verantwortlich war, daß man ihm seinen Daddy weggenommen hatte. Ronda wußte, daß sie jetzt sehr vorsichtig sein mußte, oder ihr kleiner Sohn würde in Zukunft eine schwere Last tragen müssen.

»Paul, Daddy hatte ein paar Probleme«, erklärte sie ihm und nahm ihn in ihre Arme. »Er hat ein paar Dinge getan, die er nicht hätte tun sollen. Dieses Mädchen hat nichts Böses getan. Selbst Daddys müssen bestraft werden, wenn sie etwas falsch machen. Das heißt aber nicht, daß er dich nicht lieb hat. Er hat einfach etwas falsch gemacht.«

»Was hat er denn getan?« fragte Paul.

»Daddy hat ein paar Sachen aus dem Haus des Mädchens genommen, die er nicht nehmen durfte«, erklärte Ronda ihrem Sohn. Pauls Verzweiflung ließ schließlich nach, aber für Ronda war das Ganze eine ungeheure seelische Strapaze. An jenem Abend schrieb sie, bevor sie ins Bett ging, noch in ihr Tagebuch, um die bittersüße Erinnerung an den Tag, an dem sie geheiratet hatte, zum Ausdruck zu bringen:

Unser siebter und letzter Hochzeitstag. Ich weiß, daß es der letzte ist. Wenn wir doch nur in die Zukunft hätten sehen und die Probleme lösen können, die unsere Ehe zerstört haben.

Ronda begann, vergangene Ereignisse mit größerem Argwohn zu betrachten und darüber nachzudenken, ob ihre damaligen Eindrücke zutreffend gewesen waren oder ob sie sich hatte täuschen lassen. So erinnerte sie sich beispielsweise an die kurze Zeit, in der sie in der Nähe des Washington Parks in Denver gewohnt hatten. Damals hatte sie Eddie eine Zeitungsnotiz über die Vergewaltigung gezeigt, die sich ganz in ihrer Nähe zugetragen hatte. Gab es vielleicht einen schlimmeren Grund dafür, daß er so desinteressiert reagiert hatte, fragte sie sich? Nein, entschied Ronda. Sie muße aufpassen, daß ihre Phantasie nicht mit ihr durchging. Aber dennoch hatte sie große Angst vor Eddies Antwort auf den Brief, den sie ihm vor zehn Tagen geschrieben hatte. Sie fragte sich, welche Antworten er auf ihre qualvollen Fragen zu bieten hatte, falls er überhaupt antwortete.

Am nächsten Morgen fand sie dann einen Brief von Eddie in der Post. Er war dicker als seine früheren Briefe, und ihr war klar, daß es sich um seine ausführlichen Antworten handeln mußte. Voller Nervosität öffnete sie den Briefumschlag. Darin fand sie zwei verschiedene Schriftstücke, jedes mehrfach gefaltet. Das eine war ein zweiseitiges Gedicht. Eddie hatte ihr vor ihrer Hochzeit oft rührende Gedichte geschrieben, diesmal jedoch schrieb er von dem Schmerz, den er über seine Familie gebracht hatte.

Das andere Schriftstück war ein dreiseitiger Brief; jedes Blatt war doppelseitig beschrieben. Ronda wappnete sich gegen das, was nun kommen würde, aber zu ihrer Überraschung brachte der Brief ihr nicht neuen Schmerz, sondern Zorn:

Liebe Ronda,

ich habe Deinen Brief vom 4. Februar erhalten. Ich weiß nicht so recht, wo ich mit meiner Antwort beginnen soll, und frage mich, ob überhaupt irgend etwas von dem, was ich zu sagen habe, Dich zufriedenstellen wird. Ich habe zu Gott gebetet, daß er mir helfen möge, Dir die beste Antwort zu geben, die ich weiß, eine Antwort, die Dir helfen wird, denn Du verdienst es, alles zu erfahren. Ich habe gesagt, daß ich Dir gegenüber ehrlich sein will, und diese Absicht habe ich tatsächlich, aber es gibt ein paar Dinge, die ich immer noch nicht genau weiß. Die Fragen, die Du mir gestellt hast, sind dieselben, die ich Gott gestellt habe.

Bevor ich Dir nun antworte, möchte ich, daß Du einige Dinge weißt. Zuerst, daß ich Dich liebe und immer geliebt habe. Ich habe Dich geheiratet, weil ich zu Gott gefleht habe, daß er mir die richtige Frau schicken möge, denn ich wußte damals schon irgendwie, daß es einer ganz besonderen Frau bedurfte, um mich an Gottes Seite zu halten. Du hast mich in dieser Hinsicht nicht im Stich gelassen ... Du hast nie gewußt, wie verzweifelt ich mich nach Hilfe sehnte oder wie sehr ich diese Hilfe gebraucht hätte. Wenn Du das gewußt hättest, dann hättest Du mehr getan, um mir diese Hilfe zu verschaffen, da bin ich mir sicher.

Ronda machte eine kurze Pause, um die Seite umzudrehen. Sie hatte gedrängt, gestritten und gebettelt und war sogar so weit gegangen, hinter seinem Rücken ›zufällige‹ Treffen mit Freunden und Pastoren zu arrangieren, und das alles, um Eddie aus seinen Problemen herauszuholen und ihm einen Weg zu weisen. Sie hatte ihn gedrängt, sich professionelle Hilfe zu verschaffen, und ihn gewarnt, daß alles nur noch schlimmer werden würde, wenn er sich nicht nach Hilfe umsah. Und jedesmal, wenn sie versucht hatte, seine Abwehr zu durchdringen, hatte er gesagt, daß er schon damit fertig werden würde und daß niemand sonst ihn verstehen könne. Nun schien es Ronda, als wolle ihr Mann ihr im wesentlichen mitteilen, daß er ihr verziehen habe, verziehen, daß sie nicht gesehen hatte, wie schwerwiegend seine Probleme waren, während er in Wirklichkeit alles getan hatte, um diese Probleme vor ihr zu verbergen. Sie spürte, wie ihr Gesicht einen durch und durch feindseligen Ausdruck annahm, während sie weiterlas:

Du hast mich gebeten, Dir die Gründe für mein Verhalten zu erklären, als wäre ich Gott. Du tust so, als hätte ich sie gekannt und das Ganze geplant, aber es war nicht so, wie Du glaubst. Du wußtest nicht, daß ich am Abend zuvor versucht hatte, mich umzubringen. Ich hatte das Gefühl, vollkommen versagt zu haben, war voller Haß und unendlich fern von Gott. Obwohl ich darüber staunte, daß Du nichts davon bemerkt hast. Mein Schatz, ich hatte einen Nervenzusammenbruch und war drauf und dran, den Verstand zu verlieren, und Du hast einfach so weitergemacht, als sei nichts passiert. Ich habe mir am Abend zuvor ein halbes Gramm Kokain injiziert, eine Dosis, die mich hätte töten sollen. Ich dachte, es würde reichen, aber ich bin wieder aufgewacht. Hast Du die Spritze in meinem Schachkästchen gefunden? Ich habe Dich ja vielleicht schlecht behandelt, aber ich habe Dir niemals die Schuld an irgend etwas gegeben.

Ich bin in dieses Haus eingebrochen, weil es das ist, was ich als Teenager unter Satans Einfluß immer getan habe. Als Junge bin ich in mehr Häuser eingebrochen, als Du zählen könntest. Das ist auch der Grund, warum man mich ins Jugendgefängnis geschickt hat. Das ist der Grund, weshalb ich im Gefängnis gesessen habe. Aber ich habe vorher noch nie eine Frau vergewaltigt. Sie war einfach da. Satan hat mir Schritt für Schritt eingegeben, was ich tun sollte. Begreifst Du nicht, daß das nicht wirklich ich war? Ich kann mir nicht erklären, was ich da getan habe, nicht mir selbst und auch nicht Dir oder den Kindern.

Ich weiß nicht, was ich sonst noch sagen könnte, außer, daß Du mich besser als irgend jemand sonst kennst und daß wir durch diese Sache einander nun wirklich kennenlernen. Wenn Du mich verläßt, wird es für mich nie eine andere geben, das weiß ich. Wenn Du das Gefühl hast, daß Du mir einfach nicht mehr vertrauen kannst und daß Du mich nicht länger lieben kannst, dann werde ich Dich nicht bitten, bei mir zu bleiben.

Während der ganzen Zeit ihrer Ehe hatte Ronda sich von Eddie führen lassen. Aber dieser Brief gab ihr das Gefühl, manipuliert zu werden, und das machte sie wütend. Er versuchte, die Verantwortung auf andere abzuwälzen. Er wollte sich immer noch nicht dem stellen, was er getan hatte. Er deutete an, daß Ronda nicht alles getan hatte, was sie hätte unternehmen können. Er teilte ihr durch die Blume mit, daß er einen Nervenzusammenbruch erlitten und versucht habe, sich das Leben zu nehmen, während sie vor seiner Misere die Augen verschlossen habe. Hatte er wirklich versucht, mit einer Spritze und Kokain Selbstmord zu begehen, und sie hatte nichts davon gewußt? Ronda trug ihre Zweifel an Eddies Behauptungen am 15. Februar 1982 in ihr Tagebuch ein:

Eddie scheint überhaupt keine Vorstellung davon zu haben, was wir seinetwegen in den vergangenen Monaten durchgemacht haben. Er scheint zu glauben, daß wir blind akzeptieren sollten, was er getan hat, und treu zu ihm stehen müßten. Damit fertig zu werden kostet mich die größte Mühe. Es sind jetzt noch keine fünf Monate vergangen, seit ich ihm gesagt habe, daß ich zu ihm stehen würde, daß ich an seiner Seite bliebe, komme, was da wolle. Und jetzt ist diese Sache passiert, und ich kann mein Versprechen nicht halten.

Eddie wußte, was er an jenem Tag tat. Er ist vielleicht nicht ›besessen‹ aber er ist verblendet. Sein Herz hat sich schon vor langer Zeit von mir abgewandt. Er hat seine Wahl getroffen. Wann wird er die Verantwortung für seine Handlungsweise akzeptieren? Ich bin wütend und verletzt. Sein Brief hat mich wirklich aus dem Gleichgewicht gebracht.

Ich habe beschlossen, die Scheidung in Angriff zu nehmen. Für mich ist die Zeit gekommen, mich von diesem Martyrium zu befreien. Die Veränderung wird in meinem Denken liegen und in meinem Verhalten. Die einzige Wahl, die mir bleibt, ist, einen neuen Anfang zu machen.

Am nächsten Tag ging Ronda Eddies Sachen durch, die sie seinem ältesten Bruder nach Galveston schicken wollte. Ihre Mutter half ihr dabei und machte sich daran, Eddies gute Anzugjacke zusammenzufalten.

»Was soll ich mit dem Ring machen, den ich gefunden habe?« fragte Erna ihre Tochter.

»Was für ein Ring?« fragte Ronda.

»Unten in Kingsville habe ich doch diesen Diamantring in seiner Anzugtasche gefunden, erinnerst du dich nicht?« sagte sie. »Was soll ich damit machen?«

Ronda spürte, wie eine Woge der Angst sie überschwemmte, als sie sich an den Zwischenfall erinnerte. Damals hatte sie noch geglaubt, ihr Mann sei unschuldig und habe den Ring ehrlich erworben. Jetzt hatte sie Eddie im Verdacht, den Ring irgendwo gestohlen zu haben und beschloß, ihn der Polizei von Lakewood zu übergeben.

Die örtliche Polizei nahm den Ring an, und Ronda erfuhr, daß die Beamten sich wegen des Schmuckstücks mit der Polizei von Kingsville in Verbindung setzen würden. Wenn er nicht als gestohlen gemeldet war, so wurde ihr mitgeteilt, so bekäme sie ihn zurück.

An demselben Montag morgen, an dem Ronda ihren Brief von Eddie erhielt, reichte Ron Barroso ein Dutzend Anträge beim Gericht ein. Die meisten seiner Gesuche folgten der üblichen Routine. Er bat den Staat um eine Liste seiner Zeugen, deren Aussagen und, falls vorhanden, deren Vorstrafenregister. Aber Barroso setzte seine ganze Hoffnung auf zwei andere Anträge. Mit dem ersten versuchte er, Allison Shaws Identifizierung von Eddie Wyatt zu unterdrücken.

Dieses Ziel wollte Barroso von drei Fronten aus angehen. Er wollte zu beweisen versuchen, daß Eddie von seinem ersten Verhör und seiner Verhaftung an bis hin zu der Gegenüberstellung nur unzureichend juristisch beraten worden sei. Eddie hatte vielleicht nicht verstanden, daß es sein Recht war, während seiner Verhöre einen Anwalt bei sich zu haben, glaubte Barroso. Eddie hatte zwar eine Einverständniserklärung unterzeichnet, in der er die Durchsuchung seines Wagens gestattete, aber darum ging es nicht. Es ging darum, daß Detective Treviño während der Vernehmung ein Foto von Eddie gemacht hatte. Das Foto, aufgrund dessen Allison später am Abend

Eddie als den Mann identifiziert hatte, von dem sie vergewaltigt worden war. Diese Sache war bestenfalls eine schwache Hoffnung, aber Barroso wollte versuchen zu zeigen, daß durch die Art und Weise der Identifizierung Eddies verfassungsmäßige Rechte verletzt worden waren.

Eine weitere Möglichkeit, Allisons starke Zeugenaussage zu erschüttern, lag für Barroso darin, sich auf das Verhalten der Polizisten einzuschießen, nachdem sie das Foto von Eddie gemacht hatten. Sein Angriff würde darauf abzielen, ob die Polizisten, die Eddie bereits für schuldig hielten, Allison in irgendeiner Hinsicht auf dieses ganz spezielle Verbrecherfoto aufmerksam gemacht hatten. Hatte George Gomez, als er ihren Vater telefonisch bat, sie zum Polizeirevier zu bringen, bereits angedeutet, daß die Polizei den Vergewaltiger gefaßt hatte? Und als er Allison den Stapel von sechzehn Fotos gab, hatte er da möglicherweise nicht gefragt, ob ihr jemand bekannt vorkäme, sondern sie gebeten, ihren Angreifer herauszusuchen, womit er zu erkennen gegeben hätte, daß das Foto des Mannes in dem Stapel sein mußte? Hatte er Allison gedrängt, jemanden herauszusuchen?

Und Barrosos letzte Möglichkeit, Allisons Identifikation in Zweifel zu ziehen, konzentrierte sich auf ihren stärksten Punkt, nämlich die Tatsache, daß sie ihn während der ganzen sechs Stunden deutlich hatte sehen können.

Barroso bemerkte, daß Allison in all ihren Aussagen der Polizei gegenüber nicht ein einziges Mal Eddies Tätowierungen erwähnt hatte. Wenn sie ihn so deutlich hatte sehen können, wie Botary es ihm gegenüber angedeutet hatte, dann hätte sie die Tätowierungen, die Eddie auf beiden Unterarmen trug, einfach sehen müssen, fand Barroso. Er wollte, daß sie in Gegenwart von Dunham noch einmal verhört wurde, um festzustellen, ob die Identifizierung mangelhaft war und daher als unzulässig abgelehnt werden mußte. Er hatte vor, Allison Shaw während des Verhörs in den Zeugenstand zu rufen und mit ihr gemeinsam noch einmal die Ereignisse des 21. Dezembers durchzugehen. Dabei wollte er versuchen, einen Ansatzpunkt zu finden, ihre Identifizierung von Eddie Wyatt zu erschüttern.

Der zweite Antrag, auf den Barroso seine Hoffnung setzte, war die Bitte um eine psychiatrische Untersuchung Eddies. Als Barroso Eddie zum ersten Mal sah, fiel ihm auf, wie depressiv und verschlossen Eddie wirkte. Er hatte Angst, Eddie könne wegen seines Geisteszustandes nicht in der Lage sein, die Verhandlung durchzustehen. Dunham gab diesem Antrag ziemlich rasch statt und ordnete an, daß Eddie von Dr. Joel Kutnick aus Corpus Christi untersucht werden sollte. Als Termin setzte er den 1. März fest.

Auch Staatsanwalt Ken Botary nutzte die Zeit, die die Verteidigung durch die Verschiebung der Verhandlung gewonnen hatte. Er arbeitete mit der Polizei von Kingsville zusammen, die auch zu ihrer eigenen Zufriedenheit beweisen mußte, daß Eddie Wyatt tatsächlich der letzte Serienvergewaltiger der Stadt war. Seit der Vergewaltigung von Allison Shaw vier Tage vor Weihnachten waren keine weiteren Sexualverbrechen mehr in Kingsville bekannt geworden. Die letzten beiden Monate waren die längste Periode ohne eine Vergewaltigung in der Stadt, seit der Verbrechensserie, die im September 1980 ihren Anfang genommen hatte.

Ursprünglich hatte die Polizei gehofft, die Ellis-Vergewaltigung ebenfalls Eddie anlasten zu können. Kyung Ellis glaubte, Eddies Stimme klänge wie die ihres Angreifers. Auch die Methode des Verbrechens war beinahe identisch mit der, die bei Allison Shaw angewandt worden war.

Allerdings gab es einen wesentlichen Unterschied zwischen dem Fall Shaw und den anderen Fällen. Die anderen Opfer waren ausnahmslos in der Nacht überfallen worden. Allison dagegen wurde bei hellem Tageslicht entführt und sechs Stunden lang festgehalten. Das war eine wesentliche Abweichung von dem Muster, selbst wenn man berücksichtigte, daß Wyatt zu dieser Zeit nicht mehr Tagesschicht, sondern Nachtschicht hatte. Ohne eine solide Identifizierung durch die anderen Opfer würde es schwer für Botary werden, nur aufgrund der Indizienbeweise einen Fall von Serienvergewaltigung gegen Wyatt aufzubauen.

Botary hatte allerdings noch eine andere Sorge. Obwohl Allison Shaw sich bei der Anklage ihres Vergewaltigers als tapfer und kooperativ erwiesen hatte, wollte ihr jeder das Martyrium ersparen, den Alptraum ihrer Vergewaltigung vom Zeugenstand aus noch einmal durchleben zu müssen. Aber das Verhör wegen Allisons Identifizierung von Eddie Wyatt, das für den 5. März festgesetzt war, machte ihre erneute Begegnung mit Eddie unumgänglich. Botary würde versuchen, Barrosos Verhör zu vereiteln und in engen Grenzen zu halten. Er würde versuchen, ihn davon abzuhalten, von dem eigentlichen Thema, nämlich ihrer Identifizierung Eddies, abzuschweifen. Auf diese Weise würde er ihr nicht nur den emotionalen Streß ersparen, die sexuellen Handlungen noch einmal durchleben zu müssen, sondern er würde auch die Chancen verringern, daß sie etwas sagen konnte, das man als einen Widerspruch zu ihren früheren Aussagen auffassen konnte, wodurch ihre Glaubwürdigkeit erschüttert würde.

Im Grunde hoffte die Staatsanwaltschaft darauf, daß eine Verhandlung nicht notwendig sein würde. Wenn Dunham Allisons Identifizierung von Eddie für zulässig erklärte, konnte Botary sie als Hebel benutzen, um einen Schuldspruch zu erlangen und dem Teenager die Qual ersparen, im Zeugenstand die ganze Geschichte noch einmal erzählen zu müssen.

Ronda bereitete sich darauf vor, Ende Februar nach Kingsville zurückzukehren, um ihre Sachen dort aus dem Lager zu holen. Die Kinder wirkten verängstigt, als sie ihnen sagte, daß sie sie für eine kurze Zeit allein lassen würde, und Ronda fragte sich, wie sie erst reagieren würden, wenn es ihnen voll zu Bewußtsein kam, daß ihr Vater niemals mehr nach Hause kommen würde. Sie hatte schon einiges unternommen, um eine Scheidung in die Wege zu leiten. Bevor sie jedoch einen Antrag bei Gericht einreichen konnte, mußte sie neunzig Tage in Colorado gelebt haben. Nachdem sie diese Information erhalten hatte, befand sich Ronda nun an einem Scheideweg, da Eddie sie beschworen hatte, ihm während seines schweren Ganges zur Seite zu stehen.

In der Zwischenzeit ging ihr Sohn auf eine neue Schule, und

es war offensichtlich, daß er eine schwere Zeit durchmachte. Ronda bekam einen Anruf von dem Rektor der Schule, in dem er sie bat, zu einer Besprechung zu kommen. Pauls Kindergärtnerin sagte, der Junge weigere sich, irgend etwas mit den anderen Kindern gemeinsam zu tun und rebelliere, sobald er vor den anderen korrigiert werde. Nachdem er mehrere Prügeleien angezettelt hatte, beschloß die Kindergärtnerin, die um die Geschehnisse in Pauls Familie wußte, daß es an der Zeit sei, Ronda hinzuzuziehen und Paul zu dem hauseigenen Kinderpsychologen zu schicken.

Angesichts der Auswirkung, die die familiären Probleme auf ihren Sohn hatten, wurde Ronda noch wütender auf Eddie. Paul war jetzt im selben Alter, in dem auch Eddie war, als sein Vater die Familie verlassen hatte, und sie wollte nicht, daß ihr Sohn einmal unter derselben unterdrückten Wut leiden mußte, die Eddie auf die schiefe Bahn gebracht hatte. Sie hatte das Gefühl, daß sie eine Trennung von Eddie vollziehen mußte, um ihren Kindern und sich selbst eine Atempause von dem Schmerz und der Verzweiflung zu verschaffen. Da sie am 18. Februar 1982 etwas früh zu der Besprechung in der Schule kam, fuhr sie noch in einen nahegelegenen Park, um dort zu warten. Sie war emotional aufgewühlt und dachte über das zufällige Zusammentreffen nach, daß sie wieder einmal in einen Park gefahren war, um dort zu weinen, genauso wie zu der Zeit, als sie Zuflucht im Dick Kleberg Park gesucht hatte, statt in die Kirche zu gehen. Ronda begann, ihren Abschiedsbrief an Eddie zu schreiben. Er würde ihn jedoch nie zu sehen bekommen, da sie ihn in ihr Tagebuch heftete:

Lieber Eddie,

ich bin mir dessen bewußt, daß ich diesen Brief niemals abschicken werde. Du wirst ihn niemals lesen. Nach schweren inneren Kämpfen habe ich beschlossen, die Scheidung einzureichen. Offensichtlich hast Du keine Vorstellung von dem schrecklichen Schmerz, den Du uns zugefügt hast. Ich habe mich nicht von Gott entfernt, Eddie. Wie kannst Du nur andeuten, daß ich gegen Gottes Willen verstoße, weil ich aus dieser Ehe heraus will? Gott hat mir nicht gesagt, daß die

Tage, die vor mir liegen, zu meinen glücklichsten zählen werden, daß ich auf Dich warten soll. Ich habe keine Lust, es noch länger zu versuchen. Ich habe aufgegeben. Du weißt nichts von den Tränen, die ich vergossen habe und von den Gebeten, die ich für Dich gebetet habe. Hältst Du mich für eine dumme Ignorantin???? Wie hätte ich denn mit Dir leben können, ohne um Deinen Schmerz zu wissen? Wie kannst du es wagen, mir die Schuld zu geben? Du hast Deine Wahl getroffen. Ich habe Dir schon vor über einem Jahr gesagt, daß unser Zuhause binnen eines Jahres genauso sein würde wie das Deiner Eltern, wenn Du auf diese Weise weitermachen würdest. Du wolltest nicht auf mich hören. Erinnerst Du Dich? Du hast gesagt, und ich zitiere: ›Damit werde ich fertig.‹ Nun, Du bist wirklich wunderbar damit fertig geworden, findest Du nicht auch?

Heute glaube ich, daß ich Dich hasse. Das hätte ich nie für möglich gehalten. Ich bin es müde, es immer wieder aufs neue mit Dir zu versuchen, immer wieder aufs neue verletzt zu werden. Jetzt möchte ich nur noch die Scherben auflesen und versuchen, sie wieder zusammenzusetzen. Ich bete darum, daß Gott mir einen liebevollen Mann schickt, einen Mann, der mir dabei helfen wird; Du wirst es jedenfalls nie wieder sein. Du hattest Deine Chance, und Du hast sie vertan. Nie wieder, Eddie, nie wieder.
Ronda

Auf Ron Barrosos Bitte hin schrieb Ronda ihm einen fünfseitigen, engzeiligen Brief, in dem sie in groben Zügen schilderte, was sie von Eddie und ihrer Ehe wußte. Sie rief Erinnerungen an längst vergessene Dinge wach. Sie schrieb von ihren glücklichen Zeiten zusammen, als Eddie die Auswirkungen seiner schwierigen Jugend überwunden zu haben schien. Ronda dachte auch an Eddies schwere Kopfverletzung und die darauf folgenden beruflichen Probleme bis zu dem Tag, an dem er in die Navy eintrat.

Und sie ging, so schwer es ihr auch fiel, ausführlich auf die sexuellen Probleme ein, die sie und Eddie in den vergangenen Jahren gehabt hatten. Ronda konnte noch immer nicht begreifen, warum Eddie das Verlangen gehabt hatte, andere Frauen zu vergewaltigen, wo sie doch zu Hause auf ihn gewartet hatte, unausgefüllt und voller Sehnsucht nach seiner Liebe. Den letzten Versuch, ihn dahin zu bringen, mit ihr zu schlafen, gestand sie Barroso ein, hatte sie im vergangenen Juli unternommen. Sie selbst hatte den ersten Schritt getan, und Eddie war schnell ermüdet und hatte aufgegeben. Er schien vollkommen desinteressiert zu sein, schien sogar ein wenig Angst davor zu haben, mit ihr zu schlafen. Er zeigte sogar eine Abneigung dagegen, sie zu küssen. Ronda hatte noch immer damit zu kämpfen, das alles zu begreifen, und es fiel ihr schwer, Barroso irgend etwas anderes als die Fakten selbst zu schildern. Erst ganz langsam verstand sie, daß Eddies Vergewaltigungen überhaupt nichts mit einem Bedürfnis nach Sex zu tun hatten.

Am Wochenende fuhr Ronda mit ihrem Bruder Randy, dessen Frau und einem Neffen zurück nach Kingsville. James und Dolores Field umarmten sie bei ihrer Ankunft im Haus auf der Wanda Street, und Ronda brach in Tränen aus, als sie das Gästezimmer betrat, in dem sie in den Tagen nach Eddies Verhaftung Zuflucht gefunden hatte. Die Liebe und Freundlichkeit, die sie in diesem Haus gefunden hatte, würde sie nie mehr vergessen.

Am Samstag kamen einige von Rondas Freunden von der *First Assembly of God* zum Lagerhaus am westlichen Ende der King Avenue, um Ronda dabei zu helfen, ihren Anhänger zu beladen. Sie entschied sich spontan dafür, einiges zurückzulassen, und als sie fertig waren, war sie beschämt darüber, daß nach sieben Jahren Ehe beinahe alle ihre Besitztümer auf einen einachsigen Anhänger paßten. Es war so, als hätte man sie zurück an die Startlinie geschickt, damit sie noch einmal von vorn anfinge.

Auf ihrem Weg aus der Stadt hinaus fuhr Ronda die King Avenue hinunter, um auf die Umgehungsstraße der U.S. 77 zu gelangen. Als sie mit einem Abstand von nur einem halben Block das Gerichtsgebäude passierte, drehte sie sich nach links um und warf einen Blick auf das Gefängnis. Sie wußte, daß Eddie dort oben war, aber während der anderthalb Tage, die sie in der Stadt zugebracht hatte, hatte sie nicht versucht, ihn zu sehen. Statt dessen sagte sie ihm nun ein stummes Lebewohl, während sie ihren Dodge am Gefängnis vorbeisteuerte. Es gab keine Tränen. Es tat zu weh, um zu weinen.

Rondas Rückkehr nach Colorado war von einigen Ängsten begleitet. Es lag so vieles in der Luft. Sie hatte nicht die geringste Ahnung, wie lange Eddie im Gefängnis bleiben mußte. Es war auch möglich, daß sie noch einmal nach Kingsville zurückkehren mußte, um dort in einem überfüllten Gerichtssaal die intimsten Details ihres Ehelebens zur Sprache zu bringen. Niemand konnte ihr sagen, welche anderen schändlichen Überraschungen aus Eddies Leben dort enthüllt werden mochten. Und das wichtigste war, daß sie kein Gefühl mehr dafür hatte, wer Ronda Wyatt eigentlich war. Jahrelang hatte sie ihr Selbstbild durch ihre Ehe, ihre Mutterschaft, ihre kirchlichen Aktivitäten, ihre Musik und ihre Handarbeit bestärkt gesehen.

Aber das Inferno der letzten beiden Monate hatte die Person, für die sie sich gehalten hatte, vollkommen zerstört. Jetzt mußte sie sich selbst gegenüber zugeben, daß sie sich in vieler Hinsicht furchtbar geirrt hatte. Nachdem sie nach Lakewood zurückgekehrt war, begriff sie, daß der Heilungsprozeß nicht gradlinig von der Verletzung bis hin zur Genesung verlaufen würde. Statt dessen gewann sie den Eindruck, daß es eher ein Auf und Ab war, so als tanze man – nur von einer Schwimmweste gehalten – auf den Wellen des Meeres. Kaum ging es ihr einmal einen Tag lang besser, da brachte der nächste Tag auch schon einen unerklärlichen Rückschlag. Ihr altes Ideal, Frau und Mutter zu sein, würde sie nie mehr erreichen können, und das gehörte zu den Dingen, die für sie am schwersten zu akzeptieren waren. Kurz nachdem sie mit ihren Habseligkeiten nach Hause zurückgekehrt war, schrieb sie in ihr Tagebuch:

Ich sitze hier am Küchentisch. Ich sollte voller Freude in den wunderschönen blauen Himmel blicken und die ersten Anzeichen des Frühlings auf den Bäumen und Wiesen erblicken. Es stimmt, es ist ein wunderschöner Tag. Aber in mir drin sieht es nicht so gut aus. Zum ersten Mal konnte ich heute morgen keinen Grund dafür finden aufzustehen. Ich bin so kampfesmüde und wünschte, ich könnte vor allem weglaufen. Viel-

leicht eine gemütliche, kleine Hütte auf einer friedlichen Bergwiese. Einfach irgendein Platz, an dem mein Herz heilen könnte.

An manchen Tagen sieht es so aus, als würde es langsam besser, und dann macht die Straße eine Kurve, und wieder ist es dunkel. Gestern habe ich Eddie geschrieben, um ihm mitzuteilen, daß ich die Scheidung einreichen werde. O Herr, mein Herz liebt ihn noch immer, und ich glaube, daß es wünscht, es könnte eine neue Chance geben. Aber mein Kopf sagt mir, daß die Wunden zu tief sind, daß Vertrauen und Hoffnung zerstört worden sind. Ich weiß, daß es an der Zeit ist, diese Fesseln zu sprengen. Und ich bin so verwirrt. Ich wünschte, ich könnte es in Worte fassen, wie es heute in meinem Herzen aussieht.

Bitte bereite Eddies Herz auf diesen Brief vor, damit es nicht so hart für ihn wird. Gib ihm irgendwie den Frieden und die Kraft, sich dem Morgen zu stellen. Laß ihn nicht allein.

Allison Shaw betrat voller Zuversicht den Zeugenstand, während Eddie Wyatt teilnahmslos auf der Anklagebank saß. Es war eine verblüffende Umkehrung der Situation, wie sie sich vor etwas mehr als zwei Monaten zugetragen hatte, als Eddie sie sich willkürlich als ein Opfer ausgesucht hatte. Jetzt hing sein Schicksal von Allison ab. Wenn man das Martyrium, das sie erlitten hatte, in Betracht zog, hatte die Siebzehnjährige das schreckliche Verbrechen nicht nur überlebt, sonder war daraus auch mit dem festen Entschluß hervorgegangen, ihren Peiniger zu überführen.

Die Nachmittagssitzung am 5. März, einem Freitag, begann um halb zwei im Gerichtsgebäude des Kleberg County. Es dauerte eine ganze Weile, bevor Allison in den Zeugenstand gerufen wurde. Zuerst wurde der Angeklagte vernommen, und Barroso konnte die Vertagung der Verhandlung um zwei Monate erreichen. Dr. Kutnick hatte Eddie Wyatt erst vier Tage zuvor untersucht, und sein Bericht würde frühestens Ende März vorliegen. Eddie zeigte noch immer Anzeichen einer schweren

Depression und war seinem Anwalt daher nicht von großem Nutzen gewesen. Still, beinahe reglos, saß er auf der Anklagebank; er trug das gelb-braune Hemd und die Baumwollhose, die Ronda ins Gefängnis gebracht hatte, bevor sie den Rest ihrer Sachen nach Colorado schickte.

Nachdem Richter Dunham die Präliminarien abgewickelt hatte, rief Botary schließlich Allison Shaw in den Zeugenstand. Er stellte ihr zuerst persönliche Fragen, unter anderem dazu, wie es kam, daß sie am Morgen des 21. Dezember noch immer im Bett lag. Sie hatte ihre Weihnachtsferien dafür genutzt, ein wenig auszuspannen. Dann kam Botary direkt auf die folgenden Ereignisse zu sprechen. Er begann mit dem Geräusch aus ihrer Küche, das sie aufgeschreckt hatte. Allison beschrieb ihr Entsetzen, als ein maskierter Eindringling sich auf ihr Bett stürzte und anfing, ein Klebeband um ihren Kopf und ihre Augen zu wickeln, bevor er ihren Hund Killer erstach. Aber weil ihr Hund ihn attackiert hatte, habe ihr der Vergewaltiger die Augen nicht sorgfältig genug verbunden, berichtete Allison dem Gericht. Zum ersten Mal hörte Eddie nun von seinem Opfer selbst, warum sie ihn klar und deutlich hatte sehen können. Er hatte sie wieder und wieder gefragt und gedroht, ihr etwas anzutun, wenn sie ihn sehen konnte, und sie hatte es geleugnet.

»Hat er Ihre Augen, Ihre Hände oder Ihre Beine mit irgendwelchen Kleidungsstücken verbunden?« fragte Botary sie.

»Er hat ein Klebeband um meine Augen und Hände gewickelt«, erwiderte Allison schnell.

»Beschreiben Sie die Art des Bandes, das benutzt wurde«, sagte der Staatsanwalt.

»Es war aus weißem Plastik, das heißt, eher braun und weiß«, erwiderte sie.

»Hatte es Klebstoff auf der Rückseite?«

»Ja.«

»Und hat er es ganz um Ihren Kopf herumgewickelt oder nur über Ihre Augen geklebt?« fragte er.

»Er hat es um meinen Kopf gewickelt.«

»Konnten Sie durch das Band hindurchsehen?« fragte Botary.

»Ja«, antwortete Allison.

»Während die Person oder der Eindringling Ihre Augen verbunden hat . . .«, begann Botary, aber Richter Dunham unterbrach ihn.

»Sie konnten durch das Band hindurchsehen?«

»Ja.« Allison drehte sich zu dem Richter herum.

»Also gut«, sagte Dunham und gab die Zeugin an Botary zurück.

»Waren Sie in der Lage, ihn durch das Band hindurch zu sehen?« fragte Botary Allison, um ganz klar zu stellen, was sie meinte.

»Ja, Sir«, sagte sie.

»Wie gut konnten Sie hindurchsehen?« wollte Botary weiter wissen.

»So deutlich, als wäre es gar nicht da gewesen, aber immer nur einen Ausschnitt«, erwiderte Allison fest. »Ich konnte alles deutlich sehen.«

»Haben Sie zu dieser Zeit dem Eindringling gegenüber irgendwie durchblicken lassen, daß Sie sehen konnten?«

»Er hat nicht geglaubt, daß ich irgend etwas sehen konnte«, erwiderte Allison.

»Woher wissen Sie das?« drängte Botary sie.

»Weil er gesagt hat, daß er mir nichts tun wolle, und er hoffe, daß ich ihn nicht sehen könne, weil er mir dann etwas tun müßte, falls ich ihn sehen könnte«, antwortete sie.

Dann fragte Botary sie nach dem Abend eine Woche später, als Captain Gomez sie zum Polizeirevier gebeten hatte, um sich dort ein paar Fotos von anglo-amerikanischen Männern anzusehen. Der Staatsanwalt war darauf bedacht, Allison dazu zu bringen, es ganz klar zu machen, daß sie bei der Auswahl von Eddie Wyatts Foto in keiner Weise manipuliert worden war. Captain Gomez, so sagte Allison aus, hatte sie nicht gebeten, jemanden aus dem Stapel der Fotos, die er ihr gegeben hatte, herauszusuchen. Nach ihrer Aussage hatte er nicht einmal eine Andeutung darüber gemacht, ob die Polizei jemanden verdächtigte oder bereits verhaftet hatte. Sie berichtete dem Gericht, daß sie, nachdem sie Eddies Foto als achtes aus dem Stapel herausgesucht hatte, die anderen nicht einmal mehr anzusehen brauchte.

»Wenn Sie den Mann, der Sie damals angegriffen hat, heute

zu Gesicht bekämen, glauben Sie, daß Sie in der Lage wären, ihn wiederzuerkennen?« fragte Botary sie zum Schluß.

»Ja«, antwortete Allison. Botary wollte darauf hinaus, daß Allisons Identifizierung von Eddie Wyatt als dem Mann, der sie vergewaltigt hatte, das Ergebnis ihrer glasklaren Erinnerungen an das Ereignis selbst war und nicht das Resultat der polizeilichen Suggestivkraft.

»Würden Sie ihn wiedererkennen, weil Sie sich daran erinnern, wie er am Tag Ihrer Vergewaltigung, nämlich dem 21. Dezember 1981, aussah, oder würden Sie ihn wiedererkennen, weil Sie ein Foto identifiziert haben?« fragte Botary.

»Ich erkenne ihn, weil ich mich an ihn erinnere«, antwortete Allison.

»Also gut, würden Sie sich bitte im Gerichtssaal umdrehen und mir sagen, ob Sie jemanden erkennen oder nicht?« forderte Botary sie auf.

»Ja«, antwortete Allison, nachdem sie sich kurz in dem relativ leeren Raum umgesehen hatte.

»Sehen Sie die Person, die Sie am 21. Dezember 1981 angegriffen hat?«

»Ja.«

»Ist er hier im Gerichtssaal?« fragte Botary.

»Ja«, erwiderte Allison.

»Würden Sie bitte auf ihn zeigen?«

»Er sitzt da drüben«, sagte Allison und wies direkt auf Eddie.

»Ist es der Mann in dem gelb-braunen, pulloverartigen Hemd?« fragte der Staatsanwalt sie.

»Ja.«

»Haben Sie diesen Mann vor dem 21. Dezember 1981 schon einmal gesehen?« fragte Botary.

»Nein«, erwiderte Allison.

»Haben Sie ihn seither irgendwann noch einmal gesehen?« fuhr er fort.

»Nein«, antwortete sie.

»Ihre Zeugin«, sagte Botary und blickte hinüber zu Ron Barroso, als der Anwalt der Verteidigung aufstand, um sein Kreuzverhör zu beginnen.

Barroso hatte sich am Vortag mit Botary unterhalten und bei dieser Gelegenheit die Namen möglicher Zeugen erhalten. Der einzige andere Augenzeuge, der Eddie mit der Entführung in Zusammenhang bringen konnte, war Luis Godines, und auch das nur nach einer Hypnose. Luis Godines war der Feuerwehrmann aus Exxon, der Eddie Wyatt dabei gesehen hatte, wie er seinen blauen Valiant rückwärts in die Gasse hinter Allison Shaws Haus gefahren hatte, um schon kurze Zeit später wieder abzufahren. Auch einige andere Nachbarn bemerkten einen blauen Wagen mit lautem Auspuff, aber sie hatten sich den Mann, der ihn fuhr, nicht genauer angesehen. Dennoch war der Fall vom Standpunkt der Verteidigung aus allein wegen Allisons Zeugenaussage schwierig. Barroso würde nach Möglichkeit versuchen, Allisons Sicherheit zu erschüttern, und sie dabei so ausführlich wie er nur konnte nach Details fragen. Wenn sie irgend etwas sagte, das ihren früheren Aussagen widersprach, konnte Barroso vielleicht einen Weg finden, über den er Eddie ein stärkeres Blatt und eine bessere Verhandlungsposition beim Staatsanwalt verschaffen konnte. Er wußte jedoch, daß Botary ihn mit diesen Fragen nicht weit kommen lassen würde.

Barroso ließ Allison also noch einmal von vorn anfangen, von dem Zeitpunkt an, zu dem sie im Bett lag und darauf wartete, daß die Fernsehserie begann, die sie für ihre Mutter auf Video aufnehmen sollte. Er drängte sie, auch über Einzelheiten zu reden. So fragte er sie beispielsweise einmal, ob sie gehört habe, wie sich Schubladen öffneten und schlossen, und ein andermal wollte er genau wissen, was für ein Geräusch ihr Fußboden produzierte, ein Knarren oder ein Quietschen. Botarys erster Einspruch kam, als Barroso sie in die Enge trieb bezüglich der Frage, welche Worte der Eindringling gebraucht hatte, als er Allison zu seinem Wagen trug.

»Euer Ehren, ich glaube nicht, daß das zu der Identifizierung gehört«, wandte Botary sich an Dunham. »Ich glaube, das geht jetzt ein bißchen zu weit.«

»Stattgegeben«, pflichtete Dunham ihm bei.

Also befragte Barroso Allison über die Fahrt aufs Land hinaus, in den Süden von Kingsville, wo der Wagen einmal kurz anhielt, bevor der Entführer wieder einstieg, den Wagen wendete und weiterfuhr. Allison hatte ausgesagt, daß sie bei der zweiten Unterbrechung der Fahrt zum ersten Mal vergewaltigt worden sei, und zwar auf dem Rücksitz des Wagens. Ohne sich zu widersprechen, berichtete sie von den Einzelheiten, dieser ersten wie auch der zweiten Vergewaltigung im Wagen, bevor sie in das Haus gebracht worden war. Eddie hatte Barroso gegenüber gestanden, daß er Allison bei sich zu Hause vergewaltigt hatte, aber er behauptete steif und fest, daß er sie im Wagen nicht angerührt habe. Er sagte, er habe nur die Zeit überbrücken wollen, bis er sicher sein konnte, daß Ronda das Haus nach ihrer Mittagspause wieder verlassen haben würde.

Barroso wagte sich nun in Bereiche vor, in denen er mit Unterbrechungen durch Botary rechnen mußte. Als er Allison nach dem Zwischenstop auf dem Land befragte, wollte Barroso auch wissen, ob sie irgendwelche besonderen Kennzeichen auf seinen Armen bemerkt habe, als er sein Hemd auszog. Allison verneinte.

»Keine Tätowierungen?« fragte Barroso direkt.

»Nein, nicht daß es mir aufgefallen wäre«, antwortete Allison.

»Wie weit waren Sie von ihm entfernt, als Sie ihn gesehen haben?« drang er in sie ein.

»Ich habe ihn aus nächster Nähe gesehen«, sagte sie.

»Und Sie hatten keine Schwierigkeiten, etwas zu sehen?« fragte er.

»Nein.«

»Sie sagten, er hätte zu dieser Zeit den Reißverschluß seiner Hose aufgezogen.«

»Hm.«

»Und er hatte bei dieser Gelegenheit keinen Geschlechtsverkehr mit Ihnen, oder?« fragte Barroso.

»Doch«, korrigierte Allison ihn.

»Wie lange haben Sie dort gehalten?«

»Ungefähr zwanzig Minuten, schätze ich«, sagte Allison. »Ich weiß es nicht.«

Dann machte Barroso sich daran, weitere Einzelheiten zusammenzutragen.

»Dieses zweite Mal, als Sie, wie Sie sagen, etwa zwanzig Minuten gehalten haben, und er Sie zum Geschlechtsverkehr gezwungen hat, haben Sie – hat er Sie da auf den Sitz gehoben?« fragte er.

»Ja.«

»Hat er Ihnen bei dieser Gelegenheit die Kleider ausgezogen?«

»Ja«, sagte Allison. »Nur meine Unterwäsche.«

»Nur Ihre Unterwäsche? Hatten Sie immer noch nur Ihr T-Shirt, Ihre Unterwäsche und Ihre Socken an?« fragte Barroso.

»Ja, allerdings hatte ich meine Socken mittlerweile verloren«, antwortete sie. »Ich nehme an, sie sind irgendwo auf den Boden gefallen.«

»Was passierte danach?« fuhr Barroso fort.

»Entschuldigen Sie bitte.« Botary stand auf und unterbrach das Gespräch, bevor Allison antworten konnte. »Ich glaube, wir entfernen uns ziemlich weit vom Thema. Ich habe etwa drei Fragen durchgehen lassen; jetzt, glaube ich, sollte er sich einem anderen Bereich zuwenden.«

»Stattgegeben«, sagte Dunham, ohne mit der Wimper zu zucken. Barroso dachte kurz nach und fuhr dann mit einer anderen Frage fort.

»Worauf ich hinaus will, Miss Shaw, ist folgendes: Nachdem Sie abgefahren sind, hat er Ihnen da Ihre Augen wieder verbunden?« fragte Barroso.

»Er hat mir das Klebeband überhaupt nicht von den Augen abgenommen, kein einziges Mal«, erwiderte sie, damit kein falscher Eindruck entstehen konnte.

»Hat sich das Band denn irgendwie gelockert?«

»Ja, im Kofferraum ist es ein wenig verrutscht, und dadurch saß es anschließend etwas lockerer«, erklärte sie.

»Hat er Sie da in den Kofferraum gelegt, nachdem Sie zum zweiten Mal angehalten hatten?« fragte Barroso, verwirrt von ihren Berichten über drei Zwischenstops und zwei Vergewaltigungen.

»Nein, wir sind dann noch weitergefahren, und er hat mich noch einmal mißbraucht; dann erst hat er mich in den Kofferraum gelegt«, erwiderte Allison.

»Was meinen Sie mit mißbraucht?« fragte er.
»Er hat mich zum Geschlechtsverkehr gezwungen«, erwiderte Allison.
»Okay. Gehörte auch oraler Geschlechtsverkehr dazu?« wollte Barroso wissen.
»Ja«, antwortete Allison, bevor Botary, der plötzlich sehr aufrecht dasaß, eingreifen konnte.
»Euer Ehren«, wandte sich der Staatsanwalt an Richter Dunham. »Ich erhebe Einspruch. Diese Frage sprengt den Rahmen der Verhandlung.«
»Stattgegeben«, stimmte Dunham zu.
Im weiteren Verlauf des Verhörs, als er zu dem Punkt kam, an dem Allison in das Haus gebracht wurde, versuchte Barroso herauszufinden, warum Allison keine Tätowierungen am Körper des Mannes entdeckt hatte. Wenn sie ihn nackt gesehen hatte, dann hätten sie ihr eigentlich auffallen müssen. Sie waren kaum zu übersehen, die Schlange auf seinem linken Arm und der Name seiner ehemaligen Freundin Julie auf dem rechten.
»Hat er sich zu irgendeinem Zeitpunkt vollkommen ausgezogen?« fragte Barroso.
»Ja«, erwiderte Allison.
»Haben Sie irgendwann einmal andere Kennzeichen seines Körpers beschrieben?«
»Nein«, sagte sie. »Ich habe ihn nicht angesehen. Es war mir egal, wie er aussah.«
»Sie haben nur sein Gesicht gesehen?« fragte Barroso verwundert. »Verstehe ich recht – Sie versuchen, dem Gericht zu sagen, daß es Ihnen zu peinlich war, ihn anzusehen?«
»Ja«, sagte Allison.
»Sie haben ihn aber doch trotzdem einmal ohne Kleider gesehen, oder?« bedrängte er sie.
»Ja«, antwortete Allison.
»Und Ihnen sind keine Narben aufgefallen?«
»Ich habe ihn nicht die ganze Zeit aus der Nähe gesehen«, versuchte sie zu erklären. »Er stand auf der anderen Seite des Zimmers.«
»Er stand auf der anderen Seite des Zimmers, als Sie ihn gesehen haben?«

»Als ich sah, wie er sich auszog«, erwiderte sie.
»Kam er überhaupt ganz nahe an Sie heran, als er diese sexuellen Handlungen ausführte, von denen Sie gesprochen haben?« fragte Barroso. »Ja.«
»War er dabei nackt?«
»Ja.«
»Also, haben Sie ihn bei dieser Gelegenheit aus nächster Nähe gesehen oder nicht?«
»Ich habe ihn da nicht angesehen«, sagte Allison.
»Sie haben ihn nicht angesehen, als er auf Sie zukam?« fragte er sie.
»Ich verspürte nicht den Wunsch, ihn anzusehen«, antwortete sie.
»Haben Sie Ihre Augen geschlossen?«
»Ich habe mich im Zimmer umgesehen«, sagte Allison.
Barroso hielt fest, daß Allison den Körper des Mannes gesehen hatte, sich jedoch nicht daran erinnern konnte, irgendwelche Tätowierungen bemerkt zu haben.
Es war schon fast sieben Uhr abends, als die Verhandlung zum Ende kam, und Luis Godines hatte noch immer nicht ausgesagt. Aber Dunham vertagte die Verhandlung auf den Montagmorgen. Als Barroso endlich über den Highway 77 nach Corpus Christi zurückfahren konnte, war es bereits dunkel. Er wußte, daß es ihm nicht gelungen war, die Identifizierung durch Allison Shaw ernstlich ins Wanken zu bringen, und es war höchst unwahrscheinlich, daß Richter Dunham sie als unzulässig erklärte.
Und tatsächlich, als die Verhandlung fortgesetzt und am folgenden Mittwoch beendet wurde, erklärte Dunham ohne zu zögern die Identifizierung von Wyatt durch Allison Shaw sowie auch durch Luis Godines für zulässig. Eddie Wyatt würde ins Gefängnis gehen, soviel stand fest, und seine Position war wahrhaftig nicht die beste.

Als die Vorladungen zur Verhandlung im Mai herausgingen, glaubten Polizei und Staatsanwaltschaft, über starke Beweise gegen Eddie Wyatt zu verfügen, auch in Hinsicht auf einige andere, noch offene Fälle, für die sie recht brauchbare Indizien gegen Eddie in der Hand hatten.

Die Namen der Frauen waren in chronologischer Reihenfolge aufgeführt, von der jüngsten Vergewaltigung bis hin zur frühesten. Als erstes kam Kyung Ellis. Dann folgten Shelly Polk, die Frau des Fast-Food-Managers, Cheryl Palmer, die Collegestudentin aus dem Apartmenthaus, und Kim Sullivan, eins der drei Opfer aus der direkten Nachbarschaft von Pastor Field. Die letzte Frau auf der Liste war Sue Wilson, die im vergangenen Juni in ihrem Haus von einem Mann aufgeweckt worden war, der sie anschließend vergewaltigt hatte.

Aber ein Name auf der Liste überraschte Eddie ganz besonders: Captain Robert Sawyer vom Police Departement aus Norfolk, Virginia.

Ken Botary teilte Ron Barroso mit, daß die Zusammenarbeit zwischen der Polizei von Kingsville und Norfolk interessante Dinge zutage gefördert hatte: zwei Sexualverbrechen in dieser Stadt und eines im benachbarten Virginia Beach paßten genau in das Muster, von dem die texanische Polizei glaubte, es sei für Eddie Wyatt typisch. Die Polizei in Virginia ging der Sache weiter nach.

Eddie erklärte seinem Rechtsanwalt gegenüber, daß er mit irgendwelchen Vergewaltigungen in Virginia nicht das geringste zu tun hätte.

Dann kam eine Nachricht von der Polizei in Galveston. Sergeant Ray Rubino, der zur Zeit zwei Sexualverbrechen untersuchte, kannte Eddie noch von früher – er hatte ihn 1970 wegen Einbruchs verhaftet und ins Gefängnis gebracht. Eine der Vergewaltigungen hatte in der Nähe des Hauses stattgefunden, in dem Eddie seine Jugend verbracht hatte. Beide Vergewaltigungen hatten sich in derselben Woche im vergangenen Sommer ereignet, in der Eddie allein nach Galveston gefahren war, um sich einen seiner ältesten Wunschträume zu erfüllen, nämlich mit seiner Jugendliebe zu schlafen.

In der Zwischenzeit kamen die Ergebnisse aus dem Labor in Austin; sie waren zum größten Teil negativ ausgefallen. Das Labor bestätigte, daß die Blutflecken auf Allisons Bettzeug von ihrem Hund stammten; das war eine reine Routinesache gewesen. Auf ihrem Hemd, ihrer Unterhose und ihren Socken hatte man Sperma gefunden, ebenso wie auf der Rückbank, die aus Eddies blauem Valiant herausgerissen worden war, um sie ins Labor zu schicken. Es wurden aber keine Spermien gefunden, was auf einen Mann hindeutete, der sich einer Vasektomie unterzogen hatte. Das braune und grüne Klebeband, das gebraucht worden war, um Allison zu fesseln und ihre Augen zu verbinden, war vom selben Typ wie die Rollen, die man bei der Durchsuchung des Wyattschen Hauses gefunden hatte. Die Fachleute waren jedoch nicht in der Lage, die abgerissenen Enden von Allisons Fesseln mit den losen Enden der von der Polizei gefundenen Rollen zusammenzufügen, so daß sie nicht bestätigen konnte, daß das Klebeband aus Eddies Haus tatsächlich bei Allisons Vergewaltigung benutzt worden war.

Die wichtigste Entdeckung war, daß die Haare des getöteten Hundes auf den Teppichproben gefunden wurden, die die Polizei aus Eddies Wagen genommen hatte; und man fand diese Haare nicht nur da, sondern auch auf einer Bandrolle in Eddies Haus. Das Labor konnte jedoch nicht bestätigen, daß irgendwelche menschlichen Haare, die man im Kofferraum, auf den Rücksitzen oder im Haus gefunden hatte, von Allison stammten. Eddie beharrte Barroso gegenüber immer noch darauf, daß er Allison nicht auf dem Rücksitz vergewaltigt habe, und er konnte sich absolut nicht erklären, wie das Labor eine ›große Menge‹ saure Phosphatase, einen Bestandteil des Spermas, auf dem Sitz hatte entdecken können.

Dr. Kutnicks psychiatrische Einschätzung Eddies wurde etwa zu dieser Zeit übersandt, und auch sie hielt keine Hoffnung auf strafmildernde Umstände für die Verteidigung bereit.

Als Kutnick sich einige Tage vor der Anklagevernehmung mit Eddie unterhielt, war dieser in Handschellen, so daß sich seine Hände immer simultan bewegten, wenn er gestikulierte. Er machte auf den Psychiater einen lebhaften, vernünftigen Eindruck. Als Kutnick Eddie jedoch danach fragte, ob er glaube, er habe geistige Probleme, beugte Eddie sich vor und begann zu weinen.

»Irgend etwas übernimmt da die Kontrolle über meinen Verstand«, schluchzte er. »Es hat ungefähr vor einem Jahr begonnen, als ich auf See war. Es ist so, als wäre da etwas in mir drin, eine andere Person, die mir befiehlt, alle möglichen Dinge zu tun. Es ist wie ein Zwang. Manchmal macht es sich auch lustig über mich. Manchmal, als ich da draußen auf See war, wenn ich in die Nähe der Reling kam, hatte ich das Gefühl, als versuchte diese Kraft mich über Bord zu werfen.«

Kutnick machte sich Notizen und stachelte Eddie mit weiteren Fragen an. Er wollte, daß Eddie ihm die Stimme beschrieb. »War es ein körperloser Klang, der von außen kam?«

»Nein, Doktor«, erwiderte Eddie. »Es ist etwas, das sich in meinem eigenen Kopf befindet, wenn es zu mir spricht. Ich würde sagen, ich weiß nicht, ob es meine eigenen Gedanken sind oder nicht, aber es zwingt mich, an Sex zu denken, ganz besonders an analen Sex. Ich habe das Gefühl, daß es pervers ist, aber ich muß die ganze Zeit daran denken. Ich bin mir nicht sicher, was das für eine Macht ist, Doktor. Ich habe immer gehofft, daß es keine dämonische Besessenheit ist.«

Dämonische Besessenheit gehörte nicht direkt zu Kutnicks Spezialgebiet, aber es sah so aus, als ob Eddie, mit seinem fundamentalistischen Hintergrund ehrliche Angst davor hatte, daß er, wenn nicht tatsächlich besessen, dann zumindest doch unter einem Einfluß dämonischen Ursprungs stand. Seine Kirche lehrte zwar, daß ein Christ, hatte er erst einmal den heiligen Geist empfangen, nicht mehr vom Teufel besessen sein konnte. Aber auch Christen konnten von Dämonen heimgesucht werden. Für jemanden, der nicht an solche Dinge glaubte, war die Konstruktion dieser Dämonenwelt Eddies Ausdruck der Zwänge, die sein kampfbereites Gewissen beherrschten. Die Dämonen waren die Gesichter seiner bösen Impulse. Schon sehr bald wechselte Kutnick das Thema und kam auf die Gegenwart zu sprechen.

»Haben Sie dieses siebzehnjährige Mädchen vergewaltigt?« fragte Kutnick Eddie.

»Ich nehme es an«, erwiderte er. »Zuerst konnte ich mich nicht daran erinnern, aber jetzt fällt es mir langsam wieder ein. Diese Gedanken kamen mir immer wieder in den Sinn, und ich habe versucht, gegen sie zu kämpfen. Ich erinnere mich verschwommen daran, daß ich in das Haus dieses Mädchens gegangen bin, und ich erinnere mich daran, daß ich irgendwie mit ihr geschlafen habe. Ich kann mich nicht daran erinnern, daß ich diesen Hund getötet habe oder daß ich sie fotografiert habe, aber sie sagen, ich hätte es getan.«

Eddie holte einen Brief von Ronda hervor und zeigte ihn Kutnick.

»Sie spricht in diesem Brief auch von der Vergewaltigung, aber ich kann mich nicht einmal daran erinnern, mit meiner Frau darüber gesprochen zu haben«, sagte Eddie. »Ich muß einfach die Kontrolle verloren haben.«

Eddie erzählte Kutnick, daß seine sexuelle Beziehung zu Ronda normal gewesen sei, was stark von dem abwich, was Ronda Barroso berichtet hatte. Der offensichtliche Widerspruch war sehr wahrscheinlich das Ergebnis unterschiedlicher Erwartungen. Das wenige, das Ronda erhalten hatte, war für ihn schon viel gewesen. Weiter erzählte Eddie dem Psychiater, daß es bis vor kurzem nie etwas Anormales in seinem Sexualverhalten gegeben habe.

In seinem schriftlichen Bericht an Richter Dunham stellte Kutnick eine vorläufige Diagnose: Seiner Meinung nach litt der Angeklagte an einer zwanghaften Störung, die um Sexualpraktiken kreiste, die er selbst abstoßend fand. Diese Meinung war deshalb nur vorläufig, weil Kutnick nicht sicher war, welche Motive seinen Patienten leiteten. Wenn Eddie das, was in seinem Leben geschehen war, korrekt beschrieben hatte, waren seine sexuellen Phantasien mit Sicherheit zu einer Besessenheit geworden, die alles andere in den Hintergrund drängte. Aber Kutnick wies auch darauf hin, daß ein solcher zwanghafter, unwiderstehlicher Drang keinesfalls die Fähigkeit des Betroffenen, moralische Verhaltensfragen zu begreifen, auslöschte, ebensowenig wie seine Fähigkeiten, die Konsequenzen seines Tuns abzuwägen und, falls notwendig, davon abzulassen.

»Es ist sehr gut möglich, daß der Angeklagte die Stärke dieser zwanghaften Gedanken übertreibt und eigentlich überhaupt keine besondere psychiatrische Störung hat«, schrieb Kutnick dem Richter. Er schloß mit der Feststellung, daß Eddie Wyatt zur Zeit der Vergewaltigung »weder unter einer geistigen Krankheit noch unter einem solchen Defekt litt, so daß er durchaus in der Lage war, zu erkennen, daß das, was er tat, falsch war«. Ferner bestätigte er, daß der Angeklagte durchaus fähig sei, eine Verhandlung durchzustehen.

Über die Ursachen von Eddies Zwangsvorstellung bezüglich analem Sex fand Kutnick nichts Besonderes heraus; dazu gab es also nur Eddies Behauptung, daß sie ihm durch die dunkle Macht, die er angeblich seit ein paar Jahren verspürte, eingegeben wurden. Wie tief sie in Eddies Psyche verankert waren, konnte man zu dieser Zeit nur erahnen.

»Ich habe das Gefühl, daß er sich an viel mehr erinnert, als er zuzugeben bereit ist«, schrieb Kutnick in seinem Bericht.

Anfang März fand Ronda eine Stelle als Verkäuferin in einem Waffengeschäft in Lakewood. Sie konnte es sich noch nicht leisten, in eine eigene Wohnung zu ziehen, und Paul und Erna hatten keinen Zweifel daran gelassen, daß sie und die Kinder so lange wie nötig in ihrem Haus in der Newland Street bleiben konnten. So sehr Ronda diese Hilfe auch brauchte und dankbar annahm, so fiel es ihr doch schwer, in dem Haus, in dem sie als kleines Mädchen so oft von einer glücklichen Zukunft geträumt hatte, noch einmal ganz von vorn anfangen zu müssen.

Ronda wußte, daß sie sich nicht von ihrer Depression erholen würde, bevor sie sich nicht mit einer Unmenge zermürbender Fragen, die ihr immer wieder durch den Kopf gingen, auseinandergesetzt hatte. Eines Abends schrieb sie einige davon in ihr Tagebuch, in der Hoffnung, es würde ihr vielleicht helfen, sie schwarz auf weiß zu sehen. Seltsamerweise litt sie immer noch unter heftigsten Selbstzweifeln, obwohl sie wußte, daß sie die furchtbaren Geschehnisse nicht verschuldet hatte. Dennoch hatte sie das Gefühl, sie und nicht Eddie sei die Person, mit der etwas nicht stimme. Vom Verstand her wußte sie natürlich, daß es anders war. Und doch – der Gedanke ließ sie nicht mehr los, daß sie das Ganze vielleicht hätte verhindern können, wäre sie nur ein kleines bißchen hübscher oder ein klein wenig lebhafter gewesen. Es waren Fragen, von denen

Ronda glaubte, daß niemand sie verstehen konnte, es sei denn, er hätte am eigenen Leibe eine so niederträchtige Treulosigkeit erfahren:

O Gott, warum ich? Und warum auf diese Art und Weise? Konntest Du keinen anderen Weg finden?

Warum wollte Eddie sich nicht helfen lassen? An welchem Punkt habe ich versagt? Was hätte ich tun können, um das zu verhindern? Passiert das alles wirklich? Was wird aus mir?

Warum hat Eddie sich Allison aufgezwungen? Warum hat er nicht mich genommen? Was ist Vergewaltigung? Ist es so, wie irgend etwas, das ich selbst erfahren habe?

Ist es wirklich ein Akt der Gewalt und nicht der Leidenschaft? Und wenn ja, worüber war Eddie dann dermaßen wütend? Was weiß ich alles über Eddie, und was ist wirklich passiert?

Wie konnte der Mann, den ich für so still und sanft gehalten habe, ein so anderer Mensch sein, wenn er nicht mit uns zusammen war? Wie weit ging seine Untreue? Wie soll ich nur von ihm lassen? Wie hört man auf, jemanden zu lieben, den man so sehr geliebt hat?

Und bei all diesen Fragen war Rondas Mitgefühl noch immer so groß, daß sie sich fragte, wer sich um ihren Mann kümmern würde, wenn er krank war, und wie er mit dem schmerzlichen Wissen fertig werden sollte, daß er seine Familie durch sein eigenes Verhalten verloren hatte.

Dann bezog Ronda die Fragen wieder auf sich selbst:

Was ist nicht in Ordnung mit mir? Wer bin ich? Bin ich überhaupt attraktiv – äußerlich und innerlich? Was werden die Leute sagen, und warum spielt es eine Rolle für mich, was sie sagen werden? Werde ich je wieder heiraten? Was ist, wenn ich nicht gut genug bin für einen anderen Mann? Ist es normal, das zu empfinden, was ich empfinde? Warum habe ich solche Angst? Kann ich jemals wieder lieben?

Wenn ich in einem so wichtigen Bereich meines Lebens

gescheitert bin, wie kann ich da in anderen Bereichen Erfolg haben?

Von ihrem Bruder Randy, der mit Botary telefoniert hatte, erfuhr Ronda, daß Eddie ein Schuldbekenntnis ablegen und dafür eine mildere Strafe zugesichert bekommen würde. Auf diese Weise erfuhr Ronda auch, daß ihr Mann unter Verdacht stand, noch weitere Vergewaltigungen in Kingsville begangen zu haben, so wie drei Sexualverbrechen in Norfolk und Virginia Beach. Ronda graute davor, nach Kingsville zurückzukehren, um dort ihre Aussage zu machen, aber sie wußte, daß sie würde fahren müssen, falls es zu einer Verhandlung kam. Sie wußte nicht, wie sie Eddie im Gerichtssaal gegenübertreten sollte, nachdem mit jedem Tag neue Scheußlichkeiten bekannt wurden, die er hinter ihrem Rücken getan hatte.

Während sie weiter ihre Scheidung vorbereitete, wurde ihr qualvoll bewußt, daß sie jahrelang als Zuschauerin beobachtet hatte, wie andere Ehen in die Brüche gingen, und sie hatte auch nicht im entferntesten begriffen, wie tief die Gefühle der Betroffenen in einer solchen Situation verletzt wurden. Wie leicht war es doch gewesen, oberflächliche Ratschläge zu geben oder kühl festzustellen, was die anderen Paare hätten tun müssen, um zusammenzubleiben, selbst wenn das nicht länger möglich war. Wie gedankenlos war es doch, andere zu einem Leben ohne Liebe zu verdammen. Etwa eine Woche später brachte Erna die Post herein und überreichte Ronda einen weiteren Brief von Eddie. Er enthielt Eddies Reaktion auf ihren Scheidungsantrag.

Liebe Ronda,

heute habe ich Deinen Brief bekommen, und ich wollte Dir gleich diesen letzten Brief schreiben, um Dir Lebewohl zu sagen. Es fällt mir sehr schwer, aber irgendwie wußte ich, daß es so enden würde. Ich wollte nur die Hoffnung nicht aufgeben, auch wenn sie noch so gering war. Ich hoffe, daß Du mich, so wie Du es versprochen hast, Schätzchen, niemals von Paul und Diana fernhalten wirst, denn Du weißt ja, daß ich niemals mehr Kinder haben kann. Meine einzigen Kinder hast du.

Ich bin froh, daß Du sagst, Du hättest keine Bitterkeit in Deinem Herzen. Ich hoffe, das stimmt, denn Du weißt ja, was Verbitterung und Unversöhnlichkeit aus einem Menschen machen können. Ich bin froh, daß wir uns nicht in Haß und Verbitterung trennen, sondern voller Verständnis und Bedauern. Ich kann nicht leugnen, daß es mir weh tut, Schätzchen, denn ich liebe Dich noch immer. Ich habe mich noch nie in meinem Leben so allein gefühlt.

So oft habe ich hier gesessen und an unsere ersten gemeinsamen Jahre gedacht und dran, wie glücklich wir waren. Ich weiß, diese letzten beiden Jahre waren hart, da ich nicht mehr in der Lage war, mit den Dingen fertig zu werden. Ich wünsche mir so sehr, vieles ungeschehen machen zu können. Ich habe immer gedacht, ich wüßte so viel, aber in Wirklichkeit habe ich doch so wenig gewußt. Es tut mir leid, Liebes, falls Dir das überhaupt noch etwas bedeutet. Ich würde mein Leben dafür geben, den Schmerz in Deinem Herzen auslöschen zu können. Vielleicht verdiene ich Dich nicht mehr. Vielleicht habe ich Dich auch nie verdient. Ich habe in den sieben Jahren, die wir zusammen verbracht haben, so viel gelernt. Ich könnte nie sagen, daß ich auf der Verliererseite stehe, denn mein Leben ist durch unsere gemeinsamen Jahre reicher geworden. Ich werde Dich nie vergessen, Schätzchen.

Eddie hatte auch ein Gedicht für Paul und Diana beigelegt und Ronda gebeten, es ihnen zu geben, wenn sie das Gefühl hatte, daß die beiden bereit dafür waren. Das Gedicht ging über zwei Seiten, in denen Eddie versuchte, seinen Kindern klarzumachen, daß sein Fehlverhalten nichts mit ihnen zu tun hatte und daß er sie wirklich liebte. Er erinnerte sie daran, daß sein Vater ihn verlassen hatte, als er im selben Alter war wie sie jetzt:

Paul und Diana, Ihr meine beiden
Dies Gedicht soll für Euch sein,
Soll Euch erinnern an mich, Euren Daddy

Noch versteht Ihr es nicht, warum ich Euch damals verließ,

Doch die Zeit, sie wird kommen, da Gott es Euch zeigt.
Mein Herz war geblendet, in die Irre geführt,
Doch meine Liebe zu Euch hat das nie gestört.
Und immer sollt Ihr es wissen: Ich hab' mich bemüht, bemüht und bemüht,
Euch der Vater zu sein, den Ihr brauchtet.
Wie oft hab' ich mit Gott doch gerungen.
Niemals wollt' ich Euch betrügen, Niemals Euch den Vater nehmen.
Mein Herz, es brach, es blutete, und tausend Tränen weinte ich,
Als ich dann wußte, ich seh' Euch nie wieder, nicht in all meinen irdischen Jahren.
Ich hab' Euch lieb, lieb, lieb.
Bitte glaubt mir, wenn ich Euch sage,
Nie wollt' ich Euch weh tun, nie Euch so berauben.
Mama weiß, ich hab' Euch lieb. Sie wird's Euch erzählen,
Wie Ihr auf meinem Schoß gesessen,
Wie ich Euch in den Schlaf gewiegt,
Wie ich Euch dann sanft, so sanft in Euer Bettchen gelegt,
Wie ich Euch geküßt, mit euch gebetet habe.
Welchen Trost es mir schenkte, welche Freude ich hatte,

Als Ihr meine Kinder wart und ich Euer Dad.

Ron Barroso versuchte noch einmal, einige der Beweise abzuwehren. Etwa eine Woche, nachdem sein Antrag auf Nichtzulassung von Allison Shaws Identifizierung Eddies abgelehnt worden war, stellte der Rechtsanwalt den Antrag, die Ergebnisse der Durchsuchung des Wyattschen Hauses nicht als Beweismaterial zuzulassen. Diesen Antrag stützte er auf seine Bedenken hinsichtlich der Frage, ob Detective Treviño überhaupt hinreichenden Tatverdacht haben konnte, um den Durchsuchungsbefehl zu beantragen.

Die Verhandlung über diesen letzten Antrag fand am 5. Mai im Gerichtsgebäude des Kleberg County statt, also zwölf Tage vor dem für die Hauptverhandlung festgesetzten Termin. Richter

Vernon Harville, der nun wieder den Vorsitz führte, würde über den Antrag entscheiden. Zusätzlich zu dem Antrag bat Barroso Harville um eine Verschiebung der Verhandlung. Er hatte noch einen Zivilfall in Corpus Christi, dessen Verhandlung schon vor längerer Zeit auf den 17. Mai festgesetzt worden war.

Während der neunzigminütigen Anhörung war Treviño in der Lage, zu Harvilles Zufriedenheit zu beweisen, daß die Polizei mehr als nur hinreichenden Verdacht hatte, um die Durchsuchung des Wyattschen Hauses begründen zu können. Der Polizeibeamte machte seine Aussage in einem geschäftsmäßigen, professionellen Ton, so wie er immer an seine Arbeit heranging. Er berichtete detailliert darüber, wie sich der Verdacht gegen Eddie Wyatt immer mehr verdichtet hatte. Treviño sagte aus, daß er den Verdächtigen vor der Verhaftung noch einmal nach Hause gebracht habe. Dort seien ihm viele Gegenstände aufgefallen, die sich nach Allison Shaws Aussage im Haus des Vergewaltigers befunden hatten. Und als Allison Eddies Fotografie identifiziert hatte, gab es zwingende Gründe für die Genehmigung des Durchsuchungsbefehls.

Harville bestätigte den Standpunkt der Staatsanwaltschaft bezüglich der Hausdurchsuchung und beendete die Verhandlung.

Auch Barrosos Antrag auf Vertagung wurde abgelehnt. Eddies Verhandlung, so entschied Harville, würde wie geplant weitergehen. Barroso respektierte Harville als einen sehr beschlagenen Richter, der sich normalerweise nicht überrumpeln ließ, so daß ihm klar war, daß er kaum eine Chance hatte, noch eine Atempause herauszuschlagen.

Durch das Scheitern dieser Anträge wurde Eddies Lage immer schwieriger. Es begann sich abzuzeichnen, daß es das Beste für ihn war, sich ohne Verhandlung schuldig zu bekennen. Er dachte an Ronda, die für ihre Aussage zurückkommen würde, und an Allison, die im Zeugenstand eine ausführliche Aussage über seine Tat machen würde. Er dachte an die Möglichkeit, daß man ihn auch wegen der anderen Sexualvergehen anklagen würde, und er hielt sich vor Augen, wie sein Anwalt den Fall einschätzte – seine Aussichten waren tatsächlich nicht besonders gut.

Es war an der Zeit, zu einem Ende zu kommen, dachte Eddie. Als Barroso ihn am Dienstag, dem 11. Mai, besuchte, gab Eddie ihm den Auftrag, mit Botary die bestmöglichen Bedingungen für ihn auszuhandeln. Eddie sagte, er wolle allen Beteiligten die finanziellen wie auch die emotionalen Kosten einer Verhandlung ersparen, deren Ergebnis schon festzustehen schien.

Barroso traf sich daraufhin mit Botary und Bill Mobley, die einem solchen Abkommen zustimmen mußten, insbesondere in einem Fall, der so umstritten war wie die Kingsville-Vergewaltigungen. Barroso teilte ihnen mit, daß sein Klient sich für schuldig im Sinne der ursprünglichen Anklage erklären würde – Einbruch mit vorsätzlicher Vergewaltigung. Dieses Geständnis würde er ablegen, sofern der Staat sich bereitfand, die beiden zusätzlichen Punkte in der zweiten Anklageschrift sowie einige mindere Delikte nicht weiter zu verfolgen. Das empfohlene Strafmaß betrug dreißig Jahre Gefängnis. Mobley und Botary fanden sich bereit, Harville diesen Vorschlag zu unterbreiten.

In einer kurzen Verhandlung, die noch am selben Nachmittag stattfand, legte Eddie sein Schuldgeständnis ab. Unter Tränen gab er zu, daß er in Allison Shaws Haus eingebrochen war und den Teenager gekidnappt und vergewaltigt hatte. Staatsanwalt Botary wies Richter Harville darauf hin, daß der Staat durchaus ein Interesse daran hatte, das Geständnis zu akzeptieren: Auf diese Weise würde es dem Opfer erspart bleiben, noch einmal auszusagen, und zwar viel detaillierter als zuvor. Daraufhin verurteilte Harville Eddie zu den empfohlenen dreißig Jahren. Zunächst einmal würde er mehrere Monate im Gefängnis von Kleberg verbringen müssen, bevor das überfüllte staatliche Gefängnissystem von Texas eine Zelle für ihn fand.

Captain Gomes und seine Leute legten schließlich all ihre Akten über die Kingsville-Vergewaltigungen einschließlich ihres fünfzehn Fuß langen Schaubildes beiseite.

Seit dem Abend von Eddie Wyatts Verhaftung hat es in Kingsville keine weiteren Vergewaltigungen gegeben.

›Ein ganz besonderer Tag, mein Gott‹, schrieb Ronda in ihr Tagebuch, nachdem sie erfahren hatte, daß Eddie ein Schuldgeständnis ablegen würde. Zu Rondas Überraschung waren ihre Gefühle in bezug auf diese Tatsache bemerkenswert stark und optimistisch. ›Ich kann nicht genau in Worte fassen, was ich eigentlich lerne, aber fest steht, daß ich es tue.‹

Eddie hat seine Wahl getroffen und muß jetzt damit zurechtkommen. Aber was aus Paul, Diana und mir wird, das ist meine Sache. Ich bin kein kleines Mädchen mehr, sondern eine erwachsene Frau und eine Mutter, in deren Händen zwei junge Leben liegen. Ich muß verantwortungsvoll handeln. Immer haben andere Leute bestimmt, wie mein Leben aussehen sollte. Jetzt muß ich selbst die Zügel in die Hand nehmen und entscheiden, wie es mit uns weitergehen soll. Meine ›Mauern‹ zerbröckeln, und das ist sehr beängstigend. Meine ›Mauern‹ sind immer auch mein Schutz gewesen. Ich habe geglaubt, sie seien mein Ich. *Jetzt stelle ich fest, daß das ein großer Irrtum war.*

Zu den ersten Dingen, die Ronda tat, um ihren Kindern zu versichern, daß sie auch ohne ihren Vater immer noch eine Familie waren, gehörte die Aufnahme eines neuen Familienfotos, das sie auch sogleich aufhängten. Sie gingen zu dritt in dasselbe Fotoatelier, in dem sie auch gewesen waren, als Eddie und Ronda sich mit ihren Brüdern und deren Familien vor sieben Monaten zum Erntedankfest getroffen hatten. Einen kleinen Abzug des neuen Familienporträts benutzte Ronda als Schmuck für ein Sammelalbum, das sie in jedem Frühling zusammen mit Paul und Diana anlegte. Es trug den Titel ›Wir sind etwas Besonderes‹ und sollte den Kinder neuen Mut geben.

Als sie nach Colorado zurückkamen, wirkte Diana anfangs reizbar und empfindlich, was sie jedoch schon bald überwand. Paul war introvertierter als seine Schwester, und es machte Ronda große Sorgen, daß ihr Sohn so viel für sich behielt. So redselig ein sechsjähriger Junge sonst auch sein kann – Paul verlor so gut wie nie ein Wort darüber, was er über die Ereignisse in seiner Familie empfand. Eines Abends jedoch, nach dem Abendgebet, brach er zusammen und begann, furchtbar zu weinen. Er hatte seinen Daddy so sehr geliebt, und sein Schluchzen ließ Ronda noch einmal darüber nachdenken, ob ihre Entscheidung richtig war, daß die Kinder Eddie nicht schreiben durften. Sie konnten nicht einfach so tun, als hätte es ihren Vater nie gegeben. In dieser Nacht beschloß Ronda, daß sie den Kindern erlauben würde, Eddie zu schreiben.

Am 26. Mai reichte Ronda die Scheidungspapiere ein. Das war für sie der Tiefstpunkt. Von diesem Tag an wollte sie nur noch nach vorn sehen. Als ein Akt der Befreiung schrieb sie ein persönliches Gebet in ihr Tagebuch, das Gebet ihrer Kapitulation. Sein Titel war ›Asche‹, und eben dieses Gebet würde sie in den folgenden Jahren mit vielen Menschen teilen, wenn sie den Eindruck hatte, daß sie ihnen damit helfen konnte, ihre Situation zu akzeptieren und dadurch ihren Seelenfrieden zurückzugewinnen.

Asche. Hier, mein Gott. Häßliche Asche in einem häßlichen Eimer. Das ist alles, was mir geblieben ist. Ich wußte nicht, was ich mit dieser Asche tun sollte, also habe ich hin- und herüberlegt und schließlich beschlossen, sie zu Dir zu bringen. Sie ist wahrhaftig nicht sehr schön. Es tut mir leid, mein Gott, so sehr, sehr leid. Ich habe es so gut gemeint, damals, als alles begonnen hat. Ich wollte so sehr, daß Du stolz auf mich sein konntest. Und jetzt sieh, was ich daraus gemacht habe.

Alles, was mir geblieben ist, ist diese Asche. Sie ist heiß geworden, so heiß, und wir konnten dem Feuer nicht standhalten. Es tat so weh zuzusehen, wie mein Mann und mein Heim ins Wanken gerieten, wie sie strauchelten und fielen. Ich habe geweint, ich habe gebetet, ich habe versucht, die Scherben aufzulesen, sie wieder zusammenzufügen. Aber es war zu spät. Wir haben zu lange gewartet. Was Du mir gegeben hast, ist zerstört. Und mir bleibt nur noch ein rostiger, alter Eimer, gefüllt mit der Asche meines Lebens.

Ich wollte sie begraben, damit niemand erführe, was geschehen ist, aber ich konnte es nicht. Also, hier ist sie. Ich habe gehört, daß Du mir Schönheit dafür geben würdest. Wenn Du mir Deine Schönheit für diese Asche gewährst, werde ich sie Dir durch mein Leben zurückgeben. Und diesmal, mein Gott, diesmal werde ich meine Sache gut machen und mein Leben Deiner Verherrlichung widmen.

Kapitel 11

GETRENNTE WEGE

Ich bin einsam und bereit für eine neue Liebe. Es ist so, als kämen wir erst jetzt aus dem dunklen Tunnel heraus, in dem wir so lange eingeschlossen waren. In meinem Herzen habe ich immer noch Mitleid mit Eddie, weil er zugelassen hat, daß diese Dinge in sein Leben getreten sind. Ich sehe meine hübsche Tochter und meinen wunderbaren Sohn an und bin um seinetwillen traurig über die vielen Dinge, die er nicht mit ihnen erleben kann. Ich bin um der Kinder willen so dankbar dafür, daß Du nicht zugelassen hast, daß ich aufgebe.

– aus Rondas Tagebuch

Die Stadt sah noch fast genauso aus, wie Ronda sie in Erinnerung hatte, als sie im Dezember 1990 zum ersten Mal seit fast neun Jahren nach Kingsville zurückkam. Unbedeutende Einzelheiten, etwa die weißgestrichene Stuckleiste auf der hellbraunen Backsteinfassade des Gerichtsgebäudes des Kleberg County, weckten eine Flut unangenehmer Erinnerungen in ihr. Sie verspürte den Drang, in dieses nüchtern aussehende Gebäude zurückzukehren, um die Geister, die dort in den Ecken lauerten, zu vertreiben. Als sie den Treppenschacht auf der nördlichen Seite des Gebäudes hinunterging, den Weg, der zum Büro des Sheriffs führte, erinnerte sie sich lebhaft daran, wie sie ihren blinden Pastor diese Stufen hinuntergeleitet hatte, um sich mit Eddie zu treffen. Noch einmal durchlebte sie den Augenblick, in dem ihr Glaube an ihren Ehemann zerstört worden war und Eddie ihr erzählt hatte, daß er ein Vergewaltiger sei.

Ein Teil von ihr war an diesem unheimlichen Ort verloren

gegangen, und nun war sie zurückgekehrt, um ihn sich zurückzuholen.

An ihrer Seite war Rob Knuth, ein hochgewachsener, unbeschwerter und liebevoller Mann mit einem freundlichen Lächeln. Rob war Rondas zweiter Ehemann. In den Jahren, in denen sie nicht mehr in Kingsville gewesen war, hatte Ronda geglaubt, sie hätte die Vergangenheit bewältigt und Eddie verziehen. Sie war davon überzeugt gewesen, daß sich keine Bitterkeit in ihrem Herzen festgesetzt hatte.

In dem hektischen Alltag einer alleinerziehenden Mutter, wie sie ihn drei Jahre lang geführt hatte, war kaum Zeit dafür gewesen, über ihre Gefühle nachzudenken. Anschließend machten es ihr ihre Hochzeit mit Rob und das Glück dieser neuen Ehe sehr leicht, die unangenehmen Erinnerungen an ihre Vergangenheit zu ignorieren. Aber sie waren lediglich in Kisten gepackt und in einem Schrank verstaut. Der Schrank war jetzt so überfüllt, daß alles herausquoll, sobald irgend jemand oder irgend etwas die Tür öffnete.

Genau das war auch vor einem Jahr passiert, als Ronda und Rob einmal nach Louisiana gefahren waren. Bei ihrer Fahrt über die U.S. 287 kamen sie genau an der Stelle vorbei, wo sie vor fünfzehn Jahren in einem VW-Käfer ihre Unschuld an Eddie verloren hatte. Sie hatte die schreckliche Erinnerung an jene Nacht so energisch verdrängt, daß sie seit ihrer Hochzeit mit Eddie nicht mehr daran gedacht hatte. Als sie nun dort vorbeikam, blickte Ronda zum Straßenrand hinüber und sah dieselben dunklen drei Baumstämme, die sie angestarrt hatte, während Eddie sich nahm, was er haben wollte. Die Bäume waren größer geworden, entsprachen aber immer noch dem Bild, das sich in ihr Unterbewußtsein eingebrannt hatte. Dieser Anblick brachte augenblicklich die ganze Episode zurück und zwang sie, darüber nachzudenken, ob sie das Ereignis nicht als Omen hätte betrachten sollen.

Nachdem Ronda die ersten zaghaften Versuche gemacht hatte, Freunden ihre Geschichte zu erzählen, war sie überrascht darüber, daß all der alte Zorn, der Schmerz und die Enttäuschung sie wieder mit sich fortrissen. Diese Gefühle hatten sich also doch nicht einfach aufgelöst, was auch erklärte, warum sie es so lange kaum hatte ertragen können, ihr eigenes Bild im Spiegel anzusehen. Immer noch spürte sie die Zurückweisung, die Scham und Demütigung, und das trotz ihrer neuen Zufriedenheit als Frau und Mutter – nun sogar Mutter von vier Kindern. Ronda begann, regelmäßig zu einer Psychologin zu gehen, die eine christlich orientierte therapeutische Praxis betrieb. Bei diesen Sitzungen wurde offensichtlich, daß Ronda nach Kingsville zurückgehen mußte. Es war eine riskante Sache – Kingsville war für sie immer noch ein Ort der Angst. Was sie aber am meisten beschäftigte, war der Gedanke, noch mehr über ihre gescheiterte Ehe herauszufinden, was immer es auch sein mochte.

Im Gerichtsgebäude des Kleberg County ging Ronda zusammen mit Rob in das Büro auf der ersten Etage und fragte nach der Akte Nr. 3043. Sie öffnete den mit Eselsohren versehenen Aktenordner und las die Abschriften der Aussagen von Hector Treviño, Luis Godines und Allison Shaw. Sie betrachtete die Auswahl von Polaroidfotos, aus denen Allison Eddie herausgesucht hatte, und sie sah sich die Handschrift des Teenagers auf der Rückseite von Eddies Foto an. Dann fiel ihr Blick auf das Polizeifoto von Detective Durhams Hand, mit der er gerade die abgewickelte Kassette aus dem Eierflipkarton in ihrem Abfall zog, und sie las die Abschrift der Kassette, die Eddie aufgenommen hatte, während er Allison unter dem Weihnachtsbaum der Familie vergewaltigt hatte. Obwohl sie sich eine Kopie des Bandes beschaffen konnte, hatte sie sich bisher noch nicht dazu überwinden können, es abzuspielen. Die Abschrift war schon schlimm genug.

Nachdem sie jahrelang alles unterdrückt hatte, was da hinter ihrem Rücken geschehen war, hatte Ronda nun große Angst davor, sich diesen Dingen zu stellen. Es war etwas, das sie erst jetzt wagen konnte, nachdem die Therapeutin ihr gesagt hatte, sie habe nun den Mut dazu. Mut, so begriff Ronda, war nicht die Abwesenheit von Angst, sondern die Fähigkeit, etwas trotz großer Angst zu vollbringen.

Etwa ein Jahr nach Rondas Rückkehr nach Colorado nahm sie Paul zu einem Derby mit, das unter der Schirmherrschaft der Royal Rangers ihrer Kirche stand. Bei dieser Gelegenheit bemerkte sie auch die Mutter eines Freundes von Paul, die sie vorher schon einmal in der Kirche gesehen hatte. Vor etwa einer Woche hatte Ronda die Frau gesehen, wie sie ganz allein stand und leise weinte. Während ihre Söhne mit Spielzeugautos spielten, kam die Frau herüber zu dem Tisch, an dem Ronda lehnte, und setzte sich neben ihr auf einen Stuhl. Ronda dachte darüber nach, mit welchen Worten sie das Eis brechen könnte. Plötzlich wurde ihr klar, was die Leute meinten, die ihr erzählt hatten, sie hätten ihr die Hand reichen wollen, aber nie die rechten Worte finden können. Es wäre so leicht gewesen, die junge Frau neben ihr zu ignorieren und einfach mit Paul wegzugehen, sobald das Derby zu Ende wäre.

Aber Ronda überwand ihre Scheu und begann, mit der Frau zu sprechen. Schon bald fand sie heraus, daß die Tränen, die die Frau in der vergangenen Woche geweint hatte, ihren Grund in derselben Art persönlicher Krise hatten, die auch Ronda durchmachte. Der Name der Frau war Karen. Sie war geschieden, hatte einen Sohn und versuchte gerade – wie Ronda – einen neuen Anfang. Während Karen sprach, strömten ihr nun wieder Tränen über die Wangen. Karen wandte den Kopf ab, um ihre Tränen zu verbergen. Aber Ronda drängte sie, sie mit ihr zu teilen. Sie wußte, daß die Tränen notwendig waren, um Bitterkeit und Schmerz zu überwinden. Die beiden Frauen waren schon bald Freundinnen, und Ronda fühlte sich bestärkt durch diese neue Beziehung und ihr Gefühl, jemandem nützlich zu sein.

An diesem Abend war Ronda verblüfft darüber, wie friedlich ihr zumute war. Es hatte eindeutig eine therapeutische Wirkung, jemandem, der in Not war, die Hand zu reichen. Es gab ihr das Gefühl, wieder lebendig zu sein. Es machte ihr klar, daß es eine Zeit geben würde, in der sie einen ganzen Tag vom frühen Morgen bis zur Abenddämmerung durchleben konnte, ohne daß ihre eigenen Tränen zu fließen begannen. Und dieser erste Tag würde zu einem zweiten führen und dann zu einem dritten. Ronda wußte jetzt, daß sie sich eines Tages ohne diesen brennenden Schmerz an die Dinge, die sie durchgemacht hatte, würde erinnern können. Nachdem sie Karen kennengelernt hatte, schrieb Ronda in ihr Tagebuch:

Ich habe so darum gekämpft, niemandem meine Tränen zu zeigen. Aber als ich meine Tränen zurückgehalten habe, da habe ich auch meinen Verstand zurückgehalten. Ich hatte beschlossen, mich von niemandem zum Weinen bringen zu lassen. Aber als es mir dann schließlich egal war und ich aufhörte, etwas sein zu wollen, das ich nicht war, da wurde mein Herz auch wieder weicher.

Schon bald gestattete Ronda es Eddie, an Paul und Diana zu schreiben. Sie tauschten Briefe aus, Zeichnungen und Gedichte, und das Ganze hatte eine unmittelbare Wirkung auf Paul. Die Fragen des kleinen Jungen – ganz besonders diese: ›Hat Daddy mich noch lieb?‹ – kamen nicht mehr so oft, obwohl er noch immer voller widersprüchlicher Gefühle war. Er hatte noch immer das Gefühl, von seinem Vater abgelehnt zu werden, gleichgültig, wie oft Ronda ihm versicherte, daß Eddies Probleme nichts mit seinen Kindern zu tun hätten. Diana erzählte ihrer Mama, daß sie traurig sei und daß sie Polizisten hasse.

Daher war Ronda erleichtert, als Paul eines Morgens zu ihr lief und voller Aufregung verkündete: »Heute nacht hatte ich keine schlimmen Träume!« Sie kannte schlimme Träume. Selbst ein Jahr nach ihrer Rückkehr nach Colorado brauchte sie immer noch ein Nachtlicht, um schlafen zu können. Einmal war sie mitten in der Nacht in pechschwarzer Dunkelheit in ihrem Schlafzimmer im Erdgeschoß aufgewacht. Sie streckte die Hand nach ihrer Nachttischlampe aus und drückte auf den Lichtschalter, aber es blieb dunkel. Panik erfüllte sie, so wie in jener entsetzlichen Nacht in Kingsville, als sie und Eddie beide mit dem Gefühl aufgewacht waren, daß etwas Böses im Zimmer anwesend war. War da jetzt jemand im Zimmer, der die Lichter ausgeschaltet hatte? Konnte er sie sehen? Hatte jemand die Sicherungen herausgezogen, um das ganze Haus in Dunkelheit zu tauchen? Sie weinte sich in den Schlaf, und als sie wieder aufwachte, brannten beide Lampen. Offensichtlich hatte es in ihrer Gegend einen Stromausfall gegeben.

An jenem Morgen dachte sie wieder an diese Gegenwart des Bösen in ihrem Schlafzimmer in Kingsville. Das war zwei Wochen nach der Vergewaltigung von Kyung Ellis gewesen.

Rückblickend wurde Ronda klar, daß das genau die Zeit gewesen war, in der ihr Mann einen heftigen Kampf gegen seine bösen Impulse ausgefochten hatte, und das Ganze hinter der Maske seines scheinbar normalen Lebensstils. Es kam ihr zu Bewußtsein, daß die Nacht, in der sie beide mit diesem bedrückenden Gefühl aufgewacht waren, vielleicht genau der Augenblick war, in dem Eddie, innerlich erschöpft von den Jahren, in denen er es bekämpft und verborgen hatte, dem Bösen nachgab. Wenn sie seine tiefe Hoffnungslosigkeit früher gespürt hätte, wenn er ihren Trost nicht immer wieder abgewiesen hätte mit der Versicherung, es sei etwas, das er unter Kontrolle habe – wäre dann alles anders geworden, fragte sie sich?

Ronda besann sich noch intensiver auf ihren Glauben, um die Kraft zum Weiterleben zu finden. Zu guter Letzt war es auch ihre eigene Seelenstärke, die sie aufrecht hielt. Als sie einmal Rat bei einem Pastor suchte, der ihre Rückkehr ins Leben mit der des verlorenen Sohnes aus der Bibel verglich und von ihrer Rückkehr in die Gemeinschaft der Gläubigen sprach, nachdem sie gesündigt habe, war Ronda außer sich vor Empörung. Sie hatte genug! Genug von Leuten, die sie verurteilten, genug von jenen, die herauszufinden suchten, was sie falsch gemacht hatte, genug von Leuten, die glaubten, *sie*, Ronda, bedürfe der Vergebung.

Das wichtigste Werkzeug für die Bewältigung ihres gefühlsmäßigen Aufruhrs fand Ronda in ihrem Tagebuch. Mit seiner Hilfe konnte sie ihre eigene Veränderung beobachten und sehen, wie sie von der verwirrten, von Selbstzweifeln geplagten Ehefrau zu einer Frau wurde, die alles daran setzte zu begreifen, daß das, was ihr Mann getan hatte, nicht ihre Schuld war. Was für eine Art Mensch würde sich in zukünftigen Tagebucheintragungen widerspiegeln, fragte sie sich? Ein noch selbstsicherer Mensch vielleicht?

Ronda fand einen Teilzeitjob in einem der Geschäfte am Ort. Sie wünschte sich zwar einen besser bezahlten Job, wollte ihre Kinder jedoch nicht so lange allein lassen. Sie wollte auch aus dem Haus ihrer Eltern ausziehen, konnte es sich jedoch nicht leisten. Bei einem Besuch bei ihrem Arzt Vernon Ritzman, der sie schon seit ihren Grundschultagen behandelte, erwähnte sie ihre Ausbildung in medizinischer Verwaltung und ihren Job in Kingsville. Ein paar Tage später erzählte ihm sein Kollege Dr. Phil McCreedy, ein Geburtshelfer, davon, daß er eine freie Stelle habe. Dr. Ritzman brachte die beiden zusammen, und im Mai 1983 begann Ronda, für McCreedy zu arbeiten. Ihr neuer Job brachte ihr nicht nur mehr Geld ein, sondern auch einen neuen Freundeskreis. Ronda spürte, wie sie langsam aus dem Dunkel heraustrat und Eddie hinter sich ließ.

Sie verabredete sich nur selten und zögerlich. In der Welt der Singles fühlte sie sich nicht wohl. Bei ihrer ersten Verabredung nach der Scheidung bekam sie sogar Nesselausschlag! Aber im August 1983 rief eines Tages ein Mann bei ihr an, der sich als Rob Knuth vorstellte. Er war Neuwagenverkäufer in Littleton und Christ von ganzem Herzen. Bei einem Gottesdienst in den südlichen Vororten von Denver, den er mit einem Freund besucht hatte, hatte eine von Rondas kupplerischen Tanten ihn entdeckt. Da sie Robs Freund kannte, gab sie ihm Rondas Telefonnummer, und bat ihn, sie an Rob weiterzugeben.

Nachdem sie zwei Wochen lang verschiedentlich miteinander telefoniert hatten, bat Rob schließlich Ronda um ein Treffen. Es wurde ein wundervoller Tag, da Rob so umsichtig war, Paul und Diana in ihre Aktivitäten einzuschließen. In Rondas Tagebuch stand eine Liste der Qualitäten, die sie von einem neuen Ehemann erwartete, und fast ganz oben stand der Punkt, daß er Liebe und Verständnis für die Kinder mitbringen mußte. Später, nachdem sie Paul und Diana abgesetzt hatten, fuhren sie noch hinauf auf den Lookout Mountain. Als sie über die Aussichtsplattform schlenderten und zusahen, wie nach und nach die Lichter der Stadt unter ihnen angingen, war Ronda vollkommen entspannt. Genau an dieser Stelle hatte sie vor zwei Jahren bei einem sehr angespannten Ausflug die erschreckenden Abgründe bemerkt, die sich zwischen ihr und Eddie öffneten. Aber Rob Knuth wirkte offen und fürsorglich, ausgeglichen und reif.

Obwohl ihre Liebe füreinander immer stärker wurde, gab es verschiedene Gründe, warum Ronda und Rob es mit einer Heirat nicht eilig hatten. Zuerst einmal hatte Ronda nicht mehr das Gefühl, daß ihre einzige Identität darin lag, verheiratet zu sein.

Und dann brauchte auch Rob Zeit, um mit einer schwierigen Situation fertig zu werden. In der Konfession seiner Eltern war eine Scheidung tabu. Sie konnten die Tatsache nicht akzeptieren, daß ihr Sohn eine Romanze mit einer geschiedenen Frau hatte, und er war hin und her gerissen zwischen seiner Liebe zu Ronda und seiner Liebe zu seinen Eltern. Er brauchte eine Weile, um über das Thema Scheidung nachzudenken, bevor er schließlich zu dem Schluß kam, daß Ronda moralisch gesehen frei war, sich wieder zu verheiraten, und daß er ebenfalls frei war, sie zu heiraten.

Ronda und Rob wurden am 28. Dezember 1984 getraut. Es war nur eine kleine Feier, bei der lediglich der Geistliche und seine Frau, zwei Freunde als Trauzeugen und Paul und Diana anwesend waren. Erst später kam es Ronda in den Sinn, daß das Datum, das sie für ihre zweite Eheschließung gewählt hatte, der dritte Jahrestag von Eddies Verhaftung war.

Ronda arbeitete noch bis August 1986 für Dr. McCreedy. Zwei Tage, nachdem sie dort aufgehört hatte, brachte sie ihr drittes Kind zur Welt, einen Jungen, den sie und ihr Mann Andrus nannten. Im September 1988 bekamen sie einen weiteren Jungen, Benjamin. Dazwischen lag die Trauer, die mit zwei anderen Schwangerschaften verbunden war, von denen eine mit einer Fehlgeburt endete und die andere mit einer Totgeburt.

Eddies Briefe an Paul und Diana wurden immer seltener, bis sie schließlich kurz vor Rondas Wiederverheiratung ganz aufhörten. Eddie erfuhr erst später durch seine Schwester von Rondas Heirat.

Eddie Wyatts Gesicht war fast vollkommen ausdruckslos, als er das beschrieb, was früher einmal eine Besessenheit für ihn war. Es war dieses Lied, das seine Frau bei der *Ocean View Assembly* gesungen hatte, ein Lied im Walzertakt, das von einem starken Glauben handelte. Eddie saß auf einem hohen Hocker, dem einzigen Möbelstück in einer trostlosen, fünf mal drei Fuß großen Zelle, die an drei Seiten von einem schwarzen Drahtgitter mit einem verschlossenen Tor umgeben war. Vor ihm war eine dicke Glasscheibe und ein schmales Bett, auf das er seine Ellbogen stützen konnte, wenn er sein Gesicht auf seine gewölbten Hände herabsenkte. Ein rostiges Drahtgitter am unteren Rand der Glasscheibe ermöglichte es, daß seine Stimme auf der anderen Seite zu hören war. Das gelegentliche Klirren von Metall und laute Männerstimmen unterstrichen die schale Atmosphäre noch.

Auf der anderen Seite der Glasscheibe saß ein Schriftsteller, der Rondas Tagebuch gelesen, jahrzehntealte Unterlagen studiert und die Menschen aufgespürt hatte, die glaubten, Eddie Wyatt besser zu kennen. Zu guter Letzt war er in dieses Gefängnis in Texas gekommen, um sich selbst mit Eddie zu unterhalten. In drei ganztägigen Sitzungen allein mit ihm im Besucherraum erzählte Eddie dem Schriftsteller Dinge, über die er noch nie zuvor gesprochen hatte.

»Wissen Sie, ich erinnere mich da an dieses Lied vom Lanny Wolfe Trio«, sagte Eddie, kurz bevor der dritte Besuch endete. »Ich habe es früher immer und immer wieder gehört. Im Text heißt es: ›Wenn ich meine Familie und mein Heim verliere‹ und lauter solche Sachen, wissen Sie, was ich meine? Es heißt: ›Nimm mir das Liebste, was ich habe, wenn es denn anders nicht geht.‹ Der Name des Liedes ist, glaube ich, ›Whatever It Takes‹. Manchmal habe ich gedacht, daß ich dieses Lied so oft gehört habe, daß es die reinste Gehirnwäsche für mich war. Und ich habe oft bei mir gedacht, daß es vielleicht das ist, was auch mir bevorsteht. Gott würde mir meine Familie und mein Heim und meinen Wagen nehmen müssen und vielleicht, wenn ich dann alles, was ich hatte, verlöre und Gott mir alles nähme, würde ich dann dort hinkommen, wo Gott mich haben wollte.

Und dann fiel es mir eines Tages wie Schuppen von den Augen, und ich dachte: ›O Mann, genau das ist also passiert.‹ Dieses Lied, das ich so lange Zeit immer und immer wieder gehört habe, ist Wirklichkeit geworden.«

Der Ort, an den es Eddie verschlagen hatte, war der Hochsicherheitsbereich der Gefängnisfarm Ramsey Unit 1, draußen vor den Stadttoren von Rosharon in Texas, am Ende einer fünf Meilen langen Asphaltstraße. Sein Haar war dünner und grauer geworden, und die Falten in seinem Gesicht tiefer. Die auffällige, verfärbte Stelle in der Nähe seines linken Auges, die eine so wesentliche Rolle bei seiner Identifizierung gespielt hatte, war jetzt weniger deutlich zu sehen. Aber die tiefe, weiche Stimme des Sträflings, der auf die Vierzig zuging, war identisch mit der Stimme des jungen Eddie Wyatt, wie Ronda sie auf einigen Bandkassetten festgehalten hatte.

»Ganz plötzlich ist mir das aufgegangen, Mann. Die Kinder sind weg. Ronda ist weg – Sie wissen, was ich meine? Ich meine, dreißig Jahre im Gefängnis waren nur eine Sache, das Ganze hat mich noch viel mehr gekostet. Es hat mich meine Karriere in der Armee gekostet, meine Familie, alles, was ich besessen habe, alles, wofür ich gearbeitet habe. Ich meine, ganz plötzlich ist mir klar geworden, daß alles weg war.«

In derselben Woche, in der Ronda 1990 nach Kingsville zurückgekehrt war, saß Eddie in dem kahlen Gesprächsraum der Ramsey Unit 1 zusammen mit einem Schriftsteller und sprach zum ersten Mal über die Dinge, die ihn dorthin gebracht hatten.

»Ich werde Ihnen sagen, wo genau der Wendepunkt war. In Colorado, in Denver. Ich fuhr die Straße hinunter und sagte es Ronda, ich sagte es ihrer Mutter, ich sagte es ihrem Dad, aber sie haben nicht gehört, was ich sagte. Jedenfalls glaube ich das. Aber ich habe es ihnen gesagt. Ich sagte: ›Ich bin so depressiv, diese Gefühle kommen immer wieder zurück, und ich bin es so müde, dagegen zu kämpfen.‹ Und bis zu diesem Punkt hatte ich auch wirklich gekämpft. Aber dann brauchte nur irgend etwas zu passieren, das das Ganze wieder hochbrachte, irgendeine Streßsituation. Wir hatten kein Geld mehr. Das hat mich wirklich aufgeregt, und ich habe ihrer Mutter gesagt: ›Ich bin so depressiv.‹ Und ich erinnere mich noch daran, was sie mir gesagt hat. Sie sagte: ›Denk einfach nur daran, wie es wäre, wenn du wieder im Gefängnis säßest‹, sagte sie. ›Es könnte alles noch viel schlimmer sein.‹«

Am Ende gab Eddie seinen bösen Impulsen vollkommen nach. Er kämpfte überhaupt nicht mehr. Aber begonnen hatte es auf einer kleinen Straße in Colorado. Auf dem Weg zu seiner Arbeit bei Arvada Steel kam er an einem Sprirituosenladen vorbei und begann schon bald, sich dort mit kleinen Whiskeyflaschen, wie man sie im Flugzeug bekommt, zu versorgen. Als er das zum ersten Mal tat, hatte er das Gefühl, daß er den Alkohol brauchte, um den Tag durchzustehen. Ein kleiner Spritzer Whiskey in seine Coca Cola, meinte er, würde ihm über den Tag hinweghelfen, weil er so unglücklich darüber war, wie sich sein Leben entwickelt hatte. Er fühlte sich fehl am Platze, so als wäre da etwas in seiner kriminellen Vergangenheit, das man ihm nicht vergeben hatte, trotz seiner religiösen Bekehrung und der Vergebung, die er sich von ihr erhoffte.

Er hatte keine Freunde in Denver. Da gab es keine Kameraden von Teen Challenge, die ihm Mut machten, wenn er schwach wurde, die ihm Sicherheit gaben, so wie Steve Griffith es getan hatte, nachdem Eddie in Zungen geredet hatte. Er war ganz auf sich selbst gestellt, und er wußte, daß er in solchen Situationen regelmäßig scheiterte. Es fing an wie ein weit entferntes Trommeln in seinem Kopf und hämmerte allmählich auf ihn ein, wieder und wieder, bis es vollkommen selbstverständlich für ihn war, nach dieser kleinen Flasche zu greifen, als wäre es einfach der nächste Schritt, der von ihm erwartet wurde. Die Verantwortung, der er in seinem ganzen Leben so gründlich aus dem Weg gegangen war, lastete nun schwer auf seinen Schultern. Und diese Stimme, die er dauernd hörte, sagte zu ihm: »Du taugst nichts.« Und diese Stimme hatte sich bisher kein einziges Mal geirrt.

Aber hinter der Maske des guten Christen, des Mannes, der eine liebevolle Frau und einen süßen, kleinen Jungen hatte, war es für ihn nun schwieriger als je zuvor, mit seinen Ängsten fertig zu werden. Eddie hatte noch nie in seinem Leben jemandem vertraut. Nun hatte er das Gefühl, auch Ronda nicht trauen zu können; er glaubte nicht, daß sie bei ihm bleiben würde, wenn er ins Straucheln geriet, daß sie die Kräfte, denen er ausgesetzt war, nicht begreifen würde. Er glaubte, auch Ronda würde sich gegen ihn wenden, so wie es alle Menschen in seinem Leben getan hatten. Daher versuchte er, diese Vorahnungen von Scheitern und Versagen zu bekämpfen, suchte Zuflucht im Alkohol und verbarg seine Gefühle. Es war nicht weiter schwierig, die kleine Menge Alkohol, die er trank, vor den anderen geheimzuhalten. Früh morgens oder in der Mittagspause leerte Eddie eine kleine Flasche in seine Limo, und wenn er dann abends nach

Hause kam, war der leichte Rausch, den er sich tagsüber erworben hatte, bereits wieder verschwunden. Zu Anfang war es ganz leicht gewesen, sich zu einem Lächeln zu zwingen, wenn er nach der Arbeit nach Hause kam. Das Lügen war dann der nächste, natürliche Schritt gewesen.

Die anfänglichen Befürchtungen, die er bei der Teen Challenge gehabt hatte, nämlich daß er eine Frau wie Ronda Hunter nicht verdient hatte, überfielen ihn jetzt wieder. Wie konnte er mit einer solchen Frau schlafen, obwohl er mit einer Lüge lebte? Ihre Persönlichkeit und ihre bloße Gegenwart hielten ihm stets vor Augen, was für ein Mensch er hätte sein sollen. Eddies Entschluß, zur Navy zu gehen, hatte wenig mit dem Wohle seiner Familie zu tun. Als Navy-Mann kam er häufiger von zu Hause weg und konnte nach Herzenslust trinken. Je schlimmer seine Depressionen wurden, um so mehr wünschte er sich, von Ronda wegzukommen. Die Vollkommenheit, von der er geglaubt hatte, er könne sie erlangen, sobald er aus dem Gefängnis käme, war unerreichbar für ihn, und dieses Wissen nahm ihm auch noch den Rest von Selbstwertgefühl.

Aber als er zur Grundausbildung nach Orlando in Florida kam, stellte er fest, daß es einfach kein Entkommen gab. Die anderen Rekruten in seiner Baracke hielten ihn für einen engstirnigen, religiösen Fanatiker, als sie erfuhren, daß Eddie ein fundamentalistischer Christ war. Aus Empörung darüber trank Eddie nun sogar noch mehr. Bei den Trinkgelagen mit den Kameraden aus seiner Baracke erfuhr er eine Erleichterung, die in ihrer Intensität schon beinahe sexueller Natur war. Später jedoch, wenn er dann in seiner Koje lag, überfiel ihn die Reue. Das war etwas ganz Neues für ihn. Als Kind hatte Eddie niemals eine seiner Missetaten bereut.

Eddie wußte, wohin der Alkohol ihn führen würde; schließlich hatte er die zerstörerischen Auswirkungen des Alkoholismus in seiner Familie kennengelernt, und dann hatte er sich als Teenager mit seinen eigenen Alkoholproblemen herumgeschlagen.

Als seine Abteilung nach Millington in Tennessee verlegt wurde, einen Monat, bevor seine schwangere Frau sich zu ihm gesellte, geriet Eddie in eine Gruppe von Marihuanarauchern hinein. In Kalifornien ging er dann sogar noch weiter. In einem der Clubs in der Nähe der Basis in San Diego lernte Eddie einen Seemann namens Pete kennen, der sich gerade eben wieder verpflichtet hatte und über ein Prämiengeld von viertausend Dollar verfügte. Es brannte ihn unter den Nägeln, dieses Geld für Alkohol und Drogen auszugeben, aber Pete hatte keinen Wagen. Eddie hatte einen. Für ein paar Dollar Benzingeld bekam Eddie seinen Anteil an den Drogen und dem Alkohol, die Pete erstand. Während der nächsten vier Tage tranken sie beide bis zum Umfallen. Und am Ende schob Eddie sich eine Nadel in den Arm und setzte sich einen Schuß Speed. Er erschrak selbst über sein Tun, und er war froh, als er von San Diego wegkam. Er hatte fünfzehn Pfund verloren, obwohl er immer schon von schmächtiger Gestalt gewesen war. Als er Ronda auf seinem Rückweg von dem kleinen Motel in New Mexico anrief, nur um ihre Stimme zu hören, führte er sich die abscheuliche Lüge, in der er lebte, wieder einmal vor Augen. Je länger er seine Aktivitäten vor seiner Frau und seinen Freunden verbarg, und je länger er sich weigerte, Hilfe anzunehmen, um so schlimmer würde es werden. Das wußte er. Die Schuldgefühle, die sein Fehlverhalten in ihm weckten, konnte er nur in noch mehr Alkohol und Drogen betäuben.

Als er auf der U.S.S. *Kennedy* anheuerte, tat er das nicht ohne Angst. Er wußte, daß er Drogen nehmen würde, wann immer er welche in die Finger bekam. Er freute sich zwar darauf, hatte aber gleichzeitig Angst davor. Auf der einen Seite war es eine willkommene Erholung von dem Anspruch, die ganze Zeit ein guter Christ sein zu müssen. Auf der anderen Seite – je unmoralischer sein Verhalten wurde, um so schlimmer wurden seine Schuldgefühle. Die *Kennedy* hatte noch nicht einmal die Hälfte ihres Weges über den atlantischen Ozean zurückgelegt, da hatte Eddie auch schon ein paar Freunde gewonnen, mit denen er Haschisch rauchen konnte. Viele nahmen Drogen, und nicht nur die niederen Ränge. Es war nichts Besonderes für Eddie und seine Mannschaftskameraden, die in den Flugzeugen arbeiteten, Marihuanastummel der Piloten im Cockpit zu finden. Einmal wurde Eddie von der Militärpolizei verhaftet, weil man eine Haschischpfeife in seiner Koje gefunden hatte. Der Kapitän verurteilte ihn zu dreißig Tagen im Schiffsgefängnis – das hatte er Ronda nie gebeichtet.

Eddie erinnerte sich noch gut an seine Rückkehr nach Norfolk, als Ronda ihn überraschen wollte und früher als erwartet im Robin-Hood-Apartment aufgetaucht war. Er war mit ein paar Kameraden ausgegangen, nachdem das Schiff angelegt hatte, und glaubte, Ronda sei noch immer in Denver. Daher hatte er mehr als einen halben Kasten Bier getrunken. Er erinnerte sich an seine Bestürzung, als Ronda lächelnd an dem Anlegeplatz erschienen war, und er wußte auch noch, daß er an ihr vorbeigelaufen war, ohne sie zur Begrüßung auch nur zu küssen, und das nach einer Trennung von mehr als sechs Monaten. Ein starker Biergeruch umgab ihn, und noch Jahre später glaubte Eddie, Ronda hätte es bemerkt, als er ins Badezimmer gelaufen war, um sich die Zähne zu bürsten. Aber die Wahrheit war, daß Ronda noch nie zuvor abgestandenes Bier gerochen hatte und daher nichts Besonderes bemerkt hätte, selbst wenn sie dieses Gefühl sexueller Zurückweisung nicht augenblicklich am Boden zerstört hätte.

Während seiner zweiten Mittelmeerfahrt war Eddie beinahe pausenlos betrunken. Er und ein Freund legten ihr Geld zusammen und kauften sich ein baseballgroßes Stück opiumhaltiges Haschisch als Weihnachtsgeschenk. Ihr Handelspartner bei diesem Geschäft war ein verwahrloster Zwölfjähriger im Hafengebiet von Alexandria in Ägypten. Während die *Forrestal* vor Athen ankerte, hatte Eddie jene Affäre, von der Dave Houser einige Jahre später Ronda erzählte. Eddie lernte eine chilenische Touristin in einer Bar im Hafenviertel von Piräus kennen, und sie verstanden sich so gut, daß sie noch in derselben Nacht zusammen in ein Motel gingen. Sie nahmen Drogen und schliefen so oft miteinander, bis sie vor Erschöpfung nicht mehr konnten.

Wegen seines Doppellebens fühlte Eddie sich in Gegenwart von Ronda und ihren frommen Freunden zunehmend unwohl. Als ihm Pastor Alvin Hall daher eines Tages die Gelegenheit bot, ihm während der mittwochs stattfindenden Abendgottesdienste bei den Royal Rangers zu helfen, griff er sofort zu. Das bedeutete nämlich, daß er nicht neben Ronda sitzen und zuhören mußte, wie Pastor Hall über das rechtschaffene Leben predigte, das er eigentlich führen sollte. Ronda und ihre Freunde, die nichts von seinen wahren Motiven wußten, bewunderten Eddie dafür, daß er seine Zeit freiwillig für die Arbeit mit Kindern opferte.

Eddie wußte, daß ihm die Dinge in Virginia langsam entglitten. Er hatte Phantasien, die einem seltsamen Bedürfnis nach jüngeren Frauen entsprangen, nach willigen und sogar unwilligen Sexualpartnerinnen. Er dachte viel an analen Sex. Er war in der Jugendstrafanstalt davon umgeben gewesen und schätzte sich eigentlich glücklich, dem entkommen zu sein. Dennoch erzählte er Dr. Kutnick, daß es für ihn zu einer Obsession geworden war. Seine Phantasien wurden immer stärker, auch als sein sexuelles Interesse an Ronda immer mehr nachließ. Schließlich war es ihm sogar ausgesprochen zuwider, mit ihr zusammensein zu müssen. Er haßte es, von der Spätschicht auf der Basis nach Hause zu kommen und zu wissen, daß Ronda vielleicht noch wach war und mit ihm schlafen wollte.

Er konnte sich noch gut an den Abend vor seiner Verhaftung erinnern, als Ronda in diesem lavendelfarbenen Négligé ins Schlafzimmer kam. Als er seine Frau solchermaßen für die Liebe gekleidet sah, fühlte er sich angewidert.

»Irgendwie kam es mir unpassend vor. Wenn ich an Ronda dachte, war sie ein geistiges Abbild dessen, was ich sein wollte – so habe ich sie gesehen. Das Négligé war hübsch; ich weiß noch, daß ich dachte: ›Das sieht aber sexy an ihr aus.‹ Aber ich habe sie immer als einen sehr reinen, geistigen Menschen empfunden. So etwas hatte sie noch nie zuvor getan. Es paßte einfach nicht zu ihr. Da war ich und mühte mich ab, diesen Ort auf geistigem Wege zu erreichen, und dann schien es so, als ließe sie sich auf mein Niveau herab. Ich wollte nicht, daß sie das tat.«

Im Sog seiner verwirrten Sexualität erfüllte sich Eddie einen weiteren Wunschtraum. Im Sommer vor seiner Verhaftung kehrte er nach Galveston zurück, um die Frau zu treffen, die er nie aus seinen Gedanken hatte verbannen können. Aber als er Patty Battaglia in ein Motel nach Texas City mitnahm und endlich mit seiner Jugendliebe schlief, kam ihm das Ganze rein mechanisch und enttäuschend vor. Er konnte nicht glauben, daß er die Erinnerung an sie so viele Jahre aufrechterhalten hatte, und seine Erwartungen, wie es wohl sein würde, mit ihr zu schlafen, so hochgeschraubt hatte, nur um in einem tristen Motelzimmer eine Enttäuschung zu erleben. Es war in jeder Hinsicht anders, als er es sich vorgestellt hatte. Es war ein weiterer Fehlschlag.

Nachdem Ronda das ganze Material gelesen und auch die Verbrecherfotos durchgesehen hatte, schloß sie die Gerichtsakte. Sie hatte viel über die Polizeiarbeit erfahren, die die Kripo von Kingsville kurz vor Weihnachten 1981 bis vor ihre Haustür geführt hatte. Und zur Abwechslung fand sie den Gedanken an diese schweren Tage eher befreiend als qualvoll. Sie warf einen kurzen Blick auf ihre Armbanduhr und drehte sich dann zu Rob um. Sie hatten schließlich noch mehr vor.

Draußen vor dem Gerichtsgebäude wartete ein Freund auf sie, der sie zur Mesquite Avenue fahren wollte. Vor ihrem früheren Zuhause blieben Ronda und Rob erst einmal im Wagen, während ihr Freund den Gehweg zum Haus hinaufging. Ronda fiel auf, daß der Mesquitstrauch im Vordergarten sehr gewachsen war, aber der Park auf der anderen Straßenseite sah noch fast genauso aus wie damals, als sie und Eddie dort das letzte Mal mit Paul und Diana spazierengegangen waren – an dem Tag, an dem Allison Shaw vergewaltigt wurde. Eine freundliche, dunkelhaarige Frau mit einer dicken Brille kam an die Haustür, und Ronda sah, wie sich ein kurzes Gespräch zwischen den beiden entwickelte. Ihr Freund ging schon bald hinein und kam ein paar Minuten später zusammen mit der Frau wieder an die Tür, um Ronda und Rob hereinzuwinken.

Die Frau, die in Rondas früherem Haus wohnte, gehörte zur *First Assembly of God.* Ronda lächelte über den Zufall und freute sich darüber, daß die Frau bereit war, die Bitte ihrer unerwarteten Besucher zu erfüllen. Rondas Magen krampfte sich zusammen, während sie durch ihren alten Bungalow – und durch ihre Vergangenheit – schritt.

Nach einiger Zeit brachen die beiden Besucher zur Wanda

Street auf, wo sie wieder vor einem weißgetünchten Fachwerkhaus mit blauen Mauervorsprüngen hielten. Draußen im Garten arbeitete ein großer, muskulöser junger Mann, dem ein Kind zur Hand ging. Das war das Haus, in dem Pastor James Field mit seiner Frau Dolores gelebt hatte. Die Fields hatten Kingsville ein paar Jahre nach Ronda verlassen. Aber Ronda hoffte, sich das Haus ansehen zu dürfen, in dem sie Zuflucht gefunden hatte in jenen schrecklichen Tagen nach Eddies Verhaftung, als die anonymen Anrufe ihr Angst gemacht hatten. Der junge Mann begrüßte die Besucher. Es stellte sich heraus, daß der Hausbesitzer Jugendseelsorger bei der *First Assembly* war, und er hörte aufmerksam zu, als sie ihm kurz erklärten, welcher Natur ihr Besuch sei. Dann bat er sie freundlich ins Haus, wo er und seine Frau Ronda warmherzig in die Arme schlossen und sie einluden, sich die einzelnen Zimmer anzusehen.

Ronda ging den kurzen Flur hinunter bis zum vorderen Eckschlafzimmer und schaute durch die Tür. Dies war das Zimmer, in dem sie während ihres grauenvollen Martyriums gelebt hatte, und jetzt war es farbenprächtig zurechtgemacht für ein kleines Mädchen. Nachdem es ihr gelungen war, im Gerichtsgebäude und in ihrem früheren Haus auf der Mesquite Avenue die Tränen zurückzuhalten, begann Ronda nun doch zu weinen. Es waren nicht mehr Tränen des Schmerzes, es waren Tränen der Erlösung. Die Bitterkeit und Trauer über Eddies Verrat, die all diese Zeit irgendwie überlebt hatten, brachen sich nun endlich Bahn.

Bei ihrer Rückkehr nach Colorado stellte Ronda einen Plan auf, der ihr helfen sollte, diese Episode ihres Lebens zu überwinden. Mit Robs Unterstützung machte sie ein Zimmer in ihrem Haus frei für Fremde, die eine persönliche Krise durchmachten. Die Sicherheit, die sie im Heim von James und Dolores Field empfunden hatte, war für sie in den schlimmsten Augenblicken von unschätzbarem Wert gewesen. Diese Erfahrung hatte ihr die Augen für den Schmerz und das Leiden anderer geöffnet, und das Zimmer in ihrem Haus sollte den Schutz, den sie selbst empfangen hatte, an andere weitergeben.

Ronda nannte das Zimmer Ruheplatz. Es dauerte nicht lange,

bis mehrere Menschen in Not diese schützende Schwelle übertraten.

»Für Leute wie Sie gibt es keine Hoffnung«, sagte eine der Gefängnispsychologinnen aus der Strafanstalt von Texas zu Eddie, nachdem sie sich seine Akte angesehen und festgestellt hatte, daß er ein Sexualverbrecher war. Eddie hatte diese Worte auch früher schon gehört, aber diese Psychologin meinte sie ernst. Er erfuhr, daß man ihn zur Ramsay Unit One schicken würde, wo es für Sexualverbrecher kein Behandlungsprogramm gab. Man würde ihn dort einfach unter Verschluß halten und erst wieder freilassen, wenn er einen großen Teil seiner dreißigjährigen Haftstrafe abgesessen hatte.

Die Gefängnismathematik unterscheidet sich in Texas wie in den meisten anderen Staaten deutlich von der gewöhnlichen Mathematik. Geraldo Nuñez verbüßte weniger als neun Jahre seiner fünfzigjährigen Strafe. Eddie wurde ein paarmal für eine bedingte Haftentlassung vorgeschlagen, zum ersten Mal fünf Jahre nach seiner Ankunft, wurde jedoch jedesmal abgewiesen. In den Augen seiner Aufseher war Eddie ein vorbildlicher Gefangener, aber die Tatsache, daß er bei der Vergewaltigung eine tödliche Waffe benutzt hatte sowie auch die Proteste, die jedesmal in Kingsville laut wurden, sobald eine Verhandlung angesetzt war, führten dazu, daß seine Entlassungsgesuche abgewiesen wurden. Wenn es überhaupt je zu einer Rehabilitation kommen sollte, würde Eddie sie wohl selbst in die Hand nehmen müssen.

Eddie begriff, daß seine Verbrechen nichts mit Sex zu tun hatten – zu Hause hatte ja Ronda gesessen und nach seiner sexuellen Aufmerksamkeit gehungert –, sondern Gewaltakte gewesen waren, bei denen Sex lediglich die Waffe war. Eine Vergewaltigung ist fast immer das Ergebnis irgendeines psychologischen Traumas und nicht Ausdruck eines Bedürfnisses nach Sex. Geschlagen von Frustration und Scheitern in seinem Leben zog Eddie sich in eine Phantasiewelt zurück, in der er Macht und Kontrolle über andere besaß. Seine Phantasien nahmen schon bald ein bestimmtes Muster an: Es ging um aggressiven und sogar erzwungenen Sex mit jüngeren Frauen. Manchmal sah er sie in Fesseln vor sich. Manchmal zwang er sie, sich allem zu unterwerfen, was er wollte, ganz besonders dem analen Sex, den Ronda ihm verweigerte. Eddies Vergewaltigungsphantasien reiften schließlich zu dem Punkt, an dem er seine Phantasien im wirklichen Leben nachspielen wollte. Anfangs erklärte er sich seine Verbrechen, indem er sich sagte, es gehe ihm um Sex. Aber der nachhaltige Eindruck, den er aus einer Vergewaltigung mitnahm, war die Befriedigung, totale Kontrolle über seine Opfer gehabt zu haben, und das Gefühl, endlich von seiner Frustration befreit zu sein.

Nach einer Vergewaltigung mußte er immer wieder daran denken, manchmal in einem beinahe tranceartigen Zustand. Eigentlich wollte er gar nicht darüber nachdenken, aber die starken Erinnerungen an Macht und Zorn wurden für ihn mit der Zeit zu einer Art Besessenheit. Die Erleichterung, die er empfand, war jedoch nur von kurzer Dauer; schon bald stieg wieder die alte Frustration in ihm hoch. Je mehr er sich mit diesen Gedanken beschäftigte, um so unbefriedigender wurden sie für ihn. Das war der Zeitpunkt, an dem ihm klar wurde, daß er es wieder tun würde.

»Ich dachte darüber nach, was für ein Wahnsinn das Ganze war«, erinnerte sich Eddie, als er darüber sprach, was er während der Vergewaltigungen empfunden hatte. »Ich war so voller Zorn. Nachdem sie mich hier eingesperrt hatten, hörte ich von einem Kerl, der genau dasselbe getan hatte, und er hat die Frauen auch umgebracht, und ich habe dann gedacht: ›Lieber Gott, das hätte genausogut ich sein können.‹ Ich war so voller Zorn, daß ich gar nicht mehr sagen kann, warum ich es getan habe. Ich weiß nur das eine, wenn eine der Frauen Widerstand geleistet hätte und versucht hätte, sich zu wehren – ich weiß nicht, was ich getan hätte. Wissen Sie, in diesem Zustand, da hätte ich sie wahrscheinlich umgebracht. Aber es hat sich keine von ihnen gewehrt.«

Die Polizei verdächtigte Eddie, seit seiner Zeit in Norfolk insgesamt elf Sexualverbrechen begangen zu haben, aber er wurde nur eines einzigen davon angeklagt. Es gab drei Fälle in Virginia, die die Ermittlungsbeamten ihm anhängen wollten. Dann waren da noch zwei Vergewaltigungen in Galveston, die genau zu der Zeit passierten, als er sich dort mit seiner Jugendliebe traf. Und schließlich waren da noch die sechs Vergewaltigungen in Kingsville zwischen Juni und Dezember 1981.

Zur Zeit seiner Verhaftung gestand Eddie nur die letzte und leugnete, mit den anderen irgend etwas zu tun zu haben. Als der Autor dieses Buches ihm sagte, die Polizei verdächtige ihn in elf Vergewaltigungsfällen, riß Eddie ungläubig die Augen auf.

»Das ist unmöglich«, sagte er.

»Wie viele haben Sie denn nun begangen?«

Eddie schwieg für den Bruchteil einer Sekunde und traf die Entscheidung, etwas zu sagen, das er noch nie zuvor gesagt hatte:

»Es waren drei«, sagte er.

Eddie Wyatt beschrieb, wie eine Stimme in seinem Kopf ihn langsam von der überlegenen Vertrauensstellung, die er bei Ronda hatte, zu Einbruch, Drogenmißbrauch und Vergewaltigungen hinabzog. Diese Kraft führte ihn zu immer lebendigeren Masturbationsphantasien, die auch jüngere Frauen einschlossen, die er beherrschen würde. Eines Tages fand er sich um zwei Uhr morgens auf der Wanda Street in Kingsville wieder, wo er durch Sue Wilsons Schlafzimmerfenster starrte. Er hatte vorgehabt, irgendwo einzubrechen, ein Rückfall in seine jugendlichen Angewohnheiten. Aber als er die junge Frau im Haus sah, fragte ihn seine innere Stimme, wie es wohl sein würde, wenn er seine Vergewaltigungsphantasien einmal auslebte.

»Als ich mit dem Einbrechen wieder anfing, habe ich oft darüber nachgedacht, was ich wohl tun würde, wenn ich je in eine solche Situation käme, eine Situation, in der eine Frau ganz allein da wäre. Und ich habe gedacht, würde ich sie dann wirklich vergewaltigen? Ich habe darüber nachgedacht und bin zu dem Schluß gekommen, daß ich es nicht genau wüßte. Aber ich dachte auch, na ja, wenn ich in so eine Situation komme, ist es immer noch früh genug, mich zu entscheiden. Ich erinnere mich noch daran, wie ich an diesem Tag ins Zimmer geguckt und sie dort gesehen habe. Und dann kam mir der Gedanke, Sie wissen schon, da einzubrechen.«

Eddie wußte, daß der ungeheure Zorn, den er verspürte, seine Wurzeln tief in unbewältigten Konflikten seiner Vergangenheit hatte. Das galt ganz besonders für sein Bedürfnis nach analem Sex. Während der Jahre, die er im Gefängnis verbrachte, versuchte er, seine kriminellen Handlungen besser zu verstehen.

»Das Ganze hatte sich bis zu einem Punkt entwickelt, an dem es leicht zu einem Mord hätte kommen können. Es hätte jede Art von Gewalttätigkeit sein können; Vergewaltigung war nur eine von mehreren Möglichkeiten. Ich habe darüber nachgedacht: Würde ich sie auch erschießen können? Würde ich sie tatsächlich erschießen? Und ich wußte es nicht. Ich dachte: ›Mann, ich weiß nicht, was ich tun werde, ich muß einfach abwarten, was passiert.‹ Ich wußte einfach nie, was ich im nächsten Augenblick machen würde. Vielleicht würde ich irgendwo einbrechen, und irgend etwas würde mir sagen: Tu dies oder tu das. Es war so, als würde ich gelenkt oder geführt. Und jede Kleinigkeit konnte mich in Bewegung setzen.«

Als nach der momentanen Erleichterung, die die Vergewaltigung von Sue Wilson ihm verschafft hatte, Frustration und Schuldgefühle zurückkehrten, streifte Eddie wieder durch die Straßen von Kingsville. Als er Kyung Ellis vergewaltigte, 1981 am Abend von Halloween, war Eddie über seine extremen Bedürfnisse selbst entsetzt.

»Ich sagte ihr, sie solle sich ausziehen, und sie hatte Angst, daß ich sie töten würde. Immer wieder hat sie gesagt: ›Bring mich nicht um, bring mich nicht um.‹ Und ich dachte, warum sagt sie das bloß? Ich hatte überhaupt nicht vor, sie zu töten. Ich wollte sie vergewaltigen. Aber als sie das sagte, habe ich später gedacht, Mann, sie muß etwas gesehen haben, das ich nicht einmal selbst sehe, Zorn oder Wut. Ganz bestimmt hat sie gedacht, daß ich sie umbringen würde. Und ich habe ihr immer wieder gesagt: ›Ich werde dich nicht umbringen. Ich werde dir auch nichts tun.‹ Und dann, kurz bevor ich ging, sagte sie es wieder. Sie sagte: ›Sie werden mir doch nichts tun, oder?‹ Und ich antwortete: ›Ich hab dir schon gesagt, daß ich das nicht tun würde, und ich tu's auch nicht.‹ Und dann bin ich gegangen.

Aber was sie da immer wieder gesagt hat, es zerrte irgendwie an meinen Nerven. ›Werden Sie mich umbringen?‹ Das habe ich immer wieder gehört, wissen Sie: ›Also, hattest du vor, sie zu töten?‹ Und ich habe gedacht: ›Nein, ich wollte sie nicht töten.‹ ›Doch, du wolltest sie doch töten.‹ ›Nein, ich wollte sie nicht töten.‹ Und dann dachte ich, daß ich vielleicht nahe daran gewesen war, sie umzubringen. Habe ich irgend etwas getan, woran ich mich nicht mehr erinnern kann?

An manches wollte ich mich nicht erinnern. Der Ausdruck auf ihren Gesichtern, der verängstigte Blick – ich sah mich selbst in ihr. Ich meine, ich sah, was sie sah. Und ich sah auch ein paar Warnzeichen, so als verlöre ich langsam die Kontrolle über das Ganze.«

Nachdem er Allison Shaws Hund getötet hatte, hatte Eddie das Gefühl, ein anderer Mensch zu sein. Er zerriß die Polaroidfotos, die er von seinem Opfer gemacht hatte und warf die Fetzen in den Mülleimer vor einem Lebensmittelladen. Er versuchte, die Kassette zu zerstören, die die Polizei später in seinem Abfall entdeckte. Und er behauptete, daß er sich zwei Tage vor seiner Verhaftung in der Überzeugung, am Rande eines Nervenzusammenbruchs zu stehen, eine große Dosis Kokain injiziert habe, um sich das Leben zu nehmen.

»Zwei oder dreimal habe ich auf den Hund eingestochen«, erinnerte Eddie sich. »Ich weiß es nicht mehr genau. Aber ich weiß noch, als ich es getan habe, ist etwas passiert. Mann, es war so, als würde jetzt etwas wirklich Böses die Führung übernehmen. Es war so, als hätte ich keine Kontrolle mehr über mich, als hätte ich mich irgendeiner Macht unterworfen. Ich wußte, daß ich einen Schritt zu weit gegangen bin, als ich es tat. Es war so, als hätte ich bei der ganzen Angelegenheit plötzlich nichts mehr zu sagen. Ich meine, bis zu dem Punkt hätte ich mich einfach umdrehen und gehen können, einfach weggehen können«

Ich wußte, nachdem das passiert war, wäre es durchaus möglich gewesen, daß ich sie getötet hätte. Obwohl ich bis zu diesem Zeitpunkt immer gedacht habe: ›Ich werde niemals töten, selbst wenn das bedeutet, daß ich verhaftet werde. Ich werde niemanden töten.‹ Ich meine, das war irgendwie so, als wäre das die Grenze. Soweit kann ich gehen, aber diese Grenze werde ich nicht überschreiten, hm? Aber als ich diesen Hund getötet habe, da war es so, als hätte irgend jemand diese Grenze ausradiert, Mann.«

Als Eddie neben der Vergewaltigung Allison Shaws auch die Vergewaltigungen von Sue Wilson und Kyung Ellis gestand, war das sein erstes öffentliches Geständnis weiterer Vergewaltigungen. Er leugnete jedoch vehement, irgend etwas mit den drei anderen ungelösten Fällen in Kingsville zu tun zu haben, nämlich den Angriffen auf Kim Sullivan, Cheryl Palmer und Shelly Polk. Aber es gab ein störendes Beweisstück, das die Frage noch einmal aufwirft: den Diamantring, den Ronda und ihre Mutter in Eddies Manteltasche gefunden hatten.

Als die Polizei von Lakewood kurz nach Rondas Umzug nach Colorado den Ring nach Kingsville schickte, sah Captain George Gomez ihn sich genau an: ein großer Diamant in der Mitte, darum herum ein Kreis kleinerer Diamantsplitter. Er paßte genau zu der Beschreibung des Ringes, der Shelly Polk gestohlen worden war – von dem Mann, der sie vergewaltigt hatte. Obwohl Eddie bereits im Gefängnis saß, beschloß die Polizei von Kingsville, dieser Spur zu folgen, um auch den Fall Polk abschließen zu können. Gomez machte ein Foto des Ringes und schickte das Foto den Polks, die wieder in ihre Heimatstadt im Mittleren Westen zurückgekehrt waren.

Aber Shelly Polk hat den Brief aus Kingsville nie beantwortet. Vielleicht wollte das Opfer die Ereignisse so weit wie möglich hinter sich lassen und vergessen, daß es eine Stadt namens Kingsville überhaupt gab. Da Shelly nicht antwortete, schickte die Polizei von Kingsville den Ring nach einiger Zeit wieder nach Lakewood, wo er Ronda zurückgegeben wurde.

Nach dem Diamantring befragt, schien Eddie sicher zu sein, daß er keinem seiner Vergewaltigungsopfer gehört hatte. Er erinnerte sich daran, ihn bei einem Einbruch in Kingsville gestohlen zu haben, der nicht der Polizei gemeldet worden war. Er beschreibt auch ein paar der besonderen Aspekte dieses Verbrechens. Seiner eigenen Schätzung nach beging er mindestens fünfzehn Einbrüche, während er dort lebte, zusätzlich zu seinen

Sexualverbrechen. Auf diese Weise war er auch zu der Nähmaschine für seine Frau gekommen, zu den Lautsprechern für seine Stereo-Anlage und einer ganzen Reihe anderer Dinge, von denen er Ronda erzählt hatte, er habe sie als Bezahlung für seine Malerarbeiten erhalten.

Und dennoch konnte man es kaum für einen Zufall halten, daß Eddie einen Diamantring besaß, der genauso aussah wie der Ring, der einer Frau gestohlen worden war, die auf genau die gleiche Art und Weise vergewaltigt worden war, wie Eddie drei andere Frauen vergewaltigt hatte. Er hatte klipp und klar zwei weitere Vergewaltigungen gestanden, und das, obwohl er mehr als neun Jahre lang darüber geschwiegen hatte. Schon damit allein hätte sein bevorstehendes Entlassunggesuch zum Scheitern verurteilt sein können. Nachdem er das also getan hatte, fragte Eddie den Autor dieses Buches, warum sollte er da nicht auch noch andere Verbrechen gestehen, wenn er sie begangen hätte?

Aber während dieser drei zermürbenden und aufwühlenden ganztägigen Gespräche traten noch andere Dinge zutage.

Bei seinem Geständnis der Vergewaltigung Sue Wilsons paßte vieles von dem, was Eddie sagte, zu den Beweisen, die die Polizei gefunden hatte. Aber es gab auch Widersprüche. Eddie sagte zum Beispiel, er habe durchs Fenster gesehen und bemerkt, daß sein Opfer sich gerade fertig machte, um zu duschen oder zu baden. Und er erinnerte sich noch daran, daß er, während er sie vergewaltigte, im Badezimmer Wasser laufen hörte und dachte, daß er es eigentlich abstellen sollte.

Das Problem war nur, daß Sue Wilson keinesfalls die Absicht gehabt hatte zu baden. Aus dem Polizeibericht geht hervor, daß sie bereits schlief, als sie um zwei Uhr dreißig in ihrem Bett angegriffen wurde. Das einzige Vergewaltigungsopfer aus Kingsville, das vor seiner Vergewaltigung gerade duschen wollte, war Shelly Polk, und das Wasser lief auch tatsächlich während der Vergewaltigung. Diese Widersprüche ließen Eddie neun Jahre später darüber nachdenken, ob es möglich war, daß er mehr Vergewaltigungen begangen hatte, als er selbst wußte. Der Autor dieses Buches hält es für möglich, daß Eddie vielleicht fälschlicherweise gestanden hatte, eine Frau im Juni vergewaltigt zu haben, nämlich Sue Wilson, obwohl das, woran er sich erinnerte, die Vergewaltigung von Shelly Polk im September war. (Eddie kannte die Namen der Frauen nicht, außer dem Allisons, die vor Gericht ging.) Aber das war ebenfalls nicht möglich. Er erinnerte sich daran, seine erste Vergewaltigung drei Monate nach seinem Umzug nach Kingsville begangen zu haben. Er war im März umgezogen, und der bisher noch ungelöste Wilson-Fall vom 14. Juni war der einzige, der zu dieser Angabe paßte. Außerdem beharrte Eddie darauf, daß er bei seinem ersten Opfer kein farbiges Klebeband benutzt habe. Sue Wilson war das einzige Opfer aus der Gruppe der ungelösten Fälle, das nicht mit bunten Klebeband gefesselt worden war.

Eddie gab zu, unter Gedächtnislücken zu leiden, insbesondere wenn er Drogen nahm. Nur zögernd war er bereit, über die Konsequenzen dieser Tatsachen nachzudenken.

»Ich weiß nicht, vielleicht war da noch etwas«, stellte er fest. »Wahrscheinlich gibt es Dinge, an die ich mich nicht erinnern kann, aber an so etwas würde ich mich doch bestimmt erinnern. Ich kann nur soviel sagen: Möglicherweise habe ich in dieser Zeit noch eine Frau vergewaltigt und kann mich nur nicht daran erinnern. Ich sage nicht, daß das unmöglich ist, aber fest steht, daß ich mich nicht daran erinnere.«

Obwohl die Wahrheit vielleicht nie ans Tageslicht kommen wird, bleibt die Anzahl von Eddies Opfern unklar. Eines wurde mir jedoch bei den Gesprächen mit ihm klar: Keine dieser Frauen war Eddies erstes Vergewaltigungsopfer. Eddie glaubte, die Motive seiner Verbrechen seinen in der Jugendstrafanstalt zu suchen.

Die Erinnerung an die Gesichter seiner Opfer ließ Eddie nicht mehr los. Auf diesen Gesichtern spiegelten sich unangenehme Gefühle wider, roh und formlos, aber dennoch vertraut. Während seiner Jahre im Gefängnis mußte er auch an ein Ereignis im Jugendgefängnis denken. Diese Sache hatte er als Jugendlicher und auch als junger Erwachsener weitgehend verdrängt. Sie stellte eine solche Bedrohung für sein Bild von sich selbst und seiner Sexualität dar, daß es ihm gelungen war, sie in den Tiefen seines Unterbewußten zu vergraben, bis er sie im Zusammenhang mit seinen späteren Vergewaltigungen wieder ans Tageslicht holte.

Es geschah im Jahre 1967, als Eddie nach seiner Flucht aus Gatesville wieder in den Hochsicherheitstrakt von Mountain View zurückgebracht wurde.

Tommy Harper, der weiße Junge, von dem allgemein bekannt war, daß er seine sexuelle Gunst schwarzen Teenagern schenkte, ging durch eins der Gebäude. Der damals sechzehnjährige Eddie hatte sich über Tommys Verhalten geärgert, in dem er eine freche Mißachtung der rassischen und sexuellen Schranken der Jugendstrafanstalt sah. Eddie und seine Clique anglo-amerikanischer Teenager mußten voller Zorn ansehen, wie die schwarzen Insassen sich erst mit Tommy amüsierten und ihn dann wie ein abgelegtes Spielzeug von sich stießen. Der heiße Zorn der weißen Insassen konzentrierte sich auf Tommy.

Als Eddie an jenem Tag Tommy sah, folgte er ihm, packte ihn am Arm und zog ihn in eines der Badezimmer.

»Zieh deine Hose aus«, befahl Eddie und starrte Tommy dabei wütend in die glasigen Augen. Sie waren voller Angst, aber Tommy öffnete den Reißverschluß und streifte seine Hose ab.

»Jetzt wird dich zur Abwechslung mal ein weißer Mann nehmen«, knurrte Eddie, während er seine Hose öffnete und seinen Penis herauszog. Tommy leistete keinen Widerstand, sondern drehte sich um und beugte sich nach vorn, um es Eddie leichter zu machen, von hinten in ihn einzudringen. Eddie vergewaltigte Tommy, niemand kam ins Badezimmer, und das Ganze war schnell vorbei. Dann drehte der Junge sich um, um seine Hose wieder anzuziehen, und Eddie sah ihm noch einmal in die Augen. Es stand noch derselbe leere Blick darin wie ein paar Minuten zuvor. Dieser leere Blick machte Eddie schwer zu schaffen, obwohl er nicht wußte, warum.

Nur eine Woche später folgte diesem Ereignis ein anderes: Tommy Harper ging gerade vom Ausbildungsbereich in Mountain View zurück in seinen Schlafsaal, als eins der Mitglieder aus Eddies Clique zu dem Jungen hinlief und ihn mit einem selbstgemachten Messer aufschlitzte. Die Klinge erwischte Tommy auch am Hals, und er fiel, heftig blutend, zu Boden. Kurz darauf starb der Junge an massivem Blutverlust.

Eddie hatte seiner Frau diese Geschichte nie erzählt, weder ihr noch sonst jemandem. Er setzte im Gegenteil alles daran, die Erinnerung an den toten Jungen aus seinen Gedanken zu verbannen, vor allem die Erinnerung an das, was er ihm kurz vor seiner Ermordung angetan hatte. Er klammerte sich an den Gefängniskodex, nach dem Tommy den Part des Gedemütigten gespielt hatte, während er selbst mit seinem Verhalten seine Männlichkeit bewahrt hatte. Auf diese Weise redete Eddie sich ein, daß er Tommy dafür bestrafte, daß dieser sich mit Schwarzen eingelassen hatte.

»Ich dachte: ›Was tut er denn da drüben?‹ Mir war nicht klar, daß sie ihn dort gegen seinen Willen festhielten. Ich habe nicht verstanden, daß es möglich war, auf solche Weise von anderen beherrscht zu werden, weil mir so etwas nie passiert war. Ich sah nur, was da vorging, und habe es nicht wirklich verstanden. Ich dachte, er täte es freiwillig und habe ihn deshalb verachtet. Und ich habe die Schwarzen verachtet, denen ich zusehen mußte, Tag um Tag, Woche um Woche. Das ging monatelang so.«

»Wenn ich zurückblicke, war das für mich schlimmer als irgend etwas sonst, was ich getan habe. Als die Schwarzen seiner überdrüssig waren, hatte ich das Gefühl, daß er die Schuld daran trüge, und ich habe zu ihm gesagt: ›Es ist deine Schuld, du hast alle Weißen hier in Schande gebracht.‹ Er war total am Boden zerstört. Er hat überhaupt keinen Widerstand geleistet. Es war so, als wäre er gar nicht dabei. Er war wie ein Zombie.

Ich fühlte mich schmutzig, beschämt und meinte, es wäre das Schrecklichste überhaupt, was mir zustoßen könnte, wenn jemals jemand dieses Geheimnis, das ich mit mir herumschleppte, herausfinden sollte.«

Erst viele Jahre später, als er mit den Augen eines Erwachsenen auf das Ganze zurückblickte, begriff Eddie, daß Tommy Harper den Schwarzen keineswegs freiwillig gegeben hatte, was sie von ihm wollten. Der leere Blick in Tommys Augen war ein Zeichen der Schikanen, denen er ausgesetzt gewesen war, und als Eddie diesen Blick bemerkte, war er zutiefst beunruhigt. Eddie begann Tommy als Opfer wiederholter und demütigender Vergewaltigungen zu sehen, zuerst durch andere, dann durch ihn selbst. Tommy war ein Einzelgänger und Außenseiter, ein unbeholfener Junge, der nicht recht in die besitzergreifenden Cliquen hineinpassen wollte. Eddie begriff, daß er sich als Jugendlicher auf den Straßen von Galveston genauso gefühlt hatte. »Ich bin mir nie normal vorgekommen«, sagte Eddie, als er einmal über seine Kindheit sprach.

Eddie glaubte, das sei der Grund für seine Besessenheit von analem Sex, der Grund, warum er später auch seine weiblichen Opfer auf diese Art und Weise vergewaltigt hatte. Er hatte keinerlei homosexuellen Neigungen, weder vor noch nach dieser Begebenheit mit Tommy Harper. An jenem Tag hatte er den Jungen lediglich bestrafen wollen, hatte ihn erniedrigen und seinem Willen unterwerfen wollen.

In all den Jahren, die er in der Ramsey Unit 1 verbrachte, wurde Eddie keinerlei Therapie zuteil. Auf sich selbst gestellt, besann er sich wieder auf das Gebet. Im April 1985 besuchte er die Gründungsversammlung eines Gefängniszweigs der Full Gospel Business Mens' Fellowship International. Er wurde zum Präsidenten gewählt und blieb für sechs Jahre die führende Persönlichkeit der Gruppe. Freiwillige aus Kirchengemeinden der Gegend um Houston brachten regelmäßig Gastredner nach Ramsey, und einige der Männer, die Eddie kennenlernten, wurden für ihn zu treuen Freunden. Sie wußten nicht, warum Eddie im Gefängnis war und fragten auch nicht danach. Aber sechs Jahre lang halfen diese Freiwilligen Eddie und anderen dabei, sich im Gefängnis kirchlich zu organisieren. Aufgrund dieser Erfahrung beschloß Eddie Wyatt nach seiner Freilassung, weiter für die Kirche zu arbeiten, etwas, das er schon seit seinen Tagen im Teen Challenge Center in Dallas hatte tun wollen.

Eddie war sich der Tatsache bewußt, daß die Leute ihn beobachteten oder darauf warteten, daß er nach seiner Entlassung aus dem Gefängnis wieder straucheln würde. Ganz oben auf der Liste stand Judy Hayes, die inzwischen bei der Polizei von Kingsville in den Rang eines Lieutenant aufgestiegen war. Sie war davon überzeugt, daß es nur eine Frage war, *wann*, und nicht, *ob* Eddie Wyatt wieder vergewaltigen würde. Auch Sergeant Ray Rubio, der Eddie 1970 wegen des Einbruchs verhaftet hatte, für den er zum ersten Mal ins Gefängnis gekommen war, hielt sich über Eddie auf dem laufenden. Rubio war auch der Beamte, der einen der Vergewaltigungsfälle bearbeitete, der sich in der Woche ereignet hatte, in der Eddie in Galveston war. Und er betrachtete den Fall noch immer als ungelöst.

Eddie sagte, es sei ihm gleichgültig, welche Chancen die Polizei ihm gab, nach seiner Gefängnisstrafe wieder in Schwierigkeiten zu geraten.

»Ich erwarte nicht, daß die Leute mir glauben. Ich wäre auch gar nicht überrascht, wenn sie mir nicht glauben würden, daß ich weiß, ich kann es schaffen. Das wollte ich auch der Gefängnispsychologin sagen, die meinte, für Leute wie mich gäbe es keine Hoffnung. Ich wollte ihr sagen, daß sie eine Ausnahme von dieser Regel erleben würde. Und ich weiß natürlich, daß ich das nicht einfach nur so sagen kann – ich muß es beweisen. Wer würde einem Ex-Sträfling, der sein halbes Leben im Gefängnis verbracht hat, schon glauben? Ich weiß, daß ich mich bewähren muß, wenn ich hier rauskomme. Ich werde keinen Spielraum für weitere Fehler haben. Es wird nicht leicht sein. Es war auch nie leicht.«

Die Uhr begann im Juli 1991 zu ticken. Nachdem er neuneinhalb Jahre seiner Strafe abgesessen hatte, wurde Eddie Wyatt aus dem Gefängnis entlassen. Eine Zeitlang wohnte er bei seiner Mutter und seinem Stiefvater, die von Galveston in einen anderen Teil von Texas gezogen waren. Schon bald begann Eddie, eine Kleinstadtkirche zu besuchen und nahm verschiedene Jobs an. Bei mehreren Gelegenheiten legte er auch vor der Gemeinde ein Geständnis über seine Vergangenheit ab.

Monate vergingen. Paul und Diana erfuhren auf Umwegen, daß ihr Vater nicht mehr im Gefängnis saß und bereiteten sich darauf vor, daß er Kontakt mit ihnen aufnehmen würde. Jedesmal, wenn das Telefon klingelte oder der Briefträger kam, machten sie sich auf einen vertrauten Anblick oder eine vertraute Stimme gefaßt. Es war kein angenehmes Warten. Sie kannten Eddie nicht mehr, und ihre Vorfreude war mit Furcht gemischt.

Nachdem sie schließlich begriffen, daß sie auf etwas gewartet hatte, das nicht passieren würde, wunderten sich die Kinder noch mehr über ihren leiblichen Vater. Hatte er sie einfach vergessen? Wollte er gar nichts von ihnen wissen? Hatte er sich vollkommen mit einem Leben ohne sie abgefunden? Diana, die schon immer die energischere der beiden gewesen war, wollte eine Antwort. In den Weihnachtstagen des Jahres 1991, also zehn Jahre nach dem plötzlichen Verschwinden ihres Vaters, erklärte Diana ihrer Mutter, daß sie ihre Großmutter Eva in Texas anrufen würde, um ihr frohe Weihnachten zu wünschen. Sie wußte genau, daß Eddie dort sein würde. Während Diana und Paul telefonierten, stand Ronda neben ihnen.

Nachdem ihre Großmutter sich eine Weile freundlich mit ihr unterhalten hatte, bat sie Diana, am Apparat zu bleiben, weil da noch jemand sei, der mit ihr sprechen wolle. Eddie kam ans Telefon und sprach etwa eine halbe Stunde lang mit beiden Kindern. Meistenteils handelte es sich um oberflächliches Geplauder, eine typische Wie-ist-es-dir-ergangen-Unterhaltung. Es war nichts Besonderes gewesen, eher enttäuschend. Eddie hatte sich eingeredet, daß die Kinder nichts von ihm hören wollten, daß sie ohne ihn besser dran wären. Also hatte er den Plan, Kontakt mit ihnen aufzunehmen, immer weiter vor sich hergeschoben.

Ronda begriff, daß ihre Kinder Eddie sehen mußten, sei es nun, um mit ihm zu lachen, mit ihm zu weinen, wütend auf ihn zu werden oder sogar, um auf ihn loszugehen. Sie hatte nicht die geringste Ahnung, wie das Ganze ausgehen würde. Sie selbst war im vergangenen Jahr auf ihrem Weg ein gutes Stück weitergekommen, aber Paul und Diana hatten keinen Anteil daran gehabt. Sie glaubte, daß eine Begegnung mit Eddie den Kindern dabei helfen würde, einige noch offene Kreise zu schließen. Diana war voll und ganz dafür. Pauls Gefühle dagegen waren zwiespältig, aber seine jüngere Schwester setzte ihren Willen durch. Schließlich war nur noch eine wichtige emotionale Hürde zu überwinden. Rob, ihr Stiefvater. Er war der einzige Vater, den sie noch kannten. Er war derjenige, mit dem sie lachten und weinten, derjenige, der das Essen auf den Tisch brachte, für ihr Schulgeld aufkam, sie in den Arm nahm, wenn sie Geborgenheit suchten und sie liebte wie seine beiden eigenen Söhne. Paul und Diana hatten Angst, daß es vielleicht Robs Gefühle verletzen würde, wenn sie sich mit Eddie trafen.

Im Juli 1992 ging Rob mit Paul und Diana zum Abendessen in ein Restaurant; nur er und die beiden Kinder, damit sie einmal über dieses Treffen mit Eddie reden konnten. Die Kinder erzählten Rob, daß sie ihn als ihren Vater betrachteten. Daraufhin sah Rob sie fest an und sagte, daß er eine Menge darüber nachgedacht habe, was sie zur Zeit durchmachten. Abschließend versicherte er ihnen, daß er jede ihrer Entscheidungen akzeptieren würde und daß er in Eddie keine Bedrohung für sich sähe.

»Ihr solltet das tun, was ihr für das richtige haltet«, sagte er.

6. Juli 1992

Heute bekam ich einen Anruf, auf den ich nicht im geringsten vorbereitet war. Ich bin froh, daß ich nicht schon vorher gewußt habe, was passieren würde. Ich war nur auf einen Sprung bei meinen Eltern zu Hause, habe aber niemanden dort angetroffen. Als das Telefon klingelte, nahm ich den Hörer ab. Und sofort war es wieder 1982. Seine Stimme hatte sich nicht verändert. Ich hätte sie überall erkannt. Es war Eddie. Wir hatten nicht mehr miteinander gesprochen, seit ich ihm im Gefängnis in Kingsville Lebewohl gesagt hatte.

Einen Augenblick lang fühlte ich mich vollkommen überrumpelt, genauso wie er. Er hatte angerufen, um seine Verabredung mit den Kindern festzumachen, und ich glaube, er hatte erwartet, daß Diana oder meine Mutter am Telefon sein würden. Es wäre so leicht gewesen, ein oberflächliches Gespräch zu führen, seine Mitteilung entgegenzunehmen und einzuhängen. Aber ein Teil von mir hatte immer noch Fragen an ihn, hatte ihm immer noch etwas zu sagen.

Ich hatte gehört, daß er gut zurechtkam und sich den Dingen stellte, die einst seinen Enttäuschungen und Frustrationen Nahrung gegeben hatten. Aber ich wollte das alles aus seinem eigenen Mund hören. Er erzählte mir, daß er nun einen guten Rückhalt habe und große Fortschritte mache, sein Leben wieder selbst in die Hand zu nehmen. Ich hoffe, daß das stimmt. Ich habe für Eddie niemals etwas anderes als sein Glück gewollt, und die manchmal brutale Offenheit, die er in seinen Gesprächen mit Kevin an den Tag gelegt hat, läßt mich hoffen, daß er seine Probleme nun offen auf den Tisch legt, wo sie bekämpft werden können.

Was mich betrifft, ich kann jetzt endlich zurücksehen und begreifen, daß das Feuer meiner Jahre mit Eddie mich zu einem viel liebevolleren Menschen gemacht hat – Rob hat diese Eigenschaft in mir geweckt. Ich glaube auch, daß ich viel weniger naiv bin als früher, obwohl ich hoffe, daß ich meine Fähigkeit, anderen zu vertrauen, nicht verloren habe. Es fällt mir jetzt viel leichter, meine Schwächen zu erkennen, aber ich bin mir auch viel mehr als früher meiner Stärken bewußt. Ich habe keine Angst mehr, daß andere Menschen mich so sehen könnten, wie ich mich selbst sehe. Früher habe ich versucht, der Mensch zu sein, von dem ich glaubte, daß andere ihn in mir sehen wollten, und damit habe ich mich selbst eingeengt. Bei Rob habe ich die Freiheit, ganz ich selbst zu sein, ob nun im Guten oder im Schlechten. Ich danke Dir, mein Gott, daß Du uns zusammengeführt hast.

Ich habe früher geglaubt, daß das Scheitern meiner ersten Ehe mein Fehler gewesen sei, weil das die einzige Art und Weise war, wie ich es betrachten konnte. Das hätte beinahe mein ganzes Selbstbewußtsein zerstört. Als ich die Wahrheit herausfand, begann ich an meiner Wahrnehmungsfähigkeit zu zweifeln. Wie konnte ich mich nur so irren? Heute glaube ich, daß ich die Welt um mich herum und die Menschen, die darin leben, viel besser begreife. Ich lasse nichts mehr einfach ungesagt und verberge auch nicht mehr meine Gefühle dort, wo niemand jemals etwas von ihnen erfahren würde. Es hilft mir, diese Dinge auch anderen zu zeigen, so wie ich immer darum gebetet habe, daß es mir bei Eddie gelingen möge. Jetzt sehe ich meinen Platz in meiner Ehe und in meiner Rolle als Mutter. Es hat Zeiten gegeben, da war ich tiefer unten, als ich es je für möglich gehalten hätte, Zeiten, in denen ich daran zweifelte, daß Schmerz, Zorn und Frustration jemals ganz vergehen würden. Aber, mein Gott, als ich heute ans Telefon ging und Eddies Stimme hörte, da hast Du mich berührt, und ich fühlte mich wieder stark.

Wir haben auch über Paul und Diana gesprochen. Sie haben so viele Fragen, erklärte ich ihm, die nur er beantworten kann. Ich hoffe, die drei werden sich zusammensetzen und reden, reden, reden.

Ich habe viel darüber nachgedacht, wie es mit ihnen weitergehen wird. Beide, vor allem aber Paul, versuchen im Augenblick, mit ein paar ziemlich intensiven Gefühlen fertig zu werden. Ich habe mich oft gefragt, ob sie wohl als Teenager sich erneut mit all diesen Dingen würden auseinandersetzen müssen, mit dem Zorn, dem Preisgegebensein, der Peinlichkeit und dem Abscheu. Sie müssen damit fertig werden. Rob hat das Gefühl, und ich bin da ganz seiner Meinung, daß wir ihnen alles erlauben müssen, was dazu notwendig ist, daß sie ihre Vergangenheit begreifen können.

Als ich den Hörer auflegte, fühlte ich mich sehr gut, so als wäre eine Last, von der ich überhaupt nichts gewußt habe, endlich von mir genommen. Ich habe immer gehört, daß mit dem Vergeben auch das Vergessen käme. So viele Jahre habe ich nun versucht zu vergessen und geglaubt, daß ich auf diese Weise auch vergeben könnte. Aber ich habe erst kürzlich gehört, daß Vergebung bedeute, sich zu erinnern ... ohne den Schmerz.

Der Schmerz ist vergangen.

DANKSAGUNG

Als Ronda Knuth zum ersten Mal zu mir kam, um mir ihre Tagebücher zu zeigen, hatte sie nicht die geringste Vorstellung davon, daß dieser Schritt zu einem Teil ihres Heilungsprozesses werden würde. Ihr Ziel war es, mit der tragischen Geschichte ihrer Familie anderen, die sich ebenfalls in einer persönlichen Krise befanden, unmißverständlich zu zeigen, daß es immer Hoffnung gibt. Ich warnte sie; sie würde all ihren Schmerz noch einmal durchleben, sobald wir uns wieder auf diese Gefühle einließen. Sollte das nicht der Fall sein, dann hätten wir nicht ihre wahre Geschichte erzählt. Der Schmerz und die Tränen kamen wirklich. Noch schwerer wurde es ihr, einen bis dahin versteckten Sumpf von Zorn und Bitterkeit entdecken zu müssen, der noch darauf wartete, ausgetrocknet zu werden. So wurde die Reise, die uns zurück nach Kingsville führte, ein integraler Bestandteil sowohl dieses Buches als auch der endgültigen Befreiung Rondas von ihren Schwierigkeiten, und ich bin dankbar, daß ich ihr und ihrer Familie dabei helfen konnte.

Der Beitrag, den Eddie Wyatt selbst zu diesem Buch geleistet hat, ist ebenfalls immens. Bereits an dem Tag, als wir uns kennenlernten, begann er, gutbehütete Geheimnisse preiszugeben, die er viele Jahre lang für sich behalten hatte. Er erzählte mir, daß er sich oft gewünscht habe, einen Weg zu finden, um anderen die Möglichkeit zu geben, aus seinen Fehlern zu lernen, so daß diejenigen, die sich auf einem Pfad der Zerstörung befinden, rechtzeitig zur Einsicht gelangen und haltmachen können. Aus diesem Grund beantwortete er jede Frage, die ich ihm stellte, auch wenn viele seiner Antworten für ihn selbst schmerzhaft waren, ihn verlegen machten und ihm Kritik einbringen mußten.

Großen Dank schulde ich George Gomez, Judy Hayes, Hector Treviño, Ron Barroso und Steve Thomas. Dankbar bin ich auch den Freunden der Wyatts von Norfolk über Dallas bis

Kingsville, die ihre Erinnerungen an das, was sie für eine wunderbare junge Familie hielten, mit mir teilten. Stuart Krichevsky half mir, meine noch unfertigen Ideen zu einer Geschichte werden zu lassen, und wie früher schon hatte Joyce Seltzer die undankbare Aufgabe, mich bei der Arbeit auf Kurs zu halten.

Während der Arbeiten an diesem Buch mußte meine Familie oft auf mich verzichten, selbst wenn ich zu Hause daran arbeitete. Der eigentliche Kern, das Thema der Geschichte, machte mir das Opfer, das meine Familie erbrachte, nur noch bewußter. Kathy, die die erste war, die mich auf Rondas Story aufmerksam machte, mußte für ihre Spürarbeit einen hohen Preis bezahlen: Sie sorgte mit doppeltem Einsatz für die Familie, während ich nicht ansprechbar war. Ohne sie wäre das Buch nicht entstanden. Brendan, Elisabeth und Brian mußten auf etwas Unersetzliches verzichten; ich werde mein Bestes tun, um die verlorene Zeit mit ihnen wiedergutzumachen.

ENDE

Band 13 531

TRUE CRIME

Jack Olsen

Der mißratene Sohn

Deutsche Erstveröffentlichung

Das Leben hat Mary Blake aus dem Städtchen Watertown nicht gerade zart angefaßt: Ihr Mann ist, seit er bei einem Unfall den linken Arm verlor, Alkoholiker; ihre neun Kinder büchsen ständig aus und sind der Polizei als Gelegenheitsdiebe hinreichend bekannt. Daher nimmt man es im Polizeirevier auch nicht sonderlich ernst, als Mary Blake schluchzend ihren zehnjährigen Sohn Jack als vermißt meldet.
Jack ist immer ernster, freundlicher als seine Geschwister gewesen, die ihn nicht sonderlich mögen. Liegt es daran, daß er mit einem verkrüppelten Fuß zur Welt kam? Oder daß er – Marys einziger Seitensprung – einen anderen Vater hat als seine Geschwister? Mit der Mutter verbindet ihn jedenfalls ein unauslöschliches Band.
Nach vier Monaten halbherziger Suche schließt die Polizei die Akte Jack. Dabei gibt es einen Verdächtigen: der schmuddelige Art Shawcross, der den kleinen Jack ständig zum Fischen mitnahm, trotz der Proteste der Eltern. Art lebt mit seiner Frau im Nachbarort, treibt sich ständig mit Kindern herum und hat es schon immer verstanden, seine ganze Umgebung in Atem zu halten.

BASTEI LÜBBE

Sie erhalten diesen Band im Buchhandel, bei Ihrem Zeitschriftenhändler sowie im Bahnhofsbuchhandel.

Band 13 512

John Hubner

Ich muß dich töten, Bruder

Deutsche Erstveröffentlichung

Von Kindheit an waren sie unzertrennlich: Jim und Artie Mitchell, Söhne eines Glücksspielers und Lebenskünstlers. Ende der sechziger Jahre schufen die beiden Brüder im San Francisco der Hippies und Blumenkinder etwas damals völlig Neues: pornographische Filme, die eine Story, und Frauen-Charaktere hatten, die mehr waren als willige Opfer. Als Stars einer neuen Kultur, die für das Establishment nur Spott und Verachtung aufbrachten, gelangten Jim und Artie zu Geld und Reichtum und bauten sich ihr eigenes Sex-Theater, das legendäre O'Farrell, das schon bald zum Mekka der Flower-Power-Prominenz wurde.
Alles teilten sich die Mitchell-Brüder zwanglos, den Erfolg, die Frauen, die berüchtigten Parties, die Hobbies. Bis in der Nacht des 27. Februar 1991 das Unfaßbare geschah: Jim Mitchell erschien mit einem Gewehr in der Villa seines zwei Jahre jüngeren Bruders und streckte ihn mit mehreren Schüssen nieder. Die Presse, die Polizei, die Verwandten, sie alle stehen vor einem Rätsel – nur die engsten Freunde der Mitchells ahnen etwas von der unfaßbaren Tragödie, die zu dieser unbegreiflichen Tat führte.

BASTEI LÜBBE

Sie erhalten diesen Band im Buchhandel, bei Ihrem Zeitschriftenhändler sowie im Bahnhofsbuchhandel.